Till-Carsten Mann
geboren 1971, studierte Philosophie und Germanistik. Ursprünglich wollte er Lehrer werden. Im letzten Moment hat er es sich doch noch anders überlegt und schreibt seitdem Kinder- und Jugendbücher.

Till-Carsten Mann

Klarer Fall für Clara Fall

Schneider Buch
EGMONT

verlegt durch EGMONT Verlagsgesellschaften mbH,
Gertrudenstraße 30–36, 50667 Köln

Diese Ausgabe umfasst die drei Einzelbände:
Jagd auf die Schulhof-Mafia (2002)
Die Schlüsselloch-Affäre (2002)
Dem Hamsterkiller auf der Spur (2002)
Titelbild: Jan Reiser
Umschlaggestaltung: basic-book-design Karl Müller-Bussdorf, Badenweiler
Herstellung/Satz: FIBO Lichtsatz GmbH, Kirchheim
Druck/Bindung: Ebner & Spiegel, Ulm
ISBN 978-3-505-12457-0

08 09 / 8 7 6 5 4 3 2 1

INHALT

Jagd auf die Schulhof-Mafia
11

Die Schlüsselloch-Affäre
131

Dem Hamsterkiller auf der Spur
255

Jagd auf
die Schulhof-Mafia

Stimmt überhaupt nicht!“ Charly hätte ihrer großen Schwester am liebsten einen abgenagten Hühnerknochen an den Kopf geschmissen.

Aber erstens schmeißt man keine Hühnerknochen quer über den Tisch. Zweitens werden große Schwestern auch nicht klüger, wenn sie Hühnerknochen vor die Stirn kriegen. Und drittens war Johanna nicht nur zweieinhalb Jahre älter als Charly, sondern auch zweieinhalbmal so stark. Deshalb hatte sie noch lange nicht immer recht. Und wenn es ums Spülen ging, hatte Johanna fast nie recht – jedenfalls nicht nach Charlys Meinung. Große Schwestern hören nun mal nicht auf kleine Schwestern. Schon gar nicht, wenn es ums Spülen geht.

„Doch, doch, doch, Katharina! Du bist dran.“ Johanna räumte die Teller zusammen.

Charly spürte, dass ihr die Röte ins Gesicht schoss. Wenn sie eins noch mehr hasste als spülen, dann war es ihr richtiger Vorname. „Katharina“ – dieser Name war ein echter Ausrutscher ihrer Eltern gewesen. Alle anderen durften vernünftig heißen: Johanna, Elsa, Fanny – alles Vornamen, mit denen man leben konnte, fand Charly. Aber Katharina? Unerträglich!

„Ich hab für dich den Hühnerstall sauber gemacht!" Charly spielte noch immer mit dem abgenagten Hühnerbein.

„Dafür habe ich dir erstens bei Mathe geholfen und zweitens Fanny ins Bett gebracht", entgegnete Johanna, nahm ihr den Hühnerknochen aus der Hand und verschwand mit dem Tellerstapel in der Küche.

„Aber Mathe und Fanny sind doch viel weniger wert als einmal Hühnerstall!", rief Charly ihrer großen Schwester hinterher, ohne von ihrem Stuhl aufzustehen.

„Hört bitte, bitte auf mit dieser ewigen Streiterei!" Tobias Fall, der Vater der Schwestern, kam ins Esszimmer. Er hatte seinen Koffer schon in der Hand, sah von Charly zu Johanna und von Johanna hinüber zur Uhr an der Wand. „Sagt mir lieber, wo Tante Clara bleibt und was ich vergessen habe."

Charly warf einen Blick auf die Uhr. Es war schon halb drei. Tante Clara hatte sich für ein Uhr angekündigt.

„Keine Ahnung, wo die steckt", murmelte sie.

Und Johanna fügte hinzu: „Rasierapparat."

Tobias Fall starrte seine älteste Tochter an, als hätte er ein Gespenst gesehen. „Hast du gerade ‚Rasierapparat' gesagt?"

Johanna nickte.

Der Vater ließ seinen Koffer fallen und rannte aus dem Esszimmer.

Charly musste grinsen. Seinen Rasierapparat vergaß ihr Vater immer. Dabei fuhr Tobias Fall nicht gerade selten auf Geschäftsreise. Mindestens einmal im Monat musste er für ein paar Tage oder eine ganze Woche zu Kunden, um dort Computerprogramme einzurichten. Aber so fähig Tobias Fall am Computer auch war, so unfähig war er im Kofferpacken. Das war so ähnlich wie mit dem Kochen: als Koch top – im Abspülen eine Niete.

Charly kippelte auf ihrem Stuhl vor und zurück und verschränkte die Arme vor der Brust. Allein würde sie die Küche nicht machen, da konnte Johanna sich auf den Kopf stellen. Und bis Tante Clara erschien, würde ihre große Schwester bestimmt einknicken.

Clara Fall passte meistens auf die vier Schwestern auf, wenn der Vater auf Geschäftsreise musste. Und eine bessere Aufpasserin als Tante Clara konnte sich Charly kaum vorstellen: Sie sah zwar aus wie eine alte Handarbeitslehrerin, aber Tante Clara war alles andere als das: Sie war früher bei der Polizei gewesen – bei der Kriminalpolizei. Außerdem war Tante Clara ein Ass im Judo, und sie konnte sogar Kopfstand, obwohl sie schon im Ruhestand war.

„Sport ist gesund“, pflegte sie zu sagen.

So eine Großtante hatte außer den Fall-Schwestern niemand an der ganzen Schule.

„Mensch, Mädels, jetzt muss ich aber wirklich los! Johanna, gib Elsa einen Kuss von mir. Charly, hör endlich auf zu schmollen. Und verratet mir, wo Fanny steckt!“

„Ich stecke nicht, ich suche!“ Die vierjährige Fanny kam durch die Küche hinüber ins Esszimmer. Sie stemmte ihre Fäuste in die Seiten, sah dem Vater ernst in die Augen und fragte: „Papa, wo ist Hannelore?“

Charly rülpste leise und antwortete: „Aufgegessen, Fanny!“

„Papa!“ Fanny schossen Tränen in die Augen. „Hast du Hannelore etwa gekocht?“

Charly grinste, Johanna lachte, und ihr Vater schüttelte den Kopf. „Unsinn, Fanny. Kein Mensch würde Hannelore kochen. Das Hühnchen, das wir gegessen haben, kam aus dem Supermarkt. Hannelore läuft wahrscheinlich irgendwo im Garten rum."

Hannelore, das Haushuhn von Elsa, konnte im Garten frei herumlaufen. Hannelore war zwar irgendwie süß, aber alles in allem ein ziemlich dummes Huhn, fand Charly. Schon seit einem halben Jahr versuchte Elsa dem Vieh beizubringen, dass es die Eier direkt in die Eierbecher legen sollte. Aber Hannelore schien überhaupt nicht zu kapieren, was Elsa von ihr wollte. Außerdem war Hannelore auf dem linken Auge blind. Die kleine Fanny war trotzdem in das weißbraun gesprenkelte Huhn verknallt, als wäre es ein verwandelter Prinz.

„Aber sie ist nicht im Garten!", rief Fanny. Eine Träne kullerte über ihre Wange.

Tobias Fall seufzte. Er nahm Fanny auf den Arm, wischte die Träne ab, küsste sie und sagte: „Fanny, meine Süße, ich muss jetzt losfahren. Aber Johanna hilft dir beim Suchen. Hannelore hat sich bestimmt nur versteckt. Und ich verspreche dir, dass ich sie nicht gekocht habe!"

Ein unglaubliches Geknatter unterbrach ihre Verabschiedung. Die Explosionen im Auspuff, die man schon tausend Meter gegen den Wind hören konnte, kannten die Falls nur zu gut: Das war Tante Claras Kabinenroller – ihre Höllenmaschine.

„Na endlich!" Der Vater stellte Fanny ab, schnappte sich seinen Koffer und lief vor den Mädchen hinunter zur Haustür.

Sie hatten richtig gehört: In der Einfahrt stand ein uralter, knallgelber Kabinenroller. Hinter dem Steuer kauerte eine weißhaarige Dame. Die Rücksitzbank war mit Koffern, Taschen und Hutschachteln überhäuft. Ein Regenschirm ragte aus dem Berg von Gepäckstücken hervor.

Tante Clara stieg aus dem dreirädrigen Gefährt und zupfte die schwarzen Lederhandschuhe von den Fingern. Sie sah ziemlich furchterregend aus. Ihr Gesicht war ölverschmiert, die Hände schwarz, sogar auf der Nasenspitze hatte sie einen dunklen Fleck. Nur ihr Mundwerk, das funktionierte mal wieder einwandfrei: „Musste unterwegs noch den Vergaser reparieren, das verflixte Ding. Ist ein bisschen später geworden." Tante Clara zog ihren Regenschirm aus den Gepäckstücken, hängte ihn über den Unterarm und fügte hinzu: „Hallöchen miteinander! Wo steckt denn Elsa?"

Ohne die Antwort abzuwarten, wünschte sie Tobias eine gute Reise und marschierte ins Haus. Charly verdrückte sich in ihr Zimmer unter dem Dach.

Tante Clara gehörte zu den wenigen Menschen, die sich von nichts und niemandem aus der Ruhe bringen ließen – von fast nichts und fast niemandem ...

„Was ist denn hier passiert?" Ein markerschütternder Ruf schallte durchs ganze Haus.

Charly wusste, woher der Schrei kam: Er kam aus der Küche. Und sie kannte auch den Grund für den Schrei: Niemand hatte gespült. So wie ihr Vater gekocht hatte, musste in der Küche nicht nur abgespült, sondern am besten renoviert werden. Charly räkelte sich in ihrem Zimmer in der Hängematte und hätte sich am liebsten unter der Wolldecke versteckt. Sie hatte absolut keine Lust, die Katastrophe, die ihr Vater angerichtet hatte, allein wegzuräumen. Aber selbst wenn sie sich unter die Wolldecke verkrochen und beide Ohren mit Watte verstopft hätte, wäre Tante Claras Ruf nicht zu überhören gewesen: „Kriegsrat!"

Tante Clara erlaubte den Schwestern fast alles. Aber es gab ein eisernes Gesetz: Wenn sie zum Kriegsrat rief, mussten die Mädchen alles stehen und liegen lassen und sich sofort bei ihr einfinden.

Charly schlurfte missmutig die Treppe hinunter zur Küche, wo Johanna und Tante Clara schon warteten.

„Charly war mit Abspülen dran.“ Johanna tippte mit der Fußspitze ungeduldig auf den Boden und sah kopfschüttelnd zu Charly hinüber.

„Petze!“ Charly streckte ihr die Zunge raus.

„Wo ist denn nun Hannelore?“ Fanny zupfte Tante Clara am Ärmel.

„Du bist einfach unfair, Charly!“, rief Johanna. „Wir haben einen Spülplan gemacht. Und wer hält sich mal wieder nicht dran? Das Fräulein Katharina.“

„Wenn du mich noch einmal Katharina nennst, dann ...“ Charly ballte die Fäuste. Selbst wenn Johanna zehnmal stärker gewesen wäre, hätte sie sie k.o. geschlagen, die blöde Kuh.

Aber sie kam nicht dazu, ihre Drohungen auszusprechen, denn Tante Clara rief laut und energisch: „Ruhe!“

Die Mädchen sahen verdutzt zu ihr hinüber.

„Wir machen das jetzt zusammen. Und ab morgen kümmere ich mich um einen neuen Plan.“ Tante Clara sah streng von Charly zu Johanna. „Bis Elsa von der Schultheaterprobe kommt, will ich eine blitzblanke Küche haben!“

Charly schlurfte zum Spülbecken, räumte die Schüsseln, verschmierten Töpfe, Teller und das Sieb aus dem Becken, stopfte den Stöpsel in den Ausfluss und wollte gerade das Wasser einlaufen lassen, als Tante Clara rief: „Bist du wahnsinnig? So dauert das ja eine Ewigkeit!“

Tante Clara holte einen Wäschekorb, packte das Geschirr hinein und schleifte alles hinüber ins Badezimmer. Sie seifte das Geschirr mit einer Ladung Spüli ein, schnappte sich den Duschschlauch und drehte die Brause voll auf.

„Charly, hol den Nachschub! Johanna und Fanny, ihr bringt den Kram zum Trocknen auf den Balkon. Sonst stehen wir hier morgen noch rum!"

Charly musste grinsen – Tante Clara war einfach nicht zu schlagen. Mit ihr machte sogar Abspülen Spaß. Sie lief gerade mit dem leeren Wäschekorb hinüber in die versaute Küche, um noch mehr schmierige Töpfe, den Bräter, die Knoblauchpresse, Schneidebretter und die zwanzig Messer, die ihr Vater brauchte, um eine halbe Zwiebel zu schneiden, zu holen, als Fanny schrie: „Kriegsrat!"

Charly stellte überrascht den Korb ab und rannte zurück ins Badezimmer.

Fanny weinte. „Ich will jetzt endlich wissen, wo Hannelore ist!"

„Dieses dumme Huhn?" Tante Clara hatte noch nie viel für das Haushuhn der Familie Fall übriggehabt. Wenn es nach ihr gegangen wäre, hätte sie Hannelore früher oder später sicherlich in einen Kochtopf gesteckt. Aber zum Glück hatte Tante Clara vom Kochen ziemlich wenig Ahnung. „Wahrscheinlich irrt es irgendwo im Garten herum."

„Gar nicht!", rief Fanny verzweifelt.

„Okay, okay, okay." Tante Clara bückte sich hinunter zu Fanny und sah ihr ernst in die Augen. „Wir machen erst die Schweinerei von Tobias weg, dann suchen wir nach dem Huhn. Versprochen."

Fanny hatte recht: Hannelore war wirklich nicht im Garten. Sie steckte nicht in ihrem Hühnerhaus, suchte nicht nach Fliegen in der Himbeerhecke, hatte sich nicht im Salat verirrt und versteckte sich auch nicht hinter dem alten Apfelbaum.

„Der Papa hat sie *doch* gekocht!" Fanny bekam schon wieder feuchte Augen.

„Unsinn", meinte Johanna. „Wahrscheinlich hat sie sich irgendwo im Haus verlaufen."

Sie suchten vom Speicher bis zum Keller in allen Zimmern, Winkeln und Wandschränken. Sie riefen nach dem Federvieh, und tatsächlich hörte Charly, als sie an Elsas Zimmer vorbeikam, ein leises, aber deutliches „Gack-gack".

Charly stieß die Zimmertür auf und erschrak: Elsa war gar nicht bei der Probe des Schultheaters. Elsa saß auf dem Kleiderschrank in ihrem Zimmer und hatte Hannelore im Arm.

„Ich hab sie!", rief Charly. Sie trat ins Zimmer, sah hinauf zu ihrer kleinen Schwester und fügte hinzu: „Was ist los, Elsa?"

Elsa schluckte, kämpfte gegen die Tränen, schwieg und streichelte ihr Huhn.

„Elsa, was machst du denn hier?" Johanna trat neben Charly in Elsas Zimmer.

„Hannelore, du bist also doch nicht im Kochtopf gelandet?" Fanny stand vor dem Kleiderschrank und winkte hinauf zu dem Huhn.

„Da seid ihr ja!" Tante Clara keuchte ein bisschen. Anscheinend hatte sie das Huhn im Keller vermutet. „Ach, Elsa, bist du doch zu Hause!?"

„Hallo, Tante Clara." Elsas Stimme klang wie aus weiter Ferne.

Als sie ihnen den Kopf zuwandte, sah Charly, warum Elsa so niedergeschlagen war: Ihr linkes Auge war dick und blau zugeschwollen. Charly hätte fast lachen müssen, so überrascht war sie. Denn wenn es jemanden gab, der Prügeleien aus dem Weg ging, dann war es Elsa. Auch Johanna brachte keinen Ton mehr heraus, als sie das Veilchen sah.

Nur Tante Clara behielt einen kühlen Kopf und fragte: „Wer war das?"

Elsa seufzte. „Ein Fußball."

Tante Clara nickte grimmig. „Fußball, so so. Komm runter in die Küche, Elsa. Mit blauen Augen kenne ich mich bestens aus."

„Seit wann spielst du Fußball?"

Tante Clara stand in der frisch geputzten Küche und rührte eine braune Matsche an. Sauerampfer, Torf, Moorschlamm, Magerquark und Kräuterextrakte hatte sie in eine Schüssel gegeben. Elsa saß auf dem wackeligen Küchenhocker und ließ den Kopf hängen.

Charly schwang sich auf die Arbeitsplatte. Dass Elsa ausgerechnet einen Fußball aufs Auge gekriegt hatte, fand sie erstaunlich. Schließlich war Elsa nicht gerade ein Fußball-Fan.

„Ich hab ja gar nicht mitgespielt." Elsas Stimme zitterte ein bisschen. „Der Ball kam in der Pause einfach angeflogen und rums! auf mein Auge."

Charly wunderte sich. „Ich dachte, ihr hättet in der Pause eine Besprechung für das Schultheater gehabt."

Elsa sah wütend zu ihr herüber. „Schultheater, Schultheater! Ich kann's nicht mehr hören! Am liebsten würde ich das Ganze sowieso vergessen!"

„Langsam, langsam!“ Tante Clara zerstampfte ein paar Eiswürfel und mischte sie unter ihre Matsche. „Mit dieser Packung ist das Veilchen in zwei Tagen weg. Altes Geheimrezept von Bruno Boxer.“

Sie zwinkerte Elsa zu. Bruno Boxer war bestimmt einer der Gangster, die Tante Clara früher mal verhaftet hatte, als sie noch bei der Kriminalpolizei gewesen war.

Tante Clara schmierte die Matsche auf einen feuchten Waschlappen. „Und Bruno Boxer hat in seinem Leben mehr blaue Augen gehabt, als ihr euch vorstellen könnt.“ Sie hielt Elsa am Kinn fest. „Jetzt wird's ein bisschen kalt.“

Und damit legte sie den Matschewaschlappen auf Elsas blaues Auge und wickelte ihn mit einer Mullbinde am Kopf fest.

„Am Freitag ist die Premiere von eurem Theaterstück, oder?“

Elsa nickte.

„Spätestens am Mittwoch ist das abgeklungen.“

Elsa stand auf, murmelte „Danke“ und wollte sich aus der Küche stehlen.

„Mensch, Elsa, das klappt schon mit dem Theater!“, sagte Charly. So niedergeschlagen hatte sie ihre Schwester schon lange nicht mehr gesehen. Charly wusste, dass es für Elsa nichts Wichtigeres als das Schultheater gab. „Außerdem passt das blaue Auge doch ganz gut zu deiner Rolle!“

Elsa sollte in dem Stück eine Piratin spielen. Da machte sich ein Veilchen doch gar nicht schlecht.

„Du hast überhaupt keine Ahnung, Charly!“ Elsa rannte aus der Küche und knallte die Tür zu.

Charly kam sich plötzlich doof vor. Hatte sie etwas

Falsches gesagt? Sie wollte ihre Schwester doch nur trösten.

„Elsa!“ Sie sprang von der Arbeitsfläche herunter und wollte ihr folgen.

Aber Tante Clara hielt Charly am Arm fest und meinte: „Lass sie. Die muss erst mal ihr Fußballspiel verdauen.“

Guten Morgen!“ Frau Fuchs zog die Klassenzimmertür hinter sich zu.

Das Gemurmel in der Klasse ebbte ab. Als Charly die Englischlehrerin in die Runde lächeln sah, lief ihr ein eiskalter Schauer den Rücken hinunter: Vokabel-Test! Den hatte sie total vergessen! Tante Claras Spülaktion in der Badewanne und Elsa mit ihrem blauen Auge waren einfach zu aufregend gewesen. Kein einziges Wort hatte sie gelernt.

„Holt bitte alle ein Blatt raus. Schreibt euren Namen darauf. Sonst will ich außer den Federmäppchen nichts auf den Tischen sehen.“

Ein Murren ging durch die Reihen. Trotzdem wurde Charly das Gefühl nicht los, dass sie die Einzige war, die den Test vergessen hatte.

„Das gilt auch für dich, David, und für dich, Steffi!“

„Pssst!“ Charly rückte unauffällig ein Stückchen näher zu Uwe. Ihr Banknachbar war in Englisch zum Glück ein ziemliches Ass. „Lass mich mal ein bisschen gucken“, flüsterte sie.

Aber Uwe tat so, als würde er sie gar nicht hören. Dagegen schien Frau Fuchs sie umso genauer zu hören.

„Ruhe dahinten! Charly, setz dich mal ein bisschen weiter nach links. Du musst ja nicht auf Uwes Schoß sitzen, oder?“

Alle drehten sich zu Charly um. Die meisten lachten. Charly schoss die Röte ins Gesicht, während ihr das Herz in die Hose rutschte.

„Auf geht's!“ Frau Fuchs würgte das Gelächter ab und diktierte den härtesten Vokabel-Test, den Charly bisher erlebt hatte. Sie hatte kaum Zeit zu überlegen, so schnell flogen ihr die Wörter um die Ohren – englisch, deutsch und wieder englisch; Frau Fuchs kannte keine Gnade. Charly rückte bei jedem Wort ein Stückchen näher an Uwe heran. Aber dieser Blödmann dachte gar nicht daran, sie auf sein Blatt gucken zu lassen. Im Gegenteil: Er verdeckte sein Gekritzel absichtlich mit dem linken Arm.

Charly schwitzte.

„People“, diktierte Frau Fuchs.

Charly hatte keine Ahnung, was das auf Deutsch heißen sollte.

Sie schrieb einfach „Popel“. War doch egal. Für diesen Test würde sie so oder so eine Sechs kriegen. Und das nur, weil dieser dämliche Uwe sie nicht abschreiben ließ! Statt der letzten fünf Wörter schrieb sie nur noch „Uwe ist doof, Uwe ist doof, Uwe ist doof“ und malte ein Galgenmännchen.

Erst als es zur Pause läutete, kam ihr der Gedanke, dass Frau Fuchs sich über diesen Test ärgern könnte. Sie ließ ihr Blatt vorsichtshalber unter dem Tisch liegen. Aber da hatte sie ihre Rechnung ohne Frau Fuchs gemacht.

„Ich habe erst 28 Blätter“, rief die in das allgemeine Stühlerücken. „Wer hat seines noch nicht abgegeben?“

Uwe grinste Charly blöde an.

„Charly? Hab ich deinen Test schon?", fragte Frau Fuchs prompt.

Charly zog den Zettel hervor, zischte Uwe ein „Na warte" zu, brachte den Test nach vorne und verließ mit den anderen schnell die Klasse.

Sie versuchte Uwe einzuholen, aber der drückte sich an David und Steffi vorbei und rannte den Flur entlang. Charly flitzte hinterher. Den würde sie locker kriegen. Uwe war in Sport eine ziemliche Null. Aber Uwe entwischte Charly schneller, als sie gedacht hätte. Ruckzuck war er draußen auf dem Hof und bog um die Ecke zum Neubau. Als Charly hinterherhechtete, sah sie ihn gerade noch im Neubauklo verschwinden.

Sie grinste. Sollte er sich doch auf dem Jungsklo verschanzen. Irgendwann würde er ja doch wieder rauskommen.

„Hey, Charly, was ist denn mit deiner Schwester passiert?" Tim, der netteste Junge aus Elsas Klasse, stellte sich neben sie. „Hatte sie einen Unfall?"

Charly nickte. „Unerwarteter Zusammenprall mit einem Fußball." Sie ließ die Klotür nicht aus den Augen.

„Mit einem Fußball? Elsa?" Tim kicherte. „Du willst mich wohl verschaukeln!"

„Nein, wirklich. Das ist hier in der Schule passiert, in der Pause." Charly sah, dass sich die Tür zum Jungenklo einen Spaltbreit öffnete.

„Was? In der Pause war Elsa doch bei der Theaterbesprechung!", sagte Tim.

Aber Charly hörte gar nicht richtig hin. Sie hatte nur noch Augen für die Klotür. Denn aus dem Spalt trat tatsächlich Uwe auf den Pausenhof. Er sah ängstlich nach links und rechts. Charly ging hinter einem Betonpfeiler in Deckung.

„Bin gleich wieder da, Tim“, murmelte sie und pirschte sich wie eine Tigerin an Uwe heran.

Der musste ganz schön doof sein, wenn er glaubte, dass ihre Wut schon nach fünf Minuten verraucht wäre!

Uwe wollte gerade hinüber zur Wiese laufen, als sie sich auf ihn stürzte.

„Das wirst du mir bezahlen, Uwe!“, schrie sie. „Auf Heller und Pfennig!“

Sie schnappte Uwe am Pullover. Der Junge wollte weglaufen, aber sie stellte ihm ein Bein. Er stolperte, konnte sich noch einmal fangen, kam aber mit dem Rücken zur Wand zum Stehen. „Auf Heller und Pfennig! Auf Heller und Pfennig!“, rief Charly immer wieder. Die Schläge prasselten nur so auf ihn nieder.

Charlys Hände glühten. Aber sie war so wütend, dass sie das kaum spürte. Selbst Uwes Tritte gegen ihr Schienbein spürte sie nur wie durch eine Schaumstoffwand. Dieser hundsgemeine Kerl war doch wirklich das Allerletzte.

„Aufhören!“ Jemand hielt ihren Arm fest.

Charly hielt inne. Die Hand, die sie festhielt, war keine Kinderhand. Das war eine Männerpranke. Sie drehte sich um und sah in das zornige, bärtige Gesicht von Herrn Berghaus. Charly war fast ein bisschen erleichtert, dass der Musiklehrer die Pausenaufsicht hatte. Herr Berghaus war einer der lockersten Lehrer der Schule. Aber an diesem Dienstagvormittag schien selbst er schlecht gelaunt zu sein.

„Abmarsch zum Direktor!“, sagte Herr Berghaus. „Alle beide!“

Charly saß im Vorzimmer des Direktors, kaute an ihren Fingernägeln und wunderte sich. Wegen dem bisschen Klopperei musste Herr Berghaus doch nicht gleich zum Direktor rennen. Da saß sie nun. Erst hatte sie den Englisch-Test verpatzt, dann hatte sie Uwe vertrimmt, und nun musste sie sich von der Schulsekretärin mustern lassen. Am liebsten wäre sie einfach abgehauen. An diesem Mist-Dienstag schien aber auch alles schiefzugehen!

Herr Berghaus war schon eine Ewigkeit mit Uwe im Rektorat. Musste er dem Direktor Haberkorn jede Ohrfeige einzeln schildern? Obwohl die Warterei langweilig war, wünschte sich Charly insgeheim, bis in alle Ewigkeit vor der Tür sitzen zu bleiben. Denn wenn die Tür zum Rektorat niemals aufginge, müsste sie sich auch die Standpauke von Direktor Haberkorn nicht abholen. Wahrscheinlich petzte Uwe erst einmal, dass Charly abschreiben wollte. Dann lasen die Lehrer garantiert ihren Englischtest und beschlossen, sie von der Schule zu schmeißen. Diese und ähnliche Gedanken gingen Charly durch den Kopf.

Es hatte schon zur dritten Stunde geläutet, als sich die Tür zum Rektorat öffnete. Herr Berghaus ließ Uwe raus und wies Charly mit dem Kinn in das Zimmer. Uwe machte einen Bogen um Charly. An der Tür des Vorzimmers drehte er sich aber noch einmal um und streckte ihr schnell die Zunge heraus.

Na warte, dachte Charly, wir sprechen uns noch.

Das Rektorat war ziemlich groß und ziemlich leer. Rechts an der Wand stand ein breites Ledersofa mit zwei Sesseln. Aber innerhalb der grauen Schulwände kam keine richtige Gemütlichkeit auf. Direktor Haberkorn saß links vor dem Fenster an seinem wuchtigen Schreibtisch. Er hatte mal wieder eine seiner speckigen Westen an und den obersten Knopf seines Hemdes geöffnet. Seine kleinen Augen sahen hinüber zu Charly.

Charly konnte überhaupt nichts mehr denken. Das Wort „Schweinsäuglein“ schoss ihr durch den Kopf. Aber sonst war ihr Hirn wie leer geblasen. Sie konnte selbst nicht mehr sagen, warum sie eigentlich hier war. Plötzlich war sie auch nicht mehr wütend auf Uwe. Ihr war alles egal. Einfach egal.

„Katharina Fall“, sagte der Direktor mit seiner Bassstimme. „Setz dich da hin, und erzähl uns mal, was vorgefallen ist.“

Charly hockte sich auf einen der beiden Stühle, die vor dem Schreibtisch des Direktors standen. Sie schluckte. Was sollte sie sagen? Alles? Wo sollte sie anfangen? Bei Tante Clara und der Spülaktion in der Badewanne? Sollte sie erzählen, dass sie zu Hause ihr Huhn gesucht hatten und dass sie vor lauter Hühnersucherei und Schwester-Bedauern vergessen hatte, die Vokabeln für die blöde Fuchs zu lernen?

„Wir hören!“ Herr Haberkorn faltete die Hände und fixierte Charly mit seinen kleinen Äuglein.

„Uwe hat mich geärgert.“ Charly hörte ihre eigene Stimme wie aus weiter Ferne – dumpf, leise und irgendwie heiser. Sie räusperte sich. „Uwe hat mich geärgert, da wollte ich ihm eine runterhauen.“ Sie sah auf den Boden vor dem Schreibtisch und murmelte: „Tut mir leid.“

„Was wolltest du von Uwe?“ Herr Berghaus stand schräg hinter Charly an der Wand.

Charly zuckte mit den Schultern. Diese Frage wollte sie lieber nicht beantworten.

„Wir hören noch immer, Katharina Fall!“ Die Stimme des Direktors klang ruhig und leise.

Aber Charly ahnte schon, dass das nur die Ruhe vor dem Sturm sein konnte.

„Ich weiß nicht mehr“, sagte sie. Diese Lüge kam ihr plötzlich selbst ziemlich doof vor.

„So, du weißt nicht mehr.“ Der Direktor stand von seinem Schreibtischstuhl auf und begann im Zimmer auf und ab zu gehen. „Dann wollen wir dir mal ein bisschen auf die Sprünge helfen, meine Liebe!“

Charly sah überrascht zu ihm herüber. Hatte er den Englischtest etwa doch schon gelesen? Aber der Schreibtisch des Direktors war wie leer gefegt. Kein einziges Blatt lag darauf.

„Du hast Uwe bedroht und vor dem Neubauklo aufgelauert, stimmt's?“ Der Direktor blieb vor dem Fenster stehen und sah zu ihr herüber.

„Bedroht stimmt nicht“, sagte Charly. Sie hatte Uwe aufgelauert, okay. Aber bedroht?

„Und als du ihn dir geschnappt hattest, was hast du da gerufen? Immer wieder gerufen?“

Charly sah verwundert vom Direktor hinüber zu Berghaus. Die beiden Männer fixierten sie mit so ernsten Blicken, als ginge es um Leben und Tod. Fast hätte sie lachen müssen. Sie hatte keine Ahnung davon, dass sie überhaupt etwas gerufen hatte.

„Ich weiß nicht mehr“, sagte sie.

Haberkorn kam auf sie zugeschossen und haute mit der Faust auf den Schreibtisch. „Du weißt ja eine ganze Menge nicht mehr!“

„Du hast geschrien, dass Uwe bezahlen soll. ‚Auf Heller und Pfennig‘“, sagte Herr Berghaus.

Charly nickte. Daran erinnerte sie sich. „Auf Heller und Pfennig“ hatte sie gerufen, immer wieder.

Direktor Haberkorn setzte sich wieder auf seinen Schreibtischstuhl. „Das Spiel ist aus, Katharina Fall. Raus mit der Sprache. Wie viel wolltest du von Uwe erpressen? Hast du es genauso gemacht wie bei Michael? Mit wem steckst du unter einer Decke? Wir wissen doch, dass du etwas mit der Bande zu tun hast!“

Charly wurde schwindelig. Sie verstand kein Wort von dem, was der Direktor da sagte. Welche Bande? Was für ein Michael? Und wieso war plötzlich die Rede von Geld?

„Ich weiß nicht, wovon Sie reden.“ Sie zuckte mit den Schultern.

Der Direktor kniff die Augen zu zwei gefährlichen Schlitzen zusammen. „Michael hat dich gesehen, Katharina, als du mit den Jungs auf dem Klo im Neubau warst!“

Charly schüttelte den Kopf, und sie wurde langsam wütend. Sie hatte keine Ahnung, was Haberkorn da faselte. Sie war noch nie auf den Jungenklos im Neubau gewesen. Mit oder ohne Begleitung.

„Wenn Sie mir nicht bald sagen, worum es hier überhaupt geht, verschwinde ich lieber in meine Klasse.“ Sie stand auf.

„Du gehst nirgendwohin!“ Direktor Haberkorn nahm den Telefonhörer von der Gabel. „Frau Müller, rufen Sie bitte bei Familie Fall zu Hause an. Ein Elternteil soll sofort in die Schule kommen und Katharina Fall bei mir abholen.“

Er legte den Hörer auf und sagte mit bedrohlich leiser Stimme zu Charly: „Du weißt, dass wir dich sofort von der Schule werfen können, wenn rauskommt, dass du mit der Erpresserbande unter einer Decke steckst. Wenn du jetzt alles zugibst und uns sagst, wer noch zur Bande gehört, könnten wir noch einmal ein Auge zudrücken."

Charly schüttelte den Kopf und beschloss, überhaupt nichts mehr zu sagen, bis Tante Clara sie hier rausholen würde. Und mit Uwe, dem Esel, hatte sie auch noch ein Hühnchen zu rupfen ...

„Das ist doch totaler Quatsch!"

Charly saß hinter Tante Clara auf der Rückbank ihrer Höllenmaschine. Es knatterte ganz schön laut, aber Tante Clara war so wütend auf den Direktor, dass Charly jedes Wort verstand. Eine halbe Stunde hatte Charly vor der Tür warten müssen, ehe Tante Clara mit ihr die Schule verlassen durfte.

Aber jetzt konnte Tante Clara Charly endlich sagen, was eigentlich los war: In der Schule trieb seit ein paar Wochen eine Erpresserbande ihr Unwesen. Die Mitglieder hatten einem kleinen Jungen aus der fünften Klasse immer Zettel geschrieben. Darauf stand, dass er in das Neubauklo gehen und auf ein Klopfzeichen fünf oder zehn Euro unter der Klotür durchschieben sollte. An die hundert Euro hatten sie so von dem kleinen Michael erpresst. Und wenn er nicht zahlen wollte, vergriffen sie sich an seinem Fahrrad. Erst ließen sie nur die Luft raus, später schlitzten sie gleich den ganzen Mantel auf.

„Das Dumme ist, dass dieser Michael die Erpresser nur von hinten gesehen hat. Zwei Jungen waren es." Tante Clara hielt an einer roten Ampel und drehte sich zu Charly um. „Kennst du Lars und Jörg aus der Neunten?"

Charly schüttelte den Kopf. Sie kannte zwar ein paar Leute aus Johannas Stufe, aber die Namen wusste sie nicht. „Waren die das?“

Tante Clara zuckte mit den Schultern. „Vielleicht. Die Beschreibung von Michael passte auf die beiden. Aber als der Direktor sie vernommen hat, kam raus, dass sie es nicht gewesen sein können, denn sie haben in der fraglichen Pause Fußball gespielt. Dafür gab es sieben Zeugen.“

Charly verstand überhaupt nichts mehr. „Und wieso kommen die jetzt auf mich? Ich bin doch kein Junge!“

Die Ampel sprang auf Grün. Tante Clara trat das Gaspedal durch. Es gab ein paar Explosionen im Auspuff, dann zuckelte der Wagen vorwärts.

„Einmal konnte Michael seine Erpresser gerade noch aus dem Jungenklo verschwinden sehen. Drei Gestalten sah er von hinten, und eine von ihnen war ein rothaariges Mädchen. Du bist nun mal ein rothaariges Mädchen, Charly.“

Charly seufzte. Dagegen war nichts zu sagen. Ihre roten Haare hatten ihr schon viel Ärger eingebracht. Im Kindergarten hatten immer alle „Pumuckl“ zu ihr gesagt. In der Grundschule war sie immer „die Hexe“. Und nun kam sie wegen ihrer Haarfarbe sogar in den Verdacht, eine Erpresserin zu sein.

„Aber ich hatte mit Michael doch überhaupt nichts zu tun, sondern habe mich nur mit Uwe geprügelt.“ Die Sonne schien Charly auf den Kopf. Ihre Haare flatterten im Fahrtwind. So ein Kabriolett war schon eine klasse Sache.

„Dieser Michael ist inzwischen von der Schule abgegangen. Nachdem er beim Direktor war, hatte er noch viel mehr Druck gekriegt: kaputte Fahrradkette, Würmer in der Schultasche und so weiter und so fort, du kannst es dir ja denken." Tante Clara bog auf die große Hauptstraße ein. „Deshalb dachte der Direktor, dass sich die Erpresser womöglich ein neues Opfer gesucht haben. Uwe zum Beispiel. Und du hast ja auch was von ‚bezahlen' geschrien, als du dich mit ihm geprügelt hast, oder?"

Charly seufzte. Hätte sie doch nur die Klappe gehalten, als sie Uwe vertrimmte.

„Ich konnte mir auch kaum vorstellen, dass du etwas damit zu tun hast." Tante Clara zwinkerte Charly im Rückspiegel zu. „Was muss Uwe denn bezahlen?"

„Ach, dieser Blödmann hat mich nicht ..." Charly biss sich auf die Lippen.

Tante Clara war zwar die beste Tante, die sie sich vorstellen konnte. Aber dass sie die Vokabeln nicht gelernt hatte und abschreiben wollte, brauchte sie nicht unbedingt zu wissen. Charly murmelte etwas Unverständliches und hoffte, dass sich Tante Clara damit zufriedengeben würde. Aber da hatte sie sich getäuscht. Tante Clara bog mit viel Schwung in die steile Hengsterbergstraße ein, fuhr weiter Richtung Gartenstraße und hielt an.

Sie drehte sich zu Charly um und fixierte sie. „Also noch einmal: Warum musstest du Uwe verprügeln?"

Kein Wunder, dass sie so viele Gangster überführt hat, dachte Charly. Diesem messerscharfen Blick konnten sich wahrscheinlich noch nicht einmal die Schwerverbrecher entziehen.

„Der wollte mich nicht abschreiben lassen", murmelte sie.

Tante Clara lächelte und fragte: „Mathe?"

„Englisch", antwortete Charly.

„So, so.“ Tante Clara drehte sich wieder nach vorn, legte den Gang ein und tuckerte die Gartenstraße entlang zum Haus der Familie Fall. „Und nach dieser Prügelei glaubst du, dass er dich das nächste Mal abschreiben lässt?“

„Pass auf!“, schrie Charly. Um ein Haar hätte Tante Clara Hannelore über den Haufen gefahren. Das Huhn pickte in der Auffahrt herum und hatte wegen des blinden Auges das Auto nicht kommen sehen.

Kriegsrat!“

Tante Claras Schrei am Nachmittag hätte Tote aufwecken können.

Und das wäre auch fast nötig gewesen: Charly lernte todlangweilige Vokabeln, denn das hatte sie mit Tante Clara so ausgemacht. Und wenn Charly ihrer Tante etwas versprach, wollte sie es auch halten. Trotzdem war sie froh, dass sie das ekelig grüne Englischbuch in die Ecke pfeffern und hinunter zum Kriegsrat flitzen durfte.

Auf der Treppe wäre sie beinahe mit Elsa zusammengestoßen. Die hatte Hannelore auf dem Arm und sah noch immer ziemlich niedergeschlagen aus, obwohl das blaue Auge nur noch gelbgrün war.

Charly stupste ihre Schwester an. „Ich dachte, du hast heute Probe?!“

Elsa schüttelte den Kopf und stieg schweigend vor Charly die Treppe hinunter.

Johanna und Fanny hatten sich schon bei Tante Clara im Flur eingefunden. Tante Clara hielt einen ihrer halbhohen schwarzen Schnürstiefel in die Höhe. Sie warf einen giftigen Blick hinüber zu Hannelore, die auf Elsas Arm saß und leise vor sich hin gackerte.

„Ich möchte euch um etwas bitten, meine lieben, lieben Nichten!“ Tante Clara machte eine Kunstpause, schnaufte schwer durch die Nase, rückte die Brille zurecht und schüttete etwas aus ihrem Schuh in eine Rührschüssel. Das Etwas war zähflüssig, teils durchsichtig, teils gelb, und es hatte eine zerbrochene braune Schale: ein Ei.

„Das Federvieh sollte bitte ab sofort nicht mehr im Haus herumflattern! Wie ihr das macht, wenn Tobias wieder da ist, ist eure Sache. Aber ich will nicht noch einmal ein Ei in meinem Schuh finden!“

Tante Clara schleuderte Hannelore einen so wütenden Blick zu, dass selbst Charly sich für einen Moment nicht sicher war, ob sie das Hühnchen nicht vielleicht doch noch braten würde.

„Haben wir uns verstanden?“ Tante Clara sah streng von einer zur anderen.

Die Schwestern nickten.

„Tut mir leid“, murmelte Elsa. „Sie hat wohl deinen Schuh mit einem Eierbecher verwechselt.“

Charly musste grinsen. Die Dressur dieses Huhns schien ja noch nicht besonders gut zu klappen. Aber irgendwie erinnerten die Schuhe von Tante Clara mit ein bisschen Fantasie tatsächlich an Eierbecher. So dumm war Hannelore also gar nicht.

„Und was machen wir jetzt?“ Fanny betrachtete das Ei in der Schüssel.

„Elsa bringt das Federvieh in den Garten, Charly und Johanna machen Hausaufgaben!“ Tante Clara zwinkerte Fanny zu und sagte: „Und wir backen einen Kuchen.“

Charly blieb nichts anderes übrig, als wieder in ihr Zimmer zu schlurfen und das Englischbuch aus der Ecke zu holen. Wort für Wort hämmerte sie sich die Vokabeln in den Kopf. Aber kaum kontrollierte sie das gerade gelernte Wort noch einmal, hatte sie es schon wieder vergessen. Es war zum Aus-der-Haut-Fahren. Ihr Kopf begann zu ächzen wie eine alte Dampfmaschine kurz vor der Explosion. Charly hätte wetten können, dass es bei ihr schon aus den Ohren qualmte. Und trotzdem konnte sie sich das englische Wort für „Leute" einfach nicht merken!

Es klopfte, Johanna kam herein und fragte mit vorwurfsvoller Miene: „Sag mal, rauchst du?"

Erst jetzt fiel auch Charly auf, dass es roch, als würde jemand Kuhfladen verbrennen. Aber dieser Gestank konnte unmöglich etwas mit ihrem Gehirn und den englischen Vokabeln zu tun haben.

„Bei mir raucht nur der Kopf." Sie klappte das Englischbuch zu und folgte Johanna schnüffelnd die Treppe hinunter.

Tatsächlich kam der Gestank aus der Küche. Genauer gesagt aus dem Backofen.

„Tante Claras Kuchen", murmelte Johanna.

Sie öffnete die Klappe des Backofens, und eine dunkle Rauchwolke schlug ihnen entgegen.

„Was hat sie denn da gebacken?" Charly sah auf den schwarzen Klumpen, den Johanna aus dem Backofen zog.

„Das dürfte mal eine Art Apfelkuchen gewesen sein." Johanna deutete auf etwas Schwarzes, das entfernt an ein Stückchen Apfel erinnerte. „Aber wo hat sich Tante Clara versteckt?"

Die beiden liefen hinüber ins Wohnzimmer, und da saßen sie auf dem Boden: Tante Clara und Fanny. Vor Fanny lag ein ganzer Stapel Karten. Tante Clara hatte nur vier Karten vor sich liegen. Fanny war anscheinend gerade an der Reihe und deckte auf: Sie spielten Memory.

„Das gibt's doch nicht! Schon wieder richtig!" Tante Clara sah hinüber zu Charly und Johanna. „Eure kleine Schwester hat ein hervorragendes Gedächtnis. Ich vergesse alles sofort wieder!"

Fanny drehte sich um, strahlte ihre großen Schwestern an und rief: „Ja, ich merke mir alles!"

„Bis auf den Kuchen." Johanna schüttelte den Kopf.

„Ein Kuchen-Bild gibt's doch gar nicht!", protestierte Fanny, während Tante Clara plötzlich blass wurde.

„Der Kuchen?", stammelte sie.

Johanna nickte.

„Der ist wohl schon fertig, was?" Tante Clara lächelte unsicher.

„Fix und fertig", sagte Charly.

Irgendwie tat ihr Tante Clara leid. Sie backte fast nie Kuchen, und wenn sie es doch einmal probierte, dann kam nur ein Stück Holzkohle dabei heraus. Das war doch wirklich schade.

„Keks", sagte Fanny, als sie eine neue Karte aufdeckte.

„Gute Idee", meinte Tante Clara lächelnd. „Habt ihr vielleicht auch noch Kekse?"

Johanna nickte. „Ich schau mal im Keller, was noch da ist."

„Mist, Telefon", murmelte Fanny. Sie drehte die beiden Karten wieder herum.

Das Telefon klingelte.

Charly schnappte sich den Hörer von der Gabel.

„Stein hier", meldete sich eine Männerstimme am anderen Ende. „Ich rufe wegen Elsa an. Bin ich da richtig?"

Herr Stein war der Lehrer, der mit der Schultheatergruppe probte, das wusste Charly.

„Da sind Sie goldrichtig", sagte Charly.

„Elsa ist gestern und heute nicht zur Probe gekommen. Weißt du zufällig, wo sie steckt und was mit ihr los ist?“ Herr Stein klang ziemlich besorgt.

„Hat sie Ihnen das mit dem blauen Auge nicht erzählt?“ Charly wunderte sich. Normalerweise war die Theatergruppe Elsas Ein und Alles – besonders jetzt, wo am Freitag die Premiere des Stücks sein sollte. Warum war sie plötzlich nicht mehr aufgetaucht? Hatte sie etwa Lampenfieber?

„Wie? Was für ein blaues Auge?“, tönte es aus dem Telefonhörer.

„Elsa hat gestern einen Fußball aufs Auge gekriegt. Es ist ziemlich zugeschwollen. Aber ich glaube, das sagt sie Ihnen am besten selbst.“ Charly war nicht ganz wohl in ihrer Haut. Was war mit Elsa los? Hatte sie Streit mit Stein? Oder einfach keine Lust mehr?

„Ja, will sie denn noch mitspielen?“, fragte Stein.

„Moment, Moment, ich verbinde“, sagte Charly, weil Elsa gerade ins Wohnzimmer kam. Sie hielt der Schwester den Hörer entgegen. „Herr Stein für dich.“

Elsa verdrehte genervt die Augen, als sie den Hörer nahm. Charly spitzte die Ohren. Aber außer „Ja, ja“, „Nein, leider nicht“ und „Weiß nicht“ kriegte Herr Stein anscheinend auch nichts aus Elsa heraus.

Elsa blieb schweigsam, als sie aufgelegt hatte. Elsa blieb schweigsam, als Johanna die Kekse, Limonade und den Tee ins Esszimmer brachte. Elsa blieb schweigsam, als Fanny sie fragte, ob sie nun mit dem gelbgrünen Auge Theater spielen würde.

„Sagt mal, was ist eigentlich mit euch los?“ Tante Clara hatte noch einen halben Keks im Mund und redete, dass die Krümel flogen. „Hannelore verliert ihre Eier in meinem Schuh, Charly muss ich vom Direktor abholen, und Elsa ist auf den Mund gefallen. Elsa, warum bist du nicht mehr beim Theater?"

Aber Elsa lenkte geschickt ab und fragte: „Wieso musstest du zum Direktor?"

„Wegen so einer blöden Erpressergeschichte. Ich soll von Michael aus deiner Klasse hundert Euro erbeutet haben." Charly machte eine wegwerfende Handbewegung. „Lächerlich."

Elsa wurde plötzlich kreidebleich. „Du, Charly?" Die Farbe schoss in ihr Gesicht zurück, und sie wurde wutrot. „Du hast etwas mit der Erpresserbande zu tun?"

„Ich sage doch: lächerlich!" Charly kippelte mit ihrem Stuhl und grinste – was war plötzlich mit Elsa los?

„Das ist überhaupt nicht lächerlich!", schrie Elsa. „Das ist todernst. Eine Riesen-Scheiße. Und du machst da mit? Meine eigene Schwester? Hast du meine Klamotten in die Mülltonne gesteckt? Ja? Warst du das?"

Charly wusste nicht, wie ihr geschah. Elsa schüttete ein halbes Glas Limonade quer über den Tisch. Es landete voll in Charlys Gesicht.

„Du bist genauso kriminell wie die Gangster, die Tante Clara hinter Schloss und Riegel gebracht hat!" Elsa sprang auf, lief zu Charly hinüber und schlug auf sie ein.

Die Schläge prasselten auf Charlys Kopf und Rücken, und sie wusste nicht, wie ihr geschah. Aber so plötzlich, wie Elsa ausgerastet war, war der Spuk auch wieder vorbei. Sie begann plötzlich zu heulen, rannte zum Sofa, warf sich darauf und vergrub ihr Gesicht zwischen den Kissen.

Fanny lief zu Elsa, streichelte sie und fragte: „Kriegst du jetzt noch ein blaues Auge?"

Elsa hob ihr verheultes Gesicht aus den Kissen und schrie Fanny an: „Hau ab!“

Charly schluckte. Das war wirklich ungerecht von Elsa. Fanny hatte es doch nicht böse gemeint. Die Jüngste der Fall-Schwestern kriegte feuchte Augen und begann herzzerreißend zu wimmern. Dann rannte sie aus dem Zimmer und knallte die Tür hinter sich zu.

Tante Clara setzte sich auf die Kante des Sofas und streichelte Elsa über den Kopf. „Jetzt erzähl mal, Elsa“, sagte sie sanft. „Schön der Reihe nach.“

Elsa schluchzte, wischte sich die Tränen aus dem Gesicht und hockte sich im Schneidersitz auf das Sofa.

„Die haben gedroht, dass sie die Schultheater-Premiere stören wollen." Elsa schossen schon wieder die Tränen in die Augen. „Und nach dem Sport meine Kleider in den Müll geschmissen."

Charly verstand kein Wort.

Auch Tante Clara schüttelte den Kopf. „Elsa, der Reihe nach. Fang doch mal ganz vorne an. Was ist überhaupt passiert? Wer sind ‚die'? Wieso droht dir jemand?" Sie setzte sich neben Elsa auf das Sofa, reichte ihr ein Taschentuch und wartete geduldig, bis Elsa aufgehört hatte zu schluchzen.

Elsa schnäuzte sich, strich sich die Haare aus der Stirn und nickte vor sich hin.

„Nach den Weihnachtsferien fing es an. Ich fand auf einmal Zettel in meinem Rucksack. Auf denen stand, dass ich in der Pause aufs Jungsklo im Neubau gehen sollte. Ich sollte mich in der ersten Kabine einschließen und warten, bis ein Klopfzeichen käme. Dreimal kurz, dreimal lang. Und dann sollte ich das Geld unter der Trennwand zur zweiten Kabine durchschieben."

Charly traute ihren Ohren kaum: Elsa wurde also auch von der Bande, die den kleinen Michael unter Druck gesetzt hatte, erpresst?

„Wie viel Geld?“, fragte Tante Clara ruhig.

„Das haben sie mir auf den Zettel geschrieben: Erst waren es nur zwei oder drei Euro. Das habe ich natürlich für einen doofen Witz von irgendwem aus der Klasse gehalten. Aber dann war mein Fahrrad platt. Das hielt ich auch noch für einen doofen Witz. Ich dachte erst, dass das gar nichts miteinander zu tun hat. Aber das Ventil war verstopft. Ich musste es auswechseln, und da habe ich noch einen Zettel gefunden: *Wir kriegen dich überall, Elsa Fall.*“ Elsa kämpfte schon wieder gegen die Tränen. „Und das stimmt. Die sind in der ganzen Stadt. Bei uns vor dem Haus lag ein Briefchen, nach dem Sport hatte ich Zettel in den Schuhen. Jede Woche wurde es mehr Geld, das sie haben wollten.“

Tante Clara schnaufte schwer durch die Nase. „Hast du bezahlt?“

Elsa nickte. „Sie haben gedroht, mir die ganze Theateraufführung zu versauen. Und außerdem haben sie gesagt, dass sie ganz viele Leute haben – sie sind überall. In einer Probe haben sie auch eine Kostprobe gegeben: In der Wasserflasche, die wir im Stück brauchen, war plötzlich Pisse.“ Sie schüttelte sich vor Ekel. „Ich hab es zum Glück noch rechtzeitig gemerkt.“

„Bist du sicher, dass das die Erpresser waren?“, fragte Tante Clara.

Elsa nickte. „Am nächsten Tag lag wieder ein Zettel in meiner Schultasche. *Prost, Elsa*! stand darauf. Seitdem habe ich bezahlt – jede Woche. Freitags ist Zahltag.“

Charly merkte plötzlich, dass sie die Fäuste geballt hatte. Diesen Halunken würde sie das Handwerk legen – ganz sicher.

„Als sie irgendwann nur noch Scheine haben wollten, war ich ziemlich schnell pleite. Letzte Woche hatte ich absolut nichts mehr. Ich habe sogar schon überlegt, ob ich Hannelore verkaufen soll."

Charly schluckte. Allein der Gedanke, dass Elsa ihr Huhn verkaufen wollte, um dieser Erpresserbande noch mehr Geld zu geben, machte sie noch viel wütender.

„Aber das habe ich natürlich nicht übers Herz gebracht. Ich habe überhaupt nichts mehr gemacht. Ich bin nicht mehr zu dem Klo gegangen, habe alle Zettel weggeschmissen und bin nicht mehr mit dem Fahrrad zur Schule gefahren."

Das stimmte: In der letzten Woche hatte Elsa ihr Fahrrad im Keller gelassen.

Johanna stand vom Esstisch auf, ging hinüber zu Elsa und Tante Clara und setzte sich in einen der Sessel. „Und? Wie haben sie reagiert?"

Elsa seufzte und zeigte auf ihr gelbgrünes Auge.

Tante Clara klatschte in die Hände. „Aber dann kannst du sie jetzt jederzeit wieder erkennen, die Schufte!"

Elsa schüttelte den Kopf und lächelte müde. „Das ging viel zu schnell. Ich war gerade auf dem Weg von der Schule nach Hause, als mich jemand von hinten packte und in ein Gebüsch zerrte. Und schon hatte ich eins aufs Auge gekriegt. Jemand anderer trat mir gegen das Schienbein. Dann haben sie meinen Rucksack ausgeleert und waren wieder verschwunden."

Tante Clara kratzte sich an der Nase. „Hast du gesehen, wie viele es waren?"

Elsa zuckte mit den Schultern. „Zwei oder drei, vielleicht waren sie auch zu viert. Es ging alles wahnsinnig schnell. Bevor ich richtig zählen konnte, waren die schon auf ihren Fahrrädern abgehauen."

„Hast du vielleicht ihre Stimmen erkannt?", fragte Johanna.

Elsa schüttelte den Kopf. „Sie haben nichts gesagt, keinen Ton. Nur einen Zettel haben sie mir in die Hosentasche gesteckt. Wenn ich nicht sofort wieder bezahle, würden sie zur Premiere kommen."

„Und da hast du beschlossen, nicht mehr zur Theatergruppe zu gehen?" Tante Clara lehnte sich zurück.

Elsa nickte.

„Warum hast du Stein nichts gesagt?", fragte Charly. „Herr Stein hätte bestimmt etwas gegen die Erpresser unternehmen können."

Elsa sah zu ihr hinüber und verdrehte die Augen. „Damit es mir genau so geht wie Michael aus meiner Klasse?"

„Aber Michael lassen sie doch jetzt in Ruhe, oder nicht?", fragte Charly.

Elsa lachte bitter. „Michael ist wegen der Erpresser von der Schule gegangen. Die haben nämlich mitgekriegt, dass er bei Direktor Haberkorn war. Danach ging es für Michael erst richtig los: Michael wurde bei jedem Fußballspiel übel gefoult. In seinem Rucksack fand er jeden Tag eine neue Überraschung: Würmer, Maden, Schokoladenpudding. Sein Fahrrad war schon nach drei Tagen ein einziger Schrotthaufen: Licht zertrümmert, die Kette runter, Schalthebel abgebrochen. Als er mit dem Schulbus fuhr, hatte er immer Kaugummi auf dem Sitz. Es war der reinste Horror!" Elsa schüttelte den Kopf. „Irgendwann hat Michael es nicht mehr ausgehalten. Er ist einfach nicht mehr zur Schule gegangen, bis seine Eltern ihn endlich abgemeldet haben. Jetzt geht er in der Lindenallee zur Schule. Aber das nützt bestimmt auch nichts."

„Wieso nicht?" Johanna schüttelte verwundert den Kopf. „Diese Typen werden sich wohl kaum an einer anderen Schule herumtreiben."

Aber Elsa meinte: „Oh doch, das kann gut sein. Die haben anscheinend die ganze Stadt im Griff. Jedenfalls behaupten sie das. Michael kriegte auch nicht raus, wer alles zu dieser Bande gehört, wie viele es sind und ob sie alle auf unsere Schule gehen."

„Und was hat Charly damit zu tun?" Johanna sah sie prüfend an.

„Eben nichts!" Charly haute wütend mit der Faust auf den Esstisch.

Tante Clara hob beschwichtigend die Hände. „Charly hat damit nichts zu tun. Sie hat sich mit jemandem vor dem Jungenklo geprügelt. Das war alles." Tante Clara zog eine Packung Kaugummi aus ihrer Tasche, nahm einen Streifen heraus und steckte ihn in den Mund – wie immer, wenn sie scharf nachdenken wollte.

„Haben denn die Lehrer keine Ahnung, wer es gewesen sein könnte?", fragte Johanna.

Tante Clara schüttelte den Kopf. „Dieser Direktor weiß nicht viel. Er hatte einen Verdacht, aber die waren es wohl nicht. Lars und Jörg, kennst du die?" Sie sah fragend zu Johanna hinüber.

„Klar, die kenn ich. Und denen traue ich so eine Aktion auch zu! Die sind dermaßen bescheuert!" Johanna nickte heftig und wandte sich dann an Charly. „Du kennst die beiden doch auch, oder?"

Charly schüttelte den Kopf. Sie hatte keine Ahnung, wen Johanna meinte.

„Na klar kennst du die. Lars ist dieser große blonde Typ, der dir beim letzten Sommerfest die Wasserbombe ins T-Shirt stecken wollte."

Charly lächelte vor sich hin. An den Kerl erinnerte sie sich ganz genau. Und sie erinnerte sich auch genau daran, dass es am Ende dieser Lars gewesen war, der die Wasserbombe abbekommen hatte. Sie hatte nur den Namen von dem Blödmann bisher nicht gewusst.

„Dann ist Jörg der Breitmaulfrosch, der immer neben Lars herläuft, oder?"

Johanna lachte. „Genau der! So einen breiten Mund hat sonst keiner an der ganzen Schule. Und wenn du Lars irgendwo auftauchen siehst, kannst du sicher sein, dass einen halben Schritt hinter ihm Jörg auftaucht."

Tante Clara machte mit ihrem Kaugummi eine Blase, ließ sie mit einem Knall platzen und sagte: „Was auch immer ihr mit Lars und Jörg am Wickel hattet: Sie waren es nicht. Die beiden haben in der fraglichen Pause, in der Michael erpresst wurde, die ganze Zeit Fußball gespielt. Das hat Direktor Haberkorn gesagt."

Johanna legte den Kopf schief und fragte: „Gibt es dafür Zeugen?"

Tante Clara nickte. „Sieben Stück: die Jungs, mit denen sie gekickt haben."

„Pah, diesen Zeugen würde ich nicht mal vor Gericht ein Wort glauben!" Johanna lachte. „Die Fußballjungs aus meiner Stufe halten zusammen. Wenn ein Lehrer die irgendetwas fragt, dann würden sie sich eher von der Schule schmeißen lassen, als einen anderen anzuschwärzen. Und so einen wie Lars schwärzt sowieso keiner an. Dann kriegt er nämlich spätestens in der nächsten Pause Ärger mit ihm und seinem komischen Breitmaul-Freund."

Tante Clara kniff ein Auge zu und murmelte: „Vielleicht sollte ich mir diesen Lars mal zur Brust nehmen."

„Nein! Auf keinen Fall!", rief Elsa. „Das macht alles nur noch schlimmer! Wenn er etwas damit zu tun hat, dann geht's mir wie Michael. Und wenn er nichts damit zu tun hat, dann kriege ich mit ihm auch noch Ärger, weil wir ihn verdächtigt haben."

Tante Clara nickte. „Du hast recht, das geht nicht. Wir brauchen handfeste Beweise."

„Und wir müssen sie alle kriegen. Sonst kriegt Elsa von einem anderen aus der Bande Druck", fügte Charly an.

„Du sagst es", stellte Tante Clara fest.

Ein nachdenkliches Schweigen machte sich im Wohnzimmer breit. Nur das Schmatzen von Tante Claras Kaugummi war zu hören.

„Seht ihr, es gibt nur die Möglichkeit, dass ich auf das Theater verzichte. Dann können sie mich auch nicht mehr erpressen." Elsa ließ den Kopf hängen.

„Blödsinn." Tante Clara schmatzte. „Du gehst ab sofort wieder zur Probe. Und damit da nichts passiert, kriegst du Begleitschutz." Sie lächelte Johanna zu.

Die nickte.

„Und um den Rest werden wir uns auch noch kümmern", murmelte Tante Clara. „Das wäre doch gelacht, wenn wir die nicht vor deiner Premiere am Freitag geschnappt hätten."

Auch das noch!“ Charly radelte gerade vom Schulgelände auf die Straße, als es zu tröpfeln begann. Der Himmel am anderen Ende der Straße war zwar noch blau, aber als sie sich umdrehte, sah sie dicke graue Wolken hinter der Schule aufziehen. Die Wolken waren so grau und finster wie der Betonklotz, der sich Schule nannte. Charly hielt extra noch einmal an, um sich den scheußlichen Bau vor den scheußlichen Wolken anzusehen. Das waren genau die richtigen Farben für diesen grauenhaften Ort: grau in grau. Fehlte nur noch, dass auch die Wolken aus Beton waren.

„Ein Gefängnis“, murmelte Charly. „Ein ganz übles Gefängnis.“

Sie holte ihre Regenjacke aus dem Rucksack, zog sie über und schwang sich wieder auf ihr Rad.

Dabei konnte sie eigentlich froh sein: Der Sport-Franz war krank – das bedeutete zwei Stunden Freiheit! Aber diese zwei Stunden würde sie auch brauchen, um sich von den vorherigen vier Stunden zu erholen. Vor allem die Sechs im Vokabeltest und der Wutanfall von Frau Fuchs saßen Charly noch in den Knochen.

Nach der vierten Stunde war vor der Schule nie viel los:

Die Schulbusse kamen immer erst nach der fünften und sechsten Stunde an die Schule. Die meisten Schüler mussten noch im Betonklotz sitzen und sich von ihren Lehrern tyrannisieren lassen.

Oder von ihren Mitschülern, dachte Charly.

Sie rollte auf die Straße, fuhr die menschenleere Auffahrt im Slalom hinunter und freute sich, dass ihr Fahrrad so gut lief. Tante Clara hatte ihr am Abend vorher noch gezeigt, wie sie die Kette reinigen und ölen musste. Auch die Reifen waren frisch aufgepumpt. Es war wirklich ein Glück, dass es Tante Clara gab. Denn mit der Technik war es bei Charlys Vater so ähnlich wie mit dem Kochen und Spülen: Am Computer war er top – in Sachen Fahrrad eine Niete.

Als das Tröpfeln stärker wurde, trat Charly kräftiger in die Pedale. Sie düste den Abhang hinunter, bog unten in die Fuchsstraße und musste an einer roten Ampel anhalten.

„Fuchsstraße“: Es fiel ihr erst jetzt auf, dass die Straße genauso hieß wie ihre bescheuerte Englischlehrerin.

Charly war stinksauer. Frau Fuchs war wirklich die kleinlichste Ziege der Schule. Charly hatte ja gewusst, dass ihr Test nicht gut werden würde, aber deshalb gleich so einen Aufstand zu machen, das fand sie wirklich übertrieben. Eine miese Note bedeutete schließlich nicht den Weltuntergang. Sie hatte doch nur vergessen, die Wörter zu lernen. Und Uwe hatte sie nicht abschreiben lassen. Kein Wunder, dass sie sich über Uwe geärgert hatte!

Hinter Charly hupte ein Auto, und sie drehte sich erschrocken um. Der Fahrer deutete wütend auf die Ampel: Sie war grün.

„Okay, okay!“, rief Charly, stieg auf und radelte los. Der

hätte doch auch an ihr vorbeifahren können. So ein Pingel. Das war bestimmt der Bruder von Frau Fuchs.

Der Regen wurde stärker. Charly sauste durch eine Pfütze.

Vor der ganzen Klasse hatte die blöde Fuchs Charly runtergemacht. „Kein einziges Wort hast du gewusst, Katharina. Kein einziges Wort!", hatte sie immer wieder geschrien. „Und dann auch noch diese Unverschämtheiten!"

Erst hatte Charly gar nicht gewusst, von welchen Unverschämtheiten sie redete. Denn dass sie geschrieben hatte: „Uwe ist doof", war ja keine Unverschämtheit, sondern die Wahrheit. Dann fiel ihr wieder ein, dass sie als Übersetzung von „People" „Popel" geschrieben hatte. Aber musste Frau Fuchs wegen eines Popels gleich so ausrasten?

Charly bog auf die Hauptstraße ein. Es regnete sich richtig ein. Sie spielte einen Moment mit dem Gedanken, unter der Eisenbahnbrücke anzuhalten, um den Regen abzuwarten. Aber als sie die Unterführung erreichte, hatte sie gerade so wunderbaren Schwung, dass sie weitersauste. Das Wasser der Pfützen spritzte nach rechts und links. Die Regenjacke klebte an ihren Armen, und die Kapuze blähte sich im Fahrtwind zu einer großen Tüte auf.

Ein Badehaube wäre windschnittiger, dachte Charly.

Sie wollte den ganzen Schulärger hinter sich lassen. Mit Uwe hatte sie sich auch noch nicht ausgesöhnt, obwohl sie wusste, dass sie das früher oder später machen musste. Schließlich konnte sie unmöglich den ganzen Tag neben einem Jungen sitzen, der sie hasste und den sie am liebsten in jeder Pause verprügelt hätte. Wenigstens für die Schulstunden mussten sie Frieden schließen. Sonst hatte sie ja niemanden, von dem sie abschreiben konnte.

Charly nahm einen schwungvollen Anlauf und kämpfte sich die steile Hengsterbergstraße hinauf. Oben bog sie in die Gartenstraße ab und ließ ihr Rad auf das Haus Nummer sieben zurollen. Sie radelte die Auffahrt hinauf und wäre um ein Haar in einer Trümmerlandschaft aus Autoteilen, Werkzeugen, Regenplanen und Ölkännchen gelandet.

Tante Claras Höllenmaschine parkte rückwärts vor dem Seiteneingang des Hauses, sodass das Heck des Gefährts unter dem Vordach stand. Dort konnte man auch Tante Clara entdecken: Sie hatte ihren gelben Regenmantel und die Gummistiefel angezogen. Hannelore hockte auf dem geschlossenen Verdeck, linste mit ihrem einen Auge hinunter in den Motorraum und gackerte begeistert.

„So ein Bullen-Mist! Ach du lieber Polizeipräsident!", hörte Charly Tante Clara schimpfen. „Gerissen. Ausgerechnet hier und jetzt. Schrottkiste!"

„Hallo, Tante Clara!" Charly schob ihr Fahrrad vorsichtig an der Auto-Baustelle vorbei.

Tante Clara fuhr erschrocken hoch. Sie hatte sich die Kapuze des Regenmantels über den Kopf gezogen und war mal wieder ziemlich ölverschmiert.

„Charly! Hast du mich erschreckt! Was machst du denn schon hier?"

Hannelore flatterte vom Verdeck hinunter in den Matsch.

„Der Sport-Franz ist krank." Charly stellte das Fahrrad im Schuppen ab. „Mit der geölten Kette läuft mein Fahrrad übrigens spitzenmäßig."

„Tja, bei deinem Fahrrad klappt's." Tante Clara zog eine ölverschmierte Kette aus dem Motorraum. „Bei meiner Maschine ist das mal wieder so eine Sache."

Hannelore hüpfte auf die Karosserie, legte den Kopf schief und musterte Tante Clara mit ihrem funktionierenden Auge.

„Und euer Hühnchen hat auch eine Schraube locker." Tante Clara warf einen kopfschüttelnden Blick auf Hannelore. „Es hängt mir schon den ganzen Tag am Rockzipfel."

Charly hatte im Augenblick ganz andere Sorgen. „Kriegst du die Maschine bis zur sechsten Stunde wieder flott?" Sie wurde das Gefühl nicht los, dass Tante Clara über der ganzen Bastelei am Auto ihren Termin an der Schule vergessen hatte.

„Klar schaff ich das", murmelte Tante Clara. „Zur Not flicken wir die alte Kette eben."

„Gack, gack", fügte Hannelore hinzu.

Tante Clara rückte mit einem verschmierten Finger ihre Brille zurecht und lief mit der Kette hinüber ins Haus. Hannelore hüpfte von der Karosserie und heftete sich an Tante Claras Fersen. Das Huhn trippelte sogar mit ihr in den Bastelkeller. Charly schüttelte den Kopf. Lag das an Tante Claras Gummistiefeln? Oder am Regenmantel?

Tante Clara schaffte es tatsächlich, die Kette zu flicken.

„Für's Erste sollte das halten." Sie wischte ihre ölverschmierten Finger an einem Lappen ab.

Eine halbe Stunde hatte sie im Bastelkeller herumgefuhrwerkt, auf den Polizeipräsidenten und die halbe Welt geschimpft, Hannelore verjagt und wieder hereingelassen und immer wieder die Bohrmaschine und das Schweißgerät benutzt.

„Dann wollen wir mal." Tante Clara tauschte den Regenmantel gegen die Jacke mit den Vielzweck-Taschen und stieg in den Wagen.

Als Charly sich auf den Rücksitz schwingen wollte, wäre sie fast mit Hannelore zusammengestoßen. Das Huhn gackerte aufgeregt, ließ sich aber rasch wieder beruhigen. „Kommt Hannelore etwa mit?“, fragte sie.

Tante Clara nickte, drehte sich zum Huhn um und sagte: „Aber nur, wenn du den Schnabel hältst!“

Sie startete die Höllenmaschine. Es knatterte und rappelte gewaltig. Dann rollten sie die Einfahrt hinunter.

Noch immer regnete es Bindfäden. Die kleinen Scheibenwischer flogen aufgeregt hin und her. Hannelore lugte mit ihrem sehenden Auge aus dem Fenster, während Charly einen Blick auf die Uhr warf. Sie würden es noch rechtzeitig zur Schule schaffen – wenn das Auto mitspielte.

Die Höllenmaschine spielte mit. Tante Clara und Charly knatterten fünf Minuten vor Schulschluss die Straße zur Schule hinauf.

Hinter dem grauen Betonbau wurde sogar der Himmel wieder blau. Es tröpfelte nur noch und hörte schließlich ganz auf zu regnen.

Tante Clara parkte ihr Gefährt geschickt in einer Parklücke hinter einer Hecke. Von hier aus konnten sie alles beobachten, wurden aber mit ihrem auffälligen Dreirad nicht sofort entdeckt.

Für Charly war es seltsam, an der Schule zu sein, obwohl sie gar keinen Unterricht hatte. Der Schulhof und die Auffahrt waren wie leer gefegt. Zwei Minuten vor dem Klingeln fuhren die Schulbusse an die Haltestellen. Dann endlich ertönte die Schulglocke. Keine zwanzig Sekunden später rannten die Ersten über den Hof zu den Bussen. Wenig später waren Hof und Auffahrt mit Horden von schreienden Jungen und Mädchen bevölkert.

„Ist es der da?“ Tante Clara zeigte auf einen großen blonden Jungen.

„Zu groß, zu viele Locken“, entgegnete Charly.

Als Tim an ihnen vorbeilief, wollte Charly winken, aber der nette Junge nahm keine Notiz von ihnen. Kurz hinter Tim kamen noch mehr Leute aus Elsas Klasse. Schließlich trottete auch Elsa die Einfahrt hinunter. An ihrer Seite lief Johanna. Sie sahen den Wagen von Tante Clara natürlich sofort. Elsa zwinkerte ihnen aber nur zu. Johanna streckte unauffällig den Daumen nach oben.

„Johanna hat den Personenschutz ja ziemlich gut im Griff.“ Tante Clara ließ den Schülerstrom nicht aus den Augen.

Charly wollte etwas erwidern, aber sie kam nicht dazu. Denn gerade in dem Augenblick rannte Lars zu den Fahrradständern.

„Da ist Lars.“ Sie zeigte hinüber zu dem blonden Jungen.

„So, so, das ist also unsere Zielperson“, murmelte Tante Clara.

„Und da ist auch der Breitmaul-Jörg.“

Der Junge mit dem breiten Mund rannte hinter Lars her. Die beiden Freunde schwangen sich auf ihre Räder.

Tante Clara drehte den Zündschlüssel um, aber der Motor startete nicht. Es tat sich gar nichts.

„Oh nein, du elende Kiste, lass mich jetzt nicht im Stich!“, rief Tante Clara.

„Sie fahren die Straße runter, schnell, Tante Clara!“

Lars radelte auf seinem neuen rotschwarzen Mountainbike an ihnen vorbei.

„Du verflixte Schrottkiste!“ Tante Clara haute auf das Armaturenbrett.

Die beiden Jungs waren schon an den Schulbussen, stoppten kurz an der Straße und sausten dann den Berg hinab.

Tante Clara rüttelte am Zündschloss. Es gab eine kleine Explosion im Auspuff. Es ratterte und knatterte – und endlich sprang der Motor an! Sie gab Vollgas, parkte mit quietschenden Reifen aus der Parklücke aus und knatterte hinter den Radfahrern her. An der Fuchsstraße hatten sie sie fast eingeholt.

„Die wohnen doch beide in Neuenhausen, oder?" Tante Clara ordnete sich auf der Rechtsabbiegerspur ein.

Aber was war das? Die beiden Jungs bogen plötzlich nach links ab, überquerten den Bürgersteig und fuhren in einen kleinen Park.

„Mist!", rief Tante Clara.

Durch den Park konnten sie mit der Höllenmaschine auf keinen Fall fahren.

„Der Parkweg kommt unten an der Bahnlinie wieder raus", sagte Charly. „Du musst hier links, um den Park herum und dann die Bachstraße runter."

Tante Clara sah über die Schulter, winkte lässig aus dem linken Fenster, um einen Schulbus zu stoppen, und gab Gas. Der Busfahrer hupte wild, Hannelore gackerte aufgeregt, aber Tante Clara war schon abgebogen. Sie sausten um den Park herum und sahen die beiden Radfahrer tatsächlich aus dem Park kommen. Allerdings tauchten die Jungen nicht da wieder auf, wo Charly es erwartet hatte: Sie sausten über die Fußgängerbrücke, die die Straße und die Bahnlinie überquerte.

„Mist", murmelte Charly.

„Kein Problem", sagte Tante Clara. „Auf der anderen Seite der Gleise haben wir sie wieder."

Sie knatterte in einem Affentempo die Straße hinunter, bog links ab, sauste durch den Tunnel unter den Bahngleisen durch und bog hinter den Gleisen in die Straße zum alten Güterbahnhof ein. Sie fuhren über die holprige Strecke – aber es war wie verhext: Von den beiden Jungen fehlte plötzlich jede Spur.

„Das gibt's doch nicht", murmelte Tante Clara. Sie steuerte den Wagen zwischen zwei verlassenen Güterhallen hindurch. Sogar Hannelore hielt den Atem an. Am Ende der Straße bogen sie rechts ab.

„Was ist das denn für ein Betonblock?", murmelte Tante Clara im Vorbeifahren.

„Das ist der alte Bunker", sagte Charly. Sie sah gar nicht richtig hin. Das Ding hatte sie noch nie interessiert. Auf dem Spielplatz vor dem Bunker hatte sie einmal gegen ein paar Leute aus der Parallelklasse Tischtennis gespielt. Aber die Platten hier waren ziemlich schlecht.

Sie rollten langsam zwischen Bunker und alter Güterhalle vorbei. Charly warf noch einen Blick hinüber auf den Spielplatz. Die Schaukel hing nur noch an einer Kette, die andere Seite war abgerissen. Auf dem Spielplatz war kein Mensch – oder doch? Charly hätte sie fast übersehen.

„Da sind sie!", flüsterte sie aufgeregt.

Tante Clara ließ ihren Wagen langsam weiterrollen und sah sich nach allen Seiten um. „Wo?", fragte sie.

Charly deutete hinüber zum Spielplatz. Hinter einem Gebüsch standen zwei Fahrräder. Das eine hätte Charly sogar in einer mondfinsteren Nacht erkannt: Es war das rotschwarze Mountainbike von Lars.

Tante Clara pfiff durch die Zähne. „Hut ab, Charly. Das hast du hervorragend beobachtet! Die wären mir glatt durch die Lappen gegangen."

Sie parkte das Auto neben einer halb verfallenen Güterhalle und sah hinüber zum Bunker.

„Da sind die Räder, aber wo sind die Jungen?" Tante Clara holte einen Feldstecher aus dem Fach unter dem Lenkrad.

„Auf dem Spielplatz sind sie nicht", sagte Charly.

„Im Gebüsch auch nicht", stellte Tante Clara fest. „Was folgt daraus?"

„Entweder haben sich die beiden in Luft aufgelöst", meinte Charly. „Oder sie sind im Bunker."

„Hundert Punkte für dich, Charly!" Tante Clara zeigte mit dem Daumen nach oben. „Am besten warten wir, vielleicht kommen ja noch mehr Spielkameraden in den Bunker."

„Vielleicht ein Mädchen mit roten Haaren, oder?" Charly zwinkerte ihrer Tante durch den Rückspiegel zu.

Die nickte. „Natürlich. Das wäre das Beste. Aber vielleicht ist das im Bunker ja gar kein Versteck dieser Mafia, sondern nur so eine Art Kindergarten."

Als Tante Clara das Wort „Kindergarten" aussprach, zuckte Charly zusammen. Sie hatte die ganze Zeit das Gefühl gehabt, dass sie etwas Wichtiges vergessen hatten – jetzt wusste sie, was es war.

„Sag mal, Tante Clara", sagte Charly. „Wenn Johanna Elsa nach Hause begleitet und wir hier die Jungen beschatten ..."

„Ja?" Tante Clara hatte keine Ahnung, worauf Charly hinauswollte.

„Wer holt denn eigentlich Fanny vom Kindergarten ab?"

„Oh nein, ich Rindvieh! Das habe ich total vergessen."

Tante Clara schlug sich mit der flachen Hand vor die Stirn. „Aktion sofort abbrechen! Sondereinsatz Kindergarten!“, rief sie und startete den Motor. Dann fuhr sie so rasant über die vom Regen aufgeweichte Holperstrecke, dass Hannelore aufgeregt auf der Rückbank herumflatterte und Charly sich festhalten musste.

Am Mittwochnachmittag war es ruhig im Haus der Familie Fall. Johanna war mit Elsa in die Schule zur Theaterprobe gegangen. Tante Clara saß mit einem Stapel Kataloge, dem Telefonbuch und allerlei Zetteln und Stiften neben dem Telefon und versuchte Ersatzteile für ihren Kabinenroller zu ergattern. Und Charly hockte in ihrem Zimmer auf dem Boden und spielte mit Fanny.

Der Regen prasselte auf das Dachfenster. Am liebsten hätte Charly es sich in ihrer Hängematte bequem gemacht, die zwischen dem Dachbalken und der Wand in der Ecke hing. Aber sie hatte Fanny versprochen, mit ihr zu spielen. Und das hatte Fanny auch verdient. Schließlich hatte sie heute eine geschlagene Stunde im Kindergarten gewartet, bis sie abgeholt wurde.

Im Memory war Fanny einfach nicht zu schlagen: Sie merkte sich die Karten immer, während Charly leider ständig danebengriff.

„Falsch, falsch, ich bin dran!“, jubelte Fanny, als Charly zum wiederholten Mal statt des zweiten Autos das Klavier aufgedeckt hatte.

So ein verregneter Nachmittag war irgendwie gemütlich, fand Charly. Sie saß im Schneidersitz auf dem Boden und starrte auf die Karten, die ihre kleine Schwester aufdeckte. Fannys Hände fanden völlig sicher immer die richtigen Paare. Aber Charly war mit den Gedanken ohnehin anderswo. Sie hörte lieber den Regentropfen zu, die aufs Dachfenster prasselten.

„O nein, falsch!" Fanny klopfte mit der Hand auf den Boden. Der Pfau und der Blumenstrauß gehörten nun mal nicht zusammen.

Charly wusste nicht, was sie aufdecken sollte. Sie hatte nur dem Regen zugehört, an die Erpresserbande und an Tim gedacht, wie er an ihrem Auto vorbeigelaufen war. Also deckte sie irgendeine Karte auf. Schon wieder das Klavier. Sie sah fragend hinüber zu Fanny. Aber die dachte gar nicht daran, ihr einen Tipp zu geben.

Es klopfte.

„Herein!"

Charly traute ihren Augen kaum, als die Tür aufging. Denn dort stand ein pitschnasser Junge. Er hatte seine Regenjacke angelassen und blieb an der Türschwelle stehen. Es war Uwe.

„Was machst du denn hier?", fragte Charly giftig.

„Ich kann ja auch wieder gehen!", knurrte Uwe genauso giftig zurück.

Das fand Charly gar keine schlechte Idee. Die Gemütlichkeit war jedenfalls hin.

„Du bist dran, Charly", meckerte Fanny ungeduldig.

„Moment, Fanny", sagte Charly. Sie wollte wenigstens hören, was Uwe zu sagen hatte, wenn er sich schon in die Höhle der Löwin traute. Denn dass er hier bei ihr auftauchte, fand Charly wirklich mutig von ihm.

„Also, was willst du?"

Charly hörte ihre eigene Stimme, und sie fand selbst,

dass sie viel zu wütend klang. So wütend war sie auf Uwe eigentlich nicht mehr. Aber irgendwie konnte sie das auch noch nicht abstellen. Und als ihr die Sechs und das Gemecker von Frau Fuchs wieder einfielen, spürte sie auch wieder die Wut auf Uwe ein bisschen hochköcheln. Es war ganz einfach: Sie musste nur an Frau Fuchs denken – schon ärgerte sie sich wieder über Uwe.

„Kann ich dir das vielleicht unter vier Augen sagen?" Uwe stand noch immer an der Türschwelle zu Charlys Dachzimmer. Er sah hinüber zu Fanny.

„Fanny, kannst du uns ganz kurz allein lassen?", fragte Charly.

„Aber nicht gucken!" Fanny sah ernst hinüber zu Charly. „Wenn du mogelst, dann werde ich stinksauer!"

Charly hob die rechte Hand und versprach feierlich: „Ehrenwort: Ich schummel nicht!"

Fanny nickte, stand auf und verließ das Zimmer.

„Jetzt komm schon rein." So viel Schüchternheit hätte Charly Uwe gar nicht zugetraut. Sie schwang sich in ihre Hängematte und blickte den triefnassen Jungen herausfordernd an. „Also?"

Uwe schloss die Tür hinter Fanny und sah sich in Charlys Zimmer um. „Schön hast du's hier, echt gemütlich."

„Lenk nicht ab." Charly wollte sich auf keinen Fall von ihm einwickeln lassen – egal was er vorhatte. „Was ist los?"

Uwe sah verlegen auf den Teppichboden. „Ich – äh – ich wollte – also ich ..." Er stockte, wurde knallrot, hob den Kopf und sagte: „Ich will mich entschuldigen: Es tut mir leid. Dass die Fuchs dir eine Sechs gegeben hat, find ich ungerecht. Und du darfst auch wieder bei mir abschreiben."

Charly war sprachlos. Das hatte sie nun gar nicht erwartet. Sie spürte, dass sie selbst auch rot im Gesicht wurde. Es tat ihr leid, dass sie den Jungen so feindselig angegiftet hatte.

„Ich war nur sauer, weil ich lauter falsche Sachen von dir in Mathe abgeschrieben hatte“, fügte Uwe leise hinzu. „Aber es ist ja nicht deine Schuld, dass du von Mathe keine Ahnung hast.“

Charly verdrehte die Augen. Das war doch schon wieder eine Frechheit! Ihr zu unterstellen, dass sie von Mathe keine Ahnung hatte. So viel Ahnung wie Uwe hatte sie von Mathe allemal! Aber so wie Uwe dastand mit seiner Regenjacke, auf den Teppich tropfte und verlegen zu ihr herüberschaute, konnte Charly ihm einfach nicht mehr böse sein.

„Schwamm drüber“, sagte sie.

„Schwamm drüber.“ Uwe lächelte erleichtert. „Übrigens fällt morgen die erste Stunde aus: kein Mathe.“

„Kann ich wieder reinkommen?“, rief Fanny ungeduldig vor der Tür.

Charly lachte: „Du kannst!“

Uwe drehte sich um und war schon halb aus der Tür, als Charly meinte: „He, Uwe!“

Der Junge drehte sich noch einmal um.

„Mir tut es auch leid.“

Uwe nickte erleichtert und ging tropfend der Treppe entgegen.

In der Nacht träumte Charly ziemlichen Unfug. Ein Monster namens Uwe kam auf sie zugeflogen und verlangte von ihr, eine irrsinnige Mathe-Aufgabe zu lösen. Außerdem rannte Tim an ihr vorbei, sah sie aber nicht.

Als Lars, Jörg und eine rothaarige Hexe anfingen, Tim zu bedrängen, wollte Charly dem netten Jungen helfen. Aber sie kam irgendwie nicht richtig ran – als wäre eine Glasscheibe zwischen ihr und Tim. Das Monster Uwe kam immer näher und rief ihr zu, dass sie ausrechnen solle, was 1785 geteilt durch 357 sei.

„Rechne! Rechne! Rechne! Katharina!“, kreischte Frau Fuchs ihr plötzlich ins Ohr.

Charly wachte schweißgebadet auf. Der Mond warf einen Streifen Licht durch das Dachfenster. Es war schon nach elf. Charly hatte Durst.

Sie kletterte aus dem Bett und schlich sich aus ihrem Zimmer, vorbei an den Zimmern von Elsa und Johanna hinüber zur Treppe. Es war immer dasselbe mit dieser Holztreppe. Charly wusste eigentlich genau, welche Stufen knarzten. Aber wenn es drauf ankam, knarzte plötzlich jede Stufe.

Im Flur war es stockdunkel. Auch unter Tante Claras Tür drang kein Lichtschein mehr hervor. Das ganze Haus schien zu schlafen. Charly schlich hinüber in die Küche und holte sich eine Wasserflasche.

Sie war schon fast wieder auf der Treppe, als sie ein Geräusch hörte. Charly blieb wie angewurzelt stehen. Alles war ruhig. Sie wollte gerade einen weiteren Schritt Richtung Treppe machen, als sie wieder etwas hörte. Das Geräusch kam von unten. Jemand schien im unteren Stockwerk herumzuschlurfen.

Charly packte die Wasserflasche am Hals wie eine Keule und schlich sich hinunter. Aber in der Eingangsdiele und im Büro ihres Vaters war niemand. Sie horchte noch einmal: Das Geräusch kam aus dem Keller. Vielleicht hatten sie ja nur vergessen, Hannelore in ihr Hühnerhaus zu sperren? Oder hatte Tante Clara dem Huhn den Aufenthalt im Haus doch wieder gestattet?

Als Charly die Kellertreppe erreichte, lauschte sie noch einmal. Das war auf keinen Fall Hannelore, die im Keller ihr Unwesen trieb. Charly hörte eindeutig Schritte: Schuhe klapperten über den Steinboden. Für Charly stand fest: Da unten war kein Huhn. Da unten war ein Mensch. Sie packte die Flasche noch fester. Und setzte einen Fuß auf die kühle Steintreppe.

Sie hätte vor Schreck fast die Flasche fallen lassen, als sie den Schein einer Taschenlampe sah. Sollte sie nicht doch lieber die Polizei oder wenigstens Tante Clara rufen?

Vorsichtig schlich sie die Stufen hinunter. Das Licht der Taschenlampe verschwand wieder. Sie hörte, dass die Person die quietschende Tür des Seiteneingangs öffnete, und huschte schnell die letzten Stufen hinunter. Wollte der Einbrecher etwa gerade entwischen?

Charly linste um die Ecke. Die Tür des Nebeneingangs stand offen. Aus dem Bastelkeller drang ein Lichtschein. Was zum Kuckuck suchte ein Einbrecher im Bastelkeller? Da gab es außer Tante Claras Ersatzteilen und ein paar Werkzeugen von Tobias Fall doch absolut nichts zu holen! Wahrscheinlich waren die Konservendosen und Bierkisten wertvoller als der Kram, der im Bastelkeller lagerte. Charly huschte hinüber und warf einen Blick in den Bastelkeller. Da sah es allerdings so aus, als hätte jemand eingebrochen: Auf der Werkbank türmten sich Werkzeuge, Metallstücke und Ersatzteile von und für Tante Claras Kabinenroller. Die alte Kette des Dreirads lag auf dem Boden. Aber was hatte der Einbrecher hier gesucht? Und warum hatte er die Tür offen gelassen, als er sich aus dem Staub machte?

Charly traute ihren Ohren kaum: Der Einbrecher kam zurück. Die Schritte hallten durch den Keller. Sie sah sich um. Der Lichtkegel der Taschenlampe fiel in den Bastelkeller. Es gab kein Entkommen – sie wäre dem Gangster sonst direkt in die Arme gelaufen. Charly schlüpfte schnell hinter die Werkbank, zog den Kopf ein und klammerte sich an ihrer Wasserflasche fest.

Warum habe ich nicht sofort die Polizei gerufen?, fragte sie sich.

Die Schritte kamen näher. Jemand betrat den Bastelkeller.

Cha-Cha-Charly!“ Tante Clara wäre vor Schreck fast in Ohnmacht gefallen, als Charly hinter der Werkbank auftauchte. „Hast du mich erschreckt! Warum schleichst du denn hier im Keller herum? Mitten in der Nacht?!“

„Dasselbe könnte ich dich fragen, Tante Clara!“ Charly stellte die Wasserflasche auf die Werkbank und lächelte ihre Tante erleichtert an, die ein Maßband aus der Werkzeugkiste ihres Vaters gezogen hatte. „Ich dachte, du wärst ein Einbrecher. Ich hätte fast die Polizei gerufen.“

Tante Clara steckte das Maßband in die Jackentasche, stemmte die Hände in die Hüften und sagte energisch: „Du machst sofort, dass du wieder ins Bett kommst!“

Charly schüttelte den Kopf. Das konnte Tante Clara aber wirklich vergessen. Denn dass sie tatenlos im Bett herumliegen sollte, während Tante Clara auf Verbrecherjagd ging, das kam überhaupt nicht in Frage.

„Wenn du mir nicht sagst, was du vorhast, gehe ich sowieso nicht ins Bett.“

Tante Clara seufzte. „Charly, du bist unverbesserlich!“

Charly hatte da einen Verdacht. „Du willst noch einmal zum Bunker, stimmt's?“

„Stimmt." Tante Clara lächelte.

„Ich komme mit." Charly wollte schon losrennen, um sich anzuziehen.

„Kommt nicht in Frage", sagte Tante Clara. „Du hast morgen in der ersten Stunde Schule!"

Da hatte Charly eine Eins-a-Idee: „Oh Mann, nur wegen der blöden ersten Stunde darf ich nicht mit?" Sie tat so, als wäre sie total beleidigt.

Tante Clara nickte.

„Und wenn ich morgen eigentlich erst zur zweiten Stunde habe?" Charly grinste. Dass die erste Stunde ausfiel, hatte sie Tante Clara am Abend gesagt. Aber die hatte es anscheinend wieder vergessen.

Tante Clara schlug Charly kameradschaftlich auf die Schulter und schüttelte den Kopf. „Okay, Charly. Zieh dich an – aber leise!"

„Wenn du schon mitkommst, kannst du dich auch nützlich machen", flüsterte Tante Clara, als Charly zwei Minuten später wieder im Untergeschoss angekommen war. „Wir schieben den Wagen am besten aus der Auffahrt, sonst wecken wir das ganze Haus auf."

Sie schoben den Kabinenroller vom Grundstück auf die Gartenstraße. Tante Clara sprang hinein, ließ das Dreirad aber noch ein paar Meter bergab rollen, bevor sie den Motor startete. Charly kletterte auf den Rücksitz.

„Dann wollen wir mal!" Tante Clara gab Gas. Das Geknatter des Motors wirkte in der nächtlichen Stille noch viel lauter als am Tag.

Obwohl Tante Clara sich in der Stadt gut auskannte, konnte ihr Charly noch eine Abkürzung zum alten Güterbahnhof zeigen, die sie noch nicht kannte.

„Das hat sich richtig gelohnt, dass ich dich mitgenommen habe“, meinte Tante Clara anerkennend.

Sie bogen auf das verlassene Gelände des Güterbahnhofs ein. Die Straße war hier nicht mehr beleuchtet, und die Scheinwerfer warfen runde Spots auf die holperige Strecke. Zwischen den alten Güterhallen sah es richtig unheimlich aus. Plötzlich huschte etwas durch den Lichtkegel der Scheinwerfer. Charly war sich nicht sicher, aber was sie zu erkennen glaubte, sah aus wie der Schwanz einer Ratte.

Der Mond beleuchtete den Spielplatz. Der Bunker ragte groß und schwarz in die Nacht und warf einen langen dunklen Schatten. Die ganze Gegend schien verlassen.

Charly und die Tante kletterten aus dem Auto und sahen sich um. Die Nachtluft war feucht und kühl. Auf der anderen Seite des Spielplatzes raste ein Taxi vorbei – dann war es wieder völlig ruhig.

Tante Clara holte ihre uralte Arzttasche aus dem Auto. Diese Ledertasche kannte Charly schon: Darin waren alle wichtigen Dinge, die eine Detektivin brauchte.

„Jetzt heißt es aufpassen, Charly.“ Tante Clara knipste ihre Taschenlampe an. „Wir dürfen keine Spuren zertrampeln.“

Es hatte zwar aufgehört zu regnen, aber der Boden vor dem Bunker war noch ganz aufgeweicht.

„Matschboden ist wunderbar, ganz wunderbar“, murmelte Tante Clara. Sie leuchtete zu dem Gebüsch, in dem Lars und Jörg am Mittag ihre Fahrräder versteckt hatten. „Achte auf Spuren: Alles ist wichtig – Zigarettenkippen, leere Dosen, Taschentücher, einfach alles.“

Aber es war wie verhext: Der Spielplatz war bestimmt

nicht sauber, aber abgesehen von einer total verrosteten Dose fand Charly nichts Verdächtiges.

Plötzlich murmelte Tante Clara: „Tatsächlich, da waren noch mehr.“ Sie deutete auf die Fahrradreifenspuren, die eindeutig zum Gebüsch führten.

Charly konnte auf den ersten Blick mindestens drei verschiedene Reifentypen erkennen.

„Vorsicht, nicht drauftreten!“ Tante Clara holte einen Fotoapparat und das Maßband von Charlys Vater aus ihrer Tasche. „Leg mal das Maßband an.“

Charly verstand sofort, worum es Tante Clara ging. Sie wollte die Reifenspuren fotografieren. Und damit sie später auch sagen konnte, wie breit die Reifen waren, sollte Charly das Maßband daneben halten.

Sie notierten zusätzlich die Reifenbreite auf Tante Claras Notizblock.

„Gut gemacht“, flüsterte Tante Clara.

„Und jetzt?“ Charly wusste nicht, wie sie weiter vorgehen sollten.

„Die Fußspuren hier sind nicht zu gebrauchen“, murmelte Tante Clara. „Alles verwischt und verwaschen.“ Entschlossen meinte sie dann: „Ich gehe jetzt in den Bunker. Aber wenn es dir zu aufregend ist, kannst du auch im Auto warten.“

„Ich komme mit!“, entschied Charly sofort. Das war ja das Allerletzte. Wenn sie schon mit Tante Clara mitten in der Nacht auf Verbrecherjagd gehen durfte, dann wollte sie auch alles mitkriegen. Außerdem war Charly neugierig, wie es im Bunker aussah.

„Wie du willst.“

Die Tür war mit einem Vorhängeschloss gesichert.

„Lächerlich“, murmelte Tante Clara. Sie holte ein Etui

aus der Tasche, sah sich noch einmal um und sagte: „Da hätte sich Panzerknacker-Uli aber schlapp gelacht."

„Wer ist Panzerknacker-Uli?", flüsterte Charly.

Tante Clara schob einen Draht in das Schloss, rüttelte ein bisschen und drehte den Draht herum. Das Schloss sprang auf.

„Panzerknacker-Uli war die raffinierteste Bankräuberin, die ich je erlebt habe. Kein Safe, kein Geldschrank, noch nicht einmal die Gefängnistore waren vor ihr sicher." Tante Clara trat in den Bunker.

Charly folgte ihr und zog die Tür hinter sich zu.

„Hast du das Schloss eingesteckt?", fragte Tante Clara.

Charly nickte. So blöd, dass sie sich bei Nacht und Nebel in einem alten Bunker hätte einschließen lassen, war sie wirklich nicht.

Im Bunker war es stockdunkel. Im Lichtkegel der Taschenlampe erahnte Charly, dass das Erdgeschoss aus einem einzigen Raum bestand.

„Hier müssen wir noch einmal fotografieren." Tante Clara leuchtete auf den Boden.

Verschiedene Fußabdrücke waren im Staub zu sehen.

„Fünf Leute sind es anscheinend." Tante Clara drückte Charly noch einmal das Maßband in die Hand und machte von verschiedenen Abdrücken Fotos.

Charly lief eine Gänsehaut über den Rücken, als sie Teile des Bunkers im Blitzlicht aufleuchten sah. Es kam ihr die ganze Zeit so vor, als würde jemand in den dunklen Ecken des Bunkers nur darauf warten, sie zu überfallen. Aber als sie mit Tante Claras Taschenlampe in die Ecken leuchtete, war außer Dreck, Müll und Staub nichts zu sehen.

Tante Clara machte auch noch Aufnahmen von ihren

eigenen und Charlys Spuren. „Damit wir uns nicht selbst verfolgen“, meinte sie lächelnd, steckte die Kamera weg und folgte den Fußspuren hinüber zur Treppe.

Die Treppe führte in den Keller, in dem es verschiedene Räume gab.

„Alles klar: Die fühlen sich hier verdammt sicher.“

Sie hatten den Treffpunkt der Bande schnell gefunden. Im hintersten Zimmer stand ein Tisch, der über und über mit Kerzen und Streichhölzern bedeckt war. An den Wänden hingen Poster verschiedener Musikgruppen. Auch ein paar alte Stühle standen herum. Und in einer Ecke lagen jede Menge alte Getränkedosen.

Tante Clara fotografierte alles, machte auch Bilder von den übrigen Räumen und zeichnete auf ihren Block eine Skizze, wie die Räume im Keller verteilt waren.

„Aber wie sollen wir herausfinden, wer die anderen drei Leute neben Lars und Jörg sind?“ Charly hörte ihre Stimme im Bunker hallen.

Tante Clara runzelte die Stirn. „Dazu brauchen wir einen Experten.“ Sie lächelte. „Den besten Experten.“ Sie leuchtete mit der Taschenlampe auf ihre Uhr. „Viertel vor zwölf. Mit ein bisschen Glück schaffen wir es noch vor Mitternacht. Oder bist du müde?“

Charly riss die Augen weit auf. Müde? Sie? Ach was, nie im Leben!

Tante Clara leuchtete noch einmal alles ab, damit sie selbst keine verräterischen Spuren hinterließen, und stiefelte dann vor Charly die Treppe hinauf.

Charly fühlte sich gleich wohler, als sie die Tür zum Bunker hinter sich schließen konnte. Sie sog die klare Nachtluft tief ein. Erst jetzt fiel ihr auf, wie verstaubt es in dem Betonklotz gewesen war.

Tante Clara hängte das Schloss wieder ein und drückte es zu. „Müde?“, fragte sie noch einmal.

Charly schüttelte energisch den Kopf. Was für eine blöde Frage!

Aber als sie auf der Rückbank der Höllenmaschine saß und Tante Clara über die Holperstraße knatterte, fielen Charly doch immer wieder die Augen zu.

„Da sind wir.“ Tante Clara steuerte den Kabinenroller über eine Schotterpiste und blieb nach ein paar Metern stehen. Charly rieb sich die Augen. Sie warf einen Blick auf die Uhr. Es war zwei Minuten vor Mitternacht.

„Du bist ja hundemüde, Charly.“ Tante Clara wirkte putzmunter. „Bleib ruhig im Auto sitzen. Es dauert nicht lange.“

Aber Charly schüttelte den Kopf. Sie war zwar hundemüde, aber diesen geheimnisvollen Spurenexperten wollte sie doch noch kennen lernen. Die Gegend, in der sie gelandet waren, kannte Charly nicht. Es musste am Stadtrand sein. Die Schotterstraße führte durch ein Wäldchen, in dem ein Bach plätscherte. Tante Clara lief den Weg einige Meter entlang und blieb dann neben ein paar hohen, undurchdringlich scheinenden Rhododendron-Sträuchern stehen. Sie bog die Sträucher mit ihrem Schirm auseinander und schlüpfte hindurch. Charly folgte ihr. Jetzt standen sie in einem Garten, der ringsum von hohen Sträuchern, Stauden, Büschen und Bäumen eingeschlossen war. Tante Clara stiefelte hinüber zu einem kleinen Häuschen. Es schien das einzige Haus weit und breit zu sein.

„Glück gehabt, er ist noch auf.“

Aus den drei unteren Fenstern des Häuschens fiel gelbliches Licht auf den Rasen. Tante Clara blieb ein paar Meter vor der Tür stehen und pfiff eine kurze Melodie.

„Das ist *Hänschen klein* rückwärts", flüsterte sie Charly zu. „Das solltest du dir gut merken, aber sag es niemandem weiter."

Tante Clara brauchte die Melodie nicht zu wiederholen – eines der Fenster wurde aufgestoßen. Ein älterer Herr streckte seinen Glatzkopf in die Nacht und flüsterte: „Clara, bist du das?"

„Volltreffer", gab Tante Clara zur Antwort und marschierte Richtung Tür.

Der Herr öffnete, guckte aber nicht gerade begeistert aus der Wäsche, als er Charly entdeckte. „Wie? Du bist nicht allein und benutzt den Pfiff?"

Tante Clara lächelte dem Mann beruhigend zu. „Darf ich vorstellen? Das ist Charly Fall – meine Nichte und beste Schülerin."

Charly spürte, wie ihr die Röte ins Gesicht schoss. So ein riesengroßes Lob mitten in der Nacht – das hatte sie nicht erwartet.

„Und das ist der beste Experte in Sachen Polizeiarbeit, den das Land zu bieten hat." Tante Clara legte dem Mann eine Hand auf die Schulter. „Er ist sogar noch aktiv bei der Polizei. Und außerdem ein uralter Freund von mir: Herbert Lumme."

„Guten Abend, Herr Lumme", sagte Charly artig.

Herr Lumme grinste. „Du bist also Charly. Willkommen. Aber bitte, siez mich nicht – sonst komm ich mir noch älter vor, als ich sowieso schon bin." Herbert Lumme strich sich mit einer Hand über den kahlen Schädel.

Tante Clara lief zu einem großen Tisch, holte den Film

aus der Kamera und riss die Notiz- und Skizzenblätter von ihrem Block ab.

„Bert, wir haben ein paar Schwierigkeiten." Sie hielt die Filmdose in die Höhe.

„Mal wieder Schwierigkeiten", murmelte Herbert Lumme und schmunzelte vor sich hin.

„Auf diesem Film sind Fuß- und Fahrradspuren", sagte Tante Clara. „Vermutlich sind es fünf Paar Schuhe. Ich will alles wissen: welche Schuhgröße, welche Fabrikate? Wie alt sind die Schuhe? Wie schwer sind die Leute, die sie tragen? Einfach alles."

Lumme kratzte sich am Hinterkopf. „Hast du die Spuren ausgemessen?"

Tante Clara zeigte hinüber zu Charly. „Das hat meine Assistentin erledigt. Das Maßband ist mit auf den Fotos. Und wir haben die Maße noch einmal notiert." Sie legte einen der Zettel auf den Tisch.

„Setzt euch doch." Bert Lumme bot ihnen Stühle an.

Charly ließ ihren Blick durch das Häuschen schweifen. Es sah aus wie eines der Ferienhäuser, das ihr Vater einmal in Dänemark gemietet hatte. Das Wohnzimmer war ziemlich klein. In einer Ecke stand ein Sessel. Die Wände waren bis unter die Decke mit Bücherregalen vollgestellt. Vor dem Fenster wucherten Zimmerpflanzen.

Tante Clara breitete ihre Zettel auf dem Esstisch, der in der Mitte des Raumes stand, aus.

„Ich habe auch noch ein paar Fotos von einem der Räume gemacht. Im Keller von einem alten Bunker. Alle Wände sind aus Beton." Sie zeigte Bert ihre Skizze. „Diesen Raum habe ich genauer aufgenommen. Auch hier interessiert mich alles: Woher sind die Kerzen? Woher stammen die Poster, einfach alles."

Bert Lumme hob den Zeigefinger. „Darf ich mal was fragen, Clara?“

Tante Clara lächelte. „Bitte.“

„Was suchst du eigentlich?“

„Kurzversion oder Langversion?“, fragte Tante Clara.

Charly gähnte. Sie konnte nichts dafür und es war auch keine Absicht, aber sie musste einfach gähnen.

„Kurzversion“, bestimmte Bert. „Aber wir telefonieren morgen früh noch einmal.“

„Natürlich telefonieren wir morgen früh, Bert.“ Tante Clara wirkte etwas erstaunt. „Denn morgen früh brauche ich die Ergebnisse.“

Bert Lumme schüttelte den Kopf. „Clara Fall, du bist unverbesserlich! Wolltest du nicht im Ruhestand ein wenig langsamer machen?“

Aber Tante Clara kannte keine Gnade: „Morgen früh brauche ich die Ergebnisse. Sonst gibt es am Freitag eine Katastrophe. Aber das erzähle ich dir alles morgen. Wir suchen ein paar Jugendliche. Vermutlich sind es fünf. Es können aber auch mehrere sein. Wir wissen so gut wie nichts. Doch, von zwei Jungen wissen wir die Namen, und wir vermuten, dass ein rothaariges Mädchen dazugehört.“

„Das ist doch schon eine ganze Menge“, murmelte Bert. „Wollt ihr was trinken? Oder was essen?“

Tante Clara schüttelte den Kopf. Sie zeigte mit dem Kinn hinüber zu Charly. „Ich bringe jetzt lieber meine Assistentin nach Hause. Die muss dringend ins Bett.“

„Dann schlaft gut, Kollegen! Ich koche mir jetzt einen extrastarken Kaffee. Will sehen, was ich bis morgen früh herausfinden kann.“ Bert Lumme stand auf, begleitete Tante Clara und Charly hinüber zur Tür und entließ sie in die kühle Nacht.

Nein, nein, nein! Ich bleibe hier! Ich geh nie wieder in diese Schule! Nie wieder!"

Charly schlug die Augen auf. Bei dem Geschrei, das Elsa im Flur veranstaltete, konnte kein Mensch schlafen. Charly räkelte sich und sah auf den Wecker. Es war zwanzig vor acht. Eigentlich hätte sie noch eine halbe Stunde schlafen können.

„Jetzt beruhig dich erst mal, Elsa!", hörte Charly Johanna rufen.

Charly gab auf: Sie verließ ihr warmes Bett und schlurfte die Treppe hinunter. Da standen sie alle im Flur: Elsa hatte Tränen in den Augen und hielt einen Zettel in der Hand. Johanna hatte einen Arm um sie gelegt, und Tante Clara schüttelte den Kopf.

„Ich verstehe kein Wort. Was ist denn passiert?", fragte die Tante.

Charly setzte sich auf die unterste Treppenstufe. Elsas Veilchen war inzwischen tatsächlich verschwunden. Dafür waren die Augen jetzt rot geheult.

„Ich habe mein Fahrrad gestern Abend nicht in den Schuppen gestellt." Elsa sah betreten auf den Boden. „Sonst habe ich es immer in den Schuppen gebracht, aber gestern Abend hatte ich es vergessen – das kann ja mal passieren. Und jetzt ist es weg! Geklaut!“ Eine Träne kullerte über ihre Wange.

„Hast du überall nachgesehen?“, fragte Tante Clara. „Vielleicht hat es jemand anders in den Schuppen gebracht?“

Elsa schüttelte den Kopf. „Da ist es nicht! Es ist weg!“

„Es ist wirklich geklaut, Tante Clara!“ Johanna nahm Elsa den Zettel aus der Hand und reichte ihn der Tante. „Das waren die Erpresser! Die haben sogar extra diesen Brief für Elsa am Zaun hinterlassen. Genau da, wo sie gestern ihr Rad abgestellt hatte.“

Tante Clara nahm den Zettel und rückte ihre Brille zurecht. „*Mach kein Theater, Elsa*“, las sie vor. „Die halten sich wohl für besonders witzig.“

„Ich geh nicht mehr in die Schule. Und ich geh auch nicht mehr zum Theater!“ Elsa verschränkte die Arme vor der Brust und ließ sich wie ein nasser Sack auf den Boden plumpsen.

„Wie? Du willst wegen dieser Kerle das Theater aufgeben? Das ist doch Blödsinn, Elsa!“ Tante Clara krempelte die Ärmel hoch. Sie fasste den Zettel mit spitzen Fingern an einer Ecke an und legte ihn vorsichtig auf das Schuhschränkchen unter dem Spiegel. „Auf diesem Papier sind womöglich Fingerabdrücke. Ein Schriftexperte kann vielleicht die Handschrift wiedererkennen. Jeden Moment kommt Lumme mit den Ergebnissen aus dem Labor, und du willst jetzt aufgeben?“

Die verheulte Elsa wirkte ratlos.

„Was soll ich denn machen? Gestern wäre bei der Probe fast ein Scheinwerfer von der Decke auf die Bühne geknallt. Die Schrauben waren gelockert. Mensch, Tante

Clara, die Schrauben lockern sich doch nicht von allein!"

Charly stand von der Treppe auf, ging in die Küche und holte ein Päckchen Taschentücher. Die drückte sie Elsa in die Hand, streichelte ihr über den Kopf und sagte: „Wir kriegen die. Ganz bestimmt."

Elsa schnäuzte sich die Nase, sah Charly wütend an und rief: „Ach ja? Und wie willst du das anstellen? Willst du jetzt jede Nacht hinter dem Güterbahnhof auf der Lauer liegen? Oder wollt ihr die Aula Tag und Nacht bewachen?"

Charly wurde langsam sauer. Es war ungerecht von Elsa, sie anzumeckern. Sie tat doch wirklich, was sie konnte.

Johanna hob beschwichtigend die Hände. „Wenn wir uns auch noch untereinander streiten, kriegen wir jedenfalls keine Erpresser zu fassen."

Charly schluckte den Ärger runter. Johanna hatte ausnahmsweise völlig recht. Streit war jetzt das Letzte, was die Schwestern gebrauchen konnten.

„Ich kann nicht hellsehen, Elsa." Tante Clara hockte sich zu Elsa auf den Boden. „Aber ich verspreche dir, dass ich alles tun werde, um diese Halunken vor der Theaterpremiere morgen Abend zu überführen. Und wenn ich alles tue, dann ist das eine ganze Menge. Das kann ich dir sagen."

Elsa schnäuzte sich noch einmal.

„Wenn du jetzt nicht mehr in die Schule gehst, dann gibst du auf. Wenn du aber einfach weiter zur Schule gehst, dann glauben die Erpresser, dass sie alles im Griff haben. Und dann ist es umso leichter, sie zu schnappen."

Elsa runzelte die Stirn. Richtig überzeugt sah sie nicht aus.

Tante Clara packte Elsa an der Schulter. „Johanna bringt dich bis zur Klassenzimmertür, und in der Pause holt sie dich wieder ab. Da wird bestimmt nichts passieren. Und wenn doch etwas läuft, holt ihr sofort die Lehrer dazu."

Elsa wiegte den Kopf unentschlossen hin und her.

„Außerdem kommt jeden Moment das Ergebnis aus dem Labor", sagte Tante Clara. „Und damit sind wir vielleicht schon einen Schritt weiter."

Es klingelte.

„Wenn man vom Lumme spricht", murmelte Tante Clara.

„Ich mach auf! Ich mach auf!", rief Fanny. Noch im Schlafanzug kam sie aus ihrem Zimmer geflitzt und stürmte Richtung Haustür. Als sie die Schwestern mit Tante Clara im Flur erblickte, stemmte sie die Hände in die Hüften und fragte vorwurfsvoll: „Habt ihr ohne mich Kriegsrat gemacht?" Beleidigt wandte sie sich ab und setzte ihren Weg zur Haustür fort.

Johanna sah ungeduldig auf die Uhr. „Wir müssen los, Elsa. Wir kommen sowieso schon zu spät. Und du hast ja noch nicht mal ein Fahrrad."

„Ich kann euch doch hinfahren." Tante Clara stand auf.

„Und wer bringt dann Fanny in den Kindergarten?", fragte Johanna.

Tante Clara biss sich auf die Lippe. Anscheinend hatte sie die Jüngste der Schwestern mitsamt dem Kindergarten schon wieder vergessen.

„Ich fahre sowieso nur noch mit Bert!" Fanny kam die Treppe heraufgeschlurft.

An der Hand hatte sie den großen, schmalen Glatzkopf, den Charly schon kannte: Bert Lumme. Der Polizist hatte einen Packen Papiere unter den anderen Arm geklemmt und lächelte.

„Neuigkeiten?“, fragte Tante Clara.

Lumme nickte. „Guten Morgen, alle miteinander!“

„Schieß los, Bert, wir sind in Eile.“ Tante Clara warf Fanny einen strengen Blick zu. „Und du ziehst dich jetzt endlich an, Fanny Fall! Sonst fährt dich überhaupt niemand in den Kindergarten!“

Fanny ließ Bert Lummes Hand los und rannte in ihr Zimmer.

„Wir hören!“ Tante Clara rückte ihre Brille zurecht.

„Es sind fünf Leute im Bunker gewesen. Schuhgrößen alle zwischen 38 und 41, das deutet auf Frauen oder Jugendliche hin. Ferner sind es Turnschuhe.“ Bert Lumme sah in die Runde.

Tante Clara starrte ihn an. „Und? War das schon alles?“

Ein Lächeln huschte über das Gesicht des Polizisten. „Fast alles. Nur noch die genauen Marken der Schuhe!“ Er holte einen Zettel aus der Jackentasche und las vor: „Einmal *Top-Sprint*, Größe 41, ziemlich abgelaufen, vor allem an der Hacke außen – ich tippe auf O-Beine. Aber da bin ich mir nicht ganz sicher. Zwei Paare *Frisco-Sport*, eins in 41, eins in 40.“

„Das sind die Schuhe von Lars und Jörg“, sagte Johanna. „Die stehen auf so’n Zeug.“

„Dann haben wir zweimal *Kasallas Freizeit Spezial*: zwei ganz neue Paare, kaum abgelaufen. In 38 das eine, in 39 das andere.“ Lumme faltete den Zettel zusammen. „Na, wie bin ich?“

Charly war sprachlos. Das war ja wirklich der Hammer, was Bert Lumme in einer einzigen Nacht alles rauskriegen konnte!

„Wegen der Fahrradspuren sieht es schlechter aus. Da sind die Fotos nicht richtig belichtet – könnte es sein, dass du vergessen hast, den Blitz einzuschalten, Clara?“

Tante Clara haute sich mit der flachen Hand vor die Stirn.

„Jedenfalls sind hier deine entwickelten Fotos. Hier die Zeitschriften, aus denen die Poster sind – die geben nichts her, alles ganz weitverbreitete Blätter. Hier noch einmal eine Auflistung der Schuhmarken – wo soll ich das hinlegen?“ Lumme hielt einen Packen Papiere in der Hand.

Tante Clara nickte hinüber zu Charly. „Gib das alles Charly. In der Küche gibt's noch eine Tasse Kaffe für dich. Falls nicht, macht Charly dir eine.“

„Fertig!“, krähte Fanny aus ihrem Zimmer.

„Ach, und Bert, sag mal, du bist doch sicherlich mit dem Auto da, oder?“

Lumme nickte, legte den Kopf schief und grinste. „Soll ich vielleicht noch einen kleinen Umweg zum Kindergarten machen?“

Tante Clara nickte. „Du bist der Größte, Bert. Danke!“

Sie warf ihrem verdutzten Freund eine Kusshand zu, zog ihren knallgelben Rollkragenpulli gerade und rannte mit Elsa und Johanna im Schlepptau aus dem Haus.

Charly sah hinüber zu Lumme. Der alte Kollege von Tante Clara stand im Flur und sah aus, als sei soeben ein Tornado an ihm vorbeigefegt.

Charly hätte ihren Mathelehrer abknutschen können: Die freie Stunde tat richtig gut. So konnte sie gemütlich mit Bert Lumme frühstücken. Bert konnte viele Geschichten von der Polizei erzählen, auch viele, in denen Tante Clara vorkam und die Charly noch gar nicht kannte. Anscheinend waren die beiden früher schon ein ziemlich gutes Team gewesen: Lumme im Labor und Tante Clara immer draußen am Tatort. Allein Panzerknacker-Uli hatten die beiden fünf Mal hinter Gitter gebracht, bis die raffinierte Verbrecherin endgültig aus dem Gefängnis ausbrach und untertauchte.

Charly hockte neben Uwe in der letzten Reihe. Sie hatten Erdkunde, aber Charly hörte gar nicht zu. Frau Hakenthaler, die drahtige Erdkundelehrerin, war meistens ziemlich langweilig. Charly träumte vor sich hin. Sie stellte sich vor, wie sich Panzerknacker-Uli irgendwo in Südamerika am Strand räkelte und von ihren heimlichen Reserven, von denen noch nicht einmal Tante Clara etwas wusste, lebte. Von so etwas träumten die Erpresser bestimmt auch.

„Wer kann es mir sagen? Das müsst ihr aber wirklich alle wissen. Katharina!“

Charly schreckte hoch. Frau Hakenthalers Blick kreiste wie ein alter Aasgeier über der Klasse. Charly sah unauffällig zur Seite. Uwe hatte ausnahmsweise aufgepasst: Er schob ihr einen Zettel zu. Auf dem Zettel stand nur ein Wort: *Antarktis*.

Charly hatte überhaupt keine Ahnung, worum es im Moment gegangen war. Und das Wort „Antarktis" sagte ihr auch nichts.

„Ich weiß nicht genau ..." Charly stockte. Sie tat so, als müsse sie überlegen, damit es noch ein bisschen glaubwürdiger aussah. „Meinen Sie vielleicht *Antarktis*?"

„Na also, Katharina!" Frau Hakenthaler nickte ihr zu. „Und wie heißt die Gegend um den Nordpol?"

Charly schwitzte. Wenn die Hakenthaler sie für den Rest der Stunde drannahm, würde das noch ziemlich aufregend werden. Sie schob den Zettel zurück zu Uwe und fragte Frau Hakenthaler: „Bin ich immer noch dran?"

Die Erdkundelehrerin nickte.

„Ja, ich glaube, diese Gegend heißt ... äh." Uwe schob ihr den Zettel zu. Er hatte nur die erste Silbe von Antarktis durchgestrichen. Aber darunter stand in großen Lettern: *Schlafmütze*! So eine Frechheit.

„Diese Gegend heißt wohl Arktis, oder?"

„Richtig. Wer weiß noch, was der große Unterschied zwischen Arktis und Antarktis ist?" Die Hakenthaler sah in die Runde und nahm dann zum Glück Steffi dran. Charly atmete auf. Sie kramte einen Stift aus dem Federmäppchen, kritzelte ein dickes *Danke* auf den Zettel und schob ihn Uwe zu.

Irgendwie war er eben doch ein guter Banknachbar. Charly nahm sich fest vor, in der nächsten Stunde besser aufzupassen. Aber dann fielen ihr wieder die Verbrecher ein, die Tante Clara schon erwischt hatte, und sie träumte davon, für Interpol in Südamerika nach Panzerknacker-Uli zu suchen.

Die Pausenglocke weckte sie auf.

„Was hast du denn gestern Nacht getrieben?" Uwe schlug sein Erdkundebuch zu und kramte seinen Apfel aus der Tasche.

Charly streckte sich und gähnte. „Ich? Eigentlich nichts, wieso?"

Uwe schüttelte den Kopf. „Du hättest ja fast geschnarcht, so fest hast du gepennt. Dass die Hakenthaler das nicht gemerkt hat ..."

Sie liefen mit den anderen aus der Klasse.

„Danke jedenfalls." Charly drängte sich an den anderen vorbei auf den Hof. Sie hockte sich auf eine Bank direkt neben der Tür, wartete auf ihre Schwestern und betrachtete Schuhe. *Top-Sprint* und *Kasallas Freizeit Spezial* waren die Marken, die Lumme genannt hatte und nach denen sie Ausschau hielt. Das Geschrei auf dem Hof wurde immer lauter.

Plötzlich entdeckte sie ein Paar *Top-Sprint*-Turnschuhe. Charly sprang auf und lief ein paar Schritte hinter dem Jungen her. Der war garantiert nicht aus Johannas Stufe, sondern schon älter. Aber vielleicht waren Lars, Jörg und das rothaarige Mädchen ja nur die Handlanger. Und dieser lange Lulatsch war vielleicht der Chef.

„He du", rief Charly.

Der Junge drehte sich um.

„Welche Schuhgröße hast du?"

Ein breites Lächeln huschte über das Gesicht des Jungen. „Wieso willst du das wissen?"

Charly spürte einen Schweißtropfen über ihren Rücken laufen. Diese Frage war ziemlich vernünftig, und sie hatte keine Ahnung, was sie darauf antworten sollte. Die Wahrheit konnte sie schlecht erzählen, dann hätten sie gleich einen Aushang machen oder in die Schülerzeitung schreiben können, dass sie die Erpresser suchten – Schülerzeitung! Da kam Charly eine Idee.

„Ich bin von der Schülerzeitung. Wir suchen den Jungen mit den größten Füßen der Schule. Das ist für ein Preisausschreiben." Charly fand ihre Ausrede große Klasse.

Der Junge fand das anscheinend nicht. Er lachte schallend. „Also, ich weiß echt nicht, was du von mir willst, Kleine. Ich habe Größe 44. Und ich bin übrigens der Kai. Ich mache auch mit bei der Schülerzeitung." Er schüttelte den Kopf und lachte. „Aber von so einem Preisausschreiben weiß ich nichts."

Charly spürte, dass sie knallrot wurde. Sie sah verlegen auf den Boden. So ein Mist!

„Außerdem habe ich dich noch nie in unserer Redaktion gesehen", sagte Kai. „Aber du kannst ja mal vorbeikommen und mitarbeiten, wenn du Lust hast. – Vielleicht machen wir auch mal ein Preisausschreiben, wer die blödsten Fragen der Schule stellt. Da hättest du gute Chancen, zu gewinnen." Er lachte, drehte sich um und lief weiter.

Charly rannte zurück zu ihrer Bank, glotzte weiter Schuhe an und schämte sich. So ein blöder, blöder Mist. Das konnte doch wirklich kein Mensch ahnen, dass sie ausgerechnet einen von den Schülerzeitungsjungs erwischen würde!

„Hey, Charly, na, lauerst du wieder Uwe auf?"

Tim setzte sich neben sie auf die Bank. Charly lächelte

ihm kurz zu, ließ ihren Blick aber rasch wieder zur Tür gleiten, um kein Schuhpaar zu verpassen. Die meisten Schüler waren aber inzwischen schon auf dem Hof. Sie hatte mit Kai einfach zu viel Zeit vergeudet.

„Charly, was ist los?", fragte Tim. „Ist etwas passiert? Bist du traurig?"

Charly schüttelte den Kopf. „Ich guck mir einfach nur Schuhe an. Kennst du die neuen *Kasallas Freizeit Spezial*?"

Tim lachte. „Willst du mich auf den Arm nehmen?" Er streckte die Beine aus.

Charly starrte auf seine Füße. Tim hatte neue Turnschuhe: Es waren braune *Kasallas*. Das konnte doch nicht wahr sein! Hatte Tim etwas mit Lars und Jörg zu tun? Das würde zumindest erklären, wie die Zettel in Elsas Rucksack gekommen waren. Andererseits konnte sich Charly kaum vorstellen, dass Tim etwas mit der Erpresserbande zu tun hatte.

„Starke Schuhe", sagte Charly. Hoffentlich merkte Tim nicht, dass ihre Stimme zitterte. „Hast du vielleicht Lust auf ein kleines Tischtennis-Match?"

Tim grinste sie an und nickte.

„Kennst du den Spielplatz hinter dem Güterbahnhof?", fragte Charly.

„Neben dem alten Bunker?", fragte Tim. „Klar, den kenn ich. Sagen wir heute Nachmittag um drei?"

Charly nickte. Insgeheim hatte sie gehofft, dass Tim den Bunker nicht kennen würde, denn dann wäre er in jedem Fall unschuldig gewesen.

„Tolle Schuhe jedenfalls." Charly betrachtete Tims Füße. „Solche will ich auch bald haben. Welche Größe hast du?"

Tim starrte sie von der Seite an. „Sag mal, habt ihr zu

Hause irgendwie ausgemacht, dass ihr mich heute alle nach meiner Schuhgröße fragt?“

Charly biss sich auf die Lippen. Anscheinend waren die Schuhe auch Elsa schon aufgefallen.

„36 hab ich. Aber das habe ich Elsa und Johanna auch schon gesagt. Wenn jetzt noch die kleine Fanny kommt, sage ich ihr direkt: 36.“ Tim grinste.

Charly atmete auf. 36 war zwei Nummern zu klein. Also hatte Tim nichts mit der Erpressung zu tun.

„36 ist eine gute Größe!“ Charly schlug Tim erleichtert auf die Schulter.

„Sag mal, was ist eigentlich los mit euch? Elsas blaues Auge ist zwar weg, aber sie ist immer noch sehr seltsam drauf.“ Tim schien sich echt Sorgen zu machen.

Charly lächelte ihn an. „Mach dir keine Sorgen, Tim. Morgen hat die Theatergruppe ihre Premiere. Danach wird Elsa garantiert wieder ganz die Alte sein.“

Sie beobachtete weiter die Schuhe, die über den Hof spazierten, aber sie wurde das Gefühl nicht los, dass sie die gesuchten Treter so kaum finden würde. Es waren einfach zu viele Leute auf dem Schulhof unterwegs.

„Hey, Charly, da bist du ja!“ Johanna kletterte von hinten auf die Bank.

Auch Elsa kam zu den Schwestern. Sie sah immer wieder ängstlich von links nach rechts. Aber Johanna nickte ihr beruhigend zu.

„Wie war's bei dir?“, fragte Johanna. Sie warf einen warnenden Blick hinüber zu Tim. „Irgendetwas Neues?“

Charly kapierte sofort, was Johanna meinte: Sie wollte wissen, ob sie schon eins der gesuchten Schuhpaare gefunden hatte.

„Nicht so gut“, sagte Charly. „Ich dachte, ich lande einen Volltreffer, war dann aber ein ziemlicher Schlag ins Wasser."

Tim merkte anscheinend, dass er bei den Schwestern Fall störte. Er stand auf, murmelte, dass er noch aufs Klo müsse, und wollte sich schon verdrücken.

„Heute Nachmittag, drei Uhr?" Charly hatte wirklich Lust auf ein gepfeffertes Tischtennis-Spiel.

Tim nickte. „Um drei am Bunker."

Kaum war der Junge außer Hörweite, plapperte Johanna auch schon los: „Es sieht nicht gut aus. Von den Freunden von Lars und Jörg hat keiner *Kasallas*, und auch kein einziges Paar *Top-Sprint* läuft bei mir in der Klasse rum. Ich glaube, die hat an der ganzen Schule nur Kai von der Schülerzeitung an."

Charly traute ihren Ohren kaum: Wieso kannte Johanna diesen Kai und wusste, dass er von der Schülerzeitung war?

„Aber bei dem stimmt die Größe nicht", sagte Charly.

Johanna starrte sie an. „Woher kennst du Kais Schuhgröße?"

Charly grinste. Diesen Kai schien Johanna ja ziemlich gut zu finden. Sie zuckte mit den Schultern und murmelte: „Ich habe ihn gefragt. Ihr habt ja Tim auch nach seiner Schuhgröße gefragt."

Es klingelte.

„Es gibt nur eine Möglichkeit", sagte Johanna. „Wir müssen nach der fünften und nach der sechsten Stunde am Ausgang Wache stehen. Und zwar am besten zu zweit. Sonst können uns zu viele Leute entwischen."

Die drei standen von der Bank auf und schlenderten hinüber zur Schultür.

„Dann muss Elsa aber nach der Sechsten allein aus der

Klasse gehen." Charly nahm die drei Stufen zum Eingang mit einem Satz.

Elsa nickte. „Das klappt schon. Ich gehe einfach ein bisschen früher aus der Klasse. In der letzten Stunde habe ich sowieso nur den Berghaus. Dem erzähl ich einfach, dass ich krank bin. Der glaubt mir sowieso alles."

Charly grinste. Es war wirklich gut, dass ihre Schwester so gut schauspielern konnte.

„Also abgemacht: Wir legen uns nach der fünften und nach der sechsten Stunde auf die Lauer", sagte Johanna.

Die Schwestern nickten sich zu. Das wäre doch gelacht, wenn sie diese dämlichen *Kasallas* nicht finden würden.

Die Stimmung der Familie Fall erreichte am Donnerstagmittag einen Tiefpunkt.

Die Schwestern hatten mit ihrer Schuh-Sucherei nach der fünften und auch nach der sechsten Stunde am Ausgang kein Glück gehabt. Stattdessen hatte Elsa ein paar abgenagte Hühnerknochen und einen neuen Drohbrief in ihrem Rucksack gefunden.

Und zu allem Übel hatte Tante Clara auch noch versucht etwas zu kochen.

„Immer nur das aufwärmen, was Tobias uns in die Tiefkühltruhe gelegt hat, ist doch blöd", meinte sie.

Da war sie aber die Einzige, die dieser Meinung war: Die Kartoffeln hatte Tante Clara viel zu kurz, den Blumenkohl dafür viel zu lang gekocht. Charly nagte an einer knochenharten Kartoffel herum und kam sich vor wie ein Kaninchen, das eine Möhre frisst. Dafür zerfiel der Blumenkohl zu Matsch, als sie ihn mit der Gabel berührte.

„Ich habe auch noch Würstchen gebraten, aber die sind irgendwie nicht so richtig gar geworden." Tante Clara stellte die Pfanne auf den Tisch. Darin lagen drei verkohlte Stücke, die Charly eher an Tante Claras Kuchen-Versuch als an Würstchen erinnerten.

„Ich habe heute sowieso nicht so viel Hunger", sagte Johanna schnell.

„Ich auch nicht", fügten Charly und Elsa wie aus einem Mund hinzu.

„Wie ihr meint." Tante Clara angelte sich eins der Würstchen aus der Pfanne, kratzte die schwarzen Stellen ab und tunkte es kräftig in Senf.

„Also, fassen wir noch einmal zusammen." Tante Clara biss in die Wurst. „Ihr habt keine Leute gefunden, die mit Lars und Jörg zu tun haben und die die richtigen Schuhe tragen. Ferner ist irgendein Spaßvogel in der Pause in Elsas Klasse gewesen. Was folgt daraus?" Tante Clara hob fragend die Augenbrauen.

Charly zuckte mit den Schultern.

Tante Claras Blick wanderte weiter zu Johanna und landete schließlich bei Elsa. „Daraus folgt, dass wir so schlau sind wie zuvor." Sie wollte noch einmal in das Würstchen beißen, murmelte dann aber: „Ekelhaft", und warf die Wurst kurzerhand aus dem offenen Fenster.

Charly war sprachlos. Das hätte sie noch nicht einmal Tante Clara zugetraut.

„He!", rief jemand von unten herauf.

Und schneller, als Tante Clara das Fenster schließen konnte, flog die halb verbrannte Wurst wieder zum Fenster herein. Sie schlug im Blumenkohl ein und hinterließ dort einen tiefen Krater aus Matsch.

„Clara Fall, du Rindvieh!", rief jemand vor dem Haus.

Charly erkannte sofort die Stimme von Bert Lumme.

Die vier ließen ihr Mittagessen stehen und drängten sich ans Fenster. Vor dem Haus stand der freundliche Polizist und rieb sich mit einem Taschentuch über die Glatze.

„Ist das etwa die feine englische Art?", schimpfte er.

Tante Clara hatte einen Volltreffer gelandet.

„Komm rauf, Bert.“ Sie lachte. „Ich habe noch einen Nachtisch gemacht.“

Charly sah hinüber zu Johanna und verdrehte die Augen. Was Tante Clara da wohl wieder verbrochen hatte?

Während Elsa hinunterlief, um Bert die Tür zu öffnen, setzten sich Charly und Johanna wieder an den Tisch. Charly war auf alles gefasst. Wenn Tante Clara jetzt einen mit Sahnehäubchen verzierten Backstein hereingebracht hätte – Charly hätte es nicht gewundert.

Aber was Tante Clara aus der Küche holte, war gefährlicher. Denn es sah von Weitem harmlos aus: wie ein Schokoladenpudding.

„Das ist ein Rezept von eurer Urgroßmutter.“ Tante Clara stellte die Schüssel auf den Tisch und strahlte. „Ich habe es noch auswendig gewusst.“

Charly beäugte die Schüssel misstrauisch. Auch Johanna guckte, als würde das Ding gleich explodieren. Aber dann nahm sie ihren ganzen Mut zusammen und schnappte sich den großen Löffel. Johanna versuchte einen Schlag aus der Schüssel zu nehmen. Aber die Haut auf dem Pudding war so dick und fest, dass sie mit dem Löffel erst beim dritten Versuch durchkam.

„Was ist das?“, fragte Charly vorsichtshalber.

Tante Clara schüttelte den Kopf. „Aber Charly, das sieht man doch: Das ist Pudding. Schöner, frischer Schokoladenpudding nach dem Rezept der Urgroßmutter.“

Johanna nahm einen kleinen Löffel voll in den Mund. Ihre Augen weiteten sich, und sie spuckte es sofort wieder aus. „Ungenießbar“, sagte sie.

„Unsinn!“, rief Tante Clara. „Das ist ein hervorragendes Rezept!“

Tante Clara probierte selbst einen Löffel voll. Sie kaute etwas länger drauf herum als Johanna. Aber dann spuckte auch sie es aus.

„Merkwürdig. Irgendetwas muss da schiefgelaufen sein."

„Könnte es sein, dass du Zucker und Salz verwechselt hast?", fragte Johanna.

Tante Clara machte eine wegwerfende Handbewegung. „Ach was, Salz kommt doch gar nicht rein, in das Rezept."

Elsa betrat, gefolgt von Bert Lumme, das Esszimmer.

„Hat Clara etwa versucht zu kochen?" Lumme deutete auf den Matsch-Blumenkohl, den Würstchen-Krater, die schwarze Pfanne, die angenagten Kartoffeln und grinste. „Da würde ich auch alles aus dem Fenster schmeißen."

Tante Clara warf ihrem Kollegen einen giftigen Blick zu.

„Bert Lumme, wir sind alle nicht in der Stimmung für Scherze! Berichte schnell, was zu berichten ist. Ich muss mit meinen Nichten nämlich gleich los."

Die drei Schwestern sahen überrascht hinüber zu ihrer Tante.

„Es steht nämlich noch eine Einladung zum Mittagessen beim Italiener aus", fügte Tante Clara hinzu und lächelte in die Runde.

Bert Lumme setzte sich auf einen der freien Stühle und sagte: „Ich habe Neuigkeiten. Diese *Kasallas Freizeit Spezial* sind ja im Moment ziemlich angesagt. Aber sie werden erst in vier Läden in der Stadt verkauft." Er legte einen Zettel auf den Tisch. „Hier sind die Läden. Mit ein bisschen Geduld und Glück könnt ihr jemanden finden, der noch weiß, wem er in den letzten Wochen die Schuhe in Größe 39 und 38 verkauft hat."

„Das ist gute Polizeiarbeit, Bert." Tante Clara schnappte sich den Zettel und rannte aus dem Esszimmer.

Charly war sprachlos. Das war hervorragende Polizeiarbeit. Denn auf die Idee, dass es gar nicht alle Schuhe in allen Schuhgeschäften gab, wäre sie nie im Leben gekommen.

„Hast du etwa alle Schuhgeschäfte in der Stadt angerufen?", fragte sie.

Lumme schüttelte lächelnd den Kopf. „Das war mit einem Anruf, einem Fax aus dem Polizeipräsidium und etwas Geduld getan."

Charly verstand kein Wort.

„Ich habe einfach bei der Firma Kasalla angerufen. Die haben ja eine Liste der Läden, mit denen sie zusammenarbeiten. Die wollten sie mir erst nicht rausgeben. Deshalb musste ich noch einmal ins Präsidium und mit den amtlichen Stempeln und Briefpapier ein bisschen Druck machen." Er zwinkerte den Mädchen zu. „Das müsst ihr aber nicht unbedingt herumerzählen, ja?"

Tante Clara kam mit einem Stadtplan zurück.

„Alles klar. Die Läden sind leider ziemlich über die Stadt verteilt. Elsa muss um drei zur Probe." Sie warf einen Blick auf die Uhr. „Wie wär's mit ein paar Pommes statt Italiener? – Und zum Nachtisch knöpfen wir uns ein paar Schuhgeschäfte vor."

„Ich will auch Pommes!" Fanny kam ins Esszimmer gerannt. Als sie Bert Lumme sah, strahlte sie übers ganze Gesicht und rief: „Ich fahr mit Bert!"

Aber der winkte ab. „In mich bringt ihr keine einzige Fritte hinein – ich hab erstens schon gegessen und muss zweitens wieder ins Präsidium, sonst kriege ich Ärger."

Sie standen vom Esstisch auf, ließen alles stehen und

liegen und verließen mit Bert Lumme das Haus. Der freundliche Polizist stieg in den Streifenwagen, der die Auffahrt versperrte.

„Musst du etwa auf Streife?“, fragte Tante Clara entsetzt, als sie das Polizeiauto sah.

Lumme schüttelte den Kopf. „Nein, nein, es war nur kein anderer Wagen frei. Das Ding ist gerade aus der Werkstatt gekommen. Keine Sorge, so schnell bringt mich niemand mehr in den Streifendienst. Ach, da fällt mir ein: Auf dem Zettel, den du mir gegeben hattest, waren übrigens nur eure Fingerabdrücke. Tut mir leid.“

Er stieg in den Wagen, startete einmal „aus Versehen“ das Blaulicht, worüber sich besonders Fanny freute, und fuhr die Gartenstraße hinunter Richtung Präsidium.

„Auf zu *Nicos Frittenschmiede*!“ Tante Clara nahm Fanny an die Hand und marschierte voraus.

Nicos Frittenschmiede war eine der besten Imbissbuden der Stadt. So gute Pommes kriegte außer Nico höchstens Tobias Fall persönlich hin. Da waren sich die Schwestern einig. Irgendwie aß Charly jedesmal zu viel. Und hinterher hatte sie immer dieses schmierig-ölige Gefühl im Magen. Aber selbst der empfindlichste Magen hätte die Fritten von Nico noch tausendmal besser gefunden als den Matsch-Blumenkohl, die rohen Kartoffeln und die schwarze Wurst von Tante Clara.

Während Johanna nach dem Essen Elsa zur Probe brachte, kletterte Charly mit Fanny auf den Rücksitz des Kabinenrollers.

„Gack-gack!“, rief Hannelore.

Das halb blinde Huhn hatte dieses Mal ein Ei auf den Rücksitz gelegt.

„Nein, nein, nein! Meine liebe Hannelore, heute kann ich dich beim besten Willen nicht gebrauchen!“ Tante Clara warf Hannelore aus dem Wagen, startete und brauste die Einfahrt hinunter.

Und dann klapperten sie ein Schuhgeschäft nach dem anderen ab.

Das erste hatte bisher überhaupt keine *Kasallas Freizeit Spezial* geliefert bekommen. Im zweiten hatten sie zwar einige Paare verkauft, aber nicht in den Größen, die die Falls suchten.

„Weiter geht's.“ Tante Clara startete wieder den Motor. „Wo müssen wir jetzt hin?“

„Reinsburgstraße 132. Da nehmen wir am besten die Nord-Süd-Straße.“ Charly hatte den Stadtplan vor sich auf den Knien liegen. Fanny hielt den Zettel mit den Schuhgeschäften fest.

„Dauert das noch lange, bis wir die Verbrecher gefangen haben?“ Fanny rutschte ungeduldig auf der Rückbank hin und her.

Tante Clara zuckte mit den Schultern. „Das weiß man vorher nie so genau, Fanny. Deshalb muss eine Polizistin geduldig sein.“

Fanny stöhnte. „Ich find geduldig sein langweilig.“

Tante Clara fuhr die Nord-Süd-Straße entlang, wechselte die Spur und bog auf den Ring ein.

„Die zweite links müsste es sein.“ Charly fand es ganz schön anstrengend, gleichzeitig Stadtplan zu lesen und noch mitzukriegen, wo sie gerade waren.

„Hausnummer?“ Tante Clara bog nach links ab in die Reinsburgstraße.

„132. Das muss irgendwo hier unten sein. *Schuh fit* heißt der Laden.“ Charly sah sich suchend um.

„Da drüben ist es." Tante Clara trat kräftig auf die Bremse und parkte schief in einer viel zu engen Parklücke.

Bevor sie die Straße überquerten, nahm Tante Clara Fanny an der rechten Hand. Ihren Regenschirm hängte sie über den linken Arm.

Charly sah sich in der Straße um. Vor dem Schuhgeschäft hielt gerade ein Bus. Die Reinsburgstraße führte in Kurven den Berg hinauf auf die Südhöhe der Stadt.

„Womit kann ich dienen?", fragte die Verkäuferin freundlich, als die drei den Laden betraten.

„Mit einer Auskunft." Tante Clara lächelte die Schuhverkäuferin an. Die schien ja nett zu sein. „Sie führen doch *Kasallas Freizeit Spezial*, oder?"

Die Verkäuferin nickte. „Für wen sollen die Schuhe denn sein?" Sie musterte Charly und lief voraus in die Ecke des Ladens, in der die *Kasallas* aufgebaut waren. „Und in welcher Farbe?"

Tante Clara schüttelte den Kopf. „Wir suchen keine Schuhe, sondern Käufer."

Die Schuhverkäuferin musterte Tante Clara ungläubig und schien sich zu fragen, ob die alte Dame noch ganz richtig tickte. Fanny spazierte durch den Laden zu den hochhackigen Damenschuhen und bestaunte besonders die roten Exemplare.

„Haben hier in den letzten Wochen zwei Jugendliche *Kasallas* gekauft? Und zwar ein Paar in Größe 39, ein Paar in Größe 38?"

Die Verkäuferin schüttelte den Kopf. „Keine Ahnung, wir haben viele von den Schuhen verkauft."

„Vielleicht erinnern Sie sich aber noch an die Leute, denen Sie die verkauft haben. Es könnte ein rothaariges Mädchen dabei gewesen sein", warf Charly ein.

„Es könnten auch ein paar andere Jugendliche dabei gewesen sein: ein blonder Junge und einer mit einem ziemlich breiten Mund. Von der fünften Person kennen wir leider nur die Schuhe: ein paar uralte *Top-Sprint* Turnschuhe, die könnten Ihnen aufgefallen sein", fügte Tante Clara hinzu.

„Ja klar, Jessica hat sich letzte Woche mit ihrer Freundin ein paar *Kasallas* gekauft. Die Größe könnte hinkommen. Jessica hat rote Haare. Zu fünft sind die hier hereingekommen, die ganze Bande."

Charly sah hinüber zu Tante Clara. Das klang nach einem Volltreffer.

„Welche Bande?", fragte Tante Clara.

„Die Namen weiß ich nicht", sagte die Verkäuferin. „Ich kenne nur Jessica Bauer, weil die mit ihrer Mutter hier im Haus wohnt. Das hat mich immer schon gewundert, wie die Frau Bauer das macht, mit den teuren Klamotten für Jessica. *Kasallas* sind ja nicht gerade billig. Frau Bauer verdient nicht viel. Aber mich geht das ja nichts an."

Tante Clara zückte ihren Notizblock. „Also Jessica Bauer heißt das Mädchen mit den roten Haaren. Und sie wohnt hier oben im Haus. Wissen Sie zufällig auch den Namen ihrer Freundin?"

Die Schuhverkäuferin schüttelte den Kopf. „Von Jessicas Freundin weiß ich so gut wie gar nichts. Sie muss aber auch irgendwo hier in der Gegend wohnen. Und sie geht auch auf das Schulzentrum Süd. Der Schulbus hält ja immer vor unserer Tür. Da stehen die beiden jeden Morgen schon zusammen."

„Tante Clara, kaufst du mir die?" Fanny kam in den roten Stöckelschuhen herübergestolpert. Die Schuhe waren ihr mindestens zehn Nummern zu groß.

„Kommt nicht in Frage!“ Tante Clara schnappte sich die schreiende Fanny, klemmte sie unter den Arm und brachte die Schuhe zurück ins Regal.

„Hilfe! Polizei!“, schrie Fanny.

„Vielen Dank, Sie haben uns sehr geholfen!“ Charly schüttelte der verdutzten Verkäuferin die Hand.

„Ja, um was geht es denn überhaupt? Soll ich mal bei Frau Bauer nach Jessica fragen?“

Tante Clara war mit der schreienden Fanny schon halb aus dem Laden. Sie kam aber noch einmal zurück und sagte: „Wir wissen noch nicht, ob Jessica wirklich etwas mit der Geschichte zu tun hat, wegen der wir Sie das alles fragen.“ Fanny zappelte unter ihrem Arm mit den Beinen. „Also erzählen Sie Frau Bauer am besten nichts von unseren Fragen, sonst macht sie sich nur unnötige Sorgen.“

Tante Clara zwinkerte der Verkäuferin zu und verließ mit Fanny unterm Arm und Charly im Schlepptau das Schuhgeschäft schneller, als die Verkäuferin bis drei zählen oder weitere Fragen stellen konnte.

Was machst du denn hier? Ist die Probe schon vorbei?", rief Tante Clara verwundert, als sie Johanna in der Küche stehen sah. „Und wenn ja: Wo ist Elsa?"

Charly sah auf einen Blick, dass mit Johanna etwas nicht stimmte: Johanna spülte. Das wäre nicht weiter schlimm gewesen, wenn Johanna an der Reihe gewesen wäre. Aber auf dem Spülplan für den Donnerstag stand eindeutig Elsa. Wenn nun Johanna freiwillig spülte, dann hatte sie entweder Liebeskummer, oder es war wirklich Weltuntergangsstimmung angesagt.

Johanna ließ die pechschwarz angekokelte Pfanne ins Spülbecken gleiten und kratzte mit der Bürste daran herum.

„Vergesst die ganze Aktion einfach. Ich kann Elsa nicht mehr helfen."

Charly starrte ihre große Schwester an. Was redete die da für einen Unsinn? Wieso konnte Johanna Elsa plötzlich nicht mehr helfen?

„Was ist los, Johanna?" Tante Clara zupfte nervös an ihrem knallgelben Pullover.

Johanna kratzte weiter auf der Pfanne herum.

„Ich will auch spülen!", krähte Fanny dazwischen.

„Fanny, du gehst jetzt sofort und räumst dein Zimmer auf!", rief Tante Clara energisch. „Und du, Johanna, hörst bitte auf zu spülen!"

Johanna ließ die Spülbürste ins Spülbecken sinken, wischte sich die Hände an der Jeans ab und schluchzte.

„Johanna, was ist passiert?" Tante Claras Stimme klang plötzlich wieder ganz sanft.

Johanna drehte sich um. Ihr Gesicht war total verheult. Charly schwang sich auf den Küchentisch und ließ die Beine baumeln. So fertig hatte Johanna zuletzt ausgesehen, als ihr Lieblingspferd auf dem Reiterhof fast an einer Grippe gestorben wäre.

„Die machen mich fertig!" Tränen schossen Johanna in die Augen.

„Wer? Wer macht dich fertig?" Tante Clara reichte ihr ein Taschentuch.

Johanna schnäuzte sich. Sie schluckte und wischte die letzten Tränen aus den Augen.

„Diese Erpresser. Ich kann Elsa nicht richtig vor denen schützen. Das klappt einfach nicht. Die haben einen Tisch angesägt. Keiner hat was gesehen. Als Elsa heute in der Probe auf den Tisch gehauen hat, ist das Ding zusammengebrochen. Elsa ist natürlich total erschrocken. Und wisst ihr, was unter der Tischplatte klebte?" Johanna sah von Charly hinüber zu Tante Clara.

„Ein Zettel, nehme ich an." Tante Clara lehnte sich an den Küchentürrahmen.

Johanna nickte bekümmert. „*Freitag ist Zahltag*, stand darauf", sagte sie mit zitternder Stimme.

Charly starrte auf ihre Schuhspitzen. Was diese Erpresser sich alles einfallen ließen, war wirklich unglaublich. Vielleicht waren es doch nicht nur die fünf Freunde, die sie im Schuhgeschäft ermittelt hatten? Vielleicht gehörte noch jemand aus der Theatergruppe dazu?

„Aber wie sind die in die Aula gekommen?“, fragte Tante Clara.

Johanna haute mit der Faust auf den Spülstein. „Das ist es ja. Ich habe Herrn Stein gefragt, wer außer ihm einen Schlüssel zur Aula hat. Den hat jeder Lehrer, jede Putzfrau, sogar der Hausmeister hat zwei. Wie soll man da noch etwas herausfinden? Die können, wenn sie einen Schlüssel zur Aula haben, am Freitagabend alles Mögliche anstellen!“

Tante Clara schüttelte den Kopf. „So einfach kann man sich keinen Schulschlüssel besorgen. Hast du mal mit dem Hausmeister gesprochen? Vielleicht ist einer seiner Schlüssel geklaut?“

Johanna zitterte. „Das ist es ja gerade: Ich bin sofort zum Hausmeister gelaufen. Der hat noch beide Schlüssel bei sich im Kabuff. Aber er hatte außerdem einen Brief für Elsa. Mensch, Tante Clara, sogar dem Hausmeister geben die schon ihre Drohbriefe!“

„Was stand in dem Brief?“ Charly konnte sich schon denken, was darin stand.

„Ist doch klar“, sagte Johanna. „Da stand, dass am Freitag Zahltag sei und dass sie Elsa sowieso immer und überall kriegen würden. Und wieder dieser Spruch: *Mach kein Theater.*“

Johanna war in ihrem Redefluss nicht mehr zu bremsen. „Herr Stein wollte weiterproben, aber Elsa hat überhaupt nichts mehr rausgebracht. Keinen einzigen Satz. Der ganze Text war wie verschwunden, deshalb haben sie die Probe abgebrochen. Das bringt ja auch nichts. Als wir zum Bus gelaufen sind, kamen wir an dem Gebüsch vorbei, wo Elsa das blaue Auge kassiert hat. Da hing ein Zettel. Auf dem stand nur ein Wort: *Freitag*." Johanna schüttelte sich. „Die sind überall! Als wir endlich zu Hause waren, lag da ein Zettel neben dem Telefon. Es war ja nur dein Einkaufszettel, Tante Clara, aber als Elsa ihn gesehen hat, hat sie sofort einen Heulkrampf gekriegt."

„Wo ist Elsa jetzt?", fragte Tante Clara.

Johanna zuckte mit den Schultern. „Ich vermute, dass sie wieder auf ihrem Schrank sitzt und heult."

Tante Clara nickte hinüber zu Charly. Die verstand sofort, was ihre Tante von ihr wollte, sprang von der Arbeitsfläche und rannte die Treppe hinauf. Aber in ihrem Zimmer war Elsa nicht. Sie hockte nicht auf dem Kleiderschrank, sie saß nicht unter dem Schreibtisch. Charly sah sogar vorsichtshalber *im* Kleiderschrank nach. Aber es blieb dabei: Elsa war nicht in ihrem Zimmer. Also lief Charly hinüber in ihr eigenes Zimmer. Schließlich wusste sie, dass Elsa auch gern in der Hängematte rumhing. Aber auch dort fehlte von ihrer kleinen Schwester jede Spur. Selbst in Johannas Zimmer war sie nicht. Charly rannte die Treppe hinunter in die Küche.

„Elsa ist weg!", rief sie außer Atem.

Tante Clara und Johanna starrten sie an.

„Elsa!", rief Tante Clara in den Flur. Aber sie hörten nichts. „Das gibt's doch nicht", murmelte Tante Clara.

Sie durchsuchten das ganze Haus von oben bis unten – Elsa war weg.

Die Einzige, die sie fanden, war Fanny. Die saß beleidigt in ihrem Zimmer zwischen Bergen von Bauklötzen, Autos und Puppen und hatte keine Lust, aufzuräumen. „Ich will lieber mit Hannelore spielen!", maulte sie, als Tante Clara, Johanna und Charly sie störten.

„Hannelore!“ Charly haute sich mit der flachen Hand vor die Stirn. Wie konnten sie nur so dämlich sein? Wenn Elsa Kummer hatte, hielt sie sich doch immer in der Nähe ihres Huhns auf.

Die drei rannten die Treppe hinunter in den Garten. Tante Clara brauchte nicht lange nach dem Federvieh zu rufen. Kaum ertönte ihre Stimme, gackerte das Tier freudig los. Das Gegacker kam aus dem Hühnerhaus.

Als sie die Tür zu Hannelores Heim öffneten, traute Charly ihren Augen kaum. Da hockte Elsa tatsächlich im Hühnerhaus, hatte Hannelore auf dem Arm und weinte vor sich hin.

„Wieso versteckst du dich denn hier?“, fragte Tante Clara fassungslos.

„Ich versteck mich gar nicht“, maulte Elsa. „Hannelore hat doch Hausverbot – oder gilt das etwa nicht mehr?“

Die Sonne warf lustige Schatten durch das Drahtgeflecht vor Hannelores Fenster.

Tante Clara schüttelte den Kopf.

„Kinder, Kinder, wenn ihr mich fragt, brauchen wir ganz dringend Kuchen und einen Kriegsrat, der sich gewaschen hat.“

Eine Viertelstunde später saß Familie Fall im Garten und hielt Kriegsrat. Tante Clara hatte Kuchen gekauft. Johanna hatte Kakao gekocht. Charly hatte die Gartenmöbel aufgebaut. Und jetzt saßen sie in der Sonne, aßen Kuchen und besprachen die Lage. Zwischen ihren Beinen trippelte Hannelore herum und pickte die Kuchenreste von der Wiese auf.

„Aber was nützt uns das?“ Elsa stopfte sich ein Stück Streuselkuchen in den Mund. „Wir wissen jetzt, dass Lars und Jörg Freunde haben, die teure Klamotten anziehen und sich im Bunker rumtreiben. Na und? Das beweist noch lange nicht, dass sie die Erpresser sind."

„Aber Michael hatte ein rothaariges Mädchen gesehen. Und eine der Freundinnen hat rote Haare", gab Tante Clara zu bedenken.

Johanna schüttelte den Kopf. „Ein Beweis ist das nicht. Charly hat auch rote Haare, und sie ist trotzdem keine Erpresserin."

„Moment, Moment. Eins ist jedenfalls sicher: Zur Bande von Lars und Jörg gehören fünf Leute! Nicht mehr und nicht weniger." Tante Clara nahm einen Schluck Kakao. „Das haben wir am Bunker und im Schuhgeschäft herausgefunden. Und das ist doch schon mal was."

Elsa schüttelte den Kopf. „Das ist so gut wie gar nichts wert. Wenn die fünf wirklich die Erpresserbande sind, dann werden sie sowieso alles abstreiten. Ihr habt ja noch nicht einen einzigen Beweis."

„Aber wir haben einen ziemlich guten Verdacht", sagte Charly.

Elsa und Johanna verdrehten die Augen.

„Charly! Was bringt uns ein ziemlich guter Verdacht? Morgen Abend ist die Theaterpremiere!" Johanna nahm einen Schluck Kakao.

„Und morgen früh ist Zahltag. Wenn ich da kein Geld bringe, dann geht es mir schlecht." Elsa erbleichte.

„Aber wir können die fünf doch überwachen", schlug Charly vor. „Dann können sie nichts machen."

Tante Clara schüttelte den Kopf. „Wie sollen wir das anstellen, Charly? Wir haben noch nicht mal alle Namen der Bandenmitglieder. Außerdem fehlen uns für eine Überwachung die Leute."

„Was würdet ihr denn vorschlagen?“ Charly sah fragend zu Johanna und Elsa.

„Ich würde denen das Geld geben“, sagte Johanna.

„Zwanzig Euro?“, fragte Charly.

„Kommt nicht in Frage!“, riefen Charly und Elsa wie aus einem Mund.

„Ich sage das Theater ab.“ Elsa sah auf den Boden.

„Kommt nicht in Frage!“, riefen Johanna, Charly und Tante Clara wie aus einem Mund.

„Wir müssten den Erpressern eine Falle stellen. Dann verraten sie sich, wir haben einen Beweis und können sie aus dem Verkehr ziehen.“ Charly wusste selbst noch nicht ganz genau, was für eine Falle das sein könnte, aber irgendwie würde ihr schon etwas einfallen.

Ihre Schwestern schüttelten wieder die Köpfe.

„Mensch, Charly! Du hast heute ja mal wieder total blöde Vorschläge. Was willst du denen denn für eine Falle stellen? Eine Mausefalle?“, fragte Johanna.

„Du nimmst das alles gar nicht ernst. Das ist für dich doch nur ein Spiel!“, rief Elsa wütend.

Charly spürte, wie sie langsam sauer wurde.

„Das ist kein Tischtennis hier, Charly.“ Elsa warf Charly einen giftigen Blick zu.

Das reichte. Charly sprang so heftig auf, dass ihr Stuhl umkippte. Sollten die doch sehen, wie sie klarkamen. Sie rannte aus dem Garten.

„Charly! Bleib hier!“, hörte sie ihre Tante rufen.

Aber Charly dachte gar nicht daran. Wenn die anderen ihre Vorschläge schon so doof fanden, sollten sie doch allein Pläne schmieden.

Charly rannte zu ihrem Fahrrad, schwang sich auf den Sattel und trat kräftig in die Pedale. Sie sauste die Gartenstraße entlang, bog rechts ab und keuchte die Hengsterbergstraße hinauf bis zum Ende. Bloß raus aus der Stadt, weg hier, dachte sie.

Oben bog sie in den Waldweg ein.

Das gibt's doch gar nicht!, dachte Charly. Wer hatte sich denn die Nacht um die Ohren geschlagen? Wer fuhr denn den ganzen Nachmittag durch die Stadt und fragte in Schuhgeschäften herum? Charly, Charly und nochmals Charly. Sie hätte den Nachmittag auch anders verbringen können. Sie hätte Tischtennis spielen können. Tischtennis – ?

Charly wäre vor Schreck fast vom Rad gefallen. Sie sah auf ihre Armbanduhr. Es war halb fünf! Für drei Uhr hatte sie sich mit Tim am Spielplatz neben dem Bunker verabredet. Charly machte eine Vollbremsung. Das Hinterrad blockierte und brach seitlich aus. Aber Charly behielt das Rad unter Kontrolle. An diesem Donnerstag schien aber auch alles schiefzugehen!

Sie radelte den Waldweg zurück und nahm extra einen Abzweig früher, um nicht am Haus ihrer Familie vorbeizukommen. Tim wohnte in der Hochhaussiedlung am Siederberg. Und dass er nach anderthalb Stunden immer noch am Spielplatz auf sie wartete, hielt sie für ausgeschlossen.

Charly raste wie ein geölter Kugelblitz durch die Stadt. Sie keuchte die Siederbergerchaussee hinauf, bog oben in die Neulandstraße und versuchte sich zu erinnern. Einmal war sie schon bei Tim zu Hause gewesen, als sie mit ihrem Vater Elsa von Tims Geburtstagsfest abgeholt hatte. Aber da war es dunkel gewesen. Sie hatte gar nicht gewusst, dass die Häuser so bunt waren. War es das gelbe oder das blaue Haus gewesen?

Vor einem der Häuser stand eine Buche. Da fiel Elsa wieder ein, dass Tim aus seinem Fenster fast nichts sah, weil eine große Birke davorgestanden hatte. Tatsächlich stand in der ganzen Siedlung nur eine einzige Birke: vor dem roten Hochhaus.

Charly wollte gerade ihr Fahrrad abschließen, als sie Tim im Erdgeschoss aus dem Fenster gucken sah. Sie winkte, schwang sich noch einmal auf ihr Rad und radelte hinüber.

Aber Tim knallte ihr das Fenster vor der Nase zu.

„He, Tim!" Charly klopfte an die Scheibe. „Es tut mir total leid! Außerdem war es ein Notfall!"

Aber Tim schien sie nicht zu hören oder sich nicht gerade für ihre Entschuldigungen zu interessieren.

Okay, sie hatte Tim sitzen lassen. Okay, er hatte auf sie gewartet. Aber sie war ja gekommen und wollte sich entschuldigen. Wenn er ihre Entschuldigung nicht hören wollte, war das auch nicht gerade fair, fand Charly.

Sie wandte sich zum Gehen. Dieser Donnerstag war absolut nicht ihr Tag. Gerade wollte sie sich wieder auf ihr Fahrrad schwingen, als Tim das Fenster doch noch einmal öffnete.

„Ich habe fast eine ganze Stunde auf dich gewartet, Charly!" Der Junge sah gar nicht wütend aus, er guckte eher wie ein trauriger Dackel.

„Es tut mir wirklich leid. Es ist so viel passiert, da hab ich's einfach vergessen!" Charly wurde das Gefühl nicht los, dass das nicht die allerbeste Entschuldigung war. Aber es war wenigstens die Wahrheit.

Tim schüttelte den Kopf. „Da muss aber eine ganze Menge passiert sein." Er lächelte ein bisschen. „Ich dachte schon, du wolltest mich auf den Arm nehmen."

Charly legte den Kopf schief, zwinkerte Tim zu und sagte: „Wie wär's denn jetzt noch mit einem kleinen Match? Falls du zwei Schläger hast."

Tim nickte, schloss das Fenster und kam wenig später aus dem Haus spaziert. „Zum Bunker fahre ich heute aber nicht noch einmal, das sage ich dir."

Charly schüttelte den Kopf. „Der Bunker war auch nur so eine blöde Idee von mir."

Tim zeigte Charly den Weg zu einer Schule, wo sie über eine Mauer auf den Schulhof kletterten.

„Hier kann man wenigstens in Ruhe Tischtennis spielen." Tim lief zu einer der beiden Tischtennisplatten, die auf dem Schulhof standen.

Er warf den Ball ein, Charly schlug ihn locker zurück. Sie hatte das Gefühl, als könnte sie mit diesem Tischtennisspiel endlich mal wieder den Kopf freibekommen. Tim schien ihr nicht mehr böse zu sein. Wenigstens er hatte Verständnis für sie.

Aber Charly spielte ziemlich schlecht. Sie war irgendwie nicht bei der Sache. Die ganze Aufregung und Streiterei mit ihren Schwestern, die Erpresser und das Theater beschäftigten sie immer noch. Tim führte bald mit 20 : 3 und hatte auch noch Aufschlag.

„Okay, Charly, das bringt's doch nicht." Tim fing den Ball, den sie weit über die Platte zurückgeschlagen hatte, geschickt mit der linken Hand auf. „Lässt du mich jetzt mit Absicht gewinnen, damit ich nicht mehr sauer bin? Oder was ist los?"

Charly setzte sich auf die Platte. Der ganze Ärger kochte in ihr hoch – und das bescheuerte Gefühl, dass sie nicht richtig wusste, was sie gegen die Erpresserbande tun konnte.

„Es ist wegen meinen Schwestern. Und diesen dämlichen Erpressern." Plötzlich hörte Charly sich selbst die ganze Geschichte erzählen. Sie glaubte nicht, dass Tim etwas davon weitersagen würde. Trotzdem nahm sie ihm das Versprechen ab, mit niemandem darüber zu reden.

„Jetzt kapiere ich auch, warum Elsa so seltsam drauf ist." Tim hatte sich neben sie auf die Tischtennisplatte gesetzt. „Und ich fresse einen Besen, wenn es nicht noch mehr Leute bei mir in der Klasse gibt, die mit der Bande Schwierigkeiten haben. Ulf und Jennifer sind auch total neben der Spur. Jennifer hat plötzlich für nichts mehr Geld. Sie spart angeblich auf ein neues Fahrrad. Dabei hat sie ein ganz neues von ihren Eltern geschenkt bekommen." Tim schüttelte den Kopf.

Charly schlug mit der Faust auf die Tischtennisplatte. „Ich will sie kriegen, und zwar alle. Und noch vor morgen Abend."

„Wie willst du das anstellen?"

Charly zuckte mit den Schultern. „Eine Falle. Irgendeine Falle."

Tim rutschte von der Platte. „Jedenfalls musst du dich mit deinen Schwestern wieder vertragen. Wenn ihr euch nicht einig werdet, habt ihr sowieso keine Chance gegen diese Typen."

Charly sprang auch von der Platte. „Abwarten. – Was ist nun mit unserem Spiel? Es steht erst 1 : 0 für dich, oder?"

Tim grinste, warf ihr den Ball zu und sagte: „Du hast Aufschlag."

Und Charly schlug auf. Die Bälle flogen Tim nur so um die Ohren. Er wehrte sich zwar tapfer, hatte aber am Ende keine Chance: Charly legte ihre ganze Wut auf die Erpresserbande in ihre Schmetterbälle. Sie kriegte nach und nach ein so gutes Gefühl für die Platte, dass sie die Bälle zentimetergenau platzieren konnte. Kurze und lange immer im Wechsel. Tim kam ins Schwitzen und verlor schließlich haushoch – obwohl er bestimmt kein schlechter Tischtennisspieler war.

Als Charly am Abend nach Hause radelte, fühlte sie sich wie ausgewechselt. Der Ärger auf ihre Schwestern war verraucht. Nur die Wut auf die Erpresser war geblieben. Aber Charly war sich sicher, dass sie die Bande kriegen würden. Sie war sich sicher, dass ihr oder Tante Clara oder Johanna oder Elsa oder Bert Lumme schon noch etwas einfallen würde.

Im Hause Fall schien sich die Stimmung inzwischen auch ein bisschen gebessert zu haben. Herr Stein hatte angerufen und gefragt, ob Elsa nun vor der Premiere noch durchdrehe oder ob er mit ihr rechnen könne. Sie hatte versprochen durchzuhalten und schien sich mit dieser Entscheidung auch besser zu fühlen als vorher.

Aber den Knüller landete mal wieder Tante Clara.

Sie saßen beim Abendessen beisammen. Charly hatte sich gerade mit Johanna und Elsa versöhnt, als Tante Clara plötzlich ihre Gabel fallen ließ.

„Eine Falle! Charly, das ist es! Ich habe den ganzen Nachmittag darüber gegrübelt!“ Tante Clara stand vom Esstisch auf und lief in den Flur. Sie kam kurz darauf mit einem Geldschein in der Hand zurück.

„Krieg ich auch Geld?“, fragte Fanny.

Tante Clara beachtete die Jüngste gar nicht. Sie gab Elsa einen 100-Euro-Schein und sagte: „Den gibst du morgen den Erpressern.“

Charly traute ihren Augen kaum. Wollte Tante Clara etwa versuchen, die Erpresser zu bestechen?

„Glaubst du, dass das eine gute Idee ist, denen mehr zu geben, als sie verlangen?“, fragte Johanna. „Dann geht der Ärger doch garantiert endlos weiter.“

Tante Clara setzte sich wieder auf ihren Stuhl.

„Genau das sollen sie denken! Sie sollen sich freuen. Sie sollen ihren Sieg feiern, unsere Erpresser. Mit ein bisschen Glück tun sie das auch ...“ Tante Clara lächelte verschmitzt und biss herzhaft in ihr Butterbrot. „Ich verspreche dir eins, Elsa: Wenn die Erpresser nicht in meine Falle tappen, fresse ich einen Besen mit Leberwurst und Erdbeermarmelade!“

Der Freitagvormittag kroch so langsam an Charly vorüber wie nie ein Schultag zuvor. In der Pause rannte sie mit Johanna gleich zum Jungenklo. Aber die Geldübergabe war schon gelaufen.

Elsa wartete geduldig auf ihre Schwestern.

„Ich weiß nicht, wie die das gemacht haben. Auf dem Weg zur Klasse bin ich einmal angerempelt worden, vielleicht ist es da passiert." Elsa schüttelte den Kopf. „Jedenfalls haben die mir wieder einen Zettel in den Rucksack gesteckt. Ich sollte diesmal schon nach der ersten Stunde in der Fünfminutenpause aufs Klo hetzen."

Charly kriegte den Mund nicht zu. Diese Erpresser waren anscheinend mit allen Wassern gewaschen.

„Wegen dieser Idioten bin ich zu spät zur zweiten Stunden gekommen – ausgerechnet in Deutsch!", beschwerte sich Elsa bei ihren großen Schwestern.

Charly war froh, dass sie sich mit ihrem Plan nicht durchgesetzt hatte. Denn wenn sie versucht hätten, die Erpresser am Klo abzufangen, wären sie jetzt leer ausgegangen. Denn dann wären die 100 Euro wohl auf Nimmerwiedersehen weg gewesen. Zum Glück war Tante Claras Plan raffinierter. Und Tante Claras Plan würde hoffentlich auch klappen. Ärgerlich an diesem Plan war für Charly nur, dass es erst nach der Schule so richtig losgehen konnte. Und die Schulstunden zogen sich.

In der dritten Stunde hatte Charly Englisch. In der vierten Mathe. Ausgerechnet Mathe – die Zeit verging mal wieder im Schneckentempo. Aber irgendwann war die sechste Stunde da: Geschichte bei Herrn Münchau. Der hatte mal wieder genauso wenig Lust auf die sechste Stunde wie die Klasse.

„Wenn es nach mir ginge, würde freitags die Sechste verboten werden. Aber nach mir geht es ja nicht. Also bitte, Leute: Wir müssen da jetzt durch!", rief er zur Begrüßung in die schreiende Klasse.

Charly lief mit ihrem Zettel nach vorne. Clara Fall war einfach die beste Tante der Welt. Sie hatte noch nicht einmal gelogen, als sie die Entschuldigung geschrieben hatte. Auf dem Zettel stand, dass Charly wegen einer dringenden Familienangelegenheit den Unterricht am Freitag in der sechsten Stunde eine Viertelstunde vor Schulschluss verlassen müsse.

Herr Münchau las den Zettel flüchtig durch, nickte Charly zu und sagte: „Geht in Ordnung, Charly. Hoffentlich nichts Schlimmes?"

Charly zuckte mit den Schultern. „Das wird sich zeigen."

„David, ich habe die Schnauze voll von deinem Geschrei!", schrie Herr Münchau in diesem Moment los.

David motzte, dass Steffi aber angefangen habe. Charly nutzte die Gelegenheit und verdrückte sich schnell wieder auf ihren Platz. Zum Glück war Herr Münchau so vergesslich, dass er sie nicht noch einmal nach ihrer „Familienangelegenheit" fragte.

Die alten Griechen fand Charly normalerweise schon ziemlich spannend. Aber an diesem Freitag saß sie wie auf Kohlen, bis sie endlich aus der Klasse rennen durfte.

„Schönes Wochenende, Charly!" Herr Münchau zwinkerte ihr zu. „Und die anderen halten jetzt noch ein Viertelstündchen die Klappe! Auch du, David!"

Charly schloss die Klassenzimmertür hinter sich und rannte los. Den Flur entlang, die Treppe hinunter.

„Charly!" Johanna kam hinterhergesprintet.

Zusammen düsten sie zum Hauptausgang. Auf den letzten Metern trafen sie Elsa und rannten zum Parkplatz. Tante Clara hatte ihre Höllenmaschine gegen einen klapprigen Kombi eingetauscht, in dem sie alle Platz hatten.

„Läuft alles nach Plan?", fragte sie.

Johanna setzte sich auf den Beifahrersitz. Charly und Elsa rutschten auf die Rücksitzbank.

„Alles wunderbar", sagte Elsa.

„Hast du an Fanny gedacht?", fragte Charly. Schließlich sollte die ganze Aktion nicht am Kindergarten scheitern.

Tante Clara nickte. „Fanny ist bis vier Uhr versorgt."

„Also worauf warten wir noch?", fragte Johanna.

Das Funkgerät, das in dem Kombi eingebaut war, knackte.

„Clara, kommen!", krächzte eine Männerstimme aus dem Lautsprecher.

Tante Clara nahm das Funkgerät aus der Halterung. „Hier Clara. Hallo, Alex. Schön, dich zu hören!"

„Wir sind jetzt bereit, Clara. Aber wir wechseln besser auf den anderen Kanal. – Ende."

Tante Clara stellte etwas am Funkgerät um, startete den Motor und fuhr los.

„Sag mal, Tante Clara." Johanna sah die Tante von der Seite an. „Von wem ist denn dieses Auto?"

Tante Clara grinste. „Ist das so wichtig? Das hat mir Lumme besorgt. – In meine Kiste hätte ich euch ja nicht alle hineingekriegt. Außerdem müssen wir ja auch noch wen verhaften."

„Ist das Polizeifunk?", fragte Elsa.

Tante Clara nickte. „Na klar ist das Polizeifunk. Ist ja auch kein Wunder in einem Polizeifahrzeug, oder? Und beides ist übrigens für Polizistinnen im Ruhestand nicht erlaubt. Also behaltet es bitte für euch!"

Sie fuhr die Straße hinunter, bog links ab, fuhr um den Park herum, durch die Eisenbahnunterführung und steuerte ihren Wagen auf das verlassene Bahngelände.

Tante Clara parkte neben einem Schuppen, zwischen zwei anderen Autos. „Von hier aus hat man einen schönen Blick auf den Bunkereingang, oder?"

Sie nahm zwei Taschenlampen aus dem Handschuhfach und zog einen Rucksack unter ihrem Sitz hervor. Daraus holte sie einen tragbaren Kassettenrekorder und ein Mikrofon. Beides drückte sie Charly in die Hand.

„Ihr kennt eure Aufgaben? Charly, du probierst am besten das Gerät kurz aus. Ist das Band richtig herum eingelegt? Funktioniert das Mikrofon?"

Charly schaltete den Kassettenrekorder ein. „Eins, zwei, drei", sagte sie in das Mikrofon. Dann spulte sie zurück und hörte sich den Test an: Das Gerät funktionierte einwandfrei.

„Sei ein bisschen vorsichtig mit dem Ding", sagte Tante Clara. „Das gehört Bert persönlich, nicht dem Polizeipräsidenten." Sie schnappte sich noch einmal das Funkgerät. „Alex, bitte kommen."

„Bin da. Schieß los, Clara“, krächzte die Männerstimme.

„Wir gehen jetzt rein, nicht erschrecken. Ende“, sagte Clara.

„Sehr witzig! Ende“, krächzte es aus dem Funkgerät.

Sie stiegen aus, schlichen an der Güterhalle entlang und näherten sich dem Bunker. Der Spielplatz war menschenleer – genau wie in der Nacht, als Charly und Tante Clara schon einmal hier gewesen waren.

„Jetzt zu dir, Elsa.“ Tante Clara blieb vor dem Bunker stehen. „Dieser Schlüssel muss in das Vorhängeschloss passen.“

Sie drückte Elsa einen kleinen Schlüssel in die Hand. Elsa probierte den Schlüssel aus – er passte.

„Wo hast du diesen Schlüssel denn schon wieder her?“, fragte Elsa.

Aber Tante Clara winkte ab. „In zehn Minuten kommen die Erpresser. Keine Zeit für alte Geschichten. Wenn wir im Bunker sind, drückst du das Vorhängeschloss hinter uns wieder zu. Klar?“

Elsa nickte.

Charly spürte ein Kribbeln im Bauch. Tante Clara hatte anscheinend an alles gedacht. Wenn sie das Vorhängeschloss zum Bunker selbst öffneten, konnten sie es von innen ja nicht wieder zudrücken. Dann wäre die Bande gewarnt gewesen.

„Wenn wir um halb drei noch nicht wieder draußen sind, öffnest du die Tür von außen mit deinem Schlüssel. Und wenn wir dann nicht direkt hinter der Tür hocken und nach, sagen wir, fünf Minuten wieder rauskommen, rufst du über das Funkgerät die Polizei.“ Sie drückte Elsa den Autoschlüssel in die Hand. „Sag dazu, dass die Kollegen Prim und Lumme in Gefahr sind. Ganz wichtig, Elsa: Prim und Lumme."

Elsa nickte. Sie steckte die beiden Schlüssel in die Hosentasche.

„In der Zwischenzeit wartest du am besten im Auto. Und denk dran: Kopf runter, wenn die Schufte auftauchen!"

Tante Clara drückte Charly und Johanna jeweils eine Taschenlampe in die Hand und nahm sich selbst eine aus ihrem Rucksack.

„Ach so, noch eins, Elsa. Wenn die Bande in einer Stunde nicht da ist, kommt sie nicht mehr vor dem Mittagessen. Dann kannst du uns drinnen über das Funkgerät erreichen. Dafür muss der kleine Drehknopf unten links aber auf Kanal zwei stehen. Ganz wichtig: Kanal zwei. Sonst hören uns alle Kollegen in der Stadt, und das wollen wir doch nicht. Alles klar?"

Elsa nickte. „Alles klar, Tante Clara."

Tante Clara sah hinüber zu Charly. „Habe ich irgendetwas vergessen?"

Charly schüttelte den Kopf. „Ich glaube nicht."

„Okay. Dann machen wir jetzt ernst. Auf geht's. Alex und Bert warten schon."

Tante Clara, Johanna und Charly knipsten die Taschenlampen an und betraten den stockdunklen Bunker.

„Viel Glück!" Elsa schloss die Tür hinter ihnen.

Charly hörte, wie sie das Vorhängeschloss außen einhängte und zudrückte.

Der Bunker hatte keine Fenster. Hier drin war es bei Tag genauso finster wie bei Nacht. Und es war genauso staubig. Charly hatte wie beim ersten Mal das Gefühl, beobachtet zu werden. Aber immer wenn sie in eine der Ecken leuchtete, war da niemand.

„Nur die Ruhe, Charly“, sagte Tante Clara.

Sie stiegen die Treppe hinunter. Im Raum der Bande wartete schon Bert Lumme mit einem Mann auf sie, den Charly noch nicht kannte.

Tante Clara leuchtete auf ihre Armbanduhr. „Wir haben noch fünf Minuten, dann könnten die Ersten hier erscheinen. – Also nur kurz: Das ist Alexander Prim, ein Freund und ehemaliger Schüler von mir. Ein hervorragender Polizist, sage ich euch.“ Tante Clara nickte dem Mann zu. „Das sind meine Nichten: Johanna und Charly. Charly hat das Aufnahmegerät.“

„Dann hast du die wichtigste Rolle. Ich zeig's dir.“ Alexander Prim leuchtete hinüber zu der Wand, vor der der ganze Müll der Bande lag. „Fällt euch an dieser Wand was auf?“

Charly und Johanna leuchteten die Wand mit ihren Taschenlampen ab. Es war nichts Außergewöhnliches zu sehen. Anscheinend war es eine ganz normale Betonwand. Sie schüttelten die Köpfe.

„In dieser Wand gibt es ein Loch. Es ist ziemlich klein." Prim leuchtete auf eine Stelle. Da war tatsächlich ein kreisrundes Loch in die Wand gebohrt.

„Das habt ihr großartig gemacht, Jungs." Tante Clara warf noch einmal einen Blick auf die Uhr. „Aber jetzt fass dich kürzer, Alex. Wir müssen rüber."

Sie stiefelten in den Nebenraum. Charly wäre fast über eine Bohrmaschine gestolpert.

„Entschuldigung, die habe ich vergessen wegzuräumen." Bert Lumme grinste.

„Hier sieht man das Loch von der anderen Seite." Wieder leuchtete Alexander Prim auf die Wand.

Er stopfte das Mikrofon von Charlys Kassettenrekorder vorsichtig in das Loch. „Über den Kopfhörer kannst du mithören, was die Typen sich zu sagen haben."

Charly machte den Kassettenrekorder startklar. Sie stöpselte den kleinen Kopfhörer ein und setzte ihn auf.

„Das Band ist nachher unser wichtigstes Beweismittel, Charly!" Bert Lumme nickte ihr zu.

Das Funkgerät knackste.

„Lars und Jörg sind im Anmarsch", krächzte Elsas Stimme durch das Gerät.

Tante Clara fuhr herum. „Alex, schalte das Funkgerät auf Ohrhörer!"

Prim steckte einen kleinen Hörknopf in sein Ohr und ins Funkgerät. Er flüsterte „Danke, verstanden".

„Lichter aus – Ruhe! Aktion läuft!" Tante Claras Anweisungen kamen leise, aber so scharf, dass Charly sofort schweißnasse Finger bekam. Sie knipsten ihre Taschenlampen aus.

Charly hatte das Gefühl, so laut zu atmen, dass man es kilometerweit hören konnte. Sollte sie schon jetzt das Tonband laufen lassen? Aber was, wenn die Jungen erst nur langweiliges Zeug redeten? Dann hatte sie womöglich kein Band mehr, wenn es spannend wurde.

Sie hörte eilige Schritte über die Treppe huschen. Die beiden Jungen lachten schallend.

„Das gibt ein Fest! Das gibt ein Fest!“, rief Lars.

Charly startete den Kassettenrekorder. Die rote Lampe leuchtete. Sie hörte die beiden Jungs über den Kopfhörer – das war das sicherste Zeichen dafür, dass das Gespräch aufgenommen wurde.

„Wann kommen die anderen?“, fragte Breitmaul Jörg.

Der Flur vor den beiden Räumen wurde leicht erhellt. Anscheinend zündeten die Jungen sämtliche Kerzen, die sie hier unten hatten, an. Charly fand das eine prima Idee, denn so konnte sie den Kassettenrekorder noch einmal im Dämmerlicht überprüfen. Das Band lief, der Pegel schlug aus: Die Aufnahme klappte wunderbar.

„Fünf Minuten“, sagte Lars.

„Deine Idee mit dem Hühnerknochen war einfach spitze“, sagte Jörg.

Charly hätte jubeln können: Sie hatten sich nicht geirrt: Die Bande von Lars und Jörg war tatsächlich die Erpresserbande! Und sie feierten tatsächlich den Sieg, den Tante Clara ihnen mit dem 100-Euro-Schein beschert hatte!

„Deine Tischbein-Aktion war aber auch ein voller Erfolg, würde ich sagen“, gab Lars zurück.

Die beiden fühlten sich anscheinend sehr sicher. Sie plauderten ganz frei über all ihre Schandtaten.

„Bei dieser Elsa Fall ist offenbar noch mehr zu holen“,

sagte Jörg. „Wir könnten ja ab jetzt für jede Aufführung der Theater-AG 100 Euro kassieren, oder?"

Sie lachten schallend.

„Jörg, du bist ein Genie!", rief Lars. „Die machen fünf Aufführungen. 500 Euro in zwei Wochen!"

Charly hörte Schritte auf der Treppe.

„Was ist los?", fragte eine Mädchenstimme.

„Wieso müssen wir sofort kommen?", fragte ein zweites Mädchen.

„Seht mal, was wir von der kleinen Elsa bekommen haben!" Lars jubelte.

Die Mädchen pfiffen durch die Zähne.

„Da hat sich der Aufwand gelohnt", sagte die erste.

„Immer diese Zettel verteilen, zu eurer Schule hetzen, abkassieren – Spitze gemacht, Jungs!"

Charly sah im Dämmerlicht hinüber zu den anderen.

Prim stand schon am Türrahmen, aber Tante Clara hielt ihn am Ärmel fest. Sie hatte recht: Der Fünfte schien noch zu fehlen.

„Hat diese kleine, feige Ziege nicht noch mehr Geschwister?", fragte das zweite Mädchen. „Vielleicht sollten wir uns auch mal um die kümmern. Die Familie Fall scheint ja mit Geldscheinen nur so um sich zu werfen. Und mit ein bisschen Beobachtung fällt uns bestimmt auch noch was zu den anderen ein."

„Wir können doch das Familien-Huhn entführen", schlug Jörg vor. „2000 Euro Lösegeld auf einen Streich – wie wär's?"

„Das wäre unser Ende", sagte auf einmal eine Jungenstimme, die Charly bisher noch nicht gehört hatte.

Prim wollte schon wieder losgehen. Aber Tante Clara hielt ihn noch einmal zurück.

„Wir kümmern uns am besten um unsere Kinder. Besser, wir streuen das noch weiter. Wenn wir von zwanzig oder dreißig Kindern zwanzig Euro eintreiben, kümmert sich da keine Sau drum. Aber diese 100 Euro von Elsa – das ist doch verdächtig einfach."

„Einfach?", fragte eins der Mädchen.

„Immerhin musstest du ihr ein blaues Auge verpassen, Markus!", sagte Jörg.

„Ach was, so eins auf die Nuss geben, das ist doch nicht viel Arbeit", antwortete der Junge.

Tante Clara sah hinüber zu Charly. Charly nickte. Sie hatte alles auf Band. Jedes Bandenmitglied hatte sich verraten.

Tante Clara lief voran, Prim und Bert Lumme folgten ihr. Charly blieb mit Johanna im Nebenzimmer.

„Das war's, Kollegen. Das Spiel ist aus", hörte Charly Tante Clara rufen. Durch den Flur sah sie die Taschenlampen aufleuchten.

„Was denn, was denn?", rief der Junge, den die anderen Markus genannt hatten. „Wir spielen hier doch nur ein bisschen. – Das ist doch nicht verboten, oder?"

„Wer sind Sie denn überhaupt?", rief eins der Mädchen.

„Polizei", sagte Prim. „Und ihr kommt jetzt alle hübsch mit auf die Wache."

„Wieso denn?", rief Lars.

„Was haben wir denn gemacht?", fragte Markus.

Charly schüttelte den Kopf. Diese Kerle waren wirklich dreist.

„Ich warne euch!", rief Tante Clara. „Wenn ihr euch jetzt auch noch doof stellt, wird die Strafe umso saftiger ausfallen!"

Die Bande schwieg.

„Abführen! Auf der Wache könnt ihr dann eure Eltern anrufen“, sagte Tante Clara. „Das heißt, eine Bitte habe ich noch.“ Ihre Stimme klang plötzlich so zuckersüß, dass Charly fast losprusten musste. „Lars, sei ein braver Junge: Gib mir meine 100 Euro zurück!“

Die Premiere von Elsas Theaterstück am Freitagabend wurde ein voller Erfolg. Und es gab fast keine Pannen – abgesehen davon, dass jemand in die Aula hereingestolpert kam, als das Licht gerade ausgegangen war. Alle drehten sich zu ihm um. Als Charly sah, wer da zu spät, aber doch noch vor dem ersten Akt die Aula betreten hatte, lächelte sie zufrieden und lehnte sich zurück.

„Kennst du den Störenfried etwa?“, fragte Tim, der sich neben sie gesetzt hatte.

Charly nickte. „Der Störenfried ist mein Vater“, flüsterte sie zurück.

Aber dann musste sie den Mund halten. Denn der Vorhang wurde aufgezogen. Auf der Bühne stand ein halbes Piratenschiff, dessen Mast bis unter die Decke ragte. Drei Kanonen böllerten ins Publikum – es qualmte gewaltig.

„Alles klar zum Entern!“, rief eine Piratin.

Charly klatschte begeistert: Das war Elsa! Sie war im Kostüm fast nicht wiederzuerkennen: Die Haare unter einem schwarzen Hut mit Totenkopfsymbol versteckt, hielt sie einen arabischen Krummsäbel in der rechten und ein Fernrohr in der linken Hand.

Die Piraten tobten über die Bühne, dass es nur so krachte.

Das Stück war wirklich wunderbar. Und es hielten alle Tische, auf denen Elsa tanzte. Es fiel kein Scheinwerfer von der Decke – nur einmal eine ausgestopfte Theater-Möwe, die einer der Piraten im Stück erschossen hatte.

Am Ende klatschte die ganze Aula begeistert Beifall. Als das Licht wieder anging, wusste Charly für einen Moment nicht, ob es gerade Morgen oder Abend war, so weit hatten die Piraten sie in ihre Welt entführt.

Die Falls liefen nach der Aufführung sofort hinter die Bühne, in die Garderobe.

Elsa hockte erschöpft zwischen den Kostümen und Requisitenkisten.

„Super, ihr wart einfach super!", rief Charly.

Elsa lächelte müde.

„Bravo!", rief Tante Clara.

Johanna umarmte ihre kleine Schwester.

Da klopfte es an der Gaderobentür.

„Herein!", riefen alle im Chor.

„Elsa, mein Mädchen! Spitzenmäßig!" Tobias Fall kam hereingestürmt und überreichte Elsa einen dicken Blumenstrauß.

Elsa machte den Mund auf, um sich zu bedanken, aber da klopfte es schon wieder.

„Finde ich hier Elsa Fall?", fragte eine Männerstimme, die Charly sofort erkannte: Das war Bert Lumme.

„Komm einfach rein, Bert!", rief Elsa.

„Wie du willst", antwortete Bert. „Ich habe dir aber etwas mitgebracht."

Bert Lumme quetschte sich in die enge Garderobe. Er

schob ein Fahrrad neben sich her: Elsas Fahrrad. Elsa sprang auf, rannte hinüber zu Lumme und drückte dem verdutzten Polizisten einen dicken Kuss auf die Wange.

„Bert, du bist der Größte! Danke!"

Charly musste grinsen. Dass Lumme das Fahrrad so schnell wiedergefunden hatte, war wirklich spitze. Die Erpresser hatten es nämlich in der Zwischenzeit schon an einen Fahrradhändler verkauft. Aber zum Glück kannten Tante Clara und Bert Lumme einige zweifelhafte Fahrradhändler, die sie abklappern konnten.

„Haben die Schufte gestanden?" Elsa sah hinüber zu Tante Clara.

Sie nickte. „Ich brauchte zwar das Tonband als Beweis. Aber als sie kapierten, dass wir alles aufgenommen hatten, haben sie gestanden. Übrigens haben die tatsächlich zehn Kinder an beiden Schulen erpresst. Und die wollten ihr übles Geschäft noch ausweiten."

Lumme ließ seinen Blick von Tante Clara über Elsa und Johanna wandern und landete schließlich bei Charly. „Ihr wart übrigens alle großartig – ihr Falls."

Tobias Fall räusperte sich. „Dürfte ich wissen, worum es überhaupt geht?"

„Ach, nichts weiter." Tante Clara schmunzelte. „Wir mussten nur eine kleine Erpresserbande hochgehen lassen."

Charlys Vater blieb der Mund offen stehen. Aber bevor er genauer nachfragen konnte, flog die Tür schon wieder auf. Herr Stein kam hereingestürmt.

„Elsa, wo bleibt ihr denn? Das Büfett ist schon aufgebaut. Wir wollen endlich anstoßen – auf das beste Schultheaterstück der letzten zehn Jahre! Hier in der Garderobe ist es doch viel zu eng!"

„Herr Stein, Sie Schlaumeier, Sie haben recht! Auf zum Büfett!“, rief Elsa.

Sie fuchtelte mit ihrem Krummsäbel in der Luft herum.

Und alle stimmten in ihren Ruf ein: „Auf zum Büfett!“

Die Schlüsselloch-Affäre

Scheiße!"

Katharina Fall, genannt Charly, wäre vor Schreck fast aus ihrer Hängematte gekippt, als sie ihren Vater durchs Haus schreien hörte. Dabei war beim Mittagessen alles in schönster Ordnung gewesen. Sie hatten noch genau einen Tag Schule und dann sechs Wochen herrlichste Sommerferien. Charlys Vater hatte schon ein Ferienhaus gemietet. Am Donnerstag sollte es losgehen nach Dänemark.

„Johanna, Charly, Elsa, Fanny, alle mal herkommen!", hörte Charly ihren Vater rufen.

Es klang nicht so, als hätte er gute Neuigkeiten für seine vier Töchter auf Lager. Charly schwang sich aus der Hängematte. Sie war gerade so richtig schön eingedöst, hatte von Dänemark, dem Softeis, der Lakritze und natürlich dem Meer geträumt.

Auf der Treppe wäre sie fast mit ihrer jüngeren Schwester Elsa zusammengestoßen.

„Hast du eine Ahnung, was mit Papa los ist?", fragte Elsa.

Charly schüttelte den Kopf.

Die beiden Mädchen rannten die Holztreppe hinunter in den ersten Stock und betraten das Wohnzimmer.

Johanna, die älteste der vier Schwestern, band sich gerade eine Küchenschürze ab. Charly fand es lächerlich, nur mit umgebundener Schürze zu spülen, aber sie hielt ihren Schnabel – schließlich war sie froh, dass sie nicht selbst mit Spülen dran war.

Tobias Fall, der Vater der Mädchen, saß auf dem Sofa und hielt zwei Zettel in der Hand. „Wo bleibt Fanny?", fragte er.

Charly wollte sich gerade aufmachen, um ihre jüngste Schwester zu holen, als die auch schon angerannt kam.

„Papa!", rief sie empört. „Papa, hast du gerade ‚Scheiße' gesagt?"

Tobias Fall nickte. „O ja, das habe ich."

„Aber du darfst das nicht sagen!" Fanny klang richtig vorwurfsvoll.

Charly verdrehte die Augen. Fanny war manchmal wirklich ziemlich altklug – und extrem nervig.

„Jetzt wart erst mal ab, Fanny Fall", sagte Tobias. „Ich wette, dass wir gleich alle zusammen ‚Scheiße' schreien." Er schnaufte schwer durch die Nase. „Ich habe zwei Nachrichten. Welche wollt ihr zuerst hören? Die schlechte oder die ganz schlechte?"

Charly sah hinüber zu Johanna. Aber Johanna zuckte auch nur mit den Schultern.

„Leg los, Papa! Spann uns nicht länger auf die Folter." Elsa setzte sich in einen der Sessel und nahm Fanny auf den Schoß.

„Ich habe vorhin zwei E-Mails gekriegt." Charlys Vater warf einen ernsten Blick in die Runde.

Charly spürte, wie ihre Hände schweißig wurden. Was war passiert? So nervös hatte sie ihren Vater schon lange nicht mehr gesehen.

„Die eine ist aus Dänemark. Wir kriegen das Ferienhaus doch nicht." Tobias Fall fuhr sich mit den Händen durch die Haare.

„Was?", riefen die Schwestern wie aus einem Mund.

„Aber du hast es doch schon gebucht!", rief Johanna.

„Du hast doch vorhin noch gesagt, dass es klappt!", rief Charly.

„Die waren doch froh, dass sie noch jemanden für das Haus gefunden haben!", rief Elsa.

Und Fanny rief begeistert: „Scheiße!"

Tobias Fall hob beschwichtigend die Hände. „Ich finde das genauso doof wie ihr, aber der Vermieter hat das Haus versehentlich zwei Familien versprochen. Und weil wir nun mal später dran waren, hat er uns wieder absagen müssen. Aber das ist eigentlich nur halb so schlimm ..."

Die vier Mädchen sahen sich an. Tickte der Vater noch richtig? Was hieß denn da „halb so schlimm"? Das Ferienhaus lag auf einer kleinen Insel in der Ostsee. Die halbe Insel hätten sie für sich gehabt. Man konnte zu Fuß zum Strand, im Garten gab es eine Feuerstelle und ein Baumhaus. Auf den Fotos, die sie bekommen hatten, sah alles einfach traumhaft aus. Und jetzt behauptete der Vater, dass „es halb so schlimm sei", dass sie nicht in dieses Paradies fahren würden? Das war nicht nur schlimm – das war eine mittlere Katastrophe!

„Wir hätten nämlich sowieso nicht fahren können", sagte Tobias Fall. „Ich muss meinen Urlaub verschieben, leider, leider, leider." Tobias Fall seufzte und hielt das andere Stück Papier in die Höhe. „Ich habe es mir extra ausgedruckt. Das ist die zweite E-Mail, die ich bekommen habe. Bei einem meiner wichtigsten Kunden ist das komplette Computersystem zusammengebrochen. Das Einzige, was noch funktioniert, ist das Internet-Programm des Chefs. Alle anderen Mitarbeiter haben nur noch schwarze Bildschirme. Ich denke, ich brauche mindestens fünf Tage, bis das System wieder läuft. Vielleicht schaffe ich es, bis Samstagabend wieder hier zu sein."

Die Schwestern schwiegen. Elsa sah verlegen auf den Boden. Fanny schob beleidigt ihre Unterlippe vor. Charly schwirrten die verrücktesten Gedanken durch den Kopf. Konnten sie nicht auch ohne ihren Vater in Urlaub fahren? Aber das war natürlich Quatsch. Das konnten sie nicht, und Charly wusste das. Und wenn der Vater auf Geschäftsreise musste, dann passte normalerweise Tante Clara auf die Schwestern auf.

Johanna fand als Erste die Sprache wieder: „Und was bedeutet das für uns?"

„Das bedeutet, dass ich zu diesem Kunden muss. In einer halben Stunde fährt mein Zug. Wie gesagt: Ich hoffe, dass ich das alles bis Samstagabend wieder hinkriege. Und dann fahren wir am Sonntag in Urlaub; irgendwohin, wo noch was frei ist."

Charly schossen die Tränen in die Augen. Sie hatte sich so auf Dänemark gefreut. „Und wo sollen wir hinfahren?", fragte sie.

„Und wo kriegen wir ein neues Haus her?", fragte Elsa.

„Und wann weißt du sicher, wann du wieder hier sein kannst?", fragte Johanna.

Tobias Fall zuckte mit den Schultern. „Am Donnerstag kann ich euch sagen, ob ich es schaffe, am Samstag wieder hier zu sein. Und ein neues Ferienhaus könnt ihr doch im Internet suchen. Ich habe euch ein paar gute Adressen zum Suchen auf meinem Rechner gespeichert. Johanna und Charly, ihr findet da bestimmt noch irgendeine Hütte für uns."

Er legte die beiden Zettel vor sich auf den Tisch.

„So, und jetzt kommt noch eine gute Nachricht: Tante Clara ist heute aus Spanien zurückgekommen. Ich habe ihr schon Bescheid gesagt – sie kommt und hilft euch, solange ich weg bin." Der Vater stand auf. „Und jetzt, meine Damen, muss ich leider meinen Koffer packen."

„Und wann rufen wir alle zusammen ‚Scheiße'?", fragte Fanny.

Tobias Fall verdrehte die Augen. „Fanny, nur weil ich einmal das Sch-Wort benutzt habe, musst du es jetzt nicht dauernd sagen!"

„Aber du hast es doch versprochen!"

Ihr Vater ließ sich zurück auf das Sofa plumpsen. „Also gut! Seid ihr bereit?"

Die Schwestern nickten.

„Eins, zwei, drei ...", zählte ihr Vater vor.

Sie holten alle tief Luft und riefen: „Scheiße!", so laut sie nur konnten.

Tobias Fall lächelte in die Runde. „Tut gut, oder?"

Er verließ das Wohnzimmer, um seinen Koffer zu packen. Das war auch höchste Zeit, wenn er seinen Zug nicht verpassen wollte.

Den letzten Schultag vor den Sommerferien fand Charly nach ihrem Geburtstag und Weihnachten den drittbesten Tag im Jahr. Denn da lagen die ganzen, unverbrauchten sechs Wochen Ferien noch vor ihr.

Charly hatte schon nach der zweiten Stunde Schluss.

Ihr Zeugnis war zwar nicht gerade berauschend, aber sie hatte das Schuljahr geschafft. Besonders Englisch und Mathe waren knapp gewesen. In Englisch hatte sie nur eine Vier minus bekommen. Das sah der blöden Frau Fuchs ähnlich. Die hätte ihr doch auch noch eine glatte Vier geben können, fand Charly.

„Wo fahrt ihr denn hin?", fragte Uwe, als sie die Schule verließen.

Charlys Banknachbar hatte mal wieder ein Super-Zeugnis gekriegt. In Englisch stand er auf einer glatten Eins.

„Weiß noch nicht", murmelte Charly.

„Wie? Das wisst ihr noch nicht?", fragte Steffi, die die Frage mitgehört hatte.

„Da müsst ihr euch aber ranhalten. Sonst kriegt ihr nämlich keine Unterkunft mehr", sagte David.

Sie liefen die Auffahrt hinunter zu den Parkplätzen. Charly spürte, wie sie sauer wurde. Diese drei Naseweise hatten ihre Ferienquartiere garantiert längst gebucht.

„Wir fahren erst nach Holland und dann noch zu meiner Oma“, sagte Steffi, obwohl sie niemand danach gefragt hatte.

„Wir fliegen nach Teneriffa“, sagte David. „Da ist Sonne pur!“

Charly verdrehte die Augen. Fliegen fand sie sowieso doof. Und sonnig war es hier auch – und in Dänemark erst recht.

„Ich fahr nach Spanien, natürlich. Schließlich haben wir da doch das Ferienhaus.“ Uwe grinste genießerisch. „Vier Wochen Sonne, Meer, Strand und total erholte Eltern!“

Charly hatte die Schnauze voll. Sollten sie doch alle in die Sonne fahren! Sollten sie sich doch das Gehirn verbrutzeln lassen. Sie würde auch noch in Ferien fahren. Und zwar nach Dänemark, das stand für Charly fest. Sie ließ die drei aus ihrer Klasse einfach stehen, rannte hinüber zu ihrem Fahrrad, schloss auf und schwang sich auf den Sattel.

Und wenn Uwe zehnmal nach Spanien fuhr und die blöde Frau Fuchs ihr hundertmal eine Vier minus in Englisch gab: Davon wollte sich Charly diesen wunderbaren Tag nicht verderben lassen. Sie sauste die Straße hinunter.

„Schöne Ferien!“, rief Uwe ihr noch nach.

Aber Charly hörte gar nicht mehr hin. Der sommerliche Fahrtwind fegte ihre roten Haare nach hinten und sauste in ihren Ohren.

Charly hatte keine Lust, nach Hause zu fahren. Da fiel ihr garantiert nur die Decke auf den Kopf. Am Computer ihres Vaters saß bestimmt schon Johanna und suchte im Internet nach einem Ferienhaus in Frankreich. Und Tante

Clara, die sonst immer noch einen heißen Tipp hatte, wusste in diesem Fall bestimmt auch keinen Rat.

Charlys Großtante, Clara Fall, war wirklich die beste Tante, die man sich wünschen konnte. Sie konnte Kopfstand und Judo und war früher bei der Polizei gewesen – bei der Kriminalpolizei. Tante Clara erlaubte fast alles und verbot fast nichts. So eine Großtante oder Oma hatte an der ganzen Schule niemand.

Aber Tante Clara hatte auch so ihre Macken. Vom Kochen hatte sie absolut keine Ahnung, und von Computern verstand sie auch nichts. Wenn Tante Clara versuchte, einen Rechner einzuschalten, konnte es ganz leicht passieren, dass das Ding explodierte.

„Kein vernünftiger Mensch kann einen Computer verstehen", pflegte Tante Clara zu schimpfen. „Außerdem interessieren mich diese Kisten überhaupt nicht."

Charly musste an einer roten Ampel anhalten.

Ob sie gestern zu gemein zu ihrer Tante gewesen waren? Immerhin hatten sie ihr empfohlen, mal einen Computerkurs an der Volkshochschule zu besuchen. Dann könnte sie ihnen nämlich helfen, doch noch ein Ferienhaus zu finden.

„Ich such euch bestimmt keine Computerferien!", hatte Tante Clara gerufen.

Charly musste grinsen, als sie sich daran erinnerte, mit welcher Verachtung ihre Tante das Wort „Computerferien" ausgesprochen hatte. Typisch Tante Clara: Von Computern hatte sie einfach keine Ahnung – und vom Internet erst recht nicht.

Die Ampel sprang auf Grün, und Charly trat kräftig in die Pedale.

Nein, nach Hause mochte sie wirklich noch nicht fahren. Sie bog in die Parkstraße ab. Das war zwar ein kleiner Umweg, aber so kam sie am Internet-Café von Cem und Anita vorbei. Da wollte sie in Ruhe nach einer neuen Ferienwohnung in Dänemark suchen, ohne dass Johanna ihr dazwischenfunkte. Und im Internet-Café traf sie bestimmt ein paar nette Leute von der Schule. Leute, die auch noch nicht wussten, wo sie die Ferien verbrachten. Und natürlich die, die gar nicht wegfuhren.

Vor dem Internet-Café war ein Menge los. Eine Traube von Schülern drängelte sich um das Schaufenster. Charly warf einen Blick auf die Uhr. Es war schon viertel nach zehn. Normalerweise öffnete Cem um zehn Uhr.

„Was ist denn da los?", fragte ein Junge, der neben Charly sein quietschgrünes Rennrad abbremste.

„Hallo, Tim!" Charly kannte den Jungen aus Elsas Klasse.

Sie stellten ihre Räder ab und drängelten sich bis ganz nach vorne. Die Tür zum Internet-Café war geschlossen. In der Einfahrt zum Hof stand ein Streifenwagen der Polizei.

„Was ist denn passiert?", fragte Charly ein paar der herumstehenden Schüler.

Aber keiner wusste etwas.

„Komm mal mit, Charly!" Tim zog Charly am Arm aus der Menge. „Der Hof hat noch einen Nebeneingang", flüsterte er.

Sie liefen um das Haus herum. Zwischen dem Haus, in dem sich das Internet-Café befand, und dem Nachbarhaus gab es tatsächlich einen schmalen Gang, der Charly noch nie aufgefallen war. Am Ende des Gangs gelangten sie auf den Hof hinter dem Café. Dieser Hof war fast quadratisch. An seiner rechten Seite erstreckte sich eine Wand aus Garagen. An seiner Front wurde der Hof von einer Mauer begrenzt. Und auf der linken Seite öffnete sich die Hintertür zum Internet-Café. Davor standen sie: zwei Polizisten und die Besitzer des Cafés – Anita und Cem.

„Was machen die da?“, flüsterte Tim.

Charly zuckte die Schultern. Einer der Polizisten pinselte den Türrahmen mit einem schwarzen Pulver ein. Er machte Fotos und zog das Pulver mit einer Folie ab.

„Der nimmt Fingerabdrücke“, sagte Charly.

Aber dann sagte sie nichts mehr. Denn über die Einfahrt zum Hof kam eine ältere Dame geschlendert, die Charly sehr gut kannte: Sie war sommerlich braun, trug einen knallgelben Pullover und schüttelte den verdutzten Polizisten die Hand.

„Das gibt’s doch gar nicht!“, murmelte Charly.

Die Frau war niemand anders als Charlys Tante Clara!

Charly stupste Tim in die Seite. „Komm mit!“

Sie liefen über den Hof.

„So, dann haben wir fürs Erste alles.“ Einer der Polizisten deutete hinüber zu Anita. „Sie kommen noch einmal mit auf die Wache, dann machen wir das Protokoll.“ Er rückte seine Mütze zurecht und sah hinüber zu Cem. „Wollen hoffen, dass wir den Täter finden. Aber wie gesagt: Große Hoffnungen sollten Sie sich da nicht machen.“

Die Polizisten nickten Tante Clara zu und verließen mit Anita den Hof.

„Hallo, Tante Clara!“, sagte Charly. „Was ist denn los?“

Tante Clara drehte sich erschrocken um. „Charly, was machst du denn hier?“

„Dieselbe Frage wollte ich dir auch gerade stellen“, antwortete Charly.

„Tante?“ Cem sah verwundert von Tante Clara zu Charly und wieder zurück zu Tante Clara.

„Darf ich vorstellen: Das ist meine Tante Clara“, sagte Charly.

„Das is'n Ding. Ich dachte, dass ihr bei euch zu Hause fit genug seid, um euren Computer zu erklären.“ Cem grinste.

„Wie? Wovon redest du?“ Charly verstand kein Wort. Interessierte sich ihre Tante plötzlich für Computer?

Tante Clara seufzte.

„Ich wollte mir zeigen lassen, wie das Internet funktioniert. Das ist alles. Wenn ihr mir schon Vorträge haltet, dass man mit dem Computer besser Verbrecher jagen und Ferienhäuser suchen kann, wollte ich es eben auch mal ausprobieren.“ Tante Clara rückte ihre Brille zurecht und fügte hinzu: „Deshalb bin ich gestern Abend hierhergekommen und habe den ganzen Abend mit Cem und Anita gequatscht – auch über Computer. Aber das hat sich jetzt ja erst einmal erübrigt.“

Cem lehnte sich an den Türrahmen.

„Was ist denn hier überhaupt los? Wieso muss Anita mit auf die Wache?“, fragte Charly.

„Und worauf warten die ganzen Schüler vor der Tür? Habt ihr geschlossen? Wann machst du den Laden auf?“, fragte Tim.

Cem seufzte. „Der Laden bleibt geschlossen. Die Bildschirme sind futsch.“

„Wie – ‚futsch‘?“, fragte Tim.

„Geklaut. Gestern Nacht ist hier eingebrochen worden.“ Cem deutete auf das Schloss an der Tür. „Jemand hat die Tür aufgebrochen und die Bildschirme mitgenommen. Alle weg, alles raus, alles aus.“

Tim schüttelte den Kopf. „Aber Cem, du hattest doch erst am Montag die neuen Flachbildschirme aufgestellt."

Cem nickte. „Du sagst es, Tim: Die sind weg, allesamt weg."

„Stell doch einfach die alten Bildschirme wieder auf", schlug Charly vor. „Dann können wir wenigstens noch im Internet surfen."

Cem lachte bitter. „Tja, das wäre schön. Aber ich bin eben ein Idiot. Die alten Bildschirme habe ich schon verschenkt. Gestern hat sie ein Bekannter von mir abgeholt. Und jetzt sind sie auf dem Weg in die Türkei – Spende für eine Schule."

Charly schluckte. „Und jetzt?"

„Jetzt kann ich den Laden dichtmachen", sagte Cem. „Ohne Bildschirme kein Internet-Café."

Tante Clara lehnte sich an die Mauer und steckte die Hände in die Hosentaschen.

„Aber Cem, du hast die Computer doch bestimmt versichert, oder? Dann kaufst du einfach neue Bildschirme, die die Versicherung bezahlt."

Cem schüttelte den Kopf. „Schön wär's. Aber der zuständige Fachmann von meiner Versicherung kommt erst übermorgen aus dem Urlaub zurück. Bis dahin überweisen die mir keinen Cent. Und die Bank leiht mir auch nichts mehr. Und selbst wenn ich übermorgen das Geld von der Versicherung kriege, ist mir noch nicht geholfen: Ich habe schon beim Händler, der mir die Bildschirme besorgt hat, angerufen. Frühestens in zwei Wochen hat der wieder Ware." Cem ließ den Kopf hängen. „Wenn ich den Laden zwei Wochen dichtmache, kann ich gleich einpacken. Es lief gerade so richtig gut. Am Nachmittag die

Schüler und am Abend das Szenepublikum – die Leute haben uns ja regelrecht die Bude eingerannt."

Charly und Tim nickten. Das Internet-Café an der Parkstraße war ziemlich angesagt. Es war eben wirklich Klasse bei Cem und Anita. Cem konnte bei allen möglichen Computerfragen helfen. Und Anita kannte sich im Netz so gut aus wie niemand sonst in der Stadt. Sogar der Vater von Charly hatte schon von dem Laden gehört. Außerdem war es gemütlich bei den beiden. Auch wenn man nur an der Theke herumsaß und quatschte, war man willkommen. Und nachmittags gab es Zitronentee für dreißig Cent. Das konnten sich wirklich alle leisten.

„Was hat denn die Polizei gesagt?", fragte Charly. „Haben die keine Spur, die zu den Bildschirmen führen könnte?"

Cem schüttelte den Kopf. „Die Polizei, Charly, die ist nicht besonders interessiert. Der zuständige Beamte hat sich das Schloss angesehen und festgestellt, dass es aufgebrochen wurde. Das hätte ich auch sagen können, dafür brauche ich keine Polizei. Er hat Fingerabdrücke gesucht, aber nur meine und Anitas gefunden. Wenn die Bullen auch nur einen einzigen von meinen Bildschirmen finden, fresse ich einen Besen."

Tante Clara hob warnend die Hand. „Sag nicht ‚Bullen', Cem! Und schon gar nicht, wenn ich dabei bin! Ich war nämlich auch mal einer." Sie packte einen Kaugummi aus.

Charly wusste, was das bedeutete: Tante Clara wollte scharf nachdenken. Und scharf nachdenken konnte sie am besten mit einem Kaugummi im Mund.

Cem war sichtlich verblüfft. „Du? Und da bist du nie mit dem Polizeicomputer in Kontakt gekommen?"

Tante Clara schmunzelte. „Dafür hatte ich immer meine Leute." Sie zog eine Lupe aus der Tasche. „Und jetzt würde ich mir die Tür gern mal genauer ansehen. Außerdem habe ich noch ein paar Fragen: Wann habt ihr gestern Abend das Café verlassen? Wann seid ihr heute Morgen wiedergekommen? Wann habt ihr den Diebstahl bemerkt? Hat Schulze, der Kollege von der Polizei, die Nachbarn befragt? Gibt es irgendwelche Zeugen? Wohin führt der schmale Seitenweg vom Hof aus?"

Die Fragen prasselten nur so auf Cem ein.

Der Internet-Café-Besitzer winkte ab. „Ist ja gut, Clara, ist ja gut. Ich erzähl dir gleich alles." Er trat in den Flur zum Café. „Ich sag nur schnell den Schülern vorne Bescheid, dass das Café geschlossen bleiben muss." Dann drehte er sich noch einmal zu Charly herum und fügte hinzu: „Das hättest du ja auch mal sagen können, dass du mit Sherlock Holmes verwandt bist!"

Charly lächelte. „Wenn sich Tante Clara um den Fall kümmert, hast du deine Bildschirme bestimmt schnell wieder!"

„Abwarten", sagte Tante Clara und betrachtete das Schloss.

Charly und Tim schlüpften durch die Tür und sahen sich im Hinterzimmer des Cafés um.

„Hier lagen die Originalkartons. Vor dem Regal mit den Aktenordnern", sagte Cem, als er zurück ins Hinterzimmer kam.

Tante Clara kam zu ihnen in den kleinen Raum.

„Also eins ist schon jetzt klar: Ich weiß nicht, was daraus folgt, und ich weiß nicht, was das heißt, aber diese Tür wurde nicht aufgebrochen." Clara runzelte die Stirn.

„Wa...wa...was?", stammelte der freundliche Mann fassungslos.

Tante Clara sah ihm ernst in die Augen. „Wer auch immer bei dir eingebrochen ist: Er hatte einen Schlüssel. Dieses Schloss ist nur an der Oberfläche verkratzt."

Cem taumelte und hielt sich an den Regalen mit den Aktenordnern fest. „Mit einem Schlüssel? Sollte er es wirklich gewagt haben?"

Tante Clara verschluckte fast ihren Kaugummi. „Hast du einen Verdacht, Cem?"

Der nickte. „Ja, ich habe einen Verdacht, leider."

Tante Clara?"

Charly saß auf dem schmalen Rücksitz von Tante Claras quietschgelbem Kabinenroller und schrie gegen den Fahrtwind und das Geknatter an. Dieses uralte Gefährt war eine wahre Höllenmaschine auf drei Rädern.

„Tante Clara!"

Eine Ampel sprang auf Rot.

„Tante Clara!", rief Charly zum dritten Mal.

Selbst im Leerlauf war die Kiste noch so laut, dass man kaum sein eigenes Wort verstand.

Aber jetzt endlich hatte die Tante sie gehört und drehte sich zu ihr um.

„Kann es sein, dass dein Auto ein bisschen lauter ist als sonst?", rief Charly.

Tante Clara nickte und zog die Stirn in Falten. „Der Auspuff!", gab sie zu. „Ich kriege das Teil heute geliefert!"

Die Ampel sprang auf Grün. Tante Clara gab Gas, und Charly hielt sich die Ohren zu. Sie wollte mit zu Tante Claras Freund Bert Lumme, aber sie hatte keine Lust, deshalb gleich taub zu werden.

So knatterten sie aus der Stadt und fuhren die Landstraße am Kanal entlang. Charly war zwar schon einmal bei Tante Claras altem Kollegen Bert Lumme gewesen, aber sie erkannte nichts wieder. Denn damals war erstens Nacht gewesen und zweitens hatte Charly tief und fest geschlafen.

Die Höllenmaschine ratterte über eine schmale Nebenstrecke.

„Gleich haben wir's geschafft!", rief Tante Clara, bog auf einen Schotterweg ein und parkte einige Meter weiter am Wegrand.

Als die Tante endlich den Motor abstellte, klingelten bei Charly die Ohren noch nach.

„Das muss ich heute unbedingt noch reparieren." Tante Clara kletterte aus dem Dreirad und klemmte ihren Regenschirm unter den Arm, obwohl die Sonne noch immer vom blauen Himmel lachte.

„Hast du auf der Fahrt nachgedacht?" Tante Clara zwinkerte Charly zu.

Charly hatte allerdings nachgedacht, und sie hatte ein paar Fragen. „Ist es üblich, dass man einem Menschen, von dem man etwas geliefert bekommt, seinen Schlüssel gibt?"

Denn genau das hatte Cem gemacht. Er hatte die Flachbildschirme bei Herrn Brehmke bestellt. Und weil er am Montagmorgen erst später im Laden sein wollte, hatte er Brehmke einen Schlüssel zur Hintertür gegeben. Brehmke hatte auch geliefert. Aber den Schlüssel, den hatte Cem bisher noch nicht wieder gesehen.

„Tja, Charly, das habe ich mich auch gefragt. Es ist natürlich nicht unbedingt üblich. Cem hat zu diesem Herrn Brehmke eben wirklich Vertrauen gehabt. Und es war ja auch nicht Brehmkes, sondern Cems Idee, dass der Computerhändler den Schlüssel kriegt."

Die beiden kamen auf eine große Wiese, die knallgrün

im Sommerlicht strahlte. Charly blieb einen Moment stehen und lauschte. Hier draußen war außer dem entfernten Plätschern eines Bachs wirklich nichts zu hören – herrlich! Dann schlenderten sie über die Wiese dem kleinen Haus entgegen.

„Glaubst du, dass Herr Brehmke der Einbrecher ist?“, fragte Charly.

Tante Clara wiegte den Kopf hin und her. „Ich bin nicht sicher. Wir haben noch nicht mit ihm gesprochen. Aber es klingt sehr danach, als hätte er die Bildschirme erst Cem verkauft und geliefert, um sie dann mit den Originalkartons zu klauen, damit er sie noch einmal verkaufen kann.“

„Aber warum sagt er dann, dass er erst in zwei Wochen wieder neue Bildschirme für Cem hat?“ Charly warf einen Blick hinüber zum Haus, das auf der grünen Wiese stand.

Bert Lumme war anscheinend da. Die Haustür und die Fenster zum Garten standen offen.

„Das ist doch klar: Es ist viel zu auffällig, wenn er die Dinger erst klaut und sie Cem dann am nächsten Tag schon wieder zum Kauf anbietet.“ Tante Clara schüttelte den Kopf. „Nein, nein, nein; viele Verbrecher sind ziemlich dämlich – aber so dreist war noch nicht mal Juwelen-Jenny.“

„Ihr kommt ja wie gerufen!“ Bert Lumme trat aus der Tür. Er stellte sein Tablett gar nicht erst auf dem Gartentisch ab, sondern machte direkt wieder kehrt und verschwand im Innern seines Hauses. Tante Clara setzte sich an den Gartentisch, und auch Charly ließ sich auf einen der Stühle plumpsen.

„Wer kommt sonst in Frage?“, fragte Tante Clara. „Wer hat noch einen Schlüssel zur Hintertür des Cafés?“

Charly überlegte. „Cem und Anita haben beide einen Schlüssel, aber die werden wohl kaum bei sich selbst eingebrochen sein."

„Alles schon vorgekommen, Charly. Ist alles schon vorgekommen." Bert Lumme kam aus dem Haus zurück und stellte ein Tablett auf den Tisch. Er hatte eine Schüssel mit Eiscreme und drei kleine Tellerchen geholt. „Erinnerst du dich noch an den einen Einbruch von Panzerknacker-Uli?" Bert verteilte das Eis. „Eine Kiste mit Gold hat sie sich selbst gestohlen – ihre ganze Räuberhöhle hat sie umgegraben, sogar die Sofas aufgeschlitzt und die Scheiben eingeworfen, damit es aussah wie ein echter Überfall."

Charly probierte das Eis. Es schmeckte köstlich.

Tante Clara schüttelte den Kopf. „Hier liegt der Fall aber anders. Ich glaube nicht, dass Cem und Anita selbst in ihr Café eingebrochen sind. Cem hat doch gesagt, dass der Laden gerade gut läuft. Und den beiden scheint das Geschäft ja auch Spaß zu machen."

Charly nickte. „Dann gibt es noch den Hausmeister: Der hat auch für alle möglichen Türen einen Schlüssel."

Tante Clara zückte ihr Notizbuch. „Warum hat Cem das nicht gleich gesagt? Wie heißt der Hausmeister?"

„Eckermann, soviel ich weiß", sagte Charly. „Aber ich glaube nicht, dass der etwas mit dem Einbruch zu tun hat. Der hat von Computern ziemlich wenig Ahnung. Was soll so ein Mensch mit zehn Bildschirmen anfangen?"

„Man muss keine Ahnung von Computern haben, um originalverpackte Bildschirme auf dem Schwarzmarkt zu verkaufen, Charly." Tante Clara warf einen Blick auf das Eis.

„Johannisbeere mit Joghurt – hab ich selbst gemacht", sagte Bert. „Aber jetzt erst einmal: Hallo, die Damen. Was wollt ihr denn hier draußen? Ihr seid doch nicht nur gekommen, weil ihr geahnt habt, dass ich an meinem freien Tag Eis mache, oder?“

Tante Clara nickte, holte das Türschloss, das sie bei Cem ausgebaut hatte, aus der Tasche und legte es vor Bert auf den Gartentisch. „Wir haben einen neuen Fall, wie’s aussieht.“

Lumme seufzte. Er legte seinen Eislöffel beiseite und betrachtete das Schloss. „Vorgetäuschter Einbruch?“

Tante Clara zuckte mit den Schultern. „Wir wissen noch viel zu wenig. Aber so wie es aussieht, ist dieses Schloss nicht aufgebrochen worden, oder?“

Bert Lumme nickte. „Es ist nur oberflächlich verkratzt.“

„Also hat der Einbrecher einen Schlüssel gehabt.“ Tante Clara nahm einen Löffel Eis.

Bert Lumme schüttelte den Kopf. „Das kannst du dem Schloss von außen nicht ansehen. Vielleicht ist er ja auch durch ein Fenster oder eine andere Tür zum Tatort gekommen.“

„Ausgeschlossen. Er muss durch die Tür gekommen sein.“ Tante Clara warf einen Blick auf ihre Armbanduhr. „Bert, ich muss alles über dieses Schloss wissen: Gibt es Fingerabdrücke? Wie ist es geöffnet worden? Wie ist das Ding verkratzt worden und so weiter.“

„Das ganze Programm also“, murmelte Lumme.

Tante Clara lächelte charmant. „Und nicht nur das. Ich brauche es schnell, sonst geht ausgerechnet der Laden pleite, bei dem ich gerade lerne, wie man Computer ein- und ausschaltet, ohne sie automatisch zu zerstören.“

Bert Lumme lehnte sich in seinem Gartenstuhl zurück. „Wer auch immer dir das beibringt, hat einen Orden verdient.“ Er zwinkerte Charly zu. „Ich kenne niemanden, der sich mit so wenig Computerahnung durchs Leben schlägt wie deine Tante."

Tante Clara räusperte sich. „Apropos Computer. Frag doch mal den Polizeicomputer nach zwei Leuten: Eckermann, Hausmeister in der Parkstraße, und Brehmke." Sie holte einen Zettel aus ihrer Tasche und las: „Otto Brehmke, Computerladen Hufnerstraße."

Bert Lumme zog seine Stirn in Falten. „Du weißt, dass ich das eigentlich nicht darf, Clara. Du bist nicht mehr bei der Polizei."

Aber Tante Clara winkte ab. „Stell dich nicht so an, Bert. Die Ermittlungen führt dein Kollege Schulze. Wenn wir dem das überlassen, kriegt mein Internet-Café seine Bildschirme nie zurück."

Lumme seufzte. „Schulze? Das ist natürlich etwas anderes, Clara."

„Wir sollten jetzt aufbrechen." Tante Clara klopfte Charly auf die Schulter. „Schließlich wollen wir ja noch jemanden besuchen, oder?"

Sie standen auf und wandten sich zum Gehen.

Aber dann drehte sich Tante Clara doch noch einmal zu Bert Lumme herum. „Sag mal, Bert, gibt es die Hütte eigentlich noch?"

Bert starrte Tante Clara an. Dann huschte ein Lächeln über sein Gesicht. „Ich glaube schon, dass es die noch gibt. Es war allerdings schon länger niemand dort. Warum willst du das wissen?"

Charly sah, dass Tante Clara Bert zuzwinkerte.

„Ach, nur so", sagte ihre Tante, verabschiedete sich von ihrem Freund und spazierte über die Wiese zurück Richtung Auto.

Was ist das für eine Hütte, von der du gesprochen hast?“ Charly musste Tante Clara ins Ohr brüllen, damit die bei dem lauten Geknatter überhaupt etwas verstand.

„Ach, das ist nicht so wichtig, Charly“, rief Tante Clara zurück.

Sie bog in die Hufnerstraße ein. Der Computerladen „Brehmke EDV“ lag auf der rechten Seite. Das gelbe Dreirad rollte knatternd auf den Hof.

„Kennt dich Herr Brehmke?“ Tante Clara stellte den Motor ab.

Charly schüttelte den Kopf.

„Umso besser“, sagte ihre Tante. „Wollen wir doch mal sehen, was das für einer ist.“

Sie gingen hinüber zur Ladentür und betraten das Geschäft.

Der Computerladen von Herrn Brehmke war ziemlich klein. An der linken Wand stapelten sich Kartons. Davor waren ein paar Computer aufgebaut. An der rechten Wand flimmerten verschiedene Bildschirme. Im hinteren Teil des Ladens stand ein Tresen, hinter dem eine Tür in ein weiteres Zimmer führte. Die Wand hinter dem Tresen war von einem Regal verdeckt, in dem alle möglichen Kleinteile hingen: Kabel, Druckerpatronen, Mäuse und verschiedene Dinge, von denen Charly nicht wusste, wozu sie gut waren. Links vom Tresen stand ein Tisch mit vier Stühlen.

„Womit kann ich dienen?“ Ein kleiner Mann kam aus dem Hinterzimmer geflitzt. Er trug ein kunterbuntes T-Shirt, abgewetzte Jeans und uralte Turnschuhe.

Charly sah aus dem Augenwinkel, wie Tante Clara den Mann von oben bis unten musterte. „Ich würde gern den Chef sprechen“, sagte sie.

Der Mann zog erstaunt die Augenbrauen in die Höhe. „Der steht vor Ihnen.“

Nun zog Tante Clara ebenso erstaunt die Augenbrauen hoch. „Herr Otto Brehmke?“, fragte sie.

Herr Brehmke verdrehte die Augen. „In Person. Womit kann ich ich dienen?“

„Wir interessieren uns für Bildschirme“, sagte Tante Clara. „Genauer gesagt für zehn Stück und zwar, äh, für ...“ Tante Clara stockte und warf Charly einen flehenden Blick zu.

„Sie meint die neuen *Ximono*-Flachbildschirme“, sagte Charly. „Und zwar die 17-Zoll-Dinger.“

Herr Brehmke nickte Charly anerkennend zu. „Du scheinst dich ja gut auszukennen. Ist deiner Oma auch klar, was so ein *Ximono*-Flachbildschirm kostet?“

Charly verdrehte die Augen. „Erstens ist sie meine Tante und zweitens ...“

„Zweitens können Sie uns ja mal ein vernünftiges Angebot machen, Herr Brehmke“, fiel Tante Clara ihr ins Wort.

Herr Brehmke lief zu seinem Tresen und holte einen

Prospekt hervor. „Setzen wir uns doch." Er deutete hinüber auf die Sitzgruppe.

Tante Clara stopfte einen Kaugummi in den Mund.

Charly setzte sich neben sie und lächelte Brehmke unschuldig an. „Haben Sie die Bildschirme denn überhaupt auf Lager?", fragte sie.

Aber da trat Tante Clara sie unauffällig unter dem Tisch. Charly wurde rot. Hatte sie sich etwa verraten?

Herr Brehmke wiegte den Kopf hin und her. „Nein, direkt hier habe ich sie nicht, aber ich könnte welche besorgen. Darf ich denn fragen, wofür Sie zehn Bildschirme brauchen?"

„Ja, wissen Sie, das ist so eine Art, äh, wie soll ich das jetzt beschreiben", antwortete Tante Clara. „So eine Art Ferienmaßnahme für Schulkinder, die wir da planen."

Herr Brehmke nickte. „Da schießen Sie aber mit Kanonen auf Spatzen, Frau, äh – wie war noch mal Ihr Name?"

„Fall", sagte Tante Clara und schüttelte Brehmke die Hand.

„Frau Fall, sie brauchen doch keine 17-Zoll-Flachbildschirme, damit ein paar Kinder in den Ferien spielen können. Da reichen doch viel billigere Modelle." Herr Brehmke deutete hinüber zur Bildschirm-Wand. „Schauen Sie, hier drüben an der Wand habe ich eine Menge Bildschirme, die auch gut sind und für Ihre Zwecke sicherlich ausreichen. Die kosten zum Teil nur ein Viertel von dem, was Sie für Flachbildschirme anlegen müssten."

Charly hielt sich zurück. Anscheinend hatte Tante Clara einen ziemlich klaren Plan, wie sie aus Brehmke herauskriegen wollte, ob er die Bildschirme von Cem auf Lager hatte oder nicht.

„Tja, wissen Sie, wir wollen aber lieber diese Flachbildschirme, weil ..." Tante Clara trat noch einmal unauffällig auf Charlys Fuß.

Sollte sie jetzt also doch reden?

„Das Geld ist nicht so wichtig, wir wollen die Qualität haben", sagte Charly schnell. „Sie wissen ja: Die *Ximonos* flimmern nicht so stark, das schont die Augen. Außerdem brauchen wir diese Größe, weil wir am Bildschirm Bilder malen und bearbeiten wollen."

Herr Brehmke nickte. „Gut, gut, ich will niemanden davon abhalten, viel Geld auszugeben. Ich kann die *Ximonos* besorgen, aber sie kosten normalerweise 2200 Euro das Stück. Wenn Sie zehn Stück haben wollen, kann ich ein bisschen mit dem Preis runtergehen, sagen wir auf 1990 Euro."

Tante Clara starrte den Computerverkäufer mit aufgerissenen Augen an. „So teuer? Und wann können Sie liefern? Sofort?"

Herr Brehmke seufzte. „Frau Fall, ich habe doch gerade gesagt, dass die *Ximono*-Bildschirme teuer sind. Und liefern kann ich sie auch erst in frühestens zwei Wochen. Aber wie gesagt, ich kann Ihnen da auch Bildschirme für 250 Euro anbieten. Die sind auch nicht schlecht, sehen halt nur nicht so schick aus und flimmern vielleicht ein bisschen stärker."

Tante Clara schüttelte den Kopf. „Nein, nein, nein. Ich interessiere mich nur für die *Ximono*-Modelle. Können Sie die nicht ein bisschen schneller besorgen? Vielleicht gibt es ja ein paar gebrauchte?"

Herr Brehmke schüttelte den Kopf. „Wie stellen Sie sich das vor? Diese Bildschirme sind erst seit einem halben Jahr draußen. Da gibt es noch keine gebrauchten. Und wir handeln sowieso nicht mit gebrauchter Ware."

Charly zwinkerte Tante Clara zu. Entweder verstellte sich Herr Brehmke sehr gut, oder er hatte die Bildschirme von Cem und Anita wirklich nicht auf Lager. Oder er hatte sie schon weiterverkauft. Ähnliche Gedanken schossen anscheinend auch durch Tante Claras Kopf.

„Also gut, Herr Brehmke. Vergessen wir die Bildschirme, reden wir Klartext." Tante Clara stand auf und lief im Laden hin und her wie ein eingesperrter Tiger. „Wo waren Sie zwischen zwölf Uhr gestern Nacht und halb zehn heute Morgen?"

Herr Brehmke sah sehr verwundert aus. „Was soll denn diese Frage? Ist das jetzt plötzlich ein Verhör? Ich dachte, Sie wollen Bildschirme kaufen!"

Tante Clara kam an den Tisch, stützte sich auf und sah Brehmke scharf in die Augen. „Beantworten Sie meine Frage, Herr Brehmke: Wo waren Sie zwischen gestern 24 Uhr und halb zehn heute Morgen?"

Herr Brehmke stand auf, stemmte die Hände in die Hüften und rief: „Wer sind Sie denn überhaupt? Sind Sie von der Polizei?"

„Sozusagen." Tante Clara nickte.

„Und worum geht es? Was werfen Sie mir vor?", fragte Brehmke.

„Ich werfe Ihnen gar nichts vor. Ich möchte nur wissen, wo Sie vergangene Nacht waren!", rief Tante Clara.

Charly wäre am liebsten unter den Tisch gekrochen. Die beiden begannen aufeinander einzubrüllen wie zwei tollwütige Wildschweine.

Schließlich hielt Tante Clara inne. „Also gut, Herr Brehmke, dann machen wir das eben anders herum: Sie haben vor drei Tagen zehn Bildschirme an das Internet-Café in der Parkstraße geliefert, richtig?"

„Das ist zwar richtig, aber ich weiß nicht, was Sie das angeht." Brehmke warf Tante Clara einen verächtlichen Blick zu.

„Sie haben vom Besitzer des Cafés einen Schlüssel zur Hintertür bekommen – auch richtig?" Tante Clara rückte Herrn Brehmke einen Stuhl zurecht.

Aber der Computerhändler dachte anscheinend gar nicht daran, sich hinzusetzen. „Ja, und?" Er verschränkte die Arme vor der Brust.

„Heute Nacht wurden diese Bildschirme geklaut. Und der Schlüssel, den Sie hatten, wo ist der?" Tante Clara fixierte Brehmke mit ihrem durchdringenden Polizistinnen-Blick.

Aber an Brehmke schien das alles abzuprallen. Er schrie Tante Clara an: „Ich lasse mir von Ihnen überhaupt nichts anhängen! Machen Sie, dass Sie rauskommen! Und wagen Sie es nie wieder, meinen Laden zu betreten! Sie alter Drachen!" Er drehte sich zu Charly. „Das gilt auch für dich, du Rotzgöre! Raus mit dir!"

Charly wackelten die Knie. Sie lief schnell hinüber zu Tante Clara.

„Von Ihnen lasse ich mich nicht einschüchtern, Herr Brehmke." Tante Clara machte einen Schritt rückwärts, dem Ausgang entgegen.

Brehmke folgte den beiden. Er sah aus, als wollte er Tante Clara jeden Moment anfallen und zerfleischen. Charly hielt die Luft an.

„Wenn Sie etwas mit der Sache zu tun haben, dann kriegen wir das raus!" Tante Clara machte noch einen Schritt auf die Tür zu.

„Jetzt macht endlich, dass ihr rauskommt!" Brehmkes Stimme klang leise, heiser und sehr, sehr bedrohlich.

Tante Clara öffnete die Tür, Charly schlüpfte hinaus.

Ihre Tante drehte sich noch einmal um und sagte: „Wir sehen uns wieder, Herr Brehmke, verlassen Sie sich darauf. Guten Tag."

Erst als Tante Clara den Motor startete und sie vom Hof knatterten, traute sich Charly wieder zu atmen.

„Wo wart ihr?“ Johanna sah Tante Clara und Charly vorwurfsvoll an. „Wir haben uns schon Sorgen gemacht.“ Sie stellte die Teller auf den Gartentisch.

Charly schüttelte den Kopf. Nur weil Tante Clara und sie nicht pünktlich zum Mittagessen erschienen waren, brauchte sich ihre große Schwester nicht gleich so aufzuspielen.

„Tut mir leid, Johanna.“ Tante Clara schlug Johanna kameradschaftlich auf die Schulter. „Und vielen Dank, dass du schon gekocht hast!“

Johanna nickte und hatte ihren Ja-ja-wenn-ihr-mich-nicht-hättet-Blick aufgesetzt, den Charly überhaupt nicht leiden konnte. Und zu kochen brauchte Johanna sowieso fast nichts: Schließlich sorgte ihr Vater immer dafür, dass sie eine randvoll gefüllte Tiefkühltruhe hatten.

„War es wenigstens ein Notfall?“ Johanna verteilte Messer und Gabeln neben den Tellern.

Dass sie draußen essen konnten, fand Charly spitze. Sommer war sowieso ihre Lieblingsjahreszeit. Dann war auch der Garten schön zugewuchert.

„Kann man so sagen.“ Tante Clara nahm den Topfdeckel hoch, schnupperte und fragte: „Rehrücken?“

Johanna schüttelte den Kopf. „Kaninchenragout. Was ist denn passiert?"

„Einbruch im Internet-Café von Cem und Anita." Tante Clara setzte sich an den gedeckten Tisch.

„Ist das das Internet-Café, in das du immer gehst, Charly?"

„Exakt." Charly setzte sich auf einen Stuhl und klaute sich schon mal eine Nudel aus der Schüssel. Die ganze Verbrecherjagd machte doch ziemlich hungrig.

„Katharina! Hör auf mit den Fingern in der Schüssel ...", rief Johanna, aber weiter kam sie nicht.

Charly war schon aufgesprungen und hatte ihre große Schwester am Kragen gepackt. „Wenn du mich in diesen Ferien noch einmal ‚Katharina' nennst, Johanna, dann mache ich Kaninchenragout aus dir!"

Johanna wusste ganz genau, dass Charly ihren eigentlichen Namen nicht ausstehen konnte.

„Aufhören!", rief Tante Clara. „Sagt mir lieber, wo Elsa und Fanny stecken."

Johanna zupfte ihre Bluse wieder zurecht. „Ach die – die haben heute auch eine Macke. Die zwei sitzen hinterm Hühnerhaus und versuchen Hannelore zu dressieren."

„Ja!", rief Elsa hinter dem Hühnerhaus in diesem Moment.

„Super, Hannelore!", hörte Charly Fanny jubeln.

Die beiden kamen stolz hinter dem Holzhaus, in dem das Haushuhn wohnte, hervor. Elsa hatte Hannelore auf dem Arm, und Fanny trug einen Eierbecher vor sich her.

„Sie hat es geschafft!", rief Fanny so laut, dass es sicherlich auch die ganze Nachbarschaft hören konnte. „Hannelore hat das Ei direkt in den Becher gelegt!"

Elsa streichelte ihr Huhn zufrieden. Charly musste grinsen. Diesen Trick versuchte Elsa dem Huhn, das auf einem Auge blind war, schon lange beizubringen. Charly fragte sich zwar, wozu das gut sein sollte, aber immerhin hätte sie das dem Tier niemals zugetraut.

„Bravo, Hannelore!", rief Tante Clara.

Hannelore gackerte hocherfreut, als sie die Tante erblickte. Denn in die war das Huhn total vernarrt.

„Und zur Feier des Tages gibt es heute Kaninchen", fügte Tante Clara hinzu. „Elsa und Fanny: Hände waschen. Hannelore: Hör auf zu gackern. Und dann erzählt ihr mir, wie eure Zeugnisse ausgefallen sind."

Sie saßen gerade am Tisch, Hannelore scharrte zwischen Elsa und Tante Clara auf dem Boden herum, und Fanny verteilte das Fleisch für alle, als ein Mann, den sie alle gut kannten, den Garten betrat.

„Bert!" Fanny ließ vor Freude den Löffel fallen.

Die Sauce spritzte im hohen Bogen in alle Richtungen.

„Fanny!", riefen Elsa, Johanna, Charly und Tante Clara wie aus einem Munde.

Alle hatten braune Spritzer abbekommen: Johanna hatte Saucen-Sommersprossen, Tante Clara musste ihre Brille putzen, und die T-Shirts von Elsa und Charly waren auch vollgekleckert.

Aber Fanny schien das alles nicht zu stören. Sie rannte hinüber zu Bert Lumme, ließ sich von ihm auf den Arm nehmen und zurück zum Tisch tragen.

„Mahlzeit, miteinander!" Bert setzte Fanny auf ihrem Stuhl ab, warf einen Blick in den Topf und fragte: „Kaninchen? Wer hat das denn gekocht?"

Charly musste lächeln. Dass Tante Clara nicht gut kochen konnte, wusste Bert Lumme so gut wie die ganze Familie Fall.

„Setz dich hin, Bert, nimm dir ein Stück Fleisch oder was immer du willst", sagte Tante Clara. „Und schieß los!"

„Nein, nicht schießen!" Fanny hielt sich die Ohren zu.

„Fanny, halt die Klappe!" Charly warf ihrer jüngsten Schwester einen warnenden Blick zu.

„Ich habe Neuigkeiten für euch." Bert Lumme klappte einen Liegestuhl auf, lächelte hinüber zu Tante Clara und setzte sich. „Das Schloss habe ich ins Labor gegeben. Das kriege ich selbst nicht sauber aufgeschnitten. Von denen habe ich noch nichts gehört, aber ..." Lumme schloss die Augen und grinste in die Sonne. „Ich habe den Polizeicomputer gefüttert. Einen Hausmeister Eckermann kennt er nicht. Aber der Computerhändler Otto Brehmke ist ein alter Bekannter unserer Datenbank. Der hat früher Autos verkauft."

Bert ließ sich von Fanny ein Stück Fleisch in den Mund stecken.

„Köstlich! Wer hat das denn nun gekocht? Clara, hast du am Ende doch noch ein passendes Kochbuch gefunden?", fragte er schmatzend.

Johanna schüttelte den Kopf. „Nein, nein, das war unser Vater. Der kocht manchmal etwas auf Reserve. Und im Auftauen sind wir nicht zu schlagen."

„Lenk nicht ab, Bert!" Tante Clara tunkte ein Stück Weißbrot in die Sauce auf ihrem Teller. „Was war mit Otto Brehmke? Autos zu verkaufen ist ja kein Verbrechen. Wieso ist der Mann im Polizeicomputer gespeichert?"

„Herr Brehmke ist ein Schlitzohr", sagte Lumme. „Er

hat die Autos verkauft, einen zweiten Schlüssel dafür behalten und die Kisten dann wieder geklaut. Die Namen und Adressen der Käufer hatte er ja."

Charly traute ihre Ohren kaum. Das war ja genau das Muster, nach dem auch bei Cem und Anita die Bildschirme geklaut worden waren.

„Könnt ihr mal kurz erklären, worum es überhaupt geht?", fragte Elsa.

Tante Clara deutete mit dem Kinn hinüber zu Charly. Charly nickte und erzählte ihren Schwestern in Kürze vom Einbruch in das Internet-Café, von den geklauten Bildschirmen und natürlich von Otto Brehmke, der einen Schlüssel gehabt hatte.

„Wie ist Brehmke als Autohändler denn aufgeflogen?" Johanna wollte es jetzt ganz genau wissen.

„Das war Kommissar Zufall." Bert Lumme grinste. „Brehmke hat irgendwann übertrieben. Er hat einem Kunden erst ein Auto verkauft, es dann geklaut und dann wieder zum Kauf angeboten." Er schüttelte den Kopf. „So blöd kann man eigentlich nicht sein. Der Kunde hat seinen Wagen sofort wiedererkannt. Er hatte nämlich seine Parkscheibe, einen Autoatlas und einen Fotoapparat im Handschuhfach untergebracht. Unser Herr Brehmke war zu dämlich, das Auto auszuräumen, und war überführt."

Tante Clara schob ihren Teller weg und stützte die Ellenbogen auf den Tisch. „Zumindest diesen Fehler macht Brehmke nicht noch einmal. Er hat Cem gesagt, dass er keine neuen Bildschirme für ihn hat."

Charly schüttelte den Kopf. „Aber warum hat er uns die Bildschirme dann nicht verkauft, als wir danach gefragt haben?"

„Das habe ich mich auch schon gefragt." Tante Clara

runzelte die Stirn. „Entweder er ist vorsichtig und will erst einmal ein paar Wochen warten, bis Gras über den Einbruch im Internet-Café gewachsen ist. Oder er hat die Bildschirme im Auftrag geklaut und schon längst weiterverkauft."

Charly nickte, das klang beides ziemlich logisch.

„Oder der Mann hat etwas dazugelernt und hat die Bildschirme gar nicht geklaut", meinte Elsa.

„Wir haben vielleicht noch keinen Beweis", sagte Charly zu Elsa gewandt, „aber Herr Brehmke ist doch ziemlich verdächtig: Er hatte einen Schlüssel. Damit könnte er durch die Hintertür hereingekommen sein. Das Schloss hat er dann versaut, damit es aussieht wie ein Einbruch. Außerdem wusste Herr Brehmke, dass die Bildschirme im Internet-Café waren. Und er kann sie über seinen Laden sofort wieder verkaufen."

„Ein Beweis ist das alles noch lange nicht." Elsa schüttelte den Kopf. „Dass das Internet-Café neue Bildschirme hatte, konnte jeder mitkriegen, der sich ein bisschen dafür interessiert. Schließlich haben Cem und Anita kräftig Werbung gemacht. Die hatten doch ein Riesenschild im Schaufenster."

Das stimmte. Die letzten zehn Tage, bis die neuen Bildschirme geliefert wurden, hatte Cem als Countdown im Schaufenster mitgezählt.

„Du hast recht, Elsa." Tante Clara warf ihr einen anerkennenden Blick zu. „Es ist nicht gesagt, dass einer, der einmal geklaut hat, das auch immer wieder macht. Aber es ist ziemlich oft so. Und es ist doch ganz genau die Masche, mit der dieser Brehmke die Autos geklaut hat."

„Ist Herr Brehmke denn seit der Auto-Geschichte noch einmal straffällig geworden?", fragte Johanna.

Bert Lumme schüttelte den Kopf. „Nein, die ganze Autogeschichte liegt auch schon zehn Jahre zurück. So wie es aussieht, wollte Brehmke aus der Auto-Schieber-Szene aussteigen. Mit Autos hat er jetzt ja auch gar nichts mehr zu tun."

Hannelore flatterte auf Tante Claras Schoß.

„Aber als Cem ihm den Schlüssel gegeben hat, war die Versuchung vermutlich einfach zu groß." Tante Clara streichelte das Huhn. „Das war doch fast so eine Art Geschenk für ihn." Tante Clara machte eine kurze Pause. „Außerdem hat Brehmke uns ziemlich unsanft vor die Tür gesetzt, als wir ihn befragt haben. Nein, Elsa, ich bleibe dabei: Der Typ ist verdächtig."

Hannelore versuchte auf den Tisch zu flattern, aber Tante Clara schnappte das Huhn und setzte es zurück auf den Boden.

„Ich muss wieder los." Bert Lumme erhob sich umständlich aus dem Liegestuhl. Schon im Gehen, wandte er sich noch mal um und fragte: „Wie waren eure Zeugnisse? Seid ihr alle zufrieden?"

„Gut, dass du das sagst, Bert." Tante Clara klatschte in die Hände. „Die Zeugnisse muss ich mir unbedingt noch ansehen."

Charly verdrehte die Augen. Dass Bert Lumme Tante Clara ausgerechnet an die Zeugnisse erinnern musste, fand sie ziemlich dämlich. Zum Glück nahm Tante Clara die Noten nicht so ernst. Aber von Charlys Vier minus in Englisch war sie bestimmt nicht begeistert. Ausgerechnet Englisch, wo Tante Clara Sprachen doch so wichtig fand ...

„Statt dummes Zeugnis-Zeug zu reden, solltest du uns lieber ein Ferienhaus besorgen", maulte Charly.

„Wieso? Wohin fahrt ihr denn?"

„Das wissen wir eben noch nicht“, erklärte Elsa.

„Das ist alles Scheiße, hat der Papa gesagt“, sagte Fanny.

„Und wohin wollt ihr?“, fragte der freundliche Polizist.

„Dänemark!“, riefen Elsa und Charly wie aus einem Mund.

„Frankreich!“, sagte Johanna.

„Honolulu!“, rief Fanny.

Tante Clara schüttelte den Kopf. „Jetzt machen wir erst mal die Küche, dann überführen wir den Einbrecher, und dann werden wir mal sehen, wo es im Urlaub hingeht.“

Charly sah, dass Tante Clara Bert Lumme zuzwinkerte. Der nickte. Die beiden alten Kollegen schienen sich mal wieder ohne Worte bestens zu verstehen.

Na warte, dachte Charly. Das Geheimnis von Tante Clara und Bert würde sie bestimmt bald lüften.

Ich will aber mit auf die Verbrecherjagd!“ Fanny standen Tränen in den Augen.

Aber Tante Clara schüttelte energisch den Kopf. „Fanny Fall, es gibt Dinge, für die bist du einfach noch zu klein!“

Tante Clara kroch unter ihrem Kabinenroller herum. Sie hatte den Wagen vor dem Seiteneingang des Hauses geparkt. Der verrostete Auspuff lag neben ihr auf dem Boden.

Charly, Elsa und Johanna standen um die Baustelle herum und versuchten Fanny zu trösten.

„Es wird bestimmt stinklangweilig“, sagte Charly. „Wir fragen nur die Nachbarn, ob sie Herrn Brehmke gesehen haben.“

„Warum willst du dann unbedingt mitfahren, wenn es so langweilig ist?“ Fanny streckte Charly die Zunge raus.

„Aber Fanny, du kannst doch noch nicht mal aufschreiben, was die Leute berichten“, sagte Elsa. „Was willst du denn bei der Befragung machen?“ Sie schüttelte den Kopf.

„Ihr könntet mir ja schnell verraten, wie Schreiben geht!“ Eine Träne kullerte über Fannys Wange. „Dann schreibe ich alles auf!“

Tante Clara kam unter dem Wagen hervorgekrochen. Ihr Gesicht war ziemlich schwarz verschmiert. „Schluss jetzt mit dem Gerede. Du bleibst hier, Fanny. Ein anderes Mal kannst du mitkommen, aber nicht heute."

Es half kein Heulen und kein Jammern: Tante Clara war nicht umzustimmen.

„Komm, Fanny, ich bleibe mit dir hier, dann suchen wir im Computer ein neues Ferienhaus für uns." Johanna nahm Fanny an die Hand. „Wir können ja gucken, ob in Frankreich noch etwas frei ist, ja?"

Fanny schob ihre Unterlippe beleidigt nach vorne. Aber sie trottete mit Johanna ins Haus.

„Tja, meine Lieben, so wie's aussieht, müssen wir entweder zu Fuß gehen oder mit den Fahrrädern fahren." Tante Clara wischte sich die Hände an einem Lappen ab. „Den Auspuff kann ich nicht mehr flicken. Da muss ein neuer dran."

Charly und Elsa nickten. Zur Parkstraße war es sowieso nicht weit. Da konnten sie gut mit den Rädern hinfahren.

„Hat Johanna eigentlich schon ein neues Ferienhaus für euch gefunden?" Tante Clara hatte sich Johannas Fahrrad ausgeliehen und radelte neben Charly her.

Charly verdrehte die Augen. „Zum Glück noch nicht. Sie sucht das ganze Internet nach Ferienhäusern in Frankreich ab. Ich weiß gar nicht, was das soll. Warum können wir nicht ein neues Haus in Dänemark suchen?"

Sie parkten ihre Räder vor dem Internet-Café. An der Tür hing ein Schild: *Vorübergehend geschlossen.*

„Wir befragen erst die Nachbarn, dann sollten wir uns noch den Hausmeister vorknöpfen, und später treffen wir uns mit Anita und Cem." Tante Clara warf einen Blick auf ihre Armbanduhr. „In einer halben Stunde müsste das zu schaffen sein."

Elsa schüttelte den Kopf. „Am besten teilen wir uns auf. Wenn Charly und ich die Häuser auf der rechten Hofseite abklappern, kannst du schon die linke Seite besuchen."

Tante Clara nickte.

Sie machten sich sofort ans Werk. Aber es war wie verhext: In der Nacht des Einbruchs hatte anscheinend niemand irgendetwas gesehen oder gehört. Auch als Charly gezielt nach Herrn Brehmke fragte, bekam sie keine besseren Antworten. Immerhin hatten einige Hausbewohner Herrn Brehmke am Sonntagnachmittag gesehen, als er die Computer ins Internet-Café gebracht hatte.

„Gut, dass Fanny nicht dabei ist, die wäre bestimmt total genervt", sagte Elsa, als die beiden Schwestern hinüber zum Café trotteten.

Charly nickte. Fanny wäre bei dieser Tour bestimmt nur eine Nervensäge gewesen. Sie klopfte an die Scheibe.

Anita, Cems Freundin, öffnete die Tür.

„Hallo, Charly, hi, Elsa", sagte sie. „Kommt rein in die leere Stube."

Das Internet-Café sah ohne Bildschirme und Gäste ziemlich trist aus. Cem saß an einem der leeren Tische. Er hatte einen Becher Kaffee vor sich stehen und stützte den Kopf in die Hände. Als er Charly und Elsa kommen hörte, hob er kurz den Kopf, nickte den Mädchen zu und ließ ihn wieder sinken.

„Cem hat mir erzählt, dass eure Tante Detektivin ist", sagte Anita. „Habt ihr schon etwas herausgefunden?"

Charly schüttelte den Kopf. „Auf der rechten Seite des Hofs hat niemand etwas bemerkt."

Tante Clara klopfte an die Scheibe. Cem stand von seinem Stuhl auf, öffnete die Tür und versorgte auf dem Rückweg Anita und Tante Clara mit Kaffee und die Mädchen mit Cola, Saft und Wasser. Alle setzten sich um den Tisch, an dem Cem gesessen hatte.

„Kennt ihr einen Mann namens Dunkers?" Tante Clara legte eine Visitenkarte auf den Tisch.

Harald Dunkers – Computerschule und mehr, stand auf der Visitenkarte. Dazu die Anschrift und Telefonnummer. Charly wurde das Gefühl nicht los, dass sie diesen Namen schon mal irgendwo gehört hatte – aber ihr fiel nicht mehr ein, wo das gewesen sein könnte und in welchem Zusammenhang.

„Herr Dunkers hat zwar in der Nacht nichts bemerkt, aber er hat immerhin gesehen, dass Herr Brehmke persönlich die Bildschirme am Sonntag angeliefert hat." Tante Clara nahm einen Schluck Kaffee.

„Was hat Dunkers damit zu tun?", fragte Cem. „Gehst du jetzt etwa in seine bescheuerte Computerschule?"

Tante Clara nickte. „Das hatte ich tatsächlich vor. Ist die Schule etwa schlecht? Herr Dunkers machte einen ganz freundlichen Eindruck auf mich."

Cem lachte bitter.

„Der Kerl ist die größte Nervensäge, die wir hier im Haus haben." Anita lehnte sich in ihrem Stuhl zurück und nahm einen Schluck aus ihrer großen Kaffeetasse. „Mit dem haben wir dauernd Ärger wegen der Parkplätze vor dem Café und im Hof. Dabei ist doch genug Platz für alle da. Aber Dunkers besteht drauf, dass nur seine Kunden auf den Parkplätzen parken dürfen. Und wenn Leute aus dem Internet-Café ihre Autos dort abstellen, holt er sofort den Abschleppwagen. Einfach bescheuert, der Kerl."

„Er hat sogar schon einmal gemeckert, weil ein paar Jugendliche mit ihren Mopeds vor das Café gefahren kamen. Und da vorne spielt sein Sohn manchmal. Aber der Sohn war an dem Tag gar nicht draußen. – So einer ist das.“ Cem war richtig wütend geworden.

„Der Dunkers hat eine Vollmeise. Das Einzige, was an dem Typ nicht beknackt ist, ist sein kleiner Sohn Stefan.“ Anita strich sich eine Haarsträhne aus dem Gesicht.

Als Anita den Namen des Sohns aussprach, fiel bei Charly endlich der Groschen: Stefan Dunkers – das war der Name, den sie kannte. Der Junge ging mit Fanny in den Kindergarten.

„Ist das so ein kleiner dunkelhaariger Junge?“, fragte sie.

Anita nickte. „Er läuft auch oft hier im Café herum. Hast du den noch nie gesehen? Ist ein süßes Kind.“

„Anita gibt ihm immer ein Bonbon, wenn er kommt.“ Cem lächelte.

Charly sah hinüber zu Elsa. Elsa nickte ihr zu. „Wir kennen den Jungen auch: Er geht mit Fanny in den Kindergarten.“

Tante Clara haute sich mit der flachen Hand vor die Stirn. „Daher kannte ich den Namen!“, rief sie. „Wie auch immer. Auch Dunkers hat unseren Verdächtigen in der Nacht auf Mittwoch nicht gesehen. Genauso wie die anderen Leute im Haus. Ich frage mich langsam, ob sich Brehmke nicht vielleicht eine Tarnkappe aufgesetzt hatte.“

Anita räusperte sich. „Da ist noch etwas, Clara, was wir euch sagen müssen.“ Cems Freundin wurde rot im Gesicht und sah verlegen auf den Tisch. „Es ist nämlich so: Brehmke hat den Schlüssel, den er von Cem bekommen hatte, längst bei uns abgegeben. Der lag am Montag früh im Briefkasten. Ich hatte ihn nur rausgenommen, aber nicht wieder an seinen Platz gehängt. Das hatte ich vergessen. Deshalb hat Cem ihn nicht gefunden."

Tante Clara starrte Anita an, als wollte sie sie hypnotisieren. „Warum sagst du uns das erst jetzt?"

„Ich – äh – ich habe – ich habe es vergessen", stammelte Anita. „Tut mir leid."

Tante Clara verdrehte die Augen. „Soll das etwa heißen, dass wir Brehmke zu Unrecht verdächtigt haben?"

Anita und Cem zuckten mit den Schultern. „Sieht ganz danach aus."

„Moment, Moment." Tante Clara stand auf und tigerte im Café herum. „Das bedeutet, dass unser lieber Herr Brehmke zur Tatzeit keinen Schlüssel mehr hatte. Er fällt somit als Verdächtiger aus. Oder wurde auch ein Schlüssel gestohlen?"

Cem und Anita schüttelten die Köpfe.

„Dann bleibt nur ein Verdächtiger übrig." Tante Clara blieb stehen und blickte Charly an.

„Hausmeister Eckermann", sagte Charly.

Tante Clara nickte.

„Was? Wie kommt ihr denn auf den?", fragte Anita.

„Er hat einen Schlüssel zur Tür oder etwa nicht?" Tante Clara setzte sich wieder an den Tisch. „Und jetzt erzählt mir nicht, dass er keine Ahnung von Computern hat. Das hat mir Charly schon erklärt. Man muss aber keine Ahnung von Computern haben, um neue Bildschirme zu klauen und in den Originalkartons zu verkaufen."

„Er ist ein echter Blödmann, dieser Hausmeister." Cem seufzte. „Er schimpft immer auf Ausländer, redet nur mit Anita, nie mit mir, wenn es etwas zu besprechen gibt.

Aber ob der Typ einbricht und die Bildschirme klaut? Das traue ich ihm eigentlich nicht zu. Andererseits – vielleicht bin ich auch einfach zu gutgläubig."

Tante Clara stand auf. Elsa und Charly folgen ihr zur Tür.

„Was ist denn in euch gefahren?", fragte Anita.

„Die Spürnasen-Wut", antwortete Tante Clara. „Wir knöpfen uns diesen Hausmeister mal vor."

Die drei Spürnasen nickten Cem und Anita zu und verließen das Internet-Café.

In diesem Nachmittag steckte der Wurm: Hausmeister Eckermann war nicht da. Als Tante Clara bei der Polizei anrief und herausfinden wollte, ob Schulze den Mann schon verhört hatte, bekam sie keine brauchbare Antwort, weil nur Leute Dienst hatten, die sie nicht kannte. Und als die beiden Mädchen mit ihrer Tante zu Hause ankamen, fanden sie eine den Tränen nahe Johanna vor, weil sie anscheinend den Computer ihres Vaters irgendwie ruiniert hatte.

„Was hast du gemacht?", fragte Charly. Sie stand mit Elsa in Tobias Falls Büro und blickte auf den schwarzen Bildschirm.

Johanna zuckte mit den Schultern. „Ich versteh es nicht. Ich habe nur im Internet gesurft, mich auf einen Nachrichtenverteiler gesetzt und eine E-Mail bekommen."

„Vielleicht ein Virus?", fragte Elsa.

Aber Johanna schüttelte den Kopf. „Ich habe nur eine E-Mail gekriegt, und die war von Kai von der Schülerzeitung. Das war kein Virus. Ich muss versehentlich irgendetwas gelöscht haben."

„Starte den Rechner doch noch einmal. Vielleicht finden wir ja was", schlug Charly vor.

Johanna drehte sich wütend zu ihr herum. „Ey, Charly, glaubst du etwa, dass du mehr Ahnung von Computern hast als ich?"

Charly verdrehte die Augen. „Jetzt halt aber mal die Luft an, Johanna. Vielleicht sehen sechs Augen einfach mehr als zwei!"

Johanna drehte sich um und startete den Computer neu. Der Ventilator brummte. Die kleine Lampe zeigte, dass der Rechner angeschaltet war, aber der Bildschirm blieb dunkel.

„Ist der Bildschirm richtig eingesteckt?", fragte Charly.

„Ist der Bildschirm überhaupt eingeschaltet?", fragte Elsa.

Johanna hob genervt beide Hände. „Ihr könnt es mir glauben: Ich habe alles getestet. Der Bildschirm ist eingesteckt, richtig angeschlossen und hat auch Strom. Die Steckdose funktioniert. Ich habe den Rechner schon aufgeschraubt. Die Festplatte ist richtig eingesteckt, die Grafikkarte ist da – die Maus, die Tastatur, alles hat Kontakt. Ich sag es euch, da ist etwas im Programm futsch", beteuerte sie.

„Und was nun?", fragte Elsa.

Johanna schaltete den Rechner wieder aus. Sie drehte sich auf dem Schreibtischstuhl zu Charly und Elsa um und sagte: „Da muss Papa ran."

„Und wo kriegen wir jetzt eine neue Ferienwohnung her – ohne Internet?" Charly wurde richtig sauer.

„Mensch, Charly, ich habe den Rechner bestimmt nicht mit Absicht kaputt gemacht!", rief Johanna. „Ich telefoniere heute Abend mit Papa. Vielleicht hat er ja eine Ahnung, woran es liegt."

„Das ist doch zwecklos, Johanna!“, rief Charly. „Wahrscheinlich sagt er sowieso nur, dass er das aus der Ferne nicht beurteilen kann und dass wir warten sollen, bis er wieder da ist.“

„Hört auf zu streiten! Davon wird der Computer auch nicht wieder ganz!“ Elsa trat zwischen die beiden.

Da wurde die Tür zum Büro aufgestoßen.

„Mann, ihr doofen Hühner, wo bleibt ihr denn?“ Fanny stand im Türrahmen, hatte die Hände in die Hüften gestemmt und schimpfte drauflos. „Tante Clara und ich warten schon seit Ewigkeiten. Kommt endlich mal in den Garten!“

Die drei Schwestern mussten grinsen. Gemeinsam liefen sie aus dem Büro ihres Vaters durch den Wintergarten in den Garten.

Tante Clara saß am Gartentisch und hielt Hannelore auf dem Arm. Sie streichelte das halb blinde Huhn, während sie auf die vielen Papiere, die vor ihr auf dem Tisch lagen, starrte.

„Ich habe die doofen Hühner geholt!“, sagte Fanny stolz, als die Schwestern sich zu Tante Clara an den Tisch setzten.

„Sehr gut, Fanny, sehr gut.“ Tante Clara sah von ihren Plänen auf und lächelte in die Runde. „Wisst ihr, was wir am Wochenende machen?“

„Computer reparieren?“, fragte Elsa.

„Verbrecher jagen?“, fragte Charly.

„Eine Ferienwohnung suchen?“, fragte Johanna.

„Falsch, falsch, falsch!“ Fanny strahlte übers ganze Gesicht. „Ich weiß es!“

Die Jüngste setzte sich auf einen der Stühle, tippte auf die Pläne und sagte: „Wir bauen ein Floß.“

Alle starrten Tante Clara an.

Aber die lächelte verschmitzt und nickte. „Genau das machen wir – wenn ihr Lust dazu habt. Wir können es im Kanal zu Wasser lassen und damit aus der Stadt bis zu den Seen fahren.“

Charly war sofort Feuer und Flamme. Ein Floß bauen – das war fast wie Dänemark. Auch Elsa und Johanna waren begeistert.

„Ich habe hier schon mal ein paar Pläne gemacht. Wir brauchen natürlich einige Sachen, aber ich habe schon ein bisschen was auf dem Schrottplatz gefunden. Alte Paletten habe ich auch schon besorgt, als ich meinen neuen Auspuff geholt habe.“ Tante Clara zeigte ihnen die Konstruktionspläne, die sie gezeichnet hatte. „Die Feinheiten besprechen wir am besten beim Abendessen.“ Sie packte die Pläne zusammen, setzte Hannelore auf den Boden und stand auf.

Charly verdrückte sich schnell zum Telefon. Sie hatte nämlich überhaupt keine Lust, beim Tischdecken zu helfen.

Außerdem wollte sie Tim anrufen und fragen, ob er mit seinem Computer im Internet surfen konnte.

Charly hatte Glück: Erstens bemerkte niemand, dass sie sich ums Tischdecken drückte, und zweitens schlug Tim vor, dass sie sofort zu ihm kommen sollte.

„Aber um neun Uhr bist du spätestens wieder hier!“, meinte Tante Clara, als Charly ihr sagte, dass sie noch einmal losgehen wollte. „Und willst du gar nichts essen?“

„Doch, doch.“ Charly schnappte sich einen Apfel vom Küchentisch. „Den hier.“

Sie biss in den Apfel und rannte aus dem Haus.

Tim wohnte nicht gerade in Charlys Nachbarschaft. Aber Charly kannte ein paar Schleichwege. Als sie ihr Fahrrad vor dem roten Hochhaus parkte, stand Tim schon am offenen Fenster und schien auf sie zu warten.

„Komm rein!“

Er verschwand in der Wohnung. Charly hörte den Türöffner summen, warf sich gegen die schwere Glastür und betrat den kühlen Flur des Hochhauses. Irgendwie machte dieses Haus ihr immer ein bisschen Angst.

Tim öffnete ihr die Wohnungstür. Er war mal wieder allein zu Hause, weil seine Mutter Spätdienst hatte. Den Computer hatte er schon einmal hochgefahren.

„Was suchst du denn im Internet?“, fragte Tim. Er setzte sich auf seinen Schreibtischstuhl, zog den Papphocker für Charly heran und sah sie von der Seite an.

„Eine Ferienwohnung oder ein Haus in Dänemark, Schweden oder Norwegen.“ Charly setzte sich auf den Papphocker und starrte auf den Bildschirm.

„Wie? Ich dachte, ihr habt ein Haus auf einer Insel?“ Tim zog seine linke Augenbraue hoch.

Charly musste lächeln. Im Eine-Augenbraue-Hochziehen war Tim nicht zu schlagen. „Die haben wieder abgesagt. Das Haus ist versehentlich zweimal vermietet worden. Außerdem musste mein Vater seinen Urlaub verschieben.“ Charly seufzte.

„Mach dir nichts draus, Charly.“ Tim öffnete das Internet. „Ich fahre überhaupt nicht weg.“

„Dann komm doch einfach mit uns nach Dänemark!“, schlug Charly vor.

Tim lächelte. „Das kannst du doch nicht allein entscheiden. Da musst du doch zuerst mal deinen Vater oder deine Tante fragen.“

Charly nickte. „Aber das ist bestimmt kein Problem."

Charly war sich sicher, dass sie ihren Vater überreden konnte. Schließlich hatte sie bei ihm noch etwas gut, weil er seinen Urlaub verschoben hatte. Und ihre Schwestern hatten bestimmt auch nichts gegen Tim. Elsa kannte ihn ja, schließlich gingen die beiden in eine Klasse. Johanna störte der Junge bestimmt nicht. Und Fanny hatte sowieso nichts zu sagen.

„Und wenn wir durch deinen Computer das Ferienhaus finden, dann ist doch klar, dass du mitkommst." Charly lächelte.

„Abwarten", sagte der Junge und startete eine Suchmaschine.

Aber es war wie verhext. Sie suchten alles ab, was sie finden konnten: Es gab anscheinend in ganz Dänemark kein einziges freies Ferienhaus mehr. Die einzigen Adressen, die noch nicht belegt waren, waren entweder viel zu klein oder viel zu groß und zu teuer.

„So ein blöder Mist!", rief Charly.

„Ihr seid einfach zu spät dran", meinte Tim.

Charly verdrehte die Augen. Das wusste sie selbst.

Sie suchten auch noch in Schweden, Norwegen und Finnland. Aber alles, was noch angeboten wurde, lag irgendwo am nördlichen Polarkreis und war ohne Hundeschlitten nicht zu erreichen.

„Zum Glück hat meine Schwester noch nichts in Frankreich gefunden. Sonst würde ich jetzt nämlich total ausflippen."

Tim schaltete den Computer aus. Er drehte sich auf seinem Schreibtischstuhl herum, zog die oberste Schublade seiner Kommode auf und holte zwei Tischtennisschläger heraus. „Ich muss hier noch einmal raus heute Abend.

Hast du Lust auf ein kleines Spielchen?“ Er hielt Charly einen der Schläger hin.

Charly sprang auf, schnappte sich den Schläger und stand schon in der Tür. Ein Tischtennis-Match gegen einen so guten Gegner wie Tim war genau das Richtige an diesem verkorksten Abend.

Krieg ich heute auch ein Zeugnis?" Fanny frühstückte ein Marmeladenbrot und redete dummes Zeug. Offenbar hatte sie die Marmelade mal wieder als Gesichtscreme benutzt. Rund um den Mund, auf beiden Wangen, an der Nasenspitze und sogar am rechten Ohrläppchen konnte Charly rote Erdbeermarmelade entdecken.

„Sei froh, dass du noch kein Zeugnis kriegst." Charly seufzte. „Wer kein Zeugnis kriegt, bekommt auch keine schlechten Noten."

Charly war froh, dass sie schon aufgestanden war. Es waren zwar Ferien, aber sie war trotzdem so früh aufgewacht, dass sie mit Fanny und Tante Clara frühstücken konnte. Und zu dritt war das Esszimmer einfach noch nicht so voll wie zu fünft.

Fanny steckte sich den letzten Rest vom Toastbrot in den Mund. „Ich will aber auch schlechte Noten haben", sagte sie.

Jetzt sah sogar Tante Clara von ihrer Zeitung auf. „Warum willst du schlechte Noten haben?", fragte sie.

„Weil mich dann alle trösten müssen!" Fanny strahlte übers ganze Gesicht.

Tante Clara seufzte. Sie sah hinüber zu Charly. „Meinst du, ich muss strenger werden?"

„Nein, nein, Tante Clara, du bist in Ordnung, so wie du bist."

Einen strengeren Vater-Ersatz als Tante Clara hätte sie niemals verkraftet. Es war ja schon blöd genug, dass Charly keine Leuchte in der Schule war. Wenn sie deswegen auch noch ausgeschimpft werden würde, wäre es nicht auszuhalten gewesen.

Tante Clara lächelte. Sie sah auf die Uhr an der Wand. „Fanny, wir müssen los! Vorher noch einmal aufs Klo, Zähne putzen und Gesicht waschen."

„Das Gesicht hab ich aber schon gewaschen!", protestierte Fanny.

„Es ist aber schon wieder nötig!", sagte Tante Clara.

Fanny rutschte maulend von der Bank und marschierte hinüber ins Badezimmer.

„Willst du mitkommen, Charly? Ich fahre nach dem Kindergarten noch einmal in der Parkstraße vorbei. Schließlich muss dieser Herr Eckermann ja mal zu Hause sein."

Charly sprang sofort auf. Natürlich wollte sie mitkommen! Sie rannte hinüber ins Badezimmer, putzte sich mit Fanny um die Wette die Zähne, flitzte hinauf in ihr Zimmer und war schneller angezogen, als Tante Clara ihren Kaffee ausgetrunken hatte.

„Wir sind so weit!", rief Charly, als Fanny und sie wieder im Esszimmer auftauchten.

„Na, dann wollen wir mal." Tante Clara legte die Zeitung beiseite, nahm den Schlüssel ihrer Höllenmaschine vom Schrank und verließ mit den beiden Schwestern das Haus.

Der neue Auspuff von Tante Claras Höllenmaschine war Gold wert. Das Dreirad war nicht wiederzuerkennen. Es war nicht nur viel leiser, es stank auch nicht mehr so bestialisch, wenn sie den Motor startete.

„Ist das nicht herrlich?" Tante Clara sah Charly durch den Rückspiegel triumphierend an. „Diese Ruhe! Und ich habe sogar einen Katalysator eingebaut! Dafür musste ich ein bisschen was im Motorblock ändern lassen, aber jetzt scheint die Kiste richtig gut zu laufen."

Sie hatten Fanny pünktlich im Kindergarten abgeliefert und fuhren mit offenem Verdeck durch die Stadt. Der Motor schepperte und knatterte zwar noch immer relativ laut, aber wenigstens konnten sie sich jetzt unterhalten.

„Glaubst du, dass der Hausmeister etwas mit den verschwundenen Bildschirmen zu tun hat?", fragte Charly.

Tante Clara zuckte nur mit den Schultern. „Ich weiß es wirklich nicht, Charly. Dieser Herr Brehmke ist mir auch noch nicht richtig geheuer. Aber wir werden ja gleich diesen Eckermann kennenlernen."

Tante Clara wollte gerade in eine Parklücke vor dem Internet-Café einparken, als sie kräftig auf die Bremse trat. Ein uralter Mercedes kam aus der Hofeinfahrt geschossen und raste wild hupend an ihr vorbei.

„Idiot!" Tante Clara wischte sich den Schweiß aus der Stirn und drehte sich zu Charly herum. „Alles klar bei dir?"

Charly nickte.

Nachdem der Kabinenroller eingeparkt war, gingen die beiden zur Haustür und klingelten beim Hausmeister. Es öffnete niemand. Stattdessen ging die Tür des Internet-Cafés auf.

Cem streckte seinen Kopf heraus und fragte: „Seid ihr immer noch auf der Suche nach Eckermann? Der ist gerade eben weggefahren. Habt ihr ihn nicht gesehen?"

„War das der Idiot mit dem Mercedes?" Tante Clara ging auf Cem zu und schüttelte ihm die Hand. „Guten Morgen."

„Das war er. Aber gut ist dieser Morgen mal wieder nicht." Cem ließ den Kopf hängen und öffnete die Tür. „Kommt herein. Anita ist schon da. Und eine schlechte Nachricht haben wir auch bekommen." Er hielt ihnen die Tür auf.

Charly schluckte. Das verwaiste Internet-Café war wirklich ein trauriger Anblick.

Anita saß auf einem Barhocker, trank eine Tasse Kaffee und rauchte eine Zigarette. „Hallo, ihr beiden Meisterdetektivinnen, jetzt seid ihr aber wirklich gefordert." Sie versuchte ein müdes Lächeln.

Tante Clara setzte sich auf einen der Barhocker. Cem hob Charly hoch und setzte sie auf dem Tresen ab. Er selbst nahm sich den dritten Hocker, angelte sich eine von Anitas Zigaretten, steckte sie in den Mund ohne sie anzuzünden, legte sie wieder weg und sagte: „Die Versicherung hat angerufen." Nervös rutschte er auf dem Barhocker herum. „Sie haben gesagt, dass sie uns keinen Cent zahlen, solange die Ermittlungen der Polizei noch laufen." Er sackte in sich zusammen, steckte die Zigarette wieder in den Mund und sah hinüber zu Tante Clara. „Was meinst du, wie lange können denn diese Ermittlungen noch dauern?"

„Tja, Cem, was soll ich da sagen ...", druckste Tante Clara herum. „Bei Ermittlungen kommt es immer ganz darauf an, wer sie leitet und wie viel Zeit der Kollege so hat."

„He, Clara, wir können schlechte Nachrichten vertragen: Wie lange wird es dauern?“ Anita wollte es jetzt genau wissen.

Tante Clara sah auf den Boden. „So wie ich Schulze kenne, dauert das noch Wochen. Der schreibt einen Bericht, dann stellt er fest, dass das Schloss nur oberflächlich beschädigt ist, dann kommt er noch einmal her und untersucht alles von vorn. Das kann womöglich noch zwei Monate dauern, bis der zu einem Ergebnis kommt.“

Cem zündete die Zigarette an. Er blies den Rauch an die Decke und wandte sich an Anita.

„Dann können wir einpacken“, sagte Anita.

„Aber warum muss die Versicherung so lange warten?“ Charly ließ die Beine baumeln. „Kann man denen nicht Druck machen?“

Tante Clara schüttelte den Kopf. „Die Versicherung will sich bestimmt absichern, dass Cem und Anita die Bildschirme nicht selbst geklaut haben, um die Versicherungssumme zusätzlich zu kassieren.“

„Aber das ist doch Unsinn!“, riefen Cem und Anita wie aus einem Mund.

Tante Clara hob beschwichtigend die Hände. „Das sehe ich auch so, aber das müsst ihr der Versicherung erklären.“

Cem lachte bitter. „Denen erkläre ich gar nichs mehr.“

„Wir haben heute Morgen schon eine halbe Stunde lang auf die eingeredet. Die haben überhaupt nicht richtig zugehört“, sagte Anita.

„Das ist wirklich merkwürdig“, murmelte Tante Clara, als das Telefon klingelte.

„Was wollen Sie denn noch?“, brüllte Cem in den Hörer.

„Cem!“, ermahnte Anita ihren Freund.

Aber Cem wurde schon von allein still. Dann wurde er ziemlich rot. „Ja, die ist hier, einen Moment, bitte." Er reichte Tante Clara den Hörer. „Ein Herr Lumme für dich."

Tante Clara angelte sich den Hörer. „Bert, was gibt's?" Und dann sagte sie ziemlich lange nichts mehr – abgesehen von dem ein oder anderen „Aha", „Soso" und „Na, das ist ein dickes Ei".

Als sie auflegte, starrten sie drei Augenpaare an.

„Was hat er gesagt?", fragte Charly.

Tante Clara sah von einem zum anderen.

„Lumme hat im Labor noch einmal Dampf gemacht. Die haben das Schloss aufgesägt und genaustens untersucht. Da gibt es heutzutage tolle Möglichkeiten. Die können das Metall in eine Flüssigkeit tauchen, die selbst in die kleinsten Ritzen sickert. Damit kann man unter Speziallicht auch winzige Kratzer erkennen."

Charly räusperte sich. „Tante Clara, das wollen wir doch alles gar nicht wissen! Was ist mit dem Schloss los?"

Tante Clara rutschte von ihrem Barhocker herunter, tigerte im Café auf und ab, blieb stehen und sagte: „Das mit dem Schlüssel war die falsche Spur. Das Schloss hat innen an einer Stelle einen ziemlich tiefen Kratzer. Das deutet auf einen nachgemachten Schlüssel hin. Das Labor vermutet einen Schlüssel, der ein bisschen klemmt. Es ist ziemlich sicher, dass die Spuren nicht von einem Dietrich stammen. Außerdem sind die Spuren frisch." Tante Clara marschierte weiter im Café herum.

„Was heißt das für uns?", fragte Anita.

„Das heißt, dass Herr Brehmke doch verdächtig ist. Auch wenn der Schlüssel schon am Montag wieder im

Briefkasten lag", sagte Charly. „Er hat den Schlüssel vielleicht einfach zu einem Schlüsseldienst gebracht und sich einen Nachschlüssel machen lassen. Den Originalschlüssel hat er in den Briefkasten geworfen, damit der Verdacht nicht auf ihn fällt. Dann ist er mit dem nachgemachten Schlüssel eingebrochen und hat zur Sicherheit auch noch das Schloss von außen etwas verkratzt, damit niemand auf ihn kommt."

Tante Clara nickte. „So könnte es gewesen sein."

Charly sprang vom Tresen herunter. „Wir müssen Brehmke noch einmal auf den Zahn fühlen", sagte sie.

Tante Clara wiegte den Kopf hin und her. „Du hast natürlich recht, Charly. Brehmke ist nach wie vor verdächtig. Aber wie sollen wir ihm das nachweisen? Wenn wir ihn jetzt noch einmal verhören wollen, wird er uns garantiert rausschmeißen. Und ich bin nun mal nicht mehr bei der Polizei."

„Dann müssen wir eben Herrn Schulze Bescheid geben", schlug Anita vor.

„Nein!" Tante Clara fuhr erschrocken herum. „Das ist keine gute Idee. Wenn wir Schulze auf Brehmke ansetzen, erzählt der ihm als Erstes, dass er weiß, dass das Schloss mit einem nachgemachten Schlüssel geöffnet wurde. Dann ist Brehmke, wenn er es wirklich war, direkt gewarnt. Nein, dieser Schulze ist zu dämlich für einen so gerissenen Mann wie Brehmke."

„Falls Brehmke es überhaupt war", warf Cem ein.

„Ja, falls er es überhaupt war." Tante Clara nickte nachdenklich vor sich hin. Sie steckte einen Kaugummi in den Mund, kaute ein bisschen darauf herum und spuckte ihn wieder aus.

„Irgendwie sitze ich auf der Leitung. Ich bin mir sicher,

dass ich irgendetwas übersehe, aber ich komme nicht drauf."

„Wir müssen Eckermann noch befragen", sagte Charly.

Tante Clara nickte. „Und dann bauen wir das Floß. Wäre doch gelacht, wenn mir dabei nichts Gescheites einfällt."

Sie nickten Cem und Anita zu und verließen das Internet-Café.

Du hast wohl deinen Keine-Ahnung-Tag, oder was?", fragte Elsa.

Tante Clara schien das nicht besonders witzig zu finden. Familie Fall hockte am Donnerstagnachmittag im Garten. Die Sonne schien nach besten Kräften. Hannelore scharrte auf dem Komposthaufen herum, erlegte gelegentlich den ein oder anderen Käfer, um diesen dann Tante Clara vor die Füße zu legen. Und Tante Clara hatte keine Ahnung.

Sie hatte keine Ahnung, wie sie Brehmke überführen könnten. Sie hatte keine Ahnung, ob der Computerhändler überhaupt der Täter war. Sie hatte keine Ahnung, was sie mit den Käfern, die Hannelore anschleppte, anfangen sollte. Und sie hatte keine Ahnung, wie sie aus den ganzen Einzelteilen vor ihr ein Floß zusammenbauen sollten.

Die drei Schwestern hatten den ganzen Vormittag mit Tante Clara auf dem Schrottplatz und verschiedenen Baustellen in der Stadt verbracht, um das Material für ihr Floß zusammenzusuchen. Die letzten großen Plastikfässer hatten sie vom Metzger geholt. Um ein Haar hätten sie darüber sogar Fanny im Kindergarten vergessen. Nun hingen sie im Garten herum.

Fanny hockte am Tisch und baute ein Modell des Floßes aus Knetmasse. Johanna, Charly und Elsa versuchten die Konstruktionspläne von Tante Clara zu verstehen, und Tante Clara versuchte nachzudenken.

„Wenn wir wüssten, dass Brehmke es war, könnten wir ihm eine Falle stellen. Aber solange wir nicht wissen, ob er es war, ist das Quatsch." Tante Clara setzte sich auf das Mäuerchen und murmelte vor sich hin.

„Wir müssen die Paletten erst zusammennageln und dann die Fässer darunter befestigen", schlug Johanna vor.

„Aber wie sollen die Fässer am Holz halten?", fragte Charly. „Mit Nägeln?"

„Oh, ja, wir schlagen Löcher in die Fässer! Und dann: gluck-gluck-gluck." Elsa brach wie eine Ertrinkende auf dem Rasen zusammen.

„Hilfe! Tante Clara! Elsa hat einen Klumpatsch!", rief Fanny.

Tante Clara schüttelte den Kopf. „Erstens heißt das ‚Kollaps', und zweitens tut Elsa nur so."

Es klingelte. Charly rannte die Gartentreppe hinunter und lugte um die Hausecke. Insgeheim hatte sie gehofft, dass Tim heute noch auftauchen würde. Aber der Junge, der da vor der Haustür stand, war viel größer als Tim. Es war Kai, der Chef der Schülerzeitung. Charly konnte sich denken, wen der besuchen wollte: Johanna.

„Sie wünschen?", rief Charly.

Der Junge drehte sich grinsend zu ihr um. „Ist deine Schwester da?", fragte er.

Charly unterdrückte ein Kichern, nickte und rief: „Moment, ich hole sie!" Sie rannte hinüber in den Garten, schnappte sich Fanny und flüsterte ihr zu: „Da ist ein Mann für dich vor der Tür."

Aber Johanna hatte bereits die Ohren gespitzt. „Wer ist denn da, Charly?“

Charly zuckte mit den Schultern und machte einen möglichst unschuldigen Gesichtsausdruck, währen Fanny um die Hausecke flitzte. Aber da hatte sie die Rechnung ohne Johanna gemacht.

„Charly? Ich sehe es dir an der Nasenspitze an, dass da was nicht stimmt! Wer steht vor der Tür?“ Johanna kam drohend auf Charly zu.

„Hör endlich damit auf, du dummes Huhn!“ Tante Clara hatte von Hannelore schon wieder ein Käfer-Geschenk erhalten.

„Kriegsrat!“, rief Fanny, die gerade zurück in den Garten kam.

Sofort hörten Johanna und Charly auf zu streiten. Auch Tante Clara wurde aufmerksam. Elsa ließ den Hammer fallen.

Eine der wichtigsten Regeln, die Tante Clara aufgestellt hatte, betraf den Kriegsrat. Wenn jemand einen Kriegsrat einberief, dann gab es etwas wirklich Wichtiges zu besprechen. Fanny hatte Kai an der Hand, der mindestens doppelt so groß war wie sie.

„Kennt jemand von euch diesen Mann?“, fragte Fanny.

Johanna holte aus, um Charly eine Ohrfeige zu geben, aber die zog lachend den Kopf ein. Auch Elsa musste schmunzeln. Schließlich wussten die Schwestern genau, dass Johanna ziemlich für Kai schwärmte. Und wenn Kai schon in der Gartenstraße aufkreuzte, dann bestimmt nicht, um mit Fanny zu plaudern.

Kai blieb ein bisschen unschlüssig neben dem Hühnerhaus stehen.

„Äh, hallo. Baut ihr einen Schrottplatz?“, fragte er mit

Blick auf das Chaos, das die Schwestern angerichtet hatten.

Elsa rief: „Es sieht zwar noch nicht danach aus, aber das gibt ein Floß! Und wenn du unser Floß noch einmal beleidigst, Kai, dann fliegst du hochkant aus dem Garten!"

„Elsa, reiß dich zusammen!", zischte Johanna. Sie strich sich eine Haarsträhne aus dem Gesicht, lächelte Kai an und fragte: „Gibt's was Neues?"

Kai schüttelte den Kopf. „Eben nicht. Ich habe das ganze Internet abgesucht. In Frankreich ist kein einziges Ferienhaus mehr frei."

Charly musste grinsen. Also hatte Johanna auch noch jemanden gefunden, der einen brauchbaren Computer mit Internetanschluss hatte.

„Okay, Kai, wenn du schon kein Ferienhaus für uns hast, dann sag uns wenigstens, wie wir die Fässer an den Paletten festkriegen, ohne dass sie undicht werden." Elsa grinste.

Kai betrat vorsichtig die Baustelle und nickte Tante Clara zu. „Guten Tag, ich bin der Kai", sagte er.

„Sehr angenehm." Tante Clara sah kurz auf, rührte sich aber nicht von ihrem Mäuerchen. „Fall ist mein Name, aber das können Sie sich ja wahrscheinlich denken."

Kai lächelte. Er besah sich die Pläne. „Wie wär's mit Nägeln?", fragte er.

Charly grinste. Elsa startete schon wieder ihre Absauf-Pantomime. Nur Johanna schien das nicht richtig zu passen.

„Ihr müsst die Nagellöcher hinterher mit Teer abdichten", rief ein Junge, den Charly sehr gut kannte: Es war Tim, der da in den Garten spaziert kam. „Hallo, alle Fälle."

Elsa nickte Tim zu. „Tim, du hast es. So wird's gemacht.

Die Nägel von innen durch das Fass in die Holzpalette schlagen. Und zur Feier des Tages darfst du auch als Erster in das Fass kriechen." Elsa hielt Tim einen Hammer und zwei Nägel entgegen.

Der Junge schnappte sich die Nägel und den Hammer und kroch in eines der Fässer.

„Wo habt ihr die Fässer eigentlich her?", fragte er von innen und hämmerte.

Charly, Elsa und Johanna zwinkerten sich zu.

„Vom Metzger", sagte Charly.

„Das sind alte Blutfässer", fügte Elsa hinzu.

Tim kam aus dem Fass gekrochen. Er war plötzlich ganz bleich um die Nasenspitze.

„Die sind aber gespült, Tim. Keine Panik." Johanna lächelte Tim aufmunternd zu.

Aber so richtig beruhigend fand Tim auch diese Auskunft anscheinend nicht.

„Guck mal, was ich kann!" Fanny kam herüber zu Charly und hielt ihr die Knetmasse hin. Sie hatte einen Kaffeelöffel hineingedrückt.

„Toll, Fanny", sagte Charly und wandte sich wieder dem Floß zu.

„Wie wollt ihr mit dem Ding eigentlich vorwärtskommen?", fragte Kai.

Charly zuckte mit den Schultern. Auch Elsa und Johanna schienen keine Ahnung zu haben. Fragend wandten sie sich an Tante Clara. Die machte sich gerade irgendwelche Notizen, hob kurz den Kopf, sagte: „Segel", und vertiefte sich wieder in ihre Papiere.

Es wurde ein wunderbarer, lauer Sommerabend. Die Schwestern durften ausnahmsweise so lange aufbleiben, wie sie wollten. Fanny wurde schon um neun Uhr so müde, dass sie einfach von allein ins Bett wankte. Tim und Kai blieben auch nach dem Abendessen noch bei den Falls im Garten. Elsa hatte die alte Petroleumlampe geholt. Tante Clara hatte endlich ihre Zettel weggelegt und erzählte eine spannende Verbrechergeschichte nach der anderen. Hannelore hockte auf der Lehne der Gartenbank zwischen Tante Clara und Elsa. Das Huhn sah abwechselnd von Elsa zu Tante Clara und konnte sich anscheinend nicht so recht entscheiden, wen es denn nun eigentlich lieber hatte. Darüber schlief es ein.

Charly hatte den quietschenden Gartenstuhl erwischt. Sie zog die Beine an und versuchte sich nicht zu bewegen, damit sie Tante Claras Erzählung nicht unterbrach. Neben ihr saß Tim auf der Mauer. Johanna sah immer wieder hinüber zu Kai, aber kaum trafen sich ihre Blicke, sah sie schnell auf den Boden oder zu Tante Clara.

Tim und Kai gingen erst um zehn Uhr nach Hause. Charly fand es auch dann noch zu früh. Sie hätte die ganze Nacht weiter im Garten herumsitzen können.

Mit ihrem Floß waren sie ziemlich weit gekommen. Johanna und Kai hatten schon angefangen, das Segel aus alten Bettlaken zusammenzunähen. Tim, Elsa und Charly hatten die Fässer unter den Paletten vernagelt. Jetzt fehlten nur noch der Kiel, ein Ruder zum Lenken, ein Mast für das Segel, ein Anker und ein bisschen Teer, um die Löcher in den Fässern abzudichten. Charly freute sich schon darauf, mit Tante Clara am Wochenende einen kleinen Ausflug auf ihrem Floß zu machen. Mit ein bisschen Glück würden sie es sogar bis zur Seenlandschaft vor der Stadt schaffen. Wenn das Floß überhaupt oben trieb und nicht viel zu schwer war.

Als die Sterne anfingen zu funkeln, begann plötzlich das Telefon zu klingeln.

„Das ist bestimmt ein Nachbar, der sich über unser lautes Gegacker beschweren will", sagte Tante Clara.

„Pah, soll er doch die Polizei rufen!" Elsa lachte. „Dann kommt vielleicht Bert noch vorbei und ermahnt uns zur Ruhe."

Charly lief ins Haus. Aber es war kein Nachbar am Telefon. Es war auch nicht die Polizei. Es war Anita.

„Hallo? Ist da Clara?", flüsterte sie in den Hörer.

„Nein, hier ist Charly. Was ist los, Anita?" Charly merkte sofort, dass etwas mit Anita nicht stimmte.

„Sag deiner Tante, dass sie bei uns vorbeikommen soll. Bei uns zu Hause. Weißt du, wo das ist?" Anitas Stimme klang heiser und sehr aufgeregt.

„Klar weiß ich das. Anita, was ist los?", fragte Charly noch einmal.

„Ich weiß nicht. Cem sagt, das ist alles Unsinn. Aber ich habe das Gefühl, dass da jemand im Garten ist. Ein Mann, glaube ich. Charly, ich habe Angst."

Plötzlich stand Tante Clara hinter Charly. „Was ist?", fragte sie.

Charly reichte ihr den Hörer.

„Hallo?", rief Tante Clara in den Hörer. „Hallo? Hallo? Wer ist denn da?" Sie sah Charly an. „Aufgelegt."

Charly schluckte. „Gut, dass deine Höllenmaschine wieder ganz ist, wir müssen noch einmal los", sagte sie und zog sich ihre Turnschuhe an.

Sollen wir nicht lieber die Polizei rufen?", fragte Johanna.

Charly fuhr mit ihrer großen Schwester und Tante Clara in der Höllenmaschine durch die Stadt. Elsa war zu Hause geblieben, um auf Fanny aufzupassen, falls sie aufwachte.

Tante Clara hatte ihren Regenschirm und ihre alte Ledertasche mit der Ausrüstung für Detektivinnen eingepackt.

„Wenn Anita und Cem keine Polizei rufen wollen, ist das ihre Entscheidung", sagte Tante Clara. „Außerdem kennt ihr den Weg zum Hintereingang in den Garten. Und bis ihr den einem Polizisten erklärt habt, ist der Einbrecher, oder wer auch immer das ist, längst über alle Berge." Tante Clara gab Gas und schaltete einen Gang höher. Die Höllenmaschine surrte nur so vor sich hin.

„Die nächste musst du rechts", sagte Charly.

„Schließlich *bin* ich ja auch die Polizei", sagte Tante Clara.

„Du *bist* früher die Polizei *gewesen*", gab Johanna zu bedenken.

Tante Clara bremste und blieb an einer roten Ampel

stehen. Sie drehte sich zu Johanna herum. „Wahrscheinlich ist gar niemand im Garten. Anita fühlt sich bestimmt nur beobachtet, weil bei ihnen eingebrochen wurde. Außerdem ist Anita sowieso ängstlicher als Cem."

Johanna seufzte und sagte: „Es ist grün."

Tante Clara gab Gas und meinte: „Wir müssen eben leise sein."

„Da vorne geht es links, dann die zweite rechts den Berg rauf. Das ist nur ein schmales Wegchen", sagte Charly.

Tante Clara nickte. „Gut, dass ihr dabei seid. Den Weg hätte ich nie und nimmer gefunden." Sie bog ab und blieb an der Einmündung des schmalen Weges stehen. „Wie weit ist es noch von hier bis zum Gartentor?", fragte sie.

Charly wiegte den Kopf hin und her. „Zwanzig Meter?", fragte sie Johanna.

„Vielleicht auch hundert", sagte ihre große Schwester. „Nicht sehr weit jedenfalls."

„Gut, dann gehen wir den Rest zu Fuß, sonst ist der Eindringling schon gewarnt." Tante Clara parkte ihr Dreirad.

Sie schnappte sich den Regenschirm, holte eine Taschenlampe aus der Ledertasche und etwas Klapperndes, das Charly nicht gleich erkannte. Erst als Tante Clara unter die Straßenlaterne trat, sah Charly, dass sie ein Paar Handschellen in die Gesäßtasche ihrer Jeans steckte.

„Also, ihr zwei Hübschen", wandte sie sich an Johanna und Charly, „ihr könnt wirklich hierbleiben. Ich kann das auch allein erledigen."

Charly schüttelte energisch den Kopf. So weit kam es noch! Da war sie endlich mal wieder mit Tante Clara auf Verbrecherjagd und dann sollte sie im entscheidenden

Moment im Auto herumsitzen und warten, bis alles vorbei war? Das kam überhaupt nicht in Frage!

Auch Johanna schien inzwischen das Verbrecherjagd-Fieber gepackt zu haben. „Wir lassen dich doch jetzt nicht hängen, Tante Clara“, flüsterte sie.

Die lächelte. „In Ordnung. Dann wollen wir mal. Ihr wisst, was ihr zu tun habt?“

Charly nickte. „Schnauze halten, Augen auf, und immer hinter dir her.“

Tante Clara zwinkerte ihr zu. „Besser hätte ich es auch nicht sagen können.“ Sie packte ihren Regenschirm, sah noch einmal nach rechts und links und marschierte als Erste den schmalen, dunklen Weg zum Gartentor hinauf.

Erst jetzt fiel Charly auf, dass es zu diesem Weg noch nicht mal eine Laterne gab. Der Mond war auch noch nicht aufgegangen – es war stockfinster. Trotzdem knipste Tante Clara die Taschenlampe nicht an. Natürlich nicht: Schließlich wollten sie ja den Eindringling im Garten hinter Anitas Wohnung überraschen.

„Hier ist es“, zischte Johanna Tante Clara zu.

Die nickte und kletterte kurzerhand über das niedrige Gartentor. Johanna und Charly folgten ihr. Der Weg führte durch Büsche und Gestrüpp auf eine große Wiese. Diese Wiese hinter dem Haus von Cem und Anita wurde von allen Mietern als Garten benutzt. Eine Schaukel stand da, eine große Feuerstelle lud zum Grillen ein, und etwas weiter rechts lag ein kleiner Teich.

Die drei versteckten sich hinter einem dicken Baum und lugten hinüber zum Haus.

Dort sah alles ruhig aus. Nur aus dem Wohnzimmer von Anita und Cem im Erdgeschoss und aus einer Wohnung im zweiten Stock fiel Licht in den Garten.

Wahrscheinlich sind die meisten Mieter schon in Urlaub gefahren, dachte Charly.

Sie sahen sich in alle Richtungen um. Aber da war nichts: Büsche, Bäume, Schatten, aber keine verdächtige Person.

Tante Clara schlich sich einen Baum weiter, als Charly plötzlich eine Idee hatte. Sie fragte nicht lange, sondern kletterte kurzerhand auf die Birke, vor der sie stand. Es ging ziemlich leicht. Sie gewann schnell an Höhe. Und genau das war Sinn der Sache. Von hier oben hatte sie einen besseren Überblick.

Anita hatte sich nicht geirrt: Es gab tatsächlich einen Beobachter im Garten. Er verriet sich durch seine Zigarette. Den glühenden Punkt hätte Charly von hier oben noch hundert Meter weiter entfernt sehen können. Die Person stand hinter einem Gebüsch neben dem Fenster zu Anitas Wohnzimmer. Was sie da trieb, konnte Charly nicht erkennen – es war zu dunkel.

Flink kletterte sie vom Baum hinunter. Aber unten fehlte von Johanna und Tante Clara plötzlich jede Spur. Sie standen nicht mehr an dem Baum. Sie standen auch nicht am nächsten Gebüsch. Charlys Herz begann zu rasen. Wo hatten die beiden sich nur versteckt? Hatten sie den Mann etwa auch schon bemerkt?

Charly lugte hinüber zu dem Gebüsch, hinter dem der Mann sich versteckt hatte. Aber von hier unten war er nicht zu sehen. Sie schlich sich vorwärts zum nächsten Baum. Aber was, wenn der Mann am Gebüsch nicht der einzige Kerl hier im Garten war? Vielleicht war er ja nur einer der Mieter, der eine Zigarette rauchte? Als hinter ihr aber plötzlich etwas im Gebüsch knackste, kriegte es Charly mit der Angst zu tun.

Schnell schlich sie sich zurück zu ihrer Birke. Sie hatte das Gefühl, dass ihr Herzklopfen im ganzen Garten zu hören war.

Charly steckte vorsichtshalber ein paar Steine ein und kletterte wieder auf den Baum. Hier oben schien es ihr doch noch am sichersten zu sein. Und wenn jemand hinter ihr herklettern wollte, würde sie ihn einfach von oben mit Steinen bewerfen.

Sie sah hinüber zu der Stelle, an der der Mann gestanden hatte. Er war verschwunden.

Charly spürte, dass ihre Hände schweißnass wurden. Sie setzte sich auf einen dicken Ast und hielt sich mit einer Hand fest. Mit der anderen holte sie einen der Steine aus ihrer Hosentasche. Sie sah hinunter, konnte jedoch den Boden im Dunkeln kaum sehen.

Als das Licht in der Wohnung von Cem und Anita ausging, wäre Charly fast vom Baum gefallen. Die glühende Zigarette war plötzlich genau vor dem Fenster zu sehen. Im Lichtschein aus dem zweiten Stock konnte Charly erkennen, dass der Kerl versuchte, die Glastür, die vom Garten in Anitas Wohnung führte, aufzudrücken. Aber von links näherten sich ihm auch schon zwei Gestalten. Obwohl Charly sie im schummrigen Licht nur schemenhaft erkennen konnte, war sie sich sicher, dass es Johanna und Tante Clara waren. Sie mussten es einfach sein. Dämlicherweise drehte sich der Mann gerade nach links.

Charly konnte kaum hinsehen. Wenn sich der Typ nicht umdrehte, würde Tante Clara ihm genau in die Arme laufen. Charly schleuderte den Stein, den sie in der Hand hielt, so weit sie konnte nach rechts. Sie hatte gar nicht gezielt, aber sie landete direkt einen Volltreffer: Der Stein platschte voll in den Teich. Erschrocken drehte sich der Mann nach rechts. Charly sah, wie sich die Krücke von Tante Claras Regenschirm von hinten seinem Hals näherte.

„Was zum ...“, rief der Kerl, aber weiter kam er nicht.

Tante Clara und Johanna hatten ihn anscheinend schon überwältigt.

Charly atmete auf und kletterte den Baum hinunter. Es ging ganz einfach. Der Baum schien ihr regelrecht die Zweige als Treppenstufen hinzuhalten. Sie rannte quer über die Wiese und hatte die anderen gerade erreicht, als Anita das Licht wieder einschaltete.

„Charly!“, rief Tante Clara.

„Wo warst du?“, fragte Johanna vorwurfsvoll. „Wieso bist du plötzlich abgehauen?“

„War das mit dem Teich etwa dein Ablenkungsmanöver?“, fragte Tante Clara.

Charly nickte.

Tante Clara lächelte erleichtert. „Gut gemacht, Charly. Danke.“

Sie klopften an die Scheibe zu Anitas Wohnzimmer.

Cem öffnete die Tür. „Was ist los?“, fragte er.

„Alles klar, Cem. Wir haben ihn. Anita hat nicht gesponnen“, sagte Tante Clara.

„Und, wer ist es?“, fragte Anita.

„Das interessiert uns allerdings auch“, sagte Tante Clara, und sie zerrte den Mann, dem sie tatsächlich ihre Handschellen angelegt hatte, ins Licht des Wohnzimmers. „Das gibt’s doch nicht“, rief sie, als sie das Gesicht des Eindringlings erkennen konnte. „Was machst du denn hier?“

Charly war froh, als sie die Tür zum Garten hinter sich schlossen und es sich im Wohnzimmer von Cem und Anita gemütlich machen konnten. Vor allem das Licht tat gut. Von Dunkelheit hatte sie erst einmal genug.

„Darf ich kurz vorstellen?“ Tante Clara lächelte. „Das ist Privatdetektiv Larry Müller. Gar nicht mal der schlechteste, den die Stadt zu bieten hat.“ Sie drückte Müller in einen Sessel.

Der Mann ließ es sich gefallen und sah verschämt zu Boden. „Na, heute hast du mich ja überlistet, Clara. Und das auch noch mit so einem uralten Trick!“

Im Hellen sah Larry Müller gar nicht mehr so Furcht einflößend aus, obwohl er fast zwei Meter groß war und ziemlich breite Schultern hatte. Vielleicht lag das aber auch nur daran, dass Tante Clara ihm die Handschellen abgenommen hatte. Die beiden schienen sich schon länger zu kennen.

„Aber Larry Müller ist nicht nur einer der besten Privatdetektive der Stadt. Er ist auch einer der teuersten.“ Tante Clara setzte sich zu Anita und Johanna aufs Sofa.

„Wer sagt denn so was?“ Müller schüttelte ungläubig den Kopf.

„Das weiß der ganze Club der alten Tanten“, antwortete Tante Clara.

„Was ist das für ein Club?“ Charly räkelte sich in einem der Sessel und warf einen Blick hinüber zu Cem. Der stand mit dem Rücken an die Wand gelehnt und betrachtete den Privatdetektiv misstrauisch.

„Tja, das wäre der richtige Club für dich, Charly. Der Club der alten Tanten ist ein Zirkel der besten ehemaligen Polizisten und Privatdetektive, die noch ein bisschen im Geschäft sind. Wir treffen uns einmal im Monat. Diese Treffen sind immer heimlich, aber unheimlich interessant. Da kann man zum Beispiel auch erfahren, was so Kollegen wie Larry Müller in der Stunde kosten.“ Tante Clara sah den Privatdetektiv plötzlich mit ihrem durchdringenden Blick an. „Und so viel Geld kann nicht jeder hinblättern, Larry.“ Sie stand auf.

Herr Müller schwieg.

„Larry! Du kennst die Regeln. Wir haben dich erwischt. Du gehörst zum selben Club wie ich. Also, lass dir nicht alles aus der Nase ziehen!“ Tante Clara stellte sich hinter ihn und legte ihm eine Hand auf die Schulter. „Wer sind deine Auftraggeber? Wie lautet dein Auftrag? Was suchst du bei Cem und Anita?“

Aber Müller schüttelte den Kopf. „Das ist ein großes Ding hier, Clara. Ich kann nichts dazu sagen.“

Tante Clara zwinkerte Charly zu. „Aber natürlich kannst du uns etwas dazu sagen, Larry.“ Ihre Stimme klang plötzlich wieder ganz freundlich. „Oder möchtest du etwa, dass der ganze Club der alten Tanten ab morgen in der Stadt herumerzählt, dass sich der große Larry Müller von der alten Clara Fall hat überrumpeln lassen? Larry, möchtest du das?“

Der Privatdetektiv sprang aus seinem Sessel auf. „Keine Erpressung unter Kollegen!“, rief er.

„Na, sieh mal an, jetzt erinnert sich unser Larry eben doch wieder an die Regeln des Clubs“, sagte Tante Clara. „Also los jetzt, raus mit der Sprache! Der Auftrag kann doch nicht so groß sein, dass du dafür deinen guten Ruf riskierst.“

Larry Müller ließ sich zurück in den Sessel plumpsen.

„Es ist kein großes Ding, es ist nur ziemlich gut bezahlt.“ Er schnaufte einmal schwer durch die Nase und gab endlich Auskunft. „Mein Auftraggeber ist die Allzweck-Versicherungsgesellschaft. Ich soll herausfinden, ob diese beiden Herrschaften zehn nagelneue Flachbildschirme der Marke *Ximono* heimlich verkauft und bei der Versicherung als gestohlen gemeldet haben. Ein klarer Fall von Versicherungsbetrug also.“

Tante Clara nickte. „Und, was hast du bisher herausgefunden?“

„Nicht viel. Es könnte schon Betrug sein. Das Schloss ist laut Polizeibericht nur oberflächlich verkratzt worden. Da wollte also jemand einen Einbruch vortäuschen.“

Charly traute ihren Ohren kaum. Woher wusste der Privatdetektiv, was die Polizei ermittelt hatte?

Auch Tante Clara schien darüber ein bisschen erstaunt zu sein. „Du kennst dich ja gut in den Polizeiakten aus, Larry.“ Sie setzte sich auf das Sofa neben Anita.

Larry lächelte. „Meine Informanten sind tabu, Clara. Da kannst du dich auf den Kopf stellen.“

Tante Clara winkte ab. „Was ich nicht verstehe, Larry: Du bist der teuerste Detektiv der Stadt. Die Versicherung hat bestimmt eigene Mitarbeiter, die solche Fälle prüfen. Warum geben die in diesem Fall so viel Geld aus?“

Müller grinste. „Hut ab, Clara Fall, du bist immer noch messerscharf im Kombinieren. Die Versicherung muss sich wohl ziemlich sicher sein, dass in diesem Fall etwas faul ist."

Charly verstand kein Wort. Dieser Müller machte doch irgendwelche Andeutungen. „Was heißt das denn genau?", fragte sie.

„Das heißt genau, dass jemand der Versicherung einen Tipp gegeben hat." Tante Clara verstand, was Müller meinte.

„Aber wer?" Charly fixierte den Privatdetektiv.

Larry Müller lachte nur. „Hey, du versuchst ja schon genau so zu gucken wie Clara, Kleine." Er wandte sich wieder an Tante Clara und sagte: „Anonymer Hinweis. Keine Namen, keine Telefonnummer, nichts."

„Cem, Anita – ihr überlegt jetzt, wer das gewesen sein könnte", sagte Tante Clara. „Und dir, lieber Larry, möchte ich einen ganz heißen Tipp geben: Lass die Finger von dem Job. Die beiden haben nämlich ein Internet-Café, wie du vielleicht schon rausgefunden hast."

Larry nickte.

„Und hast du dir schon einmal überlegt, wie die Herrschaften ohne Bildschirme ein Internet-Café betreiben sollen?", fragte Tante Clara. „Wenn es also jemanden gibt, der keinen Vorteil davon hat, wenn die Bildschirme weg sind, dann sind das die beiden."

„Das habe ich mir auch schon gedacht", gab Larry Müller zu. „Aber was, wenn das nur ein Verwirrspiel von ihnen ist? Was ist, wenn wir genau das denken sollen?"

Tante Clara schüttelte den Kopf. „Das weiß doch wirklich jeder: Jeder Tag, an dem ein Café nicht geöffnet ist, schadet dem Laden, weil er Kunden verliert."

Charly musste gähnen. Diese ganze Diskutiererei war doch ziemlich anstrengend. Sie warf einen Blick auf die Uhr. Es war schon nach zwölf.

„Kann schon sein, dass du recht hast, Clara." Larry Müller nickte.

„Sag deiner Versicherung, dass die beiden sogar eine Privatdetektivin beauftragt haben, die die Bildschirme finden soll. Sag ihr, dass sie ihren Laden lieben", schlug Tante Clara vor.

„Und sagen Sie ihr, dass wir das Geld sofort brauchen", setzte Cem hinzu.

Larry Müller stand auf. „Ich glaube nicht, dass das die Versicherung überzeugen wird. Der anonyme Hinweis, das ist für die ein starkes Argument." Er schlenderte zur Tür. „Trotzdem danke für den Tipp, Clara." Er öffnete die Glastür und verschwand in der Dunkelheit des Gartens.

„Welchen Tipp meinte er?", fragte Johanna, als der Privatdetektiv die Tür hinter sich geschlossen hatte.

Tante Clara lächelte. „Er wird sich wohl von diesem Fall zurückziehen. Das kostet ihn nur unnötig Zeit, und hinterher kommt doch nichts dabei heraus. Und dann muss er wahrscheinlich noch mit seinem Auftraggeber, der Versicherung, darüber streiten, ob er überhaupt bezahlt wird. Das war mein Tipp: Hol dir jetzt das Geld, das du für deine Arbeit heute und gestern verdient hast, und zieh dich aus der Sache zurück." Sie sah hinüber zu Cem und Anita. „Habt ihr Feinde?"

„Quatsch", sagte Cem.

„Fest steht: Jemand hat euch bei eurer Versicherung angeschwärzt", sagte Tante Clara.

„Also muss der- oder diejenige wissen, wo ihr versichert seid", sagte Johanna.

„Stimmt genau, Johanna!“ Tante Clara war schon zum gleichen Ergebnis gekommen. „Das heißt, dass ihr den Dieb ziemlich gut kennen müsst. Denn wer weiß schon, wo ihr versichert seid?“, meinte sie zu Cem und Anita gewandt.

Charlys Augenlider wurden plötzlich ziemlich schwer. Das Floß, die Aktion im Garten, der ganze Tag war so lang gewesen: Sie wäre am liebsten auf der Stelle eingeschlafen. Aber das, was Tante Clara da zusammenkombinierte, hatte einen dicken Schönheitsfehler. Charly schüttelte einmal ihren Kopf, riss sich zusammen und sagte: „Es ist nicht schwer, herauszufinden, wo Cem und Anita versichert sind. Die ganzen Ordner stehen doch in der Rumpelkammer, in der auch die Kartons der Bildschirme gestapelt waren.“

Alle starrten Charly an.

„Woher weißt du das denn?“, fragte Anita.

Charly zuckte mit den Schultern. „Habe ich gesehen, als wir den Tatort besichtigt haben.“

„Bravo, Charly, das hast du hervorragend beobachtet. Du hast wirklich das Zeug zu einer großartigen Detektivin!“ Tante Clara zeigte mit dem Daumen nach oben. Dann stand sie auf und begann im Wohnzimmer hin und her zu laufen. „Erst klaut man euch die Bildschirme, und dann sorgt man auch noch dafür, dass es ganz nach Versicherungsbetrug aussieht! Man wollte, dass wir das zerkratzte Schloss finden. Dass wir Spuren des nachgemachten Schlüssels entdeckt haben, hat der Täter garantiert nicht mit eingeplant. Sprich: Wir sollten denken, dass ihr die Bildschirme selbst geklaut habt und einen Einbruch vortäuschen wolltet. Und um ganz sicher zu gehen, rufen die Täter auch noch bei der Versicherung an und hetzen sie auf eure Spur.“ Sie blieb stehen und wandte sich an Cem und Anita. „Wer kann dahinterstecken?“

Die beiden sahen sich an und zuckten mit den Schultern.

„Es gibt da schon ein paar Leute, die uns nicht so gut leiden können. Aber so eine krumme Tour? Einbruch, Diebstahl und Versicherungsbetrug, das ist ein bisschen viel auf einmal, oder?“ Cem runzelte die Stirn.

„Jetzt ist jeder Verdacht ein Hinweis“, sagte Tante Clara. „Also raus mit der Sprache, Cem: Wer ist schlecht auf euch zu sprechen?“

„Na ja, Brehmke ist neuerdings ziemlich unfreundlich“, sagte Cem. „Aber das liegt wahrscheinlich daran, dass du ihm so viel Druck gemacht hast. Jedenfalls war er vor dem Einbruch immer sehr freundlich zu uns.“

Anita schüttelte den Kopf. „Brehmke hat nichts gegen uns. Eher der Hausmeister. Eckermann ist ein ziemlich mieser Typ, und er hat etwas gegen Ausländer.“

„Aber deshalb bricht er doch nicht gleich in unseren Laden ein!“, rief Cem.

„Du unterschätzt den Kerl, Cem“, meinte Anita. „Weißt du, was der alles über Türken sagt? Türken sollen in der Türkei bleiben, aber nicht in Deutschland herumlungern.“

Cem lächelte milde. „Ach, das meint er doch nicht so.“

Anita schüttelte den Kopf. „Ich verstehe dich nicht, Cem. Das meint der Eckermann genau so, wie er es sagt! Warum versuchst du immer, diesen Typ in Schutz zu nehmen?“

„Aber so einen raffinierten Plan traust du ihm doch auch nicht zu, oder?“ Cem klang überzeugt. „Dieser Herr

Eckermann ist nämlich nicht gerade das klügste Kerlchen, das in unserem Haus herumläuft."

Anita verdrehte die Augen. „Da wäre ich mir gar nicht so sicher, Cem. Wenn der seinen ganzen bescheuerten Ausländer-Hass auf einmal einsetzt, dann fallen ihm bestimmt noch viel raffiniertere Sachen ein."

„Wir wollen Eckermann ja sowieso noch überprüfen." Tante Clara setzte sich in den freien Sessel. „Vielleicht stammen die Kratzer im Schloss ja auch nicht von einem nachgemachten Schlüssel, sondern vom Hausmeisterschlüssel, den er nur sehr selten benutzt." Sie nahm ihren Notizblock heraus und schrieb sich etwas auf. „Eckermann – den knöpfen wir uns morgen vor. Und dem Brehmke will ich auch noch einmal auf den Zahn fühlen." Sie stand auf. „Und jetzt bringe ich mal meine Nichten ins Bett."

Charly war mit ihrer Müdigkeit nicht allein. Johanna hing auch schon ziemlich in den Seilen. Sie hatte die Beine angezogen und schien auf dem Sofa einzuschlafen.

„Da ist noch ein Verdächtiger", sagte Anita.

Tante Clara schwang sich sofort wieder in den Sessel und spitzte die Ohren.

„Herr Dunkers", sagte Anita.

„Ach was, red doch keinen Quatsch, Anita", rief Cem.

„Wart doch mal ab, Cem!", meinte Anita. „Herr Dunkers mit seiner Computerschule wäre der Einzige, der wirklich einen Vorteil davon hätte, wenn wir das Internet-Café dichtmachen müssten. Er und der Hausmeister, beide sind für mich verdächtig. Und Dunkers ist auch intelligent genug für so einen Plan. Vielleicht stecken die beiden ja sogar unter einer Decke?"

„Blödsinn", sagte Cem. „Herr Dunkers ist nicht gerade

mein Freund, und ich halte überhaupt nichts von seiner komischen Computerschule, aber er hat nichts gegen Ausländer. Im Gegenteil: Der kann Eckermann wegen seiner ausländerfeindlichen Sprüche nicht leiden." Cem schüttelte noch einmal den Kopf. „Außerdem hat Dunkers keinen Schlüssel von uns. Wie sollte er einen nachmachen lassen?"

„Eben, wenn er mit Eckermann unter einer Decke steckt. Dann hat Dunkers sich Eckermanns Schlüssel ausgeliehen und von ihm eine Kopie machen lassen", sagte Anita.

„Mensch, Anita, ich finde Dunkers auch nicht gerade nett. Der Ärger mit den Parkplätzen, diese dämliche Computerschule – das ist alles Mist. Aber deshalb tut er sich doch nicht mit Eckermann zusammen! Du kannst den Dunkers doch nur deswegen nicht leiden, weil er immer so streng mit seinem Sohn ist", sagte Cem. „Aber deshalb ist er noch lange kein Einbrecher."

Anita wiegte den Kopf hin und her. „Wie er mit Stefan umgeht, ist eine Sauerei. Und dabei macht der kleine Kerl doch ganz brav alles, was sein Vater ihm sagt. Wenn der ihm sagen würde: ‚Spring da vorne von der Brücke in den Kanal', würde Stefan das glatt machen."

Tante Clara notierte sich noch etwas. „Wir werden auch Dunkers morgen überprüfen", sagte sie.

Cem schüttelte den Kopf. Anita seufzte. Johanna schnarchte. Und Charly fielen die Augen zu.

Charly! Charly, wach auf!"

Charly öffnete die Augen einen Spalt. Elsa stand vor ihrem Hochbett und schüttelte sie. Schnell zog sie sich das Kissen über den Kopf und drehte sich noch einmal herum. Sie war noch viel zu müde, um etwas mit der Welt zu tun zu haben.

„Mensch, Charly, was habt ihr denn gestern Nacht getrieben?", fragte Elsa. „Johanna kriegt die Augen auch noch nicht auf, und Tante Clara kommt vom Brötchenholen nicht mehr zurück. Ich habe langsam keine Lust mehr, mit Fanny zu spielen!"

Charly drehte sich herum. Einerseits war es wirklich ungerecht, dass Elsa Fanny allein ertragen musste. Andererseits hatte Charly absolut nicht das Gefühl, dass sie diesen Tag überstehen würde, wenn sie jetzt aus dem Bett gekrochen käme. Charly lugte unter ihrem Kopfkissen hervor.

Elsa schlenderte gerade hinüber zu ihrer Hängematte, ließ sich in die gemütlichste Matte der Welt gleiten und schimpfte weiter: „Warum müssen Kindergärten überhaupt Ferien machen? Die spielen doch sowieso nur mit den Kindern. Das können sie doch auch in den Sommerferien machen!“ Sie schaukelte in der Hängematte hin und her. „Außerdem hat Tim schon angerufen und gefragt, ob er um elf Uhr kommen soll, um weiter am Floß zu bauen.“

Charly gähnte.

„Sag mal, ist der verknallt in dich?“ Elsa grinste frech.

Sie grinste sehr frech. Sie grinste zu frech. Viel zu frech, fand Charly.

„Quatsch nicht solchen Müll, wenn du mich schon weckst!“ Charly zog das Kissen wieder über den Kopf.

„Jedenfalls ist es jetzt zehn vor elf. Das heißt, dass Tim jeden Moment hier auftauchen kann. Und Tante Clara könnte wirklich mal mit den Brötchen kommen. Außerdem scheint die Sonne, und ich will endlich den Mast an unserem Floß anbringen. Dabei musst du mir helfen, Charly. Und ich will endlich wissen, was gestern Nacht passiert ist!“ Elsa redete plötzlich wie ein Wasserfall.

Charly schmiss das Kissen nach ihr. „Du hast es geschafft! Du hast es geschafft, Elsa Fall! Ich steh auf – aber ich bin noch ziemlich unausgeschlafen, das sage ich dir!“ Sie kletterte die Leiter hinunter, drehte sich herum und bekam von Elsa das Kissen zurück ins Gesicht geschmissen.

„Wer nachts Verbrecher jagen kann, kann auch morgens früh aufstehen. Nimm dir ein Beispiel an Tante Clara“, sagte Elsa.

Charly musste grinsen. Ihre kleine Schwester hatte recht. Die Sonne schien, das Floß sollte fertig werden, und Hunger hatte Charly auch. „Hast du den Frühstückstisch denn schon gedeckt?“, fragte sie.

Elsa verdrehte die Augen. „Längst! Es ist alles fertig, ich habe sogar mit Fanny Eier gekocht. Wir können uns im

Garten direkt hinsetzen und losfuttern, sobald Tante Clara kommt."

Charly hörte ein entferntes Geknatter.

„Na endlich!", rief Elsa und rannte aus dem Zimmer.

„Ich will aber auch ein Mondbrötchen!", rief Fanny.

„Fanny Fall, setz dich richtig an den Tisch, leg die Knetmasse weg und hör mir genau zu." Tante Clara war an diesem Samstagmorgen ziemlich streng mit der Jüngsten. „Es heißt nicht Mondbrötchen, sondern Mohnbrötchen!"

„Und außerdem gibt es keines mehr", fügte Elsa hinzu.

Charly warf einen Blick in die Tüte. Elsa hatte recht. Sesam-, Kürbiskern- und Roggenbrötchen waren noch da, aber das einzige Mohnbrötchen lag ausgerechnet auf Elsas Teller. Und so wie Elsa an diesem Morgen gelaunt war, hatte Fanny ziemlich schlechte Karten, davon noch ein Stück abzubekommen.

Familie Fall saß um den weißen Gartentisch. Nur Johanna fehlte – und natürlich Tobias Fall. Der hatte am Donnerstagabend mit Elsa gesprochen und war sich sicher, dass er erst am Samstag nach Hause kommen würde.

„Ein Ferienhaus hat der Papa übrigens auch noch nicht gefunden", erzählte Elsa und schnitt ihr Mohnbrötchen auf.

„Aber wir werden bestimmt noch was finden", murmelte Tante Clara und legte Fanny ein Sesambrötchen auf den Teller.

„Igitt!", rief Fanny. „Das will ich nicht!"

Tante Clara verdrehte die Augen. „Fanny, sei doch nicht so anstrengend!"

„Ich will aber anstrengend sein!" Fanny holte schon

wieder ihre extrem eklige Knetmasse hervor und begann ein Brötchen zu formen.

„Kannst du ihr nicht ein Stückchen abgeben?“ Tante Clara warf Elsa einen flehenden Blick zu.

Aber Elsa hatte für Fannys Wünsche wenig übrig. Sie schüttelte den Kopf.

Fanny starrte auf das Mohnbrötchen und sagte: „Ich zeig dir auch meinen Geheimtrick, Elsa. Aber nur, wenn ich die obere Hälfte kriege!“

Elsa schmierte Butter und Honig auf die untere Hälfte des Brötchens. „Was kannst du denn für einen Geheimtrick?“ Sie biss genüsslich ab.

„Erst das Brötchen!“, rief Fanny.

Charly schüttelte den Kopf. Tante Clara schnaufte schwer durch die Nase. Und Elsa gab sich geschlagen.

„Na gut, aber dafür habe ich heute den ganzen Tag Fanny-frei.“ Sie reichte ihrer kleinen Schwester das halbe Mohnbrötchen.

Fanny strahlte zufrieden über das ganze Gesicht. „Okay, Elsa, pass auf. Aber es ist ein Geheimnis.“ Fanny drückte die Knetmasse zwischen ihren Händen zu einem flachen Block zusammen. „Tante Clara, leihst du mir mal deinen Schlüssel?“

Tante Clara gab ihr den Haustürschlüssel.

„Pass genau auf!“ Fanny drückte den Schlüssel einmal von links, einmal von rechts in die Knete. Dann gab sie Tante Clara ihren Schlüssel zurück und zeigte Elsa den Abdruck. „Das ist ein Schlüsselbild!“

„Oh Mann! Und für so einen Mist habe ich ein halbes Brötchen hergegeben!“ Elsa war fassungslos.

„Jetzt ist aber Schluss mit der Streiterei!“ Tante Clara holte mit ihrem Messer aus und köpfte das Ei, das in ihrem Eierbecher stand. „Ich war noch einmal bei Brehmke und wollte ihn fragen, was er zu dem nachgemachten Schlüssel von Cem sagt."

„Und? Was sagt er?" Charly blinzelte in den blauen Morgenhimmel.

„Nichts." Tante Clara seufzte. „Er hat mich hochkant rausgeschmissen und mir verboten, sein Grundstück noch einmal zu betreten."

„Guten Morgen, alle Fälle." Tim kam die Treppe vom Seiteneingang heraufgestiefelt.

„Na, da kommen wir ja genau richtig", sagte ein Mann, der ihm folgte: Es war Bert Lumme.

„Bert!", rief Fanny. „Soll ich dir mal zeigen, was ich kann? Es ist aber streng geheim!"

Charly schüttelte den Kopf. Elsa tat ihr wirklich leid. Den ganzen Morgen hatte sie Fanny ertragen. Und die war heute mal wieder extrem nervig. Aber Bert Lumme setzte sich geduldig neben Fanny auf die Bank und ließ sich ihren Schlüsseltrick zeigen. Er staunte auch, als sei das das Allerneuste und Tollste, was er je gesehen hatte.

Charly rückte Johannas Stuhl für Tim zurecht. „Setz dich, Tim. Johanna schläft noch."

Tante Clara goss Bert eine Tasse Kaffee ein.

„Das mit der Hütte ist okay, Clara", sagte Bert.

Aber Tante Clara reagierte gar nicht darauf.

„Hast du es noch immer nicht mit ihnen besprochen?" Bert redete leise, aber Charly verstand jedes Wort.

„Was hast du noch nicht mit uns besprochen?" Sie sah Tante Clara herausfordernd an.

Aber ihre Tante schüttelte nur den Kopf. „Alles zu seiner Zeit, Charly, alles zu seiner Zeit."

Es klingelte.

„Aufmachen!“, riefen Elsa, Fanny und Tante Clara wie aus einem Munde.

Alle Blicke ruhten auf Charly.

„Was für ein Morgen!“, murmelte die. „Erst darf ich nicht ausschlafen, und dann muss ich auch noch Butler-Dienste übernehmen!“ Sie schlurfte ins Haus. Das ist wahrscheinlich sowieso nur der Postbote, dachte sie.

Aber Charly irrte sich. Vor der Haustür stand nicht der Postbote. Vor der Haustür stand Cem.

„Hey Charly, schon auf?“

Charly nickte und winkte den Freund herein. „Komm mit in den Garten. Da ist die ganze Mannschaft versammelt“, sagte sie.

„Ich will gar nicht lange stören“, sagte Cem, als er die Frühstücksgesellschaft im Garten erblickte.

„Wir sind doch sowieso schon gestört“, sagte Elsa.

Cem ging zu Tante Clara und zeigte ihr einen Schlüssel. „Sieh dir das mal an. Das ist der Schlüssel von dem Schloss, das wir ausgebaut haben. Ich wollte ihn heute wegschmeißen, weil ich ja schon ein neues Schloss habe einbauen lassen.“ Cem drückte Tante Clara den Schlüssel in die Hand. „Siehst du diese grauen Krümel hier?“

Tante Clara betrachtete den Schlüssel. Sie reichte ihn weiter an Bert Lumme.

„Und? Was ist damit? Das ist anscheinend Dreck“, sagte Bert.

Cem schüttelte den Kopf. „Vielleicht ist es nicht wichtig, aber dieser Dreck ist nur an dem Schlüssel zur Hintertür. Und nur an meinem, nicht an Anitas. Ist das nicht seltsam?“

Tante Clara nahm ihre Brille ab und betrachtete den

Schlüssel noch einmal genauer. „Das ist wirklich seltsam." Nach einer kurzen Pause wandte sie sich an Bert Lumme. „Sag mal, Bert, hast du heute schon was vor?"

Lumme lächelte. „Du meinst wohl, ich soll noch einmal im Labor nach dem Rechten sehen und rauskriegen, was das für Dreck ist?"

Tante Clara nickte.

Bert Lumme stand auf. „Und das Ganze wahrscheinlich bis heute Abend?"

Tante Clara schüttelte den Kopf.

„Heute Nachmittag?", fragte Lumme.

„Sofort, Bert. Wir müssen es sofort wissen. Ich will, dass wir den Kerl noch an diesem Wochenende kriegen. Am Montag soll das Café wieder eröffnet werden. Wir brauchen die Laborergebnisse sofort." Tante Clara zwinkerte Lumme zu. „Das schaffst du doch, oder?"

Lumme nickte, schnappte sich den Schlüssel, streichelte Fanny noch einmal über den Kopf und verabschiedete sich von der Frühstücksrunde, ohne seinen Kaffee auszutrinken.

„So ungemütlich wollte ich aber nicht werden", sagte Cem.

„Kein Problem, Cem. Das ist Bert Lumme nicht anders von mir gewohnt." Tante Clara lächelte. „Hast du zufällig eine Ahnung, ob dieser Hausmeister Eckermann endlich mal zu erreichen ist?"

Cem nickte. „Dem habe ich vorhin den neuen Schlüssel für die Hintertür vorbeigebracht. Der Vermieter des Ladens will, dass Eckermann alle Schlüssel hat."

Tante Clara sprang auf. „Charly, willst du mitkommen?", fragte sie

Charly stopfte sich schnell den Rest ihres Brötchens in

den Mund. Na klar wollte sie mit. Diesen fiesen Hausmeister Eckermann wollte sie unbedingt mit Tante Clara verhören.

„Nein, nein, nein!“ Elsa haute auf den Tisch. „Ich habe keine Lust, schon wieder allein auf Fanny aufzupassen! Ich will endlich am Floß weiterbauen!“

Cem lachte. „Ich nehme Fanny mit ins Café. Oder, Fanny? Hast du Lust?“

Fanny legte den Kopf schief. „Nö.“

„Aber bei Cem im Haus wohnt Stefan aus deinem Kindergarten“, sagte Charly.

Fanny ließ ihr angebissenes Mohnbrötchen liegen, rannte zu Cem und rief: „Ich komme mit dir.“

„Und wer hilft mir mit dem Floß?“, maulte Elsa.

„Ich bin dabei, Elsa“, meinte Tim.

„Na also, das läuft ja wie am Schnürchen“, sagte Tante Clara und machte ein paar Schritte Richtung Treppe.

Doch dann drehte sie sich noch einmal herum, lächelte verschwörerisch Elsa zu und sagte: „Wenn du den Tisch abdeckst und Johanna weckst, gebe ich dir für den Rest des Wochenendes spül-frei.“

Elsa nickte. „Geht klar, Tante Clara. Geht klar.“

Sie wünschen?“ Herr Eckermann war klein, kahl und sah eher einem Clown als einem Hausmeister gleich. Eigentlich fehlten dem Typ nur noch die rote Pappnase und die zu großen Schuhe, fand Charly. Sie stand neben Tante Clara im vierten Stock des Hauses an der Parkstraße im Treppenhaus und betrachtete den kleinen Mann.

„Fall, mein Name. Ich untersuche den Einbruch im Internet-Café“, sagte Tante Clara. „Sie sind vermutlich Herr Eckermann?“

„In Person.“ Der Mann nickte.

„Haben Sie in der Nacht auf Mittwoch irgendetwas gehört oder gesehen? Ein verdächtiges Auto oder Krach im Hof?“ Tante Clara lächelte ihr charmantestes Lächeln.

Herr Eckermann schüttelte den Glatzkopf. „Tut mir leid, ich habe überhaupt nichts gehört.“ Er nickte Tante Clara freundlich zu. „Aber wenn ich geahnt hätte, wie oft ich das gefragt werde, hätte ich meine Videokamera am Fenster aufgebaut, das können Sie mir glauben.“ Der Hausmeister verschränkte die Arme vor der Brust und lehnte sich an den Türrahmen. „Erst Schulze von der Polizei, dann dieser Detektiv und jetzt auch noch Sie! Sind Sie auch von der Polizei?“

Tante Clara schüttelte den Kopf. „Nein, wir sind Freunde von Cem und Anita und wollen die Bildschirme wiederbeschaffen."

Charly traute ihren Augen kaum. Als Tante Clara den Namen „Cem" nannte, klappte bei Herrn Eckermann die Kinnlade runter. Er vergrub die Hände tief in den Hosentaschen und musterte Tante Clara und Charly von oben bis unten.

„So, so, der Türke schickt euch." Er murmelte nur halblaut, aber immerhin so, dass Charly es gut verstehen konnte: „Der traut sich also nicht selbst hier rauf; typisch, typisch."

Charly spürte, wie die Wut in ihr aufstieg. So ein Blödmann! Natürlich traute sich Cem auch selbst rauf zum Hausmeister. Er war ja noch vor ein paar Stunden hier oben gewesen, um Eckermann den neuen Schlüssel zu geben. Sie holte tief Luft, um das Eckermann ins Gesicht zu brüllen, aber Tante Clara trat ihr unauffällig auf den Fuß.

„Ihre Unverschämtheiten Cem gegenüber können Sie sich sparen, Herr Eckermann. Das interessiert uns nicht. Wir wollen nur wissen, ob Sie in der Nacht auf Mittwoch etwas gesehen oder gehört haben." Tante Clara sah dem Hausmeister in die Augen.

„Das habe ich doch schon einmal gesagt! Ich habe nichts gehört! Und selbst wenn ich etwas gehört hätte, würde ich es Ihnen bestimmt nicht sagen!" Eckermann redete sich richtig in Schwung. „Dieser faule Türke soll selbst raufkommen, wenn er etwas von mir will! Wissen Sie was? Mir ist es ganz recht, dass er keine Computer mehr hat! Soll er den Laden doch dichtmachen und in die Türkei abhauen!"

Charly blieb die Spucke weg. Cem und Anita hatten sie

ja gewarnt, aber dass dieser Eckermann so an die Decke gehen würde, hätte sie wirklich nicht erwartet.

„Erstens ist Cem nicht feige, zweitens nicht faul und drittens ..." Charly schnappte nach Luft.

„Herr Eckermann, Ihnen ist doch klar, dass Sie sich mit dem Schwachsinn, den Sie hier von sich geben, sehr verdächtig machen, oder?" Tante Clara redete ganz ruhig mit dem aufgebrachten Mann. „Also bitte, beantworten Sie meine Frage: Wo waren Sie in der Nacht von Dienstag auf Mittwoch?"

„Ich war bei meiner Mutter in Süddeutschland. Das können Sie nachprüfen. Amelie Eckermann, Seniorenstift Altensteig. Ich bin erst gestern zurückgekommen. So, und jetzt habe ich auch noch was zu tun!" Eckermann knallte den beiden die Tür vor der Nase zu.

Charly schüttelte wütend den Kopf. So viel Bockmist auf einem Haufen hatte sie schon lange nicht mehr gehört.

„Warum hast du mich zurückgehalten?", fragte sie ihre Tante, als sie zusammen die Treppe hinunterstiegen.

„Du hättest diesem Idioten von einem Hausmeister am liebsten richtig die Meinung gegeigt, oder?" Tante Clara nickte zustimmend. „Und das ist auch richtig. Ich wäre auch fast explodiert. Cem ist nicht faul. Ob man Türke oder Deutscher ist, hat nichts damit zu tun, ob man arbeitet oder nicht. Und außerdem können doch auch faule Leute hier leben, oder nicht?"

Charly nickte. Das klang schon wieder viel vernünftiger.

„Normalerweise hätte ich ihm das auch gesagt. Aber ich wollte nicht, dass er uns sofort die Tür vor der Nase zuschlägt. Denn dann hätten wir niemals herausgekriegt, ob er etwas mit den verschwundenen Bildschirmen zu tun hat oder nicht.“ Tante Clara zwinkerte Charly zu. „Und seine Aussage werden wir gleich überprüfen; wäre doch gelacht, wenn wir dieses Seniorenheim in Altensteig nicht ausfindig machen können.“

Sie betraten das Internet-Café, wo sich Cem allein mit zwei kleinen Kunden aufhielt: An einem der Tische saßen Fanny und Stefan Dunkers. Die beiden hatten Memory-Karten vor sich ausgebreitet, schlürften Zitronentee und sahen auch dann nicht von ihrem Spiel auf, als Tante Clara sie begrüßte.

„Clara, da war gerade ein Anruf für dich“, sagte Cem.

„Lumme?“, fragte Tante Clara.

Cem nickte. „Er hat herausgefunden, was für Dreck an meinem Schlüssel hing: Es war Knetmasse.“ Cem ging zur Theke und warf einen Blick auf einen Zettel. „Er will noch weiterforschen. Vielleicht kriegt er raus, welches Fabrikat das ist. Aber das kann noch dauern, hat er gesagt.“ Cem reichte Tante Clara den Zettel. „Unter dieser Nummer kannst du ihn in den nächsten zwei Stunden erreichen.“

Tante Clara stellte sich an die Theke. Charly kletterte auf einen der Barhocker.

„Knetmasse – ausgerechnet an diesem Schlüssel.“ Tante Clara runzelte die Stirn. „Was bedeutet das?“

„Entweder hat Cem Knetmasse in der Hosentasche gehabt, oder jemand hat den Schlüssel in Knete gedrückt.“ Charly sah hinüber zu Cem. „Und der Dreck war wirklich nur an diesem Schlüssel?“

Cem nickte. „Die anderen könnt ihr ja noch einmal ansehen.“ Er tastete seine Hosentaschen ab. „Wo habe ich sie nur wieder?“

Charly deutete auf den kleinen Tisch hinter der Theke,

auf dem ein Schlüsselbund lag. „Da drüben liegen sie, oder?"

„Richtig!" Cem reichte ihr die Schlüssel.

Charly betrachtete einen Schlüssel nach dem anderen. Manche waren zwar ein bisschen angelaufen, aber am Schlüsselbart klebte kein Dreck – und erst recht keine Knetmasse-Krümelchen.

„Ich hatte keine Knetmasse in der Hosentasche." Cem kratzte sich nervös am Kopf. „Ich spiele mit Computern – nicht mit Knete."

Tante Clara packte einen Kaugummi aus. „Es ist doch klar: Jemand hat einen Abdruck von dem Schlüssel genommen. Mit diesem Schlüsselabdruck hat er oder sie einen Nachschlüssel zur Hintertür machen lassen. Und dieser nachgemachte Schlüssel hat das Schloss verkratzt." Sie machte eine Kaugummiblase, ließ sie platzen, stupste Charly in die Seite und fragte: „Was folgt daraus?"

Charly rutschte auf dem Barhocker hin und her. „Daraus folgt, dass Herr Brehmke und der blöde Eckermann wahrscheinlich nichts damit zu tun haben", sagte sie.

Tante Clara nickte.

Cem sah überrascht von Charly zu Tante Clara und wieder zurück zu Charly. „Wieso folgt das denn aus der Knetmasse?", fragte er.

„Die beiden hatten einen Schlüssel zur Tür. Da ist es viel einfacher und längst nicht so verdächtig, mit diesem Schlüssel zu einem Schlüsseldienst zu laufen, um ihn nachmachen zu lassen", sagte Charly.

„Hervorragend kombiniert, Charly. Aus einem Knete-Abdruck einen Schlüssel nachmachen zu lassen geht nicht an jeder Ecke. Denn so verbotene Sachen machen hier in der Stadt nur eine Handvoll Leute."

„Woher weißt du das denn schon wieder?“ Cem kriegte den Mund nicht mehr zu.

Tante Clara zwinkerte ihm zu. „Das ist Berufserfahrung.“ Sie wandte sich wieder an Charly. „Wer kommt denn jetzt noch in Frage?“

Charly nickte vor sich hin. „Schwierig. Da Cem seinen Schlüssel gerne überall herumliegen lässt, kann es im Prinzip jeder gewesen sein, der das Internet-Café in der letzten Zeit betreten hat.“ Charly warf einen Blick über die Schulter. Fanny und Stefan schienen ganz in ihr Spiel vertieft zu sein. „Wann war zum Beispiel Herr Dunkers das letzte Mal hier unten bei euch im Laden?“

„Dunkers? Du meinst nicht Stefan, sondern den Alten?“, flüsterte Cem, damit Stefan es nicht hören konnte. „Der hat den Laden noch nie betreten.“

Charly seufzte. „Dann kann es jeder gewesen sein.“

„Genau das ist der Mist.“ Tante Clara spuckte ihren Kaugummi in hohem Bogen in den Mülleimer hinter dem Tresen. „Wie viele Kunden waren in etwa bei euch, seit ihr die neuen Bildschirme bekommen habt?“

Cem sah sie mit großen Augen an. „Keine Ahnung, Clara. Am Tag kommen hier so um die zwanzig Schüler durch, abends kommen mal fünf, mal fünfundzwanzig Leute. Das ist ganz unterschiedlich. Als die neuen Bildschirme da waren, war es voller. Vielleicht waren das täglich zwischen sechzig und hundert Leuten.“ Er zündete sich eine Zigarette an. „Da sind natürlich manche dabei, die wir schon gut kennen, so wie Charly und Tim. Andere kommen zum ersten Mal, so wie du.“

Tante Clara haute mit der Faust auf den Tresen, dass die Tasse nur so schepperte. „Wir kriegen diese Diebe! Irgendwie kriegen wir die!“

„Gewonnen!“ Fannys Ruf schallte durch das Café.

„Das ist total gemein!“, protestierte Stefan. „Du gewinnst immer!“

Charly drehte sich auf dem Barhocker zu den beiden um. „Mach dir nichts draus, Stefan. Fanny ist im Memory unschlagbar. Gegen die verliert sogar unsere Tante Clara.“ Sie zwinkerte Stefan zu.

„Du musst sowieso nach Hause, Stefan. Es ist eins“, sagte Cem.

Stefan rutschte von seinem Stuhl, rief Cem noch ein „Tschüss“ zu und rannte aus der Tür.

Fanny spazierte hinüber zu Cem und fragte: „Soll ich dir mal einen Trick zeigen, Cem? Aber es ist ein Geheimnis!“

Charly traute ihren Augen und Ohren kaum. Ihre eigene Schwester hatte die ganze Zeit des Rätsels Lösung vor ihren Augen herumgezeigt, und sie hatten es nicht gemerkt! Fannys Schlüsseltrick! Den kannte sie doch unter Garantie aus dem Kindergarten!

„Ich kann ein Bild von deinem Schlüssel machen!“ Fanny holte ein Stückchen Knete aus der Hosentasche, angelte sich Cems Schlüsselbund vom Tisch und drückte einen Schlüssel von beiden Seiten in die Knete.

„Tante Clara, wir sind so blind und blöd“, murmelte Charly.

Aber das Telefon unterbrach ihr Gespräch.

„Für dich.“ Cem reichte Tante Clara den Hörer.

„Bert?“

Während Tante Clara mit dem Experten in Sachen Laborarbeit sprach, schnappte sich Charly Fanny.

„Fanny, meine Liebe, das ist jetzt sehr wichtig: Von wem kennst du das Spiel mit dem Schlüssel und der Knete?“ Sie sah ihrer kleinen Schwester ernst in die Augen.

„Aus dem Kindergarten. Aber das ist ein Geheimnis, eigentlich.“ Fanny biss sich auf die Lippe.

„Fanny, du jagst doch auch gern Verbrecher, oder?“ Charly zwinkerte der Schwester zu. „Deshalb muss ich das wissen: Wer hat euch im Kindergarten den Trick mit der Knetmasse beigebracht?“

Aber Fanny wurde trotzig. Sie schüttelte den Kopf und verschränkte die Arme vor der Brust. „Geheim ist geheim. Außerdem ist Stefan gar kein Verbrecher!“

Charly musste grinsen. So schön wie Fanny konnte sich einfach niemand auf der Welt verraten. „Meinst du Stefan Dunkers?“, fragte sie vorsichtshalber. Schließlich gab es im Kindergarten sage und schreibe fünf verschiedene Stefans.

Fanny starrte sie mit großen Augen an. „Hat er dir das etwa verraten? Oder hast du das selbst rausgekriegt?“

„Also ist es Stefan Dunkers gewesen, der dir den Trick gezeigt hat?“, fragte Charly noch einmal.

Fanny sah auf den Boden und nickte. „Kommt er jetzt ins Gefängnis?“

„Nein, Fanny! Kinder kommen nicht ins Gefängnis!“ Charly streichelte ihrer kleinen Schwester über den Kopf. „Du bist eine wichtige Zeugin, Fanny!“

„So wichtig wie Tante Clara?“ Fanny strahlte übers ganze Gesicht.

Charly nickte. „Mindestens so wichtig.“

Tante Clara hängte den Hörer auf die Gabel.

„Lass mich raten“, sagte Charly. „Die Knetmasse wird vor allem in Kindergärten eingesetzt, richtig?“

Cem und Tante Clara starrten Charly an, als wäre sie das achte Weltwunder.

„Woher weißt du das?“, fragte Tante Clara.

Charly tippte sich an die Stirn. „Kombination, alles Kombination.“

„Und wie heißt nun der Täter?“, fragte Cem.

„Nach allem, was wir bis jetzt wissen, würde ich sagen: Dunkers“, antwortete Charly.

Cem schüttelte den Kopf.

„Ausgeschlossen“, sagte Anita, die plötzlich hinter Charly im Café auftauchte. Die junge Frau stellte zwei volle Einkaufstaschen hinter dem Tresen ab. „Dunkers kann den Schlüsselabdruck nicht gemacht haben. Da musst du falsch kombiniert haben, Charly. Dunkers hat noch nie einen Fuß in unser Café gesetzt.“

„Wie sollte er denn an meinen Schlüsselbund gekommen sein?“ Cem runzelte die Stirn.

„Das ist kein Problem“, sagte Tante Clara. „Du lässt deinen Schlüssel ja immer herumliegen. Und der kleine Stefan kann hier im Café herumstromern, wie er will. Was wäre, wenn er den Abdruck gemacht hätte?“

„Gut möglich“, sagte Charly. „Schließlich hat Stefan Fanny beigebracht, wie man solche Abdrücke macht.“

Cem wiegte den Kopf unschlüssig hin und her. „Ein Beweis ist das alles noch nicht.“

„Aber zuzutrauen wäre es dem Dunkers“, sagte Anita. „Der ist doch froh, wenn wir den Laden dichtmachen müssen. Dann hat er endlich mehr Parkplätze und mehr Kunden in seiner Schule. Außerdem sieht im das ähnlich, den Jungen für so eine Aktion einzuspannen.“

„Ich habe Hunger!“ Fanny starrte auf die vollen Einkaufstaschen.

Tante Clara lächelte.

„Wir können Dunkers noch nichts beweisen“, meinte

Charly. „Aber das ist nur noch eine Frage der Zeit oder der List.“

„Und um die List kümmern wir uns nach dem Mittagessen“, fügte Tante Clara hinzu und verließ mit Charly, Fanny und drei knurrenden Mägen das Internet-Café.

Schon im Flur an der Haustür war es nicht zu überriechen: Es gab Pfannkuchen.

„Lecker, lecker, lecker!" Fanny rannte die Treppe hinauf.

Tante Clara und Charly kamen kaum hinterher.

Die Küche sah fast so aus, als hätte Tobias Fall persönlich gekocht. Wenn Charlys Vater den Kochlöffel schwang, schmeckte das Essen, das rauskam, zwar immer hervorragend, aber die Küche sah aus wie ein Schweinestall. Johanna und Elsa hatten sich anscheinend ein Beispiel an ihrem Vater genommen: Überall lagen Schüsseln, Eierkartons, Mehl, Eierschalen, Kochlöffel, Pfannen und Zuckerdosen herum. Über alles hatte sich eine feine Schicht aus Fettspritzern und Pfannkuchen-Teig-Tropfen gelegt. Johanna stand am Herd und hatte eine der Pfannen in der Hand.

„Ihr kommt ja mal wieder wie gerufen", rief sie gut ausgeschlafen. „Wir sind gerade fertig. Der Tisch ist im Garten gedeckt, und wir müssen nur noch loslegen."

Fanny rannte wie von der Tarantel gestochen in den Garten.

„Seid ihr weitergekommen?", fragte Johanna. Sie schaufelte den letzten Pfannkuchen auf den Pfannkuchen-Berg, den sie auf einem Teller im Backofen warm gehalten hatte.

„Wir haben eine sehr heiße Spur", sagte Tante Clara. „Und ich wette, dass wir den Täter bis Samstag überführt haben. – Vielleicht sogar schon heute Nacht, wenn wir ein bisschen nachhelfen." Sie stand am Spülbecken und sah nachdenklich auf den tropfenden Wasserhahn.

Johanna schaltete den Herd und den Backofen aus, drückte Charly eine Schüssel Salat in die Hand, nahm selbst den Teller mit dem Pfannkuchenberg und ging voraus in den Garten.

Elsa und Fanny saßen schon mit gezückten Gabeln am Gartentisch. Kaum hatte Johanna die Pfannkuchen abgestellt, angelten sie sich schon die ersten herunter.

„Schönen Gruß von Tim." Elsas Mund war so vollgestopft, dass Charly die Schwester kaum verstehen konnte. „Er kommt morgen noch einmal vorbei, wenn wir das Floß ins Wasser lassen."

„Kai hat sogar schon einen Anhänger organisiert, mit dem wir das Ding zum Kanal bringen können", sagte Johanna.

„Hannelore muss aber auch mitfahren!", rief Fanny.

„Wo fahren wir mit dem Floß denn überhaupt hin?", fragte Charly.

„Eins nach dem anderen", sagte Tante Clara. „Ich habe eine schöne Fahrt mit dem Floß geplant. Aber vorher gibt es noch etwas Arbeit für uns." Sie schnitt ein Stück von einem Pfannkuchen ab und steckte es in den Mund. „Charly und ich haben rausgefunden, dass jemand den Schlüssel zur Hintertür mit einem Abdruck hat nachmachen lassen. Dadurch spricht alles dafür, dass Dunkers dahintersteckt. Allerdings fehlt uns mal wieder das Wichtigste."

„Ein Beweis?" Elsa belegte einen Pfannkuchen mit Salat, rollte ihn zusammen und biss ab.

Tante Clara nickte. „Wir können Dunkers nichts nachweisen. Den Schlüsselabdruck hat vermutlich sein Sohn gemacht. Und wenn ich mich nicht täusche, war Dunkers damit bei einem alten Bekannten von mir." Tante Clara schmunzelte. „Sebastian Samtmeier, genannt ‚Sesam öffne dich'. Der kann so ziemlich jeden Schlüssel nachmachen."

Johanna klatschte. „Dann haben wir doch einen Zeugen. Du musst doch nur mit einem Foto von Dunkers zu diesem Samtmeier laufen und fragen, ob der bei ihm einen Schlüssel in Auftrag gegeben hat."

„Vergiss es, Johanna." Tante Clara schüttelte den Kopf. „Samtmeier würde eher seine Großmutter versteigern, als mir auch nur einmal zu helfen. Schließlich habe ich ihm zehn Jahre Knast verschafft. Der würde mir noch nicht mal seine Telefonnummer verraten – und einen Kunden schon gar nicht."

Charly kratzte sich am Kopf. Das war ja wirklich blöd. Da hatten sie endlich einen Verdacht, wer es gewesen sein könnte, und dann konnten sie dem Kerl nichts nachweisen.

„Nein, nein, nein, hier müssen wir raffinierter vorgehen." Tante Clara sah in die Runde. „Ihr habt doch heute Nachmittag nichts mehr vor, oder?"

Die vier Schwestern schüttelten die Köpfe.

„Wunderbar. Dann könnte mein Plan ja noch klappen." Tante Clara atmete auf.

Tante Claras Plan war hervorragend. Cem und Anita sollten ankündigen, dass das Internet-Café am Montag wieder eröffnet würde.

„Wir überreden Brehmke dazu, dass er uns ein paar leere Originalkartons von Bildschirmen besorgt. Die liefert er an Cem und Anita, und dann wollen wir doch mal sehen, was passiert“, sagte Tante Clara.

Gleich nach dem Essen ging es los: Johanna und Elsa brachen mit Fanny schon zu Cem und Anita auf, um das Internet-Café für die Wiedereröffnung zu schmücken, während Charly und Tante Clara zu Brehmke fuhren.

„Glaubst du, dass er noch einmal mit uns spricht?“, fragte Charly unsicher, als sie auf den Hof des Computerhändlers einbogen.

Tante Clara nickte ganz zuversichtlich.

Herr Brehmke wollte gerade seinen Laden abschließen, als er Tante Claras Dreirad erblickte. Charly sah schon von Weitem, dass Brehmkes Kopf rot anlief. Ob der Mann wirklich mitspielen würde, fand sie noch sehr fraglich.

„Was wollen Sie denn schon wieder hier? Hatte ich Ihnen nicht ausdrücklich verboten, noch einmal auf meinem Gelände zu erscheinen? Machen Sie, dass Sie wegkommen!“, rief er zum Dreirad herüber, als Tante Clara und Charly ausstiegen.

Aber Tante Clara schien die Schimpferei gar nicht zu beeindrucken.

Sie ging dem wütenden Computerhändler freundlich entgegen und sagte: „Sie schimpfen zu Recht, Herr Brehmke. Ich muss mich bei Ihnen entschuldigen. Sie haben wirklich nichts mit der Sache im Internet-Café zu tun.“

Herr Brehmke stutzte. „Was wollen Sie von mir?“, fragte er misstrauisch.

„Können wir das nicht in Ihrem Laden besprechen?“, fragte Tante Clara.

Auch Charly fühlte sich auf dem Hof irgendwie beobachtet.

Herr Brehmke musterte Tante Clara und Charly. „Na gut. Aber wenn Sie auch nur eine einzige Ihrer Unverschämtheiten äußern, fliegen Sie sofort wieder raus!“, murmelte er.

„Einverstanden.“ Tante Clara nickte.

Sie betraten den kleinen Laden, nahmen in der Sitzecke Platz und redeten mit vereinten Kräften auf Brehmke ein. Er sollte leere Bildschirmkartons an das Internet-Café liefern. Allerdings mussten die Kartons mit Büchern oder Steinen gefüllt werden, damit sie so schwer waren, als seien Bildschirme darin.

„Ich weiß nicht“, sagte Brehmke. „Von krummen Touren habe ich die Nase voll.“

„Herr Brehmke, das ist keine krumme Tour.“ Tante Clara tippte mit dem Zeigefinger auf den Tisch. „Sie liefern an Cem leere Kartons, das ist alles. Cem und Anita wissen auch Bescheid. Und sie machen im Schaufenster sogar Werbung für Sie und Ihren Laden.“

Brehmke sah verwundert auf.

„Wir hängen Schilder in die Schaufenster, auf denen steht, dass Sie die Bildschirme spenden“, erklärte Charly.

Brehmke schüttelte den Kopf. „Und das soll der Täter glauben?“

Tante Clara nickte. „Das wird er glauben.“

„Und wie geht Ihnen der Dieb dann auf den Leim?“, fragte Brehmke. „Der hat doch schon zehn Bildschirme. Der bricht doch nicht noch einmal in dasselbe Café ein.“

Tante Clara lehnte sich in ihrem Stuhl zurück und sah hinüber zu Charly. „Erklär es ihm.“

„Wir vermuten, dass dem Dieb die Bildschirme gar

nicht so wichtig waren“, sagte Charly. „Sein Ziel war es, dass das Internet-Café dichtmacht. Wenn das stimmt, dann wird er auch die Wiedereröffnung verhindern wollen. Denn jetzt ist er seinem Ziel näher denn je: Die Bank gibt Cem kein Geld mehr, die Versicherung hat der Dieb selbst auf eine falsche Spur gelockt. Jetzt sieht es für ihn so aus, als wäre es nur noch eine Frage der Zeit, bis Cem und Anita aufgeben.“

„Und wenn ich die Bildschirme spende, wird er versuchen, diese Bildschirme auch verschwinden zu lassen.“ Brehmke nickte. „Das klingt logisch.“ Er runzelte die Stirn. „Falls es dem Dieb wirklich nur um das Internet-Café geht.“

Tante Clara stand auf. „Heißt das, dass Sie mitmachen?“, fragte sie.

Brehmke nickte. „Wenn es Cem und dem Internet-Café nützt, helfe ich. Schließlich ist er ein guter Kunde. – Aber wenn die Sache schiefgeht, Frau Fall, dann will ich nachher nicht der Dumme sein!“

„Ich lege meine Hand dafür ins Feuer: Sie werden keinen Ärger kriegen – selbst wenn die Aktion in die Hose gehen sollte.“ Tante Clara schüttelte Herrn Brehmke die Hand.

„Ich nehme Sie beim Wort, Frau Fall.“ Brehmke lächelte beinahe.

„Ach so, eine Sache noch, Herr Brehmke“, sagte Tante Clara. „Können Sie die Kartons in, sagen wir, einer Stunde liefern? Also so gegen fünf Uhr?“

Brehmke nickte. „Das dürfte hinhauen.“

„Und noch etwas.“ Charly hatte plötzlich eine hervorragende Idee. „Sie liefern an die Computerschule von Herrn Dunkers doch auch manchmal etwas, oder?“

Brehmke nickte.

„Könnten Sie Herrn Dunkers anrufen und ihn fragen, ob er etwas braucht?", fragte Charly. „Irgendetwas Unwichtiges: neue Mäuse, Druckerkabel oder Bildschirm-Reiniger. Es ist völlig egal, ob er etwas bestellt oder nicht. Sie müssen nur nebenbei erwähnen, dass Sie neue Bildschirme an das Internet-Café liefern und deshalb sowieso in der Nähe sind."

„Charly, du bist einfach spitze!" Tante Clara klopfte ihr auf die Schulter.

Charly spürte, dass ihr die Röte ins Gesicht schoss.

„Ein raffiniertes Luder, ihre Nichte", stimmte Brehmke zu. „Aber es nützt ja einer guten Sache." Er begleitete die beiden zur Tür. „Ich werde Dunkers anrufen und bin in einer Stunde im Hof."

„Danke!", sagte Tante Clara. Sie machte einen Schritt Richtung Tür, drehte sich dann aber doch noch einmal zu Brehmke herum und sagte: „Herr Brehmke, entschuldigen Sie bitte, dass ich Sie die ganze Zeit verdächtigt habe. Das war wirklich nicht fair von mir."

„Schwamm drüber, Frau Fall. Ich hoffe nur, dass Sie auch mir helfen, wenn ich mal wieder zu Unrecht verdächtigt werde." Brehmke hob mahnend den Zeigefinger.

Tante Clara lächelte den Computerhändler an. „Das mach ich, Herr Brehmke. Versprochen!"

Sie fuhren zum Internet-Café. Dort liefen die Vorbereitungen schon auf Hochtouren.

Dank an Otto Brehmke und „Brehmke EDV": Ab Montag wieder geöffnet! stand im Schaufenster. Elsa malte die Buchstaben mit Fingerfarbe an der Schaufensterscheibe aus.

Im Café taten Cem, Anita, Johanna und Fanny alles, was nach Wiedereröffnung aussah: Cem und Anita schraubten an den Rechnern herum, Johanna wischte den Boden zum dritten Mal nass, Fanny putzte die Kugeln aus den Mäusen mit einem Spezialtuch.

„Ihr könnt die Tische abwischen und an die Plätze stellen!", sagte Anita.

Aber Tante Clara schmunzelte nur. „Das sieht doch alles sehr gut aus! Hängt noch ein paar bunte Girlanden und Luftballons an die Decke, und dann müsste das klargehen! Ich muss noch einen kleinen Ausflug machen. Ihr habt das hier doch alles im Griff, oder?"

Anita nickte. Cem lächelte. Und Charly wunderte sich. Wo wollte Tante Clara denn jetzt schon wieder hin? Aber auf ihre Frage erhielt sie von ihrer Tante keine vernünftige Antwort.

„Alles zu seiner Zeit, Charly", murmelte Tante Clara nur. „Fanny, kommst du mit mir?"

„Nö, ich muss Kugeln putzen", sagte Fanny.

„Vielleicht treffen wir aber Bert Lumme unterwegs", sagte Tante Clara.

Das wirkte. Fanny ließ sofort die Maus und den Lappen fallen und verließ mit ihrer Tante das Café.

Charly übernahm Fannys Job. Sie wischte die Kugeln ab und baute die Mäuse wieder zusammen. Was hatte Tante Clara vor? Hatte es etwas mit dem Geheimnis zu tun, das sie mit Bert Lumme hatte? Aber wieso nahm sie Fanny mit?

„Wahrscheinlich will sie Fanny aus der Schusslinie haben, wenn Stefan hier auftaucht", sagte Johanna.

Aber dann schwieg sie. Denn der kleine Sohn von Dunkers kam gerade in den Laden gelaufen.

„Cem, dein Schlüssel!“, zischte Charly ihrem Freund zu.

„Hi, Stefan!“ Anita lief hinüber zu dem Jungen. „Wir machen am Montag wieder auf! Willst du ein Bonbon?“

Stefan nickte.

Cem ging zum Tresen und holte die Bonbon-Schachtel aus dem Regal. Bei der Gelegenheit legte er seinen Schlüssel vor Stefans Nase auf den kleinen Tisch hinter dem Tresen.

Charly wischte weiter an den Kugeln herum und beobachtete Stefan aus dem Augenwinkel. Aber Stefan schien sich gar nicht für den Schlüssel zu interessieren. Er wartete, bis er das Bonbon bekommen hatte. Aber selbst als Cem sich wieder seiner Arbeit zuwandte, unternahm Stefan noch keine Schlüsselaktion – hatten sie sich doch getäuscht?

Als Herr Brehmke die Kartons brachte, holte Cem sich seinen Schlüsselbund, sperrte die Hintertür auf und ließ den Schlüssel im Schloss stecken.

„Könnt ihr beim Schleppen helfen?“, fragte Cem Johanna und Charly.

Die Mädchen ließen ihre Arbeiten liegen und halfen den beiden Männern beim Ausladen der Kartons. Brehmke hatte ganze Arbeit geleistet: Die Kisten waren mindestens so schwer wie echte Bildschirme.

Als sie die Kartons alle abgestellt hatten, kehrten sie zurück in den Laden. Stefan verdrückte sich auf den Hof, wo Cem seine Schlüssel mit Absicht außen am Schloss hatte hängen lassen. Charly schlich sich in die Gerümpelkammer und lugte hinüber auf den Hof. Sie hätte jubeln können, als Stefan den Schlüssel abzog. Er drückte beide Seiten des Schlüssels in ein Stück Knetmasse und steckte ihn zurück ins Schloss. Dann lungerte der kleine Junge noch ein bisschen im Hof herum und verdrückte sich schließlich zurück ins Haus.

Charly war sprachlos. Dieser kleine Kerl hatte den Abdruck vom neuen Schlüssel wirklich wie ein Profi abgenommen. Es war alles irre schnell und trotzdem ruhig gegangen. Wenn Charly nicht damit gerechnet hätte, wäre ihr Stefans Aktion nie und nimmer aufgefallen. Sie spürte ein Kribbeln im Bauch, als sie zurück zu den anderen kam und ihnen zunickte. Familie Dunkers schien in die Falle zu tappen.

Nein, nein, nein!", flüsterte Tante Clara. „Ihr bleibt hier, alle drei!"

Es war halb zwölf in der Nacht, und Charly dachte gar nicht daran, zu gehorchen. Sie standen vor dem Haus der Falls neben dem Dreirad von Tante Clara. Elsa, Charly, Tante Clara und Hannelore. Und sie wollten alle mit auf Verbrecherjagd, das war klar. Nur Fanny und Johanna lagen in ihren Betten. Fanny war zu müde und Johanna zu vernünftig für dieses Abenteuer.

„Wenn du nicht willst, dass wir das ganze Haus aufwecken, dann nimmst du uns mit!" Charly holte schon tief Luft, um Alarm zu schlagen.

„Charly, halt die Klappe!", sagte Tante Clara. „Ich muss jetzt los, die Kollegen von der Polizei warten wahrscheinlich schon am Treffpunkt."

„Also los!", sagte Elsa und stieg kurzerhand auf den Rücksitz – das Haushuhn Hannelore einfach unter den Arm geklemmt. Charly kletterte hinterher.

Tante Clara schnaufte schwer durch die Nase. „Na gut, ihr habt gewonnen! Aber lasst wenigstens das Huhn hier!"

„Kommt nicht in Frage." Elsa schüttelte den Kopf. „Ohne Hannelore trau ich mich nicht."

Tante Clara seufzte, stieg ein und ließ den Kabinenroller die Einfahrt hinunterrollen. Das Verdeck hatte sie geschlossen, aber ein Fenster geöffnet.

Die kühle Nachtluft pfiff Charly um die Nasenspitze. Sie spürte ihr Herz klopfen. Was, wenn Dunkers doch nicht kam? Oder schon da gewesen war?

„Hoffentlich kommen wir nicht zu spät", sagte sie.

„Keine Sorge", sagte Tante Clara. „Dunkers hat bis zehn Uhr einen Kurs in seiner Schule. Und bis halb zwölf waren Anita und Cem im Café und haben Lärm gemacht. Wir kommen genau richtig."

Als Tante Clara in die nächtliche Parkstraße einbog, begann Charlys Herz zu rasen. Ein paar Häuser vor dem Internet-Café parkte ein Streifenwagen der Polizei. Tante Clara rollte langsam an diesem Wagen vorbei. Darin saßen zwei Polizisten. Den einen kannte Charly schon. Das war Alexander Prim. Mit dem hatten die Falls einmal eine Erpresserbande dingfest gemacht. Prim war ein alter Kollege und Schüler von Tante Clara. Auf den konnten sie sich verlassen. Den anderen Polizisten konnte Charly im Vorbeifahren nicht erkennen.

„Das darf doch nicht wahr sein", murmelte Tante Clara, als sie am Polizeiauto vorbeigefahren waren. „Schulze!"

Charly spürte, dass ihr ein Schweißtropfen über den Rücken lief. Wenn dieser Polizist nur halb so dämlich war, wie Tante Clara sagte, dann war die ganze Aktion, die sie geplant hatten, in Gefahr. Denn Herr Schulze konnte nicht nur Tante Clara nicht leiden, er war auch ziemlich ungeschickt. Schulze hatte schon früher so manche Polizeiaktion von Tante Clara gestört. Und auch am Internet-Café war er bisher ja nicht besonders interessiert gewesen.

Elsa nahm Charlys Hand und drückte sie einmal kräftig.

„Okay, Mädels, ich bespreche noch einmal alles, mit Prim und Schulze, dann hole ich euch hier ab. Oder wollt ihr doch lieber im Auto warten, bis alles vorbei ist?" Tante Clara parkte ihr Dreirad vor dem Internet-Café.

„Wir kommen mit!", sagten Charly und Elsa wie aus einem Munde mit zitternden Stimmen.

„Dachte ich mir. Aber Hannelore bleibt hier im Auto!" Tante Clara stieg aus.

Charly hatte das Gefühl, dass Tante Clara eine Ewigkeit bei Prim und Schulze brauchte. Sie starrte auf das Internet-Café. Es war stockdunkel. Nur die Schrift, die Elsa an die Scheibe gemalt hatte, konnte man im schummrigen Licht der Straßenlaterne erkennen.

„Warum ist denn ausgerechnet dieser Schulze dabei?" Elsas Stimme klang heiser und leise.

Charly zuckte mit den Schultern. „Wahrscheinlich ist er einfach zum Dienst eingeteilt."

„Und was ist mit Bert Lumme? Ich dachte, dass der immer dabei ist, wenn Tante Clara Verbrecher fängt!" Elsa klammerte sich an Hannelore.

„Der hat doch schon Urlaub", sagte Charly.

Die Scheiben in Tante Claras Wagen beschlugen. Charly öffnete die Fenster einen Spalt weit. Als sie die klappernden Schritte von Tante Clara kommen hörte, hätte sich Charly vor Aufregung fast in die Hose gemacht.

„Ich muss mal", flüsterte Elsa.

„Ich auch, aber das geht jetzt nicht", flüsterte Charly zurück.

Tante Clara öffnete die Fahrertür. „Alles klar bei euch?"

Charly und Elsa nickten und kamen aus dem Wagen gekrochen.

„Pass schön auf das Auto auf, Hannelore!" Elsa setzte

das Huhn auf die Rückbank und drückte die Autotür vorsichtig ins Schloss.

„Guten Abend!“, sagte Prim. „Hey, dich kenn ich noch: Du bist Joe oder Jim oder so.“

Charly verdrehte die Augen. Anscheinend hatte Prim ein ziemlich schlechtes Namensgedächtnis.

„Ich heiße Charly!“

„Prim, Prim, das solltest du dir aber wirklich merken“, meinte Tante Clara.

Der Polizist gab Charly die Hand. „Sorry, soll nicht wieder vorkommen, Charly.“

„Und das ist Elsa“, sagte Tante Clara.

„Hallo, Elsa, ich versuche mir das zu merken“, versprach Prim. „Mein Kollege, Herr Schulze, sitzt noch im Wagen. Momentan muss er noch in Funkkontakt mit der Zentrale bleiben. Er geht aber gleich rüber zum anderen Ausgang vom Hof.“

Tante Clara räusperte sich. „Prim, du weißt, worum es geht. Wir ertappen den Dieb auf frischer Tat. Ab jetzt gilt: absolute Ruhe!“

Tante Clara warf Charly und Elsa noch einmal einen fragenden Blick zu. „Alles klar mit euch?“

Die beiden nickten.

„Auf geht’s“, flüsterte Tante Clara.

Sie schlichen sich die Hofeinfahrt entlang.

„Hier ist es“, flüsterte Tante Clara. Sie blieben an der Ecke stehen. Über der Hintertür zum Internet-Café hing eine Lampe, die den Hof notdürftig beleuchtete. Für die Falls und Prim war das hervorragend: So lag der Hof im Licht, während sie selbst sich im Schatten verstecken konnten.

„Vermutlich kommt Dunkers vom anderen Eingang

zum Hof“, flüsterte Tante Clara. „Aber es kann auch noch ein bisschen dauern.“

Es dauerte ganz schön lange. Charly wurde allmählich kalt. Sie hätte sich doch wärmer anziehen sollen. Außerdem musste sie immer dringender aufs Klo. Sie lehnte sich an die Mauer und betrachtete den Sternenhimmel.

In Dänemark sieht man mehr Sterne als hier in der Stadt, dachte Charly.

„Es geht los!“, flüsterte Tante Clara.

Alle vier lugten um die Ecke. Ein Mann kam über den Hof geschlendert.

Als er in den Lichtkegel trat, hätte Charly fast geschrien vor Schreck. Der Mann war nicht Dunkers. Es war ein Polizist!

„Schulze!“, zischte Alexander Prim. „Schulze, komm rüber!“

„Was? Wo seid ihr denn?“, fragte der Polizist ziemlich laut.

„Das darf doch nicht wahr sein!“ Tante Clara schoss aus ihrem Versteck hervor und zerrte den tolpatschigen Kollegen zu sich herüber.

„Schulze, was fällt Ihnen ein, die Aktion zu stören?“, flüsterte Tante Clara.

„Ich dachte, es ist schon alles vorbei“, antwortete der Polizist.

Charly verdrehte die Augen. So doof konnte man doch gar nicht sein!

„Soll ich wieder zurück auf meinen Posten gehen?“, fragte Schulze.

Tante Clara schüttelte energisch den Kopf. „Nichts da, Sie bleiben hier bei mir. Prim, du gehst rüber an den Nebeneingang zum Hof – aber außen rum!“

Prim kapierte anscheinend sofort, was Tante Clara meinte. Er rannte zurück zur Parkstraße, um das Gebäude zu umrunden und von hinten zum Nebeneingang zu kommen.

Das war auch goldrichtig, denn kaum hatte sich Prim verdrückt, hörten sie schon wieder Geräusche vom Hof.

„Psst!“ Tante Clara sah Charly an und deutete mit dem Kinn auf Schulze.

Charly kapierte sofort, was ihre Tante meinte. Sie sollte Schulze im Zaum halten. Charly hatte zwar keine Ahnung, wie sie das anstellen sollte, aber sie beobachtete den Polizisten aus dem Augenwinkel. Dann lugte sie hinüber in den Lichtkegel vor der Hintertür zum Café und traute ihren Augen kaum:

Es war nicht Dunkers, der sich an der Tür zu schaffen machte. Es war überhaupt kein Mensch. Es war ein Huhn.

„Hannelore, komm her!“, zischte Tante Clara.

„Gack-gack“, machte das Huhn freudig, als es die vertraute Stimme hörte, und kam sofort angetrippelt.

Charly hörte Tante Clara schwer durch die Nase schnaufen.

„Habt ihr die Fenster offen gelassen, oder was?“, flüsterte sie ziemlich genervt.

„Soll Hannelore etwa ersticken, oder was?“, flüsterte Elsa genauso genervt.

„Psst!“, machte Schulze.

Der Polizist hatte recht. Jetzt kamen tatsächlich Schritte über den Hof.

Elsa schnappte sich Hannelore und hielt ihr vorsichtshalber den Schnabel zu. Charly hätte mit Schulze am liebsten dasselbe gemacht. Aber sie musste sich darauf verlassen, dass der Polizist kapiert hatte, worum es ging.

Ein Mann trat in den Lichtkegel: Es war Dunkers.

Schulze machte einen Schritt nach vorn. Aber Charly hielt ihn an der Hand zurück. Noch hatte Dunkers sich nicht verraten. Er hatte den nachgemachten Schlüssel noch nicht ins Schloss gesteckt.

„Worauf warten wir noch?“, flüsterte Schulze Charly ins Ohr.

„Tante Clara gibt das Zeichen“, flüsterte Charly zurück.

Das schien dem Polizisten zwar nicht zu passen, aber ein giftiger Blick von Tante Clara genügte, um ihn zum Schweigen zu bringen.

Dunkers öffnete die Hintertür zum Internet-Café und kam kurz darauf mit zwei übereinandergestapelten Kartons wieder heraus.

Charly hätte fast lachen müssen vor Freude: Da schleppte sich dieser Mann tatsächlich mitten in der Nacht mit Telefonbüchern und Wackersteinen ab und dachte, es wären wertvolle Bildschirme in den Kartons.

Schulze machte schon wieder einen Schritt in Richtung Hof. Charly hielt ihn zurück.

Der ist ja schlimmer als ein junger Hund, dachte sie.

Dunkers schleppte die Kisten über den Hof und verschwand im Dunkeln.

„Er haut ab!“, flüsterte Schulze. „Er haut mit der Ware ab!“

„Schnauze, Schulze!“, zischte Tante Clara.

Sie hörten ein quietschendes Geräusch. Charly war sich sicher: Dunkers öffnete ein Garagentor.

„Beim nächsten Mal schnappen wir ihn“, flüsterte Tante Clara.

Dunkers kam zurück, verschwand wieder im Internet-Café und kam mit zwei weiteren Kartons heraus.

„Halt, stehen bleiben, Polizei!“, rief Tante Clara und trat hinter der Ecke hervor.

Schulze sprang hinüber auf den Hof und nahm den völlig verdutzten Dunkers fest. „Ich hab ihn, ich hab ihn!“, rief er begeistert.

Alexander Prim schaltete seine große Taschenlampe ein und kam vom Seiteneingang herüber. „Schulze, weck nicht die ganze Nachbarschaft auf!“, schnauzte er.

Dann leuchtete er auf die Kisten vor Dunkers Füßen. „Nun, Herr Dunkers, haben Sie uns etwas zu gestehen?“

Tante Clara deutete hinüber zur Garage. Sie liefen über den Hof. Und tatsächlich fanden sie dort das, was Charly vermutet hatte: Nicht nur die zwei Kartons mit den Telefonbüchern, sondern auch die zehn Kisten mit den echten Flachbildschirmen.

„Super!“, rief Charly. „Dann können Cem und Anita am Montag ja wirklich ihre Wiedereröffnung feiern.“

„Das hätten die doch so oder so gemacht“, murmelte Herr Dunkers.

„Irrtum, mein Lieber.“ Tante Clara öffnete eine der Kisten. „Ich habe ja keine Ahnung von Computern, aber ...“ Sie zog eines der Telefonbücher aus der Kiste. „Ein Bildschirm ist das nicht, oder?“

Dunkers stand der Mund offen. „Das, das – das ist doch die Höhe!“, stammelte er.

„Abführen!“, befahl Prim.

Er zwinkerte Tante Clara, Charly und Elsa zu und begleitete Schulze und Dunkers hinüber zum Streifenwagen.

Ihr kommt doch zu unserer Wiedereröffnung am Montag, oder?“ Anita strahlte übers ganze Gesicht.

Sie hatte gerade den letzten Bildschirm angeschlossen und getestet. Cem räumte die Kartons ins Hinterzimmer. Familie Fall stand im Internet-Café herum und ließ sich feiern.

„Na klar!“, riefen die vier Schwestern wie aus einem Mund.

Aber Tante Clara schüttelte den Kopf. „Nein, nein, meine lieben Nichten, ihr irrt. Wir werden am Montag leider nicht kommen können“, sagte sie.

Johanna, Charly, Elsa und Fanny starrten ihre Tante an.

„Und warum nicht?“, fragte Johanna, die als Erste die Sprache wiedergefunden hatte.

Tante Clara warf einen Blick auf die Uhr. „In einer halben Stunde kommt euer Vater an. Der bekommt eine Stunde Zeit zum Packen, und dann geht’s ab in die Ferien“, sagte sie.

„Ferien?“, fragte Johanna.

„Wir haben doch gar kein Haus!“, rief Elsa.

„Wir können doch Computerferien machen!“, schlug Charly vor.

„Gute Idee, Charly", sagte Anita. „Denn Cem und ich haben uns ein Dankeschön für euch überlegt."

Cem kam aus dem Hinterzimmer zurück.

„Oh ja, ein großes Dankeschön", sagte er. „Ihr dürft hier im Café kostenlos im Internet surfen. So lange ihr wollt, jeden Tag in der Woche!"

Die Mädchen sahen sich an und jubelten. Sogar Fanny freute sich, obwohl sie noch gar keine Ahnung davon hatte, was das Internet überhaupt war.

„Und für dich, liebe Clara, haben wir uns etwas ganz Besonderes ausgedacht", sagte Anita.

„Du kriegst von uns einen Computerkurs geschenkt." Cem grinste. „Und zwar an der Volkshochschule. Und wenn du damit fertig bist, dann kommst du zu uns, und wir bringen dir den Rest bei."

„Darauf würde ich lieber verzichten. Dieses ganze Internet, das taugt doch nichts." Tante Clara schüttelte den Kopf. „Damit findet man doch noch nicht mal eine Ferienwohnung."

Charly traute ihren Ohren kaum. Machte sich Tante Clara jetzt etwa noch darüber lustig, dass sie kein Quartier für die Ferien gefunden hatten?

„Wo fahren wir denn nun hin?", fragte Fanny. „Müssen wir jetzt im Computer schlafen?"

„Oh nein", sagte Tante Clara. „Das müsst ihr nicht. Ich habe auch ohne Computer ein schönes Ferienhaus gefunden. Mit genug Platz für die ganze Familie und viele Freunde."

„Ist es in Dänemark?", fragte Charly.

„Oder in Frankreich?", fragte Johanna.

Tante Clara schüttelte den Kopf. „Weder noch. Aber ihr werdet es lieben, da bin ich mir ganz sicher. Das werden wunderbare Ferien. Jetzt aber auf zum Bahnhof, Tobias abholen!“

Tante Clara behielt recht: Es wurden wirklich wunderbare Ferien. Denn als die Mädchen ihren Vater vom Bahnhof abgeholt hatten und nach Hause kamen, war ihr Floß verschwunden. Das hatten Tim, Kai und Bert Lumme schon zum Kanal gebracht. Als Tante Clara Tobias und den Mädchen die Stelle am Kanal zeigte, an dem das Floß lag, traute Charly ihren Augen kaum: Das Segel war gehisst. Kai stand am Ruder, Tim hielt die Halteleine.

„Kommt an Bord!“, riefen die Jungs.

Johanna und Charly sahen sich an.

„Machen die Jungs etwa mit uns Urlaub?“, fragte Charly Tante Clara.

Tante Clara nickte. „Wenn es euch recht ist.“

Charly hätte jubeln können. Mit Tim und Kai würde es auf der Floßfahrt bestimmt noch viel lustiger werden.

„Und wer kümmert sich um Hannelore?“, fragte Elsa.

Aber Tante Clara hatte an alles gedacht: Hinter dem Floß dümpelte eine alte Baby-Badewanne auf dem Wasser. Darin saß das einäugige Huhn, sah ängstlich über den Rand und machte schon einen ziemlich seekranken Eindruck.

„Müssen wir wirklich mit diesem Ungetüm in Urlaub fahren?“, fragte Charlys Vater.

Tante Clara verdrehte die Augen. „Wer die Ferien mit seinen Töchtern fast platzen lässt, darf auch nicht motzen, Tobias! Und jetzt mach, dass du an Bord kommst, sonst legen wir ohne dich ab!“

Charlys Vater gehorchte. Gegen Tante Clara kam nicht mal er an.

Die Floßfahrt war wunderbar. Sie glitten langsam den Kanal entlang. Zum Glück hatte Kai doch noch ein paar Paddel mitgebracht. Sonst wären sie kaum vom Fleck gekommen: Es herrschte absolute Flaute. Die Sonne schien. Schon bald ließen sie die Stadt hinter sich. Der Kanal mündete in einen der Seen vor der Stadt. Sie kreuzten darauf herum und steuerten schließlich eine kleine Insel an.

„Da sind wir“, sagte Tante Clara.

„Hier sollen wir Urlaub machen?“, fragte Johanna.

„Und wo sollen wir schlafen?“, fragte Tobias Fall.

Tante Clara lächelte. „Immer mit der Ruhe.“

Sie vertäuten das Floß, liefen ein paar Meter durch den Wald und gelangten an ein altes, ziemlich heruntergekommenes Haus. Davor saß ein Mann auf der Bank, den sie alle gut kannten.

„Beeeeeert!“, rief Fanny und rannte ihrem Lieblingspolizisten entgegen.

„Ist das die Hütte, von der ihr immer geflüstert habt?“, fragte Charly.

Tante Clara nickte. „Das ist Berts altes Ferienhaus. Er hat es schon lange nicht mehr benutzt. Aber es ist alles repariert: Das Dach ist wieder ganz, und die Wasserleitung funktioniert auch noch.“

„Und ich habe ein neues Plumpsklo für euch gebaut“, fügte Bert Lumme grinsend hinzu.

Charly war sprachlos. So eine schöne Hütte, ganz in der Nähe der Stadt und trotzdem auf einer einsamen Insel: Das war fast wie Dänemark!

„Danke, Tante Clara“, sagte Tobias Fall. „Das hast du großartig organisiert!“

„Bedank dich bei Bert“, sagte Tante Clara. „Und bei den fleißigen Floßbauern Kai und Tim.“

Die drei sahen verlegen zu Boden.

„Wisst ihr, was das Beste ist?", rief Elsa übermütig. „Wir sind auf einer Insel! Da kann Hannelore nicht weglaufen."

Das Huhn rief „gack-gack" und stromerte auch schon durch den Wald, als hätte es nur auf diese Aufforderung gewartet.

„Papa?" Fanny saß auf Bert Lummes Schoß und blinzelte allerliebst in die Sonne. „Darf ich mir was wünschen?"

Tobias Fall legte den Kopf schief und lachte seine jüngste Tochter an. „Ausnahmsweise, Fanny."

„Können wir noch mal alle zusammen das Sch-Wort schreien?"

Tobias schüttelte den Kopf. „Das machen wir nur in Notfällen, Fanny."

„O nein!", murmelte Kai.

Der Junge deutete hinunter zum See. Das Floß hatte sich losgerissen und trieb langsam vom Ufer weg. Johanna, Elsa, Tim und Charly rannten los. Am Ufer holten Kai und Tobias die Mädchen ein.

Alle fünf stürzten sich ins Wasser, riefen: „Scheiße!", und schwammen hinter dem Floß her.

Dem Hamsterkiller auf der Spur

Das ist total bescheuert, wenn du nicht kommst! Außerdem will ich Kakao!“ Die kleine Fanny streckte ihre Unterlippe extra weit nach vorn und verschränkte beleidigt die Arme vor der Brust.

Als Charly am Montagmorgen das Esszimmer betrat, deutete alles auf einen ganz gewöhnlichen Montagmorgen hin: Charlys Vater Tobias stritt sich mit der vierjährigen Fanny herum. Charlys große Schwester Johanna hatte sich mit einer Tasse Milchkaffee hinter der Zeitung verkrochen. Und Charlys jüngere Schwester Elsa war noch gar nicht zum Frühstück erschienen.

„Morgen.“ Charly schlurfte zu ihrem Platz. Es gab Brötchen, ein weich gekochtes Ei, sogar von der selbst gemachten Erdbeermarmelade war noch etwas da – das sah eindeutig besser aus als ein gewöhnlicher Montagmorgen. Als Charly auch die Schinkenplatte, die Cornflakes und das Müsli entdeckte, fiel ihr ein, was los war: Ihr Vater musste nach dem Frühstück mal wieder auf Geschäftsreise. Und wenn Tobias Fall seine Töchter für ein paar Tage allein ließ, dann gab er sich vorher immer besondere Mühe mit dem Essen. Die Tiefkühltruhe war garantiert wieder voll mit den köstlichsten Köstlichkeiten.

„Guten Morgen, Charly. Hast du Elsa gesehen oder gehört?“ Tobias Fall löffelte Fanny etwas Kakaopulver in die Milch und rührte kräftig um.

Charly nickte. Elsa war schon aufgestanden. Ihr Morgenschrei war nicht zu überhören gewesen.

„Falsch, falsch, falsch!“, rief Fanny empört. „Mensch, Papa, du machst alles falsch!“

Tobias Fall seufzte. „Was habe ich denn jetzt schon wieder angestellt, Fanny?“

„Zuerst den Kakao – dann die Milch drauf!“ Fannys Unterlippe schob sich noch ein Stückchen weiter nach vorne. „Außerdem sollst du morgen Nachmittag zu Hause sein.“

Die Tür zur Küche flog auf. „Bist du morgen Nachmittag etwa nicht hier?“, fragte Elsa.

Tobias Fall ließ den Kopf hängen. „Nein, ich bin bis Donnerstag oder Freitag bei meinem Kunden. Und ich kann beim besten Willen nicht an einem Tag hin- und herfahren.“

Johanna klappte eine Zeitungsecke weg. „Aber morgen Nachmittag solltest du eigentlich trotzdem hier sein“, sagte sie.

Charly strich Erdbeermarmelade auf ein Brötchen, biss ab und nickte. Ihre Schwestern hatten völlig recht.

„Okay, okay, Mädels, guckt mich bitte nicht so an!“ Tobias Fall hob entschuldigend die Hände. „Unser Auto ist kaputt, mit dem Zug komme ich nachts nicht in den Schwarzwald zu meinem Kunden, und ich muss das Geld verdienen, oder?“

Elsa verdrehte die Augen und ließ sich auf ihren Platz plumpsen. Fanny starrte auf ihren Kakao, Johanna klappte die Zeitungsecke wieder hinauf, und Charly pellte ihr Ei.

Sie wussten alle, dass ihr Vater Geld verdienen musste. Er war nun mal Computerfachmann. Und weil Computer eben nie so richtig gut funktionieren, musste er ständig zu seinen Kunden fahren, um die Kisten zu reparieren – sogar bis in den tiefsten Schwarzwald.

„Ich weiß, dass Hannelore morgen Geburtstag hat", fügte Charlys Vater hinzu.

„‚Schlüpftag' heißt das!", rief Fanny. „Hannelore ist ein Huhn, falls du das vergessen hast!"

Charly musste grinsen. Manchmal war Fanny einfach unschlagbar. Hannelore war das Haushuhn der Familie Fall. Das einäugige Federvieh lebte nun schon seit drei Jahren bei den Falls und war von Elsa selbst ausgebrütet worden.

„Fanny, trink jetzt den Kakao, oder lass es bleiben." Tobias Fall schlürfte einen Schluck aus seiner Kaffeetasse. „Ich kann nicht kommen, ich bin mindestens vier Tage unterwegs. Aber ich habe Tante Clara schon gesagt, dass Hannelore morgen Schlüpftag hat. Ich bin mir sicher, dass sie mit euch ein tolles Hühnerfest feiern wird. – Und die Gäste kommen ja nicht meinetwegen, sondern wegen Hannelore."

Charly schmierte sich ein Brötchen mit Schinken für die Pause. Sie fand es wirklich schade, dass ihr Vater am Schlüpftag von Hannelore nicht zu Hause sein würde. Schließlich hatten sie mit ihm in den letzten zwei Jahren immer super Hühner-Feste gefeiert. Und Hannelores dritten Schlüpftag wollten die Schwestern extra groß feiern. 40 Einladungen hatten sie verteilt: Elsas Theatergruppe sollte kommen, jede Menge Freunde und natürlich Tante Clara. Dass der Vater nicht dabei sein konnte, fand Charly wirklich schade. Andererseits war Charly sicher, dass sie auch mit Tante Clara schön feiern konnten. Schließlich mochte ihre Großtante das Hühnchen sehr gern. Und Hannelore war in Tante Clara regelrecht verliebt. Jedenfalls hing sie ihr immer am Rockzipfel, wenn die Großtante auf die vier Schwestern aufpasste.

Johanna faltete die Zeitung zusammen, schlürfte ihre Kaffeetasse aus und warf einen Blick auf die Uhr. „Wie auch immer. Wir müssen jedenfalls in die Schule. Und zwar sofort."

Charly seufzte: Niemand konnte sich so überheblich benehmen wie Johanna. Die tat so, als wäre sie die älteste Kaffeetante der Stadt. Dabei wussten alle, dass sie nur einen winzigen Schluck Kaffee in einer riesigen Menge Milch auflöste.

„Charly, denkst du heute Mittag dran, Fanny vom Kindergarten abzuholen?", fragte Tobias.

Charly nickte. Sie hatte montags nur vier Stunden, also früh genug Schluss, um rechtzeitig zum Kindergarten zu kommen. Und ob Tante Clara wirklich schon zum Mittagessen da sein würde, war sowieso nicht sicher.

„Jetzt aber los!" Elsa stopfte sich den Rest ihres Brötchens quer in den Mund und zeigte auf die Wanduhr.

Es war wirklich höchste Zeit.

„Da sind ja alle Fälle!" Uwe hielt sich anscheinend mal wieder für besonders witzig, als die drei ihre Fahrräder vor der Schule abstellten.

Charly hätte ihm am liebsten direkt eine geknallt. Aber es war Montagmorgen, und sie hatte ein schönes Frühstück im Bauch – beides stimmte Charly milde. Außerdem hatten sie in der ersten Stunde Englisch bei Frau Fuchs. Da war es besser, sich vorher nicht mit Uwe, der ihr Banknachbar war, anzulegen. Schließlich brauchte Charly möglicherweise noch seine Hilfe. Denn in Englisch war Uwe ein ziemliches Ass, was man von Charly nicht gerade behaupten konnte.

„Tschüssi, alle Fälle!“ Uwe rannte zur Schultür.

Johanna verdrehte die Augen und stolzierte zu ihren Freundinnen.

„Wie hältst du den Kerl bloß aus?“ Elsa runzelte die Stirn.

Charly lächelte. „Er ist mein Gegengift gegen die Fuchs. Und ein Gegengift muss nicht gut schmecken – es muss nur wirken.“

Es klingelte zur ersten Stunde.

Charly und Elsa liefen zur Schultür. Sie trieben gerade im Strom der Schülerinnen und Schüler die Treppe hinauf, als jemand Charly am Ärmel zupfte.

„Hi, Charly, ich muss mit dir reden.“ Tim, der netteste Junge aus Elsas Klasse, drückte ihr einen kleinen Zettel in die Hand und war schneller verschwunden, als Charly ihn fragen konnte, worum es überhaupt ging.

„Was ist los?“, fragte Elsa.

Charly zuckte mit den Schultern, steckte den Zettel unauffällig in die Hosentasche und ließ sich weiter die Treppe hinauftreiben. Oben bog sie in ihren Flur ab, zwinkerte Elsa kurz zu, die noch ein Stockwerk höher musste, und schlurfte in ihre Klasse.

„Guten Morgen, Pumuckel!“, trompetete David, als sie die Klasse betrat.

Charly reagierte gar nicht darauf. Sie setzte sich auf ihren Platz in der letzten Reihe und ignorierte den Blödmann. Dass sie rote Haare hatte, wusste sie selbst. Dass sie deshalb eine Attraktion war, verstand sie einfach nicht.

Aber statt sich über die doofe Begrüßung zu ärgern, holte Charly Tims Zettel aus der Hosentasche.

Fünfminutenpause Jungenklo, zweiter Stock, stand darauf. Sonst nichts. Keine Frage, kein Hinweis, nichts.

„Na, hast 'n Liebesbrief bekommen?" Uwe setzte sich neben Charly und grinste so unendlich blöd, wie nun mal nur er grinsen konnte.

Charly ballte kurz die Faust. Aber dann steckte sie schnell den Zettel weg, denn Frau Fuchs betrat pünktlich mit dem Klingelzeichen die Klasse.

„Good morning, boys and girls!", rief die strengste Englischlehrerin aller Zeiten in das allgemeine Stühlerücken. „Katharina, come on, be quiet."

Charly schoss die Röte ins Gesicht. Frau Fuchs meinte sie. Dabei wusste die Fuchs erstens haargenau, dass Charly ihren richtigen Namen nicht ausstehen konnte, weil sie fand, dass er schrecklich klang. Und zweitens hatte sie überhaupt keinen Krach gemacht. Aber bei Frau Fuchs war sowieso egal, was Charly machte oder nicht machte: Wenn es laut war, hieß es immer: „Katharina!"

Die Stunde kroch mal wieder extrem langsam vor sich hin. Es gab auf der ganzen Welt keinen Ort, an dem die Zeit so zäh verging wie in den Englischstunden von Frau Fuchs. Alle zwei Minuten sah Charly sehnsüchtig auf die Uhr. Johanna hatte ihr den Tipp gegeben, dass sie doch einfach im Unterricht mitmachen sollte, damit die Zeit schneller rumginge. Toller Tipp! Wie sollte sie bei Frau Fuchs mitmachen?

„Katharina! Einen if-Satz, bitte schön!", rief die Lehrerin von vorne.

Es war gerade mal halb neun an diesem Montagmorgen: Warum musste Charly jetzt schon von der Fuchs blöd angequatscht werden? Dabei hatte der Tag doch mit so einem guten Frühstück angefangen!

„If I would ...“, stammelte Charly, aber weiter kam sie nicht.

„Stop it! Stop!“, rief Frau Fuchs von vorn. „Wie heißt der Merksatz?“ Die Lehrerin starrte Charly an. „Na hopp, Katharina, du bist noch dran!“

Charly trat Uwe unauffällig unter dem Tisch ans Schienbein.

„If and would is never good!“, flüsterte Uwe.

„Red keinen Scheiß!“, flüsterte Charly zurück.

„Was war das?“, fragte Frau Fuchs. „Sprich doch bitte etwas lauter, Katharina! Wir wollen es alle hören, nicht nur Uwe.“

Charly seufzte. Sie glaubte zwar nicht, dass Frau Fuchs wirklich hören wollte, was sie gesagt hatte, aber die Lehrerin hatte es ja nicht anders gewollt.

„Ich hab gesagt: Red keinen Scheiß!“, wiederholte Charly laut.

Eine Schrecksekunde lang war die Klasse mucksmäuschenstill. Dann brach lautes Gelächter los. Charly selbst musste grinsen. Sie hatte nur getan, was Frau Fuchs von ihr verlangt hatte. Aber Frau Fuchs verstand mal wieder überhaupt keinen Spaß.

„Ka-tha-ri-na!“, schrie sie.

Augenblicklich brach das Gelächter ab. Auch Charly verging das Grinsen.

„Ich habe die Nase voll von deiner albernen Tour! Du bist eine miserable Schülerin. Du hast überhaupt keinen Grund, so frech zu sein! Sieh dir mal deine Noten vom letzten Zeugnis an!“ Die Lehrerin schnappte nach Luft. Charly wusste schon, was das bedeutete. Wenn Frau

Fuchs nach Luft schnappte, dann kam als Nächstes der Eintrag ins Klassenbuch. Totsicher.

Tatsächlich zückte die strenge Lehrerin ihren Rotstift, klappte das Klassenbuch auf und sagte: „Der Eintrag ins Klassenbuch ist eine Sache. Dass du nicht mitmachen willst, ist eine zweite Sache. Ich werde bei deinem Vater anrufen."

Viel Spaß, dachte Charly. Wenn er auf Geschäftsreise war, war es so gut wie unmöglich, Tobias Fall ans Telefon zu kriegen.

Frau Fuchs klappte das Klassenbuch zu. „Also, wie heißt der Merkspruch, Stephanie?"

„If and would is never good", sagte Stephanie wie aus der Pistole geschossen.

Charly traute ihren Ohren kaum. Sie hätte schwören können, dass Uwe sie an der Nase herumführen wollte, als er ihr diesen Spruch zugeflüstert hatte. Und nun freute sich die blöde Fuchs darüber, dass die ebenso blöde Stephanie den Spruch ganz richtig gesagt hatte.

„Sehr gut, Stephanie, sehr gut. Es gibt hier Schülerinnen, die sollten sich ein Beispiel an dir nehmen."

Charly hörte gar nicht hin. Sie starrte auf die Uhr. Es war acht Uhr fünfunddreißig. Noch zehn Minuten. Die letzten fünf Minuten gingen meistens am schnellsten vorbei. Und dass sie jetzt noch einmal drankommen würde, war ziemlich unwahrscheinlich. Charly überlegte, was Tim wohl für ein Problem haben konnte, das so dringend war, dass er es unbedingt in der Fünfminutenpause besprechen musste. Konnte er etwa nicht zum Hühnerfest kommen? Aber das hätte er auch Elsa sagen können – schließlich ging er mit ihr in eine Klasse.

Als es endlich zur Pause klingelte, war Charly nicht

mehr zu stoppen. Sie sprang auf, rannte zur Tür und war schon halb aus der Klasse, als sie Frau Fuchs noch einmal „Katharina!“ rufen hörte.

Aber Charly ließ sich von der Fuchs nicht aufhalten. „Ich habe Pause!“, rief sie der Lehrerin zu und düste aus der Klasse, den Flur entlang, die Treppe rauf in den zweiten Stock.

Dort sah sie sich kurz um. Es war niemand zu sehen. Also huschte sie ins Jungenklo und lief an den Pinkelbecken vorbei zu den Kabinen.

„Psst“, machte es hinter der Tür.

Charly drehte sich um. Tim stand da, mit rot geheulten Augen.

„Tim, was ist los?“, fragte Charly.

Der Junge schluchzte. „Tarzan ist tot.“

Tarzan war Tims Hamster, den er erst vor drei Wochen gekauft hatte. Charly kannte das kleine Tier. Sie war in den letzten Wochen öfter noch extra am Abend zu Tim geradelt, um Tarzan Guten Tag zu sagen.

„Okay, Tim, es ist traurig und schrecklich und ungerecht, dass dein Hamster tot ist“, sagte Charly. „Aber deshalb musst du mich doch nicht in der Fünfminutenpause aufs Jungenklo bestellen, oder?“

Wegen Tim hatte Charly Frau Fuchs einfach stehen lassen. Und so wie sie die Fuchs kannte, gab das bestimmt noch Ärger. Und das alles nur wegen eines toten Hamsters!

„Ich glaube, er ist ermordet worden.“ Tim sah Charly ernst in die Augen.

Charly verstand kein Wort. „Wieso ermordet?“, fragte sie.

„Keine Ahnung, es ist nur so ein Gefühl.“ Tim schluckte. „Tarzan war ja noch ganz jung und eigentlich topfit. Jede Nacht hat er wie wild in seinem Laufrad gerackert. Er hat genug Vitamine von mir gekriegt, und ich habe ihn tagsüber auch schlafen lassen. Aber heute Morgen ...“ Die Tränen schossen ihm wieder in die Augen.

„Was war heute Morgen?“ Charly zog ein Taschentuch aus der Hosentasche und reichte es Tim.

„Da lag er da. Kalt und tot. Einfach so.“ Tim wischte sich die Tränen mit dem Taschentuch weg und putzte sich die Triefnase. „Ich bin mir sicher, dass heute Nacht jemand in meinem Zimmer herumgeschlichen ist.“

Charly schüttelte den Kopf. „Tim, das ist doch Blödsinn! Wer sollte nachts bei euch einbrechen und deinen Hamster ermorden? Dazu hat doch niemand einen Grund!“ Sie warf einen Blick auf die Uhr. In zwei Minuten würde Herr Münchau mit der Geschichtsstunde anfangen.

„Doch, es gibt einen, der es gewesen sein könnte. Und der hätte auch einen Grund, weil er sauer war, dass Tarzan nachts immer so einen Krach gemacht hat.“ Tim sah auf den Boden. „Meine Mutter hat einen neuen Freund – Bernd Bürger. Bernd ist total blöd. Und der konnte Tarzan vom ersten Tag an nicht ausstehen.“

Charly wiegte den Kopf hin und her. „Aber deshalb ermordet er ihn doch nicht gleich. Wie soll er das überhaupt gemacht haben?“

Tim sah Charly in die Augen. „Gift, ganz bestimmt Gift. Bernd ist Apotheker.“ Tim packte Charly an den Armen und schüttelte sie. „Das ist für so einen doch in null Komma nix erledigt! Charly, du musst mir helfen!“

Allmählich dämmerte Charly, was Tim vorhatte.

„Du bist doch Detektivin. Du könntest meinen Hamster untersuchen und rauskriegen, ob er wirklich vergiftet wurde. Und zusammen mit deiner Tante Clara könntest du Bernd überführen!"

Charly nickte. Das könnte sie allerdings, wenn alles stimmte, was Tim vermutete. Denn Tante Clara war früher bei der Polizei gewesen – bei der Kriminalpolizei. Und obwohl mittlerweile im Ruhestand, war Tante Clara manchmal immer noch auf eigene Faust im Einsatz.

„Als Erstes müssen wir ..." Weiter kam Charly nicht: Es läutete zur zweiten Stunde. „Mist! Ich hab schon Ärger mit der Fuchs. Wenn ich jetzt auch noch zu spät in Geschichte komme, machen die mir die Hölle heiß."

Charly und Tim huschten aus dem Jungenklo und rannten zur Treppe.

„Du musst den Hamster sicherstellen. Pass auf, dass deine Mutter die Leiche nicht wegschmeißt", sagte Charly.

„Den findet sie garantiert nicht." Ein Lächeln huschte über Tims Gesicht. „Ich habe ihn nämlich tiefgekühlt."

Charly nickte anerkennend. „Gut gemacht, Tim!" Sie lugte die Treppe hinunter und sah Herrn Münchau den Flur zu ihrer Klasse entlangschlendern.

„Den Rest besprechen wir später", sagte sie und sprintete die Treppe hinunter.

Obduzieren", murmelte Charly vor sich hin, als sie Fanny vom Kindergarten abgeholt hatte. Sie mussten Tims Hamster schleunigst untersuchen lassen, bevor die Spuren des Gifts nicht mehr im Körper des Tieres zu finden waren. Und die Untersuchung einer Leiche – das hatte sie von Tante Clara gelernt – hieß Obduktion.

„Ist Tante Clara schon da?", fragte Fanny.

Charly zuckte mit den Schultern. „Keine Ahnung."

„Mach mal schneller!", rief Fanny.

„Du hast gut lachen", antwortete Charly. Sie schob ihr Fahrrad die steile Hengsterbergstraße hinauf. Auf dem Gepäckträger hockte Fanny und trieb sie an. Die musste ja nicht schieben!

Es war einer dieser herrlichen spätsommerlichen Nachmittage. Charly mochte den Spätsommer: Abends wurde es schon so kalt, dass man eine Jacke brauchte, aber tagsüber hatte die Sonne noch solche Kraft, dass man im T-Shirt herumspazieren konnte.

Sie bogen in die Gartenstraße ein.

„Hängen wir auch die Lampions zum Hühnerfest in den Garten?", fragte Fanny.

Charly nickte. Wenn das Wetter am Dienstag mitspielen würde, konnten sie bestimmt im Garten feiern. Und die alten Lampions waren ein Muss.

„Gibt's auch Kuchen?", fragte Fanny.

„Natürlich gibt's Kuchen, Fanny. Kuchen, Torte, Schokoküsse – wie immer beim Hühnerfest. Das hat Papa doch alles schon am Samstag bestellt!"

Charly schob das Rad die Auffahrt zum Haus hinauf und blieb stehen. In der Einfahrt stand ein knallgelber Kabinenroller. Das Verdeck war geöffnet, die Motorhaube abmontiert. Daneben saß eine ältere Dame auf dem Boden und bastelte an den Einzelteilen herum.

„Tante Clara, da bist du ja endlich!" Fanny sprang vom Gepäckträger und warf sich in die Arme ihrer Großtante.

Auch Charly freute sich riesig, als sie ihre Tante in der Auffahrt sitzen sah.

Nur Tante Clara sah nicht ganz so glücklich aus. Sie war mal wieder von oben bis unten ölverschmiert.

„Fanny, Charly, hallöchen!", sagte sie mit einem gequälten Lächeln. „Könntest du was kochen, Charly?" Tante Clara hob ihre pechschwarzen Hände hoch. „Bei mir schmeckt's wahrscheinlich ein bisschen ölig."

Charly nickte. Sie warf Fanny einen strengen Blick zu. „Kannst du schon mal Hannelore füttern?"

Fanny drehte sich um und rannte brav in den Garten.

„Ich habe einen Fall für uns, Tante Clara." Charly sprach etwas leiser, denn es musste ja nicht die ganze Nachbarschaft mithören, was sie mit ihrer Tante zu besprechen hatte.

Tante Clara kroch unter ihren Wagen und murmelte etwas, das wie „Kolbenfresser" klang.

„Der Hamster von Tim ist wahrscheinlich ermordet worden." Charly kam sich irgendwie blöd vor, als sie von

Tims Hamster erzählte. Es klang plötzlich total lächerlich.

Tante Claras Kopf kam unter dem Wagen hervor. „Erschossen oder erdolcht?“, fragte sie.

„Vermutlich vergiftet. Er lag heute Morgen tot in seinem Käfig.“

„Charly, Charly, vergiss es.“ Tante Clara kroch wieder unter den Wagen. „Hamster sterben eben manchmal, das ist alles.“

„Aber, Tim sagt, dass gestern Nacht jemand in seinem Zimmer herumgeschlichen ist. Außerdem ist der neue Freund seiner Mutter Apotheker – der kann doch ganz bestimmt auch einen Hamster vergiften. Und der Kerl konnte den Hamster nicht leiden.“ Charly redete wie ein Wasserfall, aber es half nichts: Tante Clara schraubte am Motorblock herum und glaubte anscheinend nicht an die Version vom Hamster-Mord.

„Tim ist eifersüchtig auf den neuen Freund seiner Mutter, das ist alles.“ Sie tastete mit der Hand nach einem großen Schraubenschlüssel, holte ihn unter den Wagen und murmelte: „Ich muss mich sowieso erst mal um diesen Mist-Motor kümmern. Außerdem hat Hannelore morgen Geburtstag, und das Auto von Tobias ist auch noch kaputt.“ Tante Clara kam noch einmal unter dem Wagen hervorgekrochen. „Glaub mir, Charly, Tim muss sich mit dem Freund seiner Mutter abfinden. Das ist alles. Verrat mir lieber, woher ich ein richtig gutes Keksrezept kriege! Ich will für Hannelore was backen.“

„Kauf doch einfach ein paar Butterkekse, die mag sie auch.“ Charly war ein bisschen enttäuscht. Tante Clara hätte wenigstens Fingerabdrücke in Tims Zimmer nehmen können, wenn sie den Hamster schon nicht obduzieren wollte. Aber Tante Clara dachte nur an ihre Klapperkiste und ans Backen. Dabei war Letzteres sowieso aussichtslos, denn als Bäckerin war sie die totale Katastrophe. Wenn sie den Backofen anwarf, konnte man sicher sein, dass am Ende ein kleines und sehr schwarzes Ding herauskommen würde. Meistens war alles so verbrannt, dass man es nicht mehr essen konnte. Elsa hatte Tante Clara sogar schon einmal vorgeschlagen, den Teig schon vor dem Backen wegzuschmeißen, so würde sie wenigstens den Strom für den Ofen sparen.

Charly trottete ins Haus. Ihre Tante war die beste Detektivin, die sie kannte. Aber wenn Clara Fall nicht wollte, dann wollte sie eben nicht. Charly stieg die Treppe hinauf, ließ ihre Schultasche im Flur fallen und lief in die Küche. Auf der Tiefkühltruhe lag ein Zettel von ihrem Vater: *Montag: Kartoffeln kochen, Gemüse in der roten Kiste, Schweinebraten schon fix und fertig in der gelben Kiste. Zehn Minuten Mikrowelle. Salat nach Lust und Laune.*

Charly seufzte. Wenigstens auf ihren Vater war Verlass. Sie zog die beiden Plastikkisten aus dem Eis, füllte einen Topf mit Kartoffeln und Wasser und stellte ihn auf den Herd. Den Schweinebraten und das Gemüse stürzte sie in zwei Glasschüsseln und schob sie in die Mikrowelle.

Dann stemmte sie sich auf die Arbeitsfläche, ließ die Beine baumeln und dachte über das nach, was Tante Clara gesagt hatte. Vielleicht war Tim ja wirklich eifersüchtig auf den neuen Freund seiner Mutter. Das konnte Charly sich gut vorstellen. Sie selbst wäre schließlich auch nicht gerade begeistert gewesen, wenn ihr Vater plötzlich mit einer neuen Frau aufgetaucht wäre. Charly musste an ihre Mutter denken. Es war schon vier Jahre her, dass sie gestorben war. Damals war Charly erst sieben Jahre alt gewesen. Charly fragte sich, was ihre Mutter wohl sagen würde, wenn sie sie so in der Küche hocken und grübeln sähe. Wahrscheinlich hätte sie gesagt, dass Charly sich die Hände waschen und einen Salat machen sollte. Charly lächelte. Sie sprang von der Arbeitsplatte, wusch sich die Hände und holte einen Kopfsalat aus dem Kühlschrank. Sie nahm sich fest vor, nicht traurig zu werden, aber irgendwie klappte es nicht.

Das Kartoffelwasser kochte und ließ den Topfdeckel klappern. Charly drehte die Platte ein bisschen herunter und wusch den Salat.

Wenn Tante Clara mir nicht helfen will, dann muss ich mich selbst um Tim und Tarzan kümmern, dachte sie. In Gedanken packte sie schon ein paar wichtige Detektivsachen in ihren Rucksack: Pulver für Fingerabdrücke, Fotoapparat, Pinzette, Tüten und natürlich eine Lupe.

„Hunger!", rief Fanny, als sie in die Küche gerannt kam.

„Noch zehn Minuten", antwortete Charly und holte eine Salatschüssel aus dem Schrank.

Am Nachmittag radelte Charly zu Tim. Tim wohnte auf der anderen Seite des Tals in einer Hochhaussiedlung. Früher hatte Charly die Siedlung immer ein bisschen unheimlich gefunden, weil alle Häuser so gleich aussahen. Aber mittlerweile hatte sie sich daran gewöhnt und kam gern zu Tim.

Sie parkte ihr Rad unter seinem Fenster. Tim hatte sie anscheinend schon gesehen, denn gerade in dem Moment, als sie klingeln wollte, summte der Türöffner, und Charly betrat das dunkle Treppenhaus des Gebäudes. Tim und seine Mutter wohnten im Erdgeschoss gleich links.

Tim öffnete die Wohnungstür. „Bernd war's", flüsterte er. „Er war's tatsächlich!"

Charly betrat den dunklen Flur der Wohnung. „Hat er gestanden?“

Tim wiegte den Kopf hin und her. „Nicht direkt. Aber indirekt: Jetzt ist er für ein paar Tage verreist.“ Er lief voraus in sein Zimmer.

Charly war sich nicht sicher, ob Tim nicht vielleicht wirklich Gespenster sah, wie Tante Clara sagte. Nur weil jemand ein paar Tage verreiste, war er noch lange kein Hamstermörder. Charly schüttelte den Kopf. Da müsste ihr Vater ja ein Hamster-Massenmörder sein – so oft, wie der wegfuhr.

„Charly, das ist doch eindeutig: Er hat Tarzan umgebracht, und jetzt ist er auf der Flucht!“ Tims Stimme zitterte.

„Mensch, Tim, reiß dich zusammen!“ Charly wurde fast ein bisschen wütend auf den Jungen. „Das ist doch überhaupt nicht gesagt. Vor wem soll Bernd denn auf der Flucht sein?“

Tim hockte sich auf die Fensterbank. „Vor dir und deiner Tante natürlich.“

„Blödsinn“, sagte Charly. „Lass uns lieber erst einmal nach Spuren suchen. Vielleicht finden wir ja ein paar Hinweise.“

Sie stellte ihren Rucksack auf Tims Schreibtisch und sah sich nach dem Hamsterkäfig um.

„Hier wirst du keine einzige Spur mehr finden. Meine Mutter hat aufgeräumt und geputzt.“ Tim deutete in eine Ecke seines Zimmers.

Da stand der sauber geputzte Hamsterstall von Tarzan, mit dem Laufrad und dem Häuschen, in dem der kleine Kerl seine Tage verschlafen hatte. Daneben lag noch eine Tüte mit Streu, eine Packung Hamsterkraftfutter, ein kleines grünes Päckchen *Hamsti-Hamsti*-Hamsterdrops und eine leere Wasserflasche. Der ganze Kram sah ziemlich traurig aus – und ziemlich desinfiziert. Da brauchte Charly wirklich nicht nach Fingerabdrücken zu suchen.

Sie ließ sich auf Tims Schreibtischstuhl fallen.

„Wenn ich die Sache richtig sehe, können wir am Tatort keine Spuren mehr finden, weil alle Spuren verwischt sind. Also müssen wir uns an die Verdächtigen halten." Sie zückte einen kleinen Notizblock. „Erster Verdacht: der Freund deiner Mutter. Zweiter Verdacht: Vielleicht war Tarzan ja doch schon älter, als der Händler dir erzählt hat. Oder er war krank." Charly notierte sich die beiden Verdachtsmomente.

Tim schüttelte den Kopf. „Das glaub ich nicht. Ich kenne den Verkäufer – Herr Hartmann ist total nett."

Charly steckte den Notizblock ein und legte die Füße auf Tims Schreibtisch. „Erste Detektiv-Regel: Auch der netteste Mensch kann ein Betrüger sein. Zweite Regel: Entscheidend ist nicht, was du glaubst. Entscheidend ist, was wir beweisen können. Das wichtigste Beweisstück ist im Moment der Hamster selbst. – Den hast du doch noch?", fragte sie.

Tim nickte. „Tiefgekühlt, bis du jemanden findest, der ihn untersuchen kann."

„Ich weiß schon, wen wir da fragen", sagte Charly. „Aber der ist erst heute Abend zu Hause. Bis dahin sollten wir mal den Hamsterverkäufer in die Mangel nehmen."

Charly kam sich wie eine richtige Privatdetektivin vor, als sie mit Tim zur Zoohandlung *Hartmann* fuhr. Sie wollte dem Zoohändler gründlich auf den Zahn fühlen. Ein paar Wolken schoben sich vor die Sonne, als sie auf den Parkplatz vor der Zoohandlung einbogen.

„Hey, da ist ja auch schon deine Großtante!“ Tim deutete auf eine Dame, die gerade das Zoogeschäft verließ.

Charly traute ihren Augen kaum: Tim hatte recht. Da spazierte tatsächlich Tante Clara über den Hof. Die grauhaarige Dame lief zu den Radständern und schloss ein uraltes Fahrrad auf, das Charly gut kannte: Das war der Drahtesel ihrer Mutter, der immer ganz hinten im Schuppen stand. Charly hatte gar nicht gewusst, dass das Ding noch funktionierte. Wenn Tante Clara mit dem Fahrrad fuhr, konnte das nur eins bedeuten: Sie hatte weder ihren Kabinenroller noch den Volvo von Charlys Vater wieder flottgekriegt. Tante Clara schwang sich auf das Klapperrad.

„Komm, die holen wir noch ein!“, sagte Tim und wollte schon kräftig in die Pedale treten.

Aber Charly hielt ihn zurück.

„Lass“, murmelte sie.

Was hatte Tante Clara im Zoogeschäft gewollt?, fragte sich Charly. Genug Hühnerfutter war im Keller, das wusste sie haargenau; und ein anderes Haustier außer Hannelore hatten die Falls nicht. Ermittelte Tante Clara etwa hinter Charlys Rücken doch im Hamster-Fall? Aber warum hatte sie Charly nichts davon gesagt? Warum war sie so abweisend gewesen, als Charly ihr den Fall schilderte? Und wie war sie ausgerechnet auf die Zoohandlung *Hartmann* gekommen?

„Hattest du etwa Streit mit ihr?" Tim stellte sein Rad in den Radständer.

Charly schüttelte den Kopf. „Ich weiß nicht genau – nein, eigentlich nicht."

Sie schlossen die Räder ab und betraten den Laden.

Die Zoohandlung *Hartmann* war bis unter die Decke vollgestopft mit Käfigen, Futternäpfen, Laufrädern, Hundeleinen, Futter für Vögel, Nager, Hunde, Katzen und Fische. Es gab fünf Aquarien, im Schaufenster tummelten sich Zwergkaninchen, Meerschweinchen und Wüstenspringmäuse, aus einem Nebenraum krächzte ein alter Papagei.

„Was darf es sein?", fragte der Verkäufer.

„Wir suchen ein paar Antworten." Charly stützte einen Ellbogen extrem lässig auf den Ladentisch.

„Verratet mir die Fragen, und ich will sehen, was ich für euch tun kann", antwortete der Verkäufer.

„Sind Sie Herr Hartmann?", fragte Charly.

Der Mann guckte etwas erstaunt und nickte.

„Das hier ist Tim." Charly deutete mit dem Kinn auf den Jungen. „Tim hat vor drei Wochen einen Hamster bei Ihnen gekauft. Erinnern Sie sich?"

Herr Hartmann musterte Tim. „Ja, doch, doch. Du

warst doch schon ein paar Monate vorher immer mal wieder hier im Laden und hast dir Informationen geholt. Das warst du doch, oder?"

Tim nickte.

„Nun ist es leider so ...", begann Charly, aber Herr Hartmann unterbrach sie: „Stimmt was mit dem Hamster nicht?"

„Er war doch gesund, oder?", fragte Charly.

Herr Hartmann nickte.

„Und er war noch jung, oder?", fragte Charly weiter.

Herr Hartmann sah von Charly zu Tim und wieder zurück zu Charly. „Lasst mich raten: Dein Hamster ist gestorben, stimmt's?"

Tim bekam feuchte Augen.

Na also, dachte Charly! Jetzt hatte sich Herr Hartmann selbst verraten!

„Woher wissen Sie das, Herr Hartmann? Wenn der Hamster noch jung und gesund war, warum stirbt er dann von heute auf morgen?" Charly fixierte den Zoohändler.

Aber Herr Hartmann hielt ihrem Blick locker stand. „Tja, das habe ich mich auch gefragt." Er lächelte bitter. „Warum sterben die Hamster in diesem Sommer plötzlich? Ich weiß es nicht, ich habe keine Ahnung." Er öffnete seine Kasse und nahm einen Geldschein heraus.

„War das Tier vielleicht doch älter, als Sie gesagt hatten?", fragte Charly. „Oder war es vielleicht krank?"

Aber Herr Hartmann hörte gar nicht richtig zu. „Tim, es tut mir wirklich leid, das mit deinem Hamster. Bei mir sind auch alle eingegangen. Kannst du dir das vorstellen? Sieben Tiere in einer Nacht. Ich verstehe das überhaupt nicht." Er reichte einen Fünfeuroschein über den Ladentisch. „Ich geb dir einfach mal dein Geld zurück. Wenn du den Käfig nicht mehr brauchst, kannst du mir den auch zurückbringen – der ist ja wahrscheinlich kaum genutzt."

Charly war sprachlos. Was war mit diesem Herrn Hartmann los? Wieso gab er Tim sein Geld zurück? Und vor allem: Hatte sie richtig gehört? Waren im Zoogeschäft sieben Hamster gestorben?

„Wann sind denn die Hamster bei Ihnen gestorben?" Charly holte ihren Notizblock aus dem Rucksack.

„Auf die Stunde genau kann ich dir das nicht sagen. Irgendwann in der letzten Nacht muss es passiert sein." Er seufzte. „Habe ich noch nie erlebt: Die Tiere waren auf den ersten Blick alle gesund! Ich hatte sie auch von einem anständigen Züchter. Keine Ahnung, was da los ist. Heute Morgen lagen sie alle tot im Käfig, schrecklich."

„Haben Sie einen Tierarzt geholt?", fragte Tim.

Herr Hartmann nickte. „Natürlich! Ich wusste ja nicht, ob es eine Seuche ist. Dann hätte ich die anderen Tiere schützen müssen. Und wisst ihr, was der Tierarzt gesagt hat?" Herr Hartmann schüttelte den Kopf. „Das glaubt ihr mir nicht: Er hat gesagt, dass ich nicht der Einzige in der Stadt bin. Er hat schon von drei Läden gehört, in denen am Wochenende Hamster eingegangen sind. Und zwar immer alle auf einen Schlag."

Charly lief ein Schauer über den Rücken. Entweder war hier ein Serien-Hamstermörder am Werk, oder ...

„Der Tierarzt untersucht noch die Leichen. Aber er konnte mir schon sagen, dass es keine der bekannten Hamsterkrankheiten ist. Die hat er alle schon getestet." Herr Hartmann kratzte sich besorgt am Hinterkopf. „An die dreißig tote Hamster untersucht dieser Tierarzt zur Zeit."

Charly schrieb ihre Telefonnummer auf und riss den

Zettel vom Block. „Wenn Sie vom Tierarzt erfahren, woran die Hamster gestorben sind, rufen Sie uns an? Mein Name ist Charly Fall.“ Sie reichte ihm den Zettel über den Ladentisch. „Das ist meine Nummer.“

Herr Hartmann nickte. „Mach ich, klar. Kann ich ja gut verstehen, dass ihr wissen wollt, was mit dem Hamster los war“, murmelte er.

„Und, was sagst du dazu?“, fragte Charly, als sie ihre Fahrräder aufschlossen.

Tim atmete schwer durch die Nase. „Erstens: Herr Hartmann hat mit dem Hamstersterben nichts zu tun. Sonst hätte er mir das Geld nicht zurückgegeben. Zweitens: Wenn Bernd etwas damit zu tun hat, dann will er doch sicher verhindern, dass ich einen neuen Hamster kriege. Und dann müsste er alle Hamster der Stadt umbringen.“ Tim kratzte sich am Ohr, legte den Kopf schief und sah hinüber zu Charly. „Aber das traue ich ihm eigentlich nicht zu. Ich glaube, ich habe mich verrannt, Charly. Tut mir leid.“

Charly klopfte Tim auf die Schulter. „Hey, das macht nichts, Tim. Das wäre mir vielleicht auch passiert, wenn mein Vater plötzlich mit einer neuen Frau ankäme.“ Sie schwangen sich auf ihre Räder. Charly warf noch einmal einen Blick auf die Zoohandlung. „So wie es aussieht, ist der Fall wohl klar: Es ist irgendeine scheußliche Hamsterkrankheit, die noch keiner kennt.“

„Charly?“ Tim radelte neben ihr über den Radweg Richtung Innenstadt. „Du hattest doch gesagt, dass du Tarzan untersuchen lassen könntest, oder?“

Charly nickte.

„Können wir das trotzdem machen? Nur zur Vorsicht,

meine ich, falls der Tierarzt sich nicht so gut mit Gift auskennt." Tim starrte vor sich auf den Radweg.

Wie er da so fuhr, mit hängendem Kopf, merkte Charly zum ersten Mal, dass sie Tim nicht nur ziemlich nett, sondern sogar ziemlich total super nett fand. Auf jeden Fall so nett, dass sie alle Hamster der Welt für ihn hätte untersuchen lassen – Ehrensache.

„Klar, Tim. Ich kümmere mich darum, so schnell es geht."

Eine halbe Stunde später machte sich Charly von Tim aus auf den Weg. Tim stand am Fenster und sah ihr nach. Charly drehte sich kurz um und winkte. Dann trat sie kräftig in die Pedale. Es wurde Abend, die Sonne färbte den Himmel schon orange, und sie hatte noch einen ziemlich weiten Weg vor sich. Charly sauste die Siederbergchaussee hinunter.

In ihrem Rucksack hatte sie nicht nur ihre Detektivsachen, sondern auch eine Leiche: Tim hatte Tarzan tatsächlich gut in Plastikfolien verpackt ganz hinten in der Gefriertruhe eingefroren. Nun lag das tote Tier, umgeben von Eiswürfeln und mehreren Tüten, in Charlys Rucksack.

Charly bog auf die Hauptstraße ein und wechselte schnell auf den Radweg. Sie hatte gerade richtig schön Tempo gekriegt, als direkt vor ihr eine Autotür aufging.

„Aufpassen!", konnte sie im letzten Moment noch schreien.

Der Mann, der ohne zu gucken aussteigen wollte, zog die Tür schnell wieder zu. Charly sauste vorbei. Es war schon sechs Uhr. Das hatte einen Vorteil: Je später es wurde, desto sicherer konnte Charly sein, dass der Mann, zu dem sie den toten Hamster bringen wollte, zu Hause war. Andererseits gab es um sieben Uhr bei Familie Fall das erste Abendessen mit Tante Clara. Und sie mussten unbedingt noch besprechen, wie das Hühnerfest aussehen sollte.

Je weiter Charly aus der Stadt herauskam, desto leerer wurde der Radweg. Aber auf der Straße war dafür umso mehr los. Stoßstange an Stoßstange standen die Autos, an denen Charly vorbeifuhr.

Bescheuert, dachte sie. Wenn die mit dem Fahrrad fahren würden, wären sie nicht nur umweltfreundlicher, sondern auch schneller. Und an einem so schönen Spätsommerabend war Rad fahren sowieso das Beste, was man machen konnte, fand Charly.

Sie bog in eine Nebenstraße ab. Hier war es sofort leerer. Bald hatte sie die Stadt hinter sich gelassen und sauste über eine Landstraße. Sie legte noch einen Tick zu und schaltete einen Gang höher. Ein kühler Hauch schlug ihr vom Wald entgegen, als sie in einen Schotterweg abzweigte.

Hier draußen war nichts mehr vom Straßenlärm zu hören, nur ein Bach plätscherte in der Ferne. Ansonsten war es ruhig.

Hoffentlich ist Lumme schon zu Hause, dachte Charly.

Sie fuhr durch ein Wäldchen, in dem es schon richtig schattig und kühl war. Hinter einer Kurve wurde der Wald lichter. Charly stieg ab, lehnte ihr Fahrrad an einen Baum und lief zu einer Hecke aus dichten Rhododendronbüschen. Sie bog die Zweige auseinander und schlüpfte hindurch.

Vor ihr lag ein Garten, den sie fast noch schöner fand als den eigenen zu Hause in der Gartenstraße. Die Wiese war ringsum von dichten Büschen, Hecken und Bäumen umgeben. Am anderen Ende der Wiese stand ein kleines Häuschen, das wie ein dänisches Ferienhaus aussah.

Charly hatte Glück: Die Tür zum Garten stand offen. Das war das sichere Zeichen dafür, dass Bert Lumme, den Charly besuchen wollte, zu Hause war. Sie machte ein paar Schritte auf das Haus zu und pfiff eine Melodie, die ihr Tante Clara einmal beigebracht hatte: Es war die Melodie von *Hänschen klein* – aber rückwärts.

Charly hatte ihre Melodie noch nicht zu Ende gepfiffen, als Bert Lumme schon aus dem Haus in den Garten flitzte. Er hatte eine Schürze umgebunden und rief halblaut in den Garten: „Clara?"

Charly lief ihm entgegen. „Ich bin's – Charly!", sagte sie.

„Hallo, Charly!" Bert Lumme riss erstaunt die Augen auf. „Ist etwas passiert, oder kommst du, um den Apfelkuchen für das Hühnerfest abzuholen?"

Charly lächelte. Bert Lumme war Tante Claras bester Freund. Und Charly war sich manchmal nicht sicher, ob Lumme nicht sogar ein bisschen in Tante Clara verliebt war. Jedenfalls war er der freundlichste Polizist aller Zeiten, fand Charly. Und natürlich war auch Bert Lumme zum Hühnerfest der Familie Fall eingeladen.

„Es ist was passiert." Charly öffnete ihren Rucksack und nahm die Plastiktüte mit dem toten Hamster und den zu Eiswasser geschmolzenen Eiswürfeln heraus. „Das ist ein toter Hamster." Charly wollte die Tüte auf den Gartentisch legen, aber Bert Lumme schnappte sie sich schnell.

„Die Leiche muss ja nicht auf dem Esstisch liegen, oder?" Er zwinkerte Charly zu. „Was ist mit dem Hamster passiert?"

Charly zeigte mit dem Zeigefinger auf Lummes Nasenspitze, wie es Tante Clara manchmal machte: „Eben das möchte ich von dir wissen, Bert. Es könnte sein, dass er vergiftet wurde."

„Vergiftet? Aber wer vergiftet einen Hamster?", fragte Lumme. Er legte die Tüte auf den Boden, bot Charly einen der Gartenstühle an und setzte sich. „Der Apfelkuchen braucht noch ein paar Minuten", murmelte er.

„Überall in der Stadt sind am letzten Wochenende Hamster eingegangen – an die 30 Stück. Das ist doch merkwürdig, oder?" Charly sah Lumme scharf in die Augen. „Und eine der normalen Hamsterseuchen ist es nicht. Das hat uns ein Zoohändler schon sagen können."

„Hast du einen Verdacht?", fragte Lumme.

Charly lehnte sich zurück und schüttelte den Kopf. „Nein, eigentlich nicht. Ich vermute, dass es eine neue Krankheit ist, an der die Nager alle sterben – aber Beweise habe ich natürlich nicht."

Bert Lumme runzelte die Stirn. „Na ja, eine Krankheit, an der alle Hamster am selben Wochenende sterben, obwohl sie nicht im selben Käfig sitzen ... Das ist merkwürdig, oder?"

„Eben, deshalb sollst du dieses Tier ja auch im Labor untersuchen lassen." Charly lächelte Lumme an. „Wenn du das machen kannst."

Lumme nickte. „Das kann ich machen, für dich und Clara."

Charly stand auf. „Nein, nein, Bert, du musst es diesmal nur für mich und Tim machen. Tante Clara hält das alles für ein Hirngespinst."

„Wie bitte? Dreißig tote Hamster an einem Wochenende hält Clara für ein Hirngespinst?", fragte er. „Was ist denn mit der los? – Ist der Kabinenroller etwa schon wieder kaputt?“

Charly grinste. Bert Lumme kannte Tante Clara wirklich ziemlich gut. „Nicht nur das“, sagte sie. „Sie will auch noch zu Hannelores Schlüpftag Kekse backen.“

„Ach, so ist das!“ Bert Lumme lachte schallend. „Dann mach dir keine Sorgen, Charly. Deine Tante war schon immer unausstehlich, wenn sie sich einem Backofen nähern musste. Sobald der Geburtstag von eurem Hühnchen vorbei und Claras Schrotthaufen repariert ist, wird sie sich bestimmt wieder beruhigen. Dreißig tote Hamster an einem Wochenende“, murmelte er. „Das ist *kein* Zufall.“

Der Dienstag stand ganz im Zeichen von Hannelores Schlüpftag.

Gleich nach der Schule begannen die Schwestern mit den Vorbereitungen für das große Hühnerfest. Elsa und Charly bauten die große Festtafel im Garten auf. Schließlich erwarteten sie fast vierzig Gäste. Ihr Vater hatte schon am Samstag die Torten und Kuchen bestellt. Johanna spannte eine Leine für die Lampions und Fähnchen von der Teppichstange quer über die Tafel zur Hauswand, von dort zum Hühnerhaus und wieder zurück zur Teppichstange.

„Wir müssen gleich anfangen Kakao zu kochen", sagte Elsa.

„Und kalte Getränke aus dem Keller holen", fügte Charly hinzu. Sie breitete das weiße Tischtuch über der Tafel aus.

Johanna klemmte sich den Karton mit den Lampions unter den Arm, stieg auf einen Stuhl und begann den Schmuck aufzuhängen.

„Ich will mithelfen!" Fanny kam in den Garten gerannt und hätte Johanna fast vom Stuhl gestoßen.

Elsa, die gerade anfing, die Teller aufzudecken, drückte

Fanny Kuchengabeln in die Hand. „Jeder kriegt aber nur eine Kuchengabel, Fanny."

„Sagt mal, wo steckt eigentlich Hannelore?", fragte Johanna.

„Und wo ist Tante Clara?", fragte Elsa.

„Hier sind wir!" Tante Clara kam in den Garten spaziert. Sie trug das Geburtstagshuhn auf dem Arm und strahlte die Schwester an. „Das sieht ja schon großartig aus. Ich helfe gleich mit. Muss mir nur noch kurz die Hände waschen."

Elsa verdrehte die Augen: „Sind diese dämlichen Autos etwa immer noch kaputt?"

Aber Tante Clara schüttelte vergnügt den Kopf. „Den Volvo habe ich schon wieder flottgekriegt: neuer Keilriemen, Ölwechsel, Kühlwasser aufgefüllt, ein Loch im Auspuff gestopft – die Karre ist wieder top." Dann seufzte sie. „Nur bei meiner Maschine, da sieht es noch ziemlich finster aus."

„Hat das mit den Keksen eigentlich geklappt?", fragte Charly.

„Ja, ja, ja! Das hat wunderbar geklappt. Ich backe besser, als du denkst!", motzte Tante Clara plötzlich los und schlurfte ins Haus.

Charly wurde das Gefühl nicht los, dass Tante Clara ihr etwas verheimlichte. Was war los? Hatte sie etwa mit Frau Fuchs gesprochen? Aber dann hätte sie doch bestimmt auch Charlys Version vom Montagmorgen hören wollen.

„Was sagt ihr dazu?" Johanna sprang vom Stuhl und betrachtete ihr Werk.

Charly, Elsa und Fanny riefen wie aus einem Mund: „Wunderbar!"

Das bunte Dreieck aus Lampions und Fähnchen sah wirklich richtig festlich aus.

„Jetzt fehlen nur noch die Torten, die Getränke und die Gäste“, sagte Johanna.

Es klingelte.

„Das sind die Torten.“ Elsa rannte ins Haus.

„Ich kümmere mich um den Kakao“, sagte Johanna und rannte hinterher.

„Und wir?“ Charly sah hinüber zu Fanny. „Was machen wir?“

Fanny verdrehte die Augen. „Getränke aus dem Keller holen!“

Charly nickte und stiefelte mit ihrer Schwester die Gartentreppe hinunter, um durch den Nebeneingang in den Keller zu gelangen.

Das Hühnerfest war großartig. Elsas Schultheatergruppe war gekommen und hatte extra ein paar Hühnersketche einstudiert. Johannas Freund Kai kam mit seiner Gitarre unter dem Arm und Tim im Schlepptau in den Garten. Die beiden sangen *Ich wollt, ich wär ein Huhn* für Hannelore – zweistimmig.

Sogar Bauer Melchior, von dem sie das angebrütete Ei vor drei Jahren bekommen hatten, kam vorbei, um Hannelore zu gratulieren.

„Eine prächtige Henne habt ihr da“, sagte der Bauer anerkennend. Er hatte Hannelore ein Foto von ihrer Mutter und ihrem Vater, dem stolzen Hahn vom Melchior-Hof, mitgebracht. „Das könnt ihr ja ins Hühnerhaus hängen.“

Auch die Fall-Schwestern hatten für Hannelore tolle Geschenke: Elsa servierte ihr eine Handvoll Mais, Johanna und Charly hatten eine neue Hockstange besorgt, von

Fanny gab es ein selbst gemaltes Hühnerbild und von Tobias eine schicke Wärmelampe für den Winter.

Aber den absoluten Knüller landete Tante Clara: Sie hatte tatsächlich hundert kleine Hühnerkekse für Hannelore gebacken – und die waren noch nicht einmal angebrannt!

Hannelore war ganz verwirrt: Sie trippelte um die große Tafel herum. Pickte jede Menge Hühnerkekse, Kuchenkrümel, Tortenstückchen und Maiskörner und machte einen richtig glücklichen Eindruck.

Als Bert Lumme endlich in den Garten kam, war das Fest schon in vollem Gange: Alles hockte um die große Tafel herum, redete wild durcheinander und aß Kuchen und Torte, was das Zeug hielt. Lumme stellte seinen Apfelkuchen auf den Tisch und setzte sich neben Charly.

„Ich habe das Laborergebnis von deinem toten Hamster", flüsterte er ihr zu und schenkte sich eine Tasse Kakao ein. „War doch klar, dass das kein Zufall ist, wenn so viele Hamster auf einmal sterben."

Charly probierte ein Stück von Lummes Apfelkuchen und raunte ihm zu: „Mach's nicht so spannend, Bert – woran sind die Hamster gestorben?"

Bert Lumme winkte Fanny zu, die sofort zu ihm herüberkam. „Es war so eine Art Rattengift", sagte er. „Allerdings nicht sehr stark – eben gerade ausreichend für einen Hamster."

Charly blieb der Kuchen im Hals stecken. „Du meinst, die sind alle vergiftet worden?"

Lumme nickte.

„Hallo, Bert!", rief Fanny und krabbelte auf seinen Schoß.

„Hallo, Fanny!" Bert Lumme mochte Fanny gut leiden.

„Schwaches Rattengift", murmelte Charly. „Wo kriegt man denn so etwas?"

Lumme zuckte mit den Schultern. „Das hat vermutlich jemand selbst zusammengemischt."

Charly überlegte: Wer konnte schon selbst ein Rattengift zusammenmischen, das gerade ausreichend war, um Hamster zu töten. „Meinst du, da war ein Chemiker am Werk?", fragte sie Lumme leise.

Aber Bert schüttelte den Kopf. „Kann sein, muss aber nicht. Die Zutaten zu diesem Hamstergift kriegst du in jeder Apotheke."

Als Lumme „Apotheke" sagte, klingelten bei Charly die Alarmglocken: Der neue Freund von Tims Mutter war doch Apotheker! Hatte er etwa tatsächlich vor, alle Hamster der Stadt zu ermorden, damit Tim sich keinen neuen kaufen konnte?

Ich muss mir dringend diesen Bernd vorknöpfen, wenn er wieder da ist, dachte Charly. Sie hielt nach Tim Ausschau. Aber der war gerade zwischen Kai und Elsa eingekeilt und lachte sich über Kais Witze kaputt. Da wollte Charly ihm nicht die gute Stimmung versauen.

„Danke, Bert!"

Der Polizist zwinkerte ihr zu. „Hat Clara endlich ihren Kabinenroller repariert?"

„Nö, der ist immer noch kaputt. Aber sie hat Papas Auto wieder ganz gemacht!", quatschte Fanny dazwischen.

An dieser Stelle brach die Unterhaltung ab, denn nun kam Hannelores großer Auftritt. Johanna, Charly und Tante Clara räumten die Torten, Kuchen und Teller in der Mitte des Tischs ein bisschen aus dem Weg. Elsa schnappte sich Hannelore und einen Eierbecher und stellte sich vor die Gäste: „Liebe Freunde von Hannelore! Ich bitte nur ganz kurz um eure Aufmerksamkeit." Die Gäste verstummten. „Wie ihr alle wisst, ist Hannelore heute drei Jahre alt geworden. Wie ihr auch alle wisst, legen Hühner Eier. Was ihr aber nicht wisst, ist, dass Hannelore heute noch keins gelegt hat und mit ein bisschen Glück jetzt eins legen wird. Es ist nämlich fünf Uhr – Hannelores Eier-Zeit. Deshalb seht ihr nun den großen Hannelore-Eier-Trick."

Elsa stellte den Eierbecher mitten auf den Tisch. Davor setzte sie das etwas verdutzte Huhn ab. Schon seit einem Jahr hatte Elsa mit Hannelore diesen Trick trainiert. Manchmal hatte es sogar geklappt: Hannelore konnte ein Ei direkt in den Eierbecher legen.

Aber an ihrem Schlüpftag war sie anscheinend zu aufgeregt. Sie beäugte das Gefäß kurz und trat dann kräftig nach hinten aus, sodass der Eierbecher vom Tisch flog.

„He, was soll das?", rief Johanna, die den Eierbecher fast vor den Kopf bekommen hätte.

Charly musste lachen – das war doch auch ein schöner Akrobatik-Trick für ein Huhn: Eierbecherweitwurf. Aber dann blieb ihr das Lachen im Hals stecken. Denn Hannelore ging es anscheinend nicht gut. Es ging ihr sogar ausgesprochen schlecht. Das Hühnchen gackste und würgte. Es stellte sich auf ein Bein und schwankte hin und her. Dann verdrehte es sein sehendes Auge und kippte einfach vom Tisch.

Eine Sekunde lang waren alle sprachlos. Dann brach wildes Geschrei aus.

Tante Clara wollte wissen, ob das der Akrobatik-Trick sei. Aber Elsa starrte verwirrt auf das Huhn, das am Boden lag. Sie schüttelte den Kopf. Lumme rief Kai zu, dass er in der Tierklinik anrufen solle. Bauer Melchior schüttelte den Kopf und sagte, dass er so was noch nie im Leben gesehen habe.

„Tante Clara, ist der Volvo startklar?“, rief Charly quer über die Festtagstafel.

Ihre Tante nickte.

„Worauf wartest du?! Ab in die Klinik mit dem Vieh!“, rief Lumme.

Tante Clara warf Charly die Autoschlüssel zu und nahm Hannelore vorsichtig auf den Arm. Das Huhn hob kurz den Kopf.

Charly rannte die Gartentreppe hinunter in die Auffahrt. Sie schloss den Volvo auf, steckte den Schlüssel ins Zündschloss, setzte sich auf den Beifahrersitz und sah im Stadtplan nach, wo die Tierklinik genau war. Sie hatte gerade den kürzesten Weg gefunden, als Elsa und Tante Clara zum Wagen gerannt kamen. Elsa sprang auf den Rücksitz und nahm Hannelore in Empfang. Tante Clara schwang sich auf den Fahrersitz und startete den Motor.

„Weißt du den Weg?“, fragte sie.

Charly nickte, und Tante Clara raste mit quietschenden Reifen aus der Auffahrt.

Hannelore hatte Glück: Der Tierarzt konnte ihr schnell helfen.

„Das war knapp“, sagte der Arzt, als sie Hannelore wieder ins Auto packten. „Das Huhn hat eine Art Rattengift gefressen. Zum Glück war das Gift nicht sehr stark. Haben Sie auf Ihrem Grundstück irgendwo Reste von Rattengift herumliegen?“

Tante Clara ließ sich auf den Fahrersitz plumpsen. „Rattengift? Nicht, dass ich wüsste.“ Sie drehte sich zu Charly und Elsa um, die auf der Rücksitzbank saßen.

Aber beide schüttelten die Köpfe. Rattengift hatten sie im Garten nie ausgelegt.

„Wie auch immer: Sie sollten auf Ihrem Bauernhof für Ordnung sorgen!“, sagte der Tierarzt streng. „Ein Huhn, das Rattengift fressen kann, ist nicht gut versorgt.“ Er warf einen sorgenvollen Blick auf Hannelore, die in Elsas Arm lag und schlief.

„Alles klar, Chef, ich werde mich darum kümmern“, sagte Tante Clara. Sie schloss die Tür und startete den Motor. Der Volvo ruckelte und zuckelte. Tante Clara trat einmal aufs Gas, und der Motor heulte auf. „Na also, geht doch“, murmelte sie und fuhr vom Klinikparkplatz.

Es dämmerte bereits.

Charly ärgerte sich ein bisschen über den Tierarzt. Erstens konnte der sich anscheinend nicht vorstellen, dass ein Huhn nicht unbedingt auf einem Bauernhof leben musste. Zweitens hatte er den Falls Schlamperei vorgeworfen.

Auch Tante Clara schien nicht gerade viel von dem Arzt zu halten. „Okay, er hat Hannelore das Leben gerettet, darum wollen wir lieber nicht über ihn schimpfen“, murmelte sie.

„Nein, er hat recht“, sagte Elsa. „Wenn Hannelore Rattengift fressen kann, ohne dass wir es merken, dann versorgen wir sie wirklich nicht gut.“ Sie streichelte Hannelore vorsichtig über die Federn. Das Huhn schlief tief und fest. „Die Frage ist, woher Hannelore das Rattengift hatte.“

Charly sah aus dem Fenster. Die entgegenkommenden Autos schalteten die Scheinwerfer ein, obwohl die Sonne noch nicht untergegangen war.

Rattengift – schon wieder Rattengift, dachte Charly. Arme Hannelore!

„Ich habe heute schon einmal von Rattengift gehört“, sagte sie. „Aber da ging es um tote Hamster.“

Tante Clara schüttelte den Kopf. „Ist Tim immer noch nicht darüber weg?“, fragte sie etwas gereizt.

Charly biss sich auf die Lippen. Irgendwie hatte Tante Clara etwas gegen tote Hamster.

Sie kamen in die steile Hengsterbergstraße. Tante Clara nahm ordentlich Schwung, jagte den Volvo den Berg hinauf und bog oben in die Gartenstraße ein.

„Es gibt nur eine Möglichkeit: Wir müssen alles untersuchen, was Hannelore gefressen hat“, sagte sie. „Anders haben wir keine Chance, das Gift zu finden.

Sie parkte den Wagen von Tobias in der Auffahrt.

Charly stieg aus und öffnete Elsa die Tür. Sie trugen Hannelore in den Garten. Johanna und Fanny hatten die Lampions angeschaltet und das Geschirr abgeräumt. Die Gäste waren schon alle gegangen. Irgendwie war der Anblick der leer gefegten Festtagstafel ziemlich traurig. Elsa und Charly brachten Hannelore ins Hühnerhaus und wünschten ihr eine gute Nacht. Johanna und Fanny kamen auch noch herunter, um sich nach Hannelore zu erkundigen.

„Sie wird doch wieder gesund, oder?", fragte Fanny.

„Ganz bestimmt", antwortete Tante Clara. „Aber du musst jetzt trotzdem ins Bett."

Während Johanna Fanny ins Bett brachte, liefen Tante Clara, Elsa und Charly mit Taschenlampen im Garten herum und sammelten alle Krümel auf, die sie finden konnten.

„Wir müssen alles sicherstellen", murmelte Tante Clara.

Und sie stellten alles sicher: Einen Krümel von jedem Kuchen, ein Bröckchen von jeder Torte, den Futtermais, Hannelores Kraftfutter, sogar ein Blättchen Salat, das sie liegen gelassen hatte, packten sie in Frischhaltetüten. Sie schafften den ganzen Kram hinauf ins Esszimmer, breiteten die Tüten auf dem Tisch aus und beschrifteten sie.

„Das soll Lumme im Labor untersuchen lassen", sagte Tante Clara.

Am Ende fehlte nur noch eins: Tante Claras Kekse. Aber als Charly und Elsa sie danach fragten, druckste Tante Clara nur herum.

„Ach was, die Kekse waren doch harmlos."

Charly und Elsa sahen sich an. Was war denn mit Tante Clara los?

„Stimmt etwas mit den Keksen nicht?“, fragte Elsa.

„Was war das denn für ein Rezept?“, fragte Charly.

Tante Clara verwendete manchmal sehr merkwürdige Rezepte, die ihr irgendwelche Verbrecher, die sie früher einmal verhaftet hatte, zugesteckt hatten. Und bei diesen Rezepten musste man mit allem rechnen. Da war auch Rattengift nicht ausgeschlossen.

„Ach, das ist ein ganz altes Hühnerkeksrezept, völlig banal – eigentlich“, murmelte Tante Clara. Aber damit gaben sich Elsa und Charly nicht zufrieden.

„Moment mal, Tante Clara!“, rief Elsa. „Hier geht es um Hannelore persönlich! Du musst also auch einen von deinen Hühnerkeksen untersuchen lassen! Wir stellen alles sicher.“

„Woher hast du denn nun das Rezept?“, hakte Charly nach.

Tante Clara nahm ihre Brille ab. „Also gut, ihr habt gewonnen.“ Sie ließ sich auf die Bank plumpsen. „Die Wahrheit ist: Ich habe diese Kekse gar nicht gebacken, sondern einfach Hamsterkekse gekauft. Die mag Hannelore total gern. Tja, so brauchte ich nichts backen und konnte in Ruhe das Auto von Tobias reparieren.“

Elsa seufzte. „Warum hast du das denn nicht gleich gesagt?“

„Ist doch peinlich: Ich will Hühnerkekse backen, und dann komme ich nur mit einer Packung Hamsterdrops, die auch noch gekauft sind ...“ Tante Clara ließ den Kopf hängen.

Charly konnte gar nicht mehr richtig zuhören. „Die Packung, Tante Clara, zeig mir die Packung!“, rief sie aufgeregt.

Tante Clara ging in die Küche, stieg auf einen Stuhl und

holte eine grüne Packung hinter den Einmachgläsern hervor. Charly starrte auf die Hamsterdropspackung: *Hamsti-Hamsti* stand darauf. So eine Packung hatte sie vor Kurzem schon einmal gesehen. Und sie wusste auch noch genau, wo das gewesen war.

Sie deutete mit dem Zeigefinger auf die grüne Packung und sagte: „Jede Wette: Die Hamsterdrops sind vergiftet."

Volltreffer!“ Bert Lumme kam am Mittwochmorgen ins Esszimmer der Familie Fall. Es war zwanzig nach sieben, und der Polizist sah sehr müde aus: Er hatte dunkle Ringe unter den Augen, Bartstoppeln im Gesicht, und sein Hemd war zerknittert. Trotzdem lächelte er Charly und ihren Schwestern freundlich zu und legte eine Tüte Brötchen auf den Esstisch.

„Super, Bert!“ Fanny zog ein Mohnbrötchen heraus.

Tante Clara goss ihm eine Tasse Kaffee ein. „Milch und Zucker?“, fragte sie.

„Nö, lieber mehr Kaffee.“ Er gähnte, ließ sich auf den Platz von Tobias Fall sinken und berichtete: „Die Hamsterdrops sind tatsächlich vergiftet. Es ist genau dasselbe Gift wie bei dem toten Hamster, den du mir gebracht hast, Charly. Ein selbst gebrautes Rattengift, sagen die Experten vom Labor. Wir haben die ganze Nacht analysiert.“ Bert Lumme schlürfte den heißen Kaffee. „Wir müssen die Hamsterdrops aus dem Verkehr ziehen. Ich habe schon die Kollegen alarmiert. Sobald die Läden öffnen, wird *Hamsti-Hamsti* aus den Regalen verschwinden.“

Tante Clara starrte vor sich auf den Tisch. „Das gibt’s doch nicht. Wer vergiftet denn Hamsterkekse?“

„Habt ihr schon bei der Firma angerufen, die das Zeug herstellt?", fragte Charly.

Lumme nickte. „Der Kram kommt von *Futter-König*. Seine Fabrikhallen liegen vor den Toren der Stadt, draußen im Industriegebiet West. Um halb neun werden unsere Leute dort aufkreuzen, alles Mögliche beschlagnahmen und diesem Herrn König auf den Zahn fühlen." Lumme kratzte sich am stoppeligen Kinn. „Super, dass du so schnell auf das Futter gekommen bist, Charly. So können wir vielleicht verhindern, dass noch mehr Tiere sterben oder in der Tierklinik landen." Er nahm einen kräftigen Schluck aus der Kaffeetasse. „Wie geht's übrigens Hannelore?"

Elsa wiegte den Kopf hin und her. „Sie ist noch ein bisschen schwach."

„Aber morgen ist sie wieder gesund", sagte Fanny.

„Hoffentlich", fügte Elsa hinzu.

„Und alles nur, weil ich nicht backen wollte", murmelte Tante Clara.

„Quatsch!", riefen Charly, Elsa, Johanna und Lumme wie aus einem Mund.

„Du bist doch nicht daran schuld, dass die Hamsterdrops vergiftet wurden!", sagte Bert Lumme.

„Egal!" Tante Clara schlug mit der Faust auf den Tisch. „Wir kriegen den Kerl, der versucht hat, Hannelore zu vergiften!"

Johanna sah auf die Uhr. „Wir müssen los."

Charly nahm sich ein Brötchen aus der Tüte und lehnte sich genüsslich zurück. „Irrtum, Johanna! *Du* musst los. – Es ist Mittwoch." Mittwochs fing Charly erst zur zweiten Stunde an.

Elsa grinste. „Und bei mir fällt Bio aus."

„Dann könnt ihr ja Fanny zum Kindergarten bringen",

sagte Johanna mal wieder betont affig, nahm ihr Pausenbrot und sauste aus dem Esszimmer.

Charly verdrehte die Augen. Fanny in den Kindergarten zu bringen war das Letzte, was sie tun wollte. Sie wollte Tim anrufen und ihm Bescheid geben, dass sie wusste, wie Tarzan ums Leben gekommen war. Außerdem wollte sie mit Tante Clara einen Schlachtplan machen. Und vor allem: Sie wollte diese Tierfutterfabrik besuchen, bevor die Polizei dort aufkreuzte und alles beschlagnahmte, was interessant sein konnte.

Aber Fanny dachte sowieso nicht daran, sich von ihren Schwestern in den Kindergarten bringen zu lassen. „Mich bringt der Bert in den Kindergarten!" Sie klimperte allerliebst mit den Augenlidern.

Lumme lächelte müde. „Aber ohne Blaulicht, Prinzessin, das sag ich dir."

„Könntest du Fanny wirklich in den Kindergarten chauffieren, Bert?", fragte Tante Clara. „Dann haben Charly, Elsa und ich noch Zeit für einen Ausflug."

„Ausflug?", fragte Johanna, die noch einmal den Kopf ins Esszimmer hineinstreckte, um sich zu verabschieden. „Wohin soll's denn gehen?"

„Ach, nur eine kurze Visite bei König, oder?" Charly sah hinüber zu Tante Clara.

„Du sagst es, Charly. Du sagst es mal wieder." Die Tante nickte entschlossen.

„Also los!" Elsa stand auf. „Zur zweiten Stunde müssen wir schließlich in der Schule sein."

Die Futtermittelfabrik *Futter-König* lag in einem Industriegebiet am westlichen Rand der Stadt.

Sie kamen an einem Schrottplatz vorbei, den Tante Clara anscheinend wie ihre Westentasche kannte, weil sie hier immer nach Ersatzteilen für ihren Kabinenroller Ausschau hielt. Eine Nudelfabrik, die Stadtwerke, die Molkerei, aber auch ein Radiosender, jede Menge Bürohäuser und ein paar große Verbrauchermärkte, Möbelhäuser und Tankstellen waren hier draußen angesiedelt.

Tante Clara parkte den Volvo direkt vor dem Haupteingang der Futterfabrik. Sie stellte den Motor ab und drehte sich zu Charly und Elsa herum. „Jetzt heißt es aufgepasst. Wenn dieser Herr König wirklich etwas mit der Sache zu tun hat, dann könnte es sein, dass er sich verrät. Wenn er nichts damit zu tun hat, könnte er uns wichtige Hinweise geben." Sie musterte Elsa und Charly über den Rand ihrer Brille. „Wisst ihr, was das heißt?"

Charly nickte. „Du stellst die Fragen ..."

„... und wir halten die Klappe", vollendete Elsa ihren Satz.

„Ich sag's ja: Ihr seid die klügsten Nichten, die ich mir wünschen konnte." Tante Clara stieg aus dem Auto.

Futter-König war ein ziemlich großer Betrieb. Am Empfang saß ein Pförtner hinter einer Glasscheibe und musterte die drei Falls misstrauisch.

„Ja bitte?", fragte er.

„Wir würden gern mit dem Chef sprechen", sagte Tante Clara.

Der Pförtner sah sie überrascht an. „Haben Sie einen Termin?"

„Nein, noch nicht", sagte Tante Clara. „Aber bitte melden Sie, dass Clara Fall mit ihm über ein paar tote Hamster sprechen möchte."

Der Pförtner war so verdutzt, dass er tatsächlich bei der Sekretärin des Chefs anrief.

Zwei Minuten später hatte Tante Clara ihren Termin.

„Elfter Stock“, sagte der Pförtner.

„Danke schön.“ Tante Clara nickte dem Pförtner zu und marschierte, gefolgt von Charly und Elsa, zu den Aufzügen.

Das Büro von Herrn König lag im obersten Stock des Gebäudes. Von hier hatte man eine fantastische Aussicht – leider war das Industriegebiet West nicht gerade der schönste Anblick.

„Sind Sie Frau Fall?“ Eine Frau kam auf Tante Clara zu.

„Erraten.“ Tante Clara schüttelte ihr die Hand. „Darf ich vorstellen: Das sind meine Nichten Charly und Elsa.“

Aber die Dame – offenbar eine Sekretärin – warf den beiden Schwestern nur einen abschätzigen Blick zu. „Herr König hat jetzt Zeit für Sie.“ Sie begleitete die drei zu einer Bürotür. „Ihr wartet bitte draußen“, sagte sie zu Charly und Elsa.

Tante Clara schüttelte den Kopf. „Kommt nicht in Frage. Meine Nichten sind meine Assistentinnen.“ Sie klopfte kurz und kräftig an, drückte die Türklinke herunter und schob Charly und Elsa vor sich in das Büro.

„Aber das geht nun wirklich nicht ...“, maulte die Frau, aber Tante Clara warf ihr die Tür vor der Nase zu.

Das Büro von Herrn König war riesig. Die ganze rechte Seite bestand aus einer einzigen Fensterfront. Herr König konnte von hier oben den Werkhof und einen Teil der großen Hallen überblicken. Die drei anderen Wände waren mit dunklem Holz getäfelt. An der linken Wand hing ein sehr hässliches Bild von einem Hirsch. An der Wand gegenüber der Tür waren in einem Plan der Stadt verschiedene Farbflächen eingeteilt. In einer Landkarte, die neben dem Stadtplan an die Wand geheftet war, steckten Fähnchen in verschiedenen Farben. Vor diesen beiden Karten stand ein riesengroßer Schreibtisch. Und hinter diesem riesengroßen Schreibtisch saß ein Mann, der nervös auf seiner Computertastatur herumtippte.

„Bitte, Frau Kommissarin, nehmen Sie Platz, nehmen Sie Platz." Herr König sah gar nicht vom Bildschirm auf.

Tante Clara räusperte sich. „Wir nehmen natürlich gern Platz. Aber ich muss Sie darauf hinweisen, Herr König, dass ich keine Polizistin bin."

Herr König zuckte zusammen. Er sah von seinem Bildschirm auf und musterte Tante Clara. Es kam Charly so vor, als versuchte er ihre Tante zu durchleuchten. Dann fiel sein Blick auf sie und schließlich auf Elsa. Und nun schien der Chef der Futtermittelfabrik überhaupt nichts mehr zu verstehen.

„Sie wollten mich sprechen, Frau – äh, wie war noch mal der Name?", fragte er.

„Fall, Clara Fall." Tante Clara setzte sich auf einen der Stühle, die vor dem Schreibtisch standen. „Sie haben sicherlich schon mit der Polizei telefoniert, oder?"

Herr König verstand anscheinend noch immer nicht, was Tante Clara von ihm wollte. Er tippte weiter auf seinem Computer herum.

„Herr König, in Ihren Hamsterdrops haben wir Spuren von Rattengift gefunden. Soweit ich weiß, sind schon etliche Hamster an diesem Futter gestorben." Tante Clara fixierte den Chef.

Herr König hörte kurz auf zu tippen. Er sah Tante Clara scharf an. „Wer sind Sie? Sind Sie von der Presse? Sind Sie von 'ner Behörde? Oder sind Sie Privatdetektivin?"

Tante Clara lächelte. „Ich bin sozusagen Privatdetektivin. Kommissarin im Ruhestand, um genau zu sein. Ich bin bestens über das Hamstergift informiert, kann Ihnen aber versprechen, dass ich nichts von dem, was Sie mir sagen, an die Presse oder irgendjemand anderen weitergeben werde.“ Sie nahm ihre Brille ab. „Um ein Haar wäre das Huhn meiner Nichte gestorben, Herr König. Mich interessiert nur, wie das Gift in die Hamsterkekse kam.“

Herr König wandte sich ab. „Das wüsste ich auch gern.“ Er schaltete den Bildschirm seines Computers aus. „Ich habe heute Morgen einen Anruf bekommen. Deshalb dachte ich ja auch, dass Sie von der Polizei sind. Also, die ganze Sache ist mir im Moment noch ein Rätsel. Unsere Chemiker arbeiten schon mit Hochdruck daran, das Futter zu analysieren. Aber was haben Sie und Ihr Huhn damit zu tun?“

Die Tür zum Büro flog auf. „Das würde mich allerdings auch interessieren“, sagte ein Polizist, den die Falls nur zu gut kannten: Schulze.

Schulze war keiner von Tante Claras Polizisten-Freunden – im Gegenteil. Dieser Kerl hatte ein ziemlich sicheres Gespür dafür, immer im falschen Moment aufzutauchen und die falschen Fragen zu stellen. Seit Tante Clara im Ruhestand war, hatte sie Schulze leider auch nichts mehr zu sagen – und das schien dieser Trottel richtig zu genießen. Aber an diesem Mittwochmorgen überließ Schulze seinem Begleiter das Wort.

„Guten Morgen, die Damen, guten Morgen, der Herr“, sagte ein Mann, den Charly nicht kannte. „Kommissar Hensch, mein Name. Bitte sehr, hier, mein Dienstausweis.“ Er ging zum Schreibtisch und hielt Herrn König seinen Ausweis unter die Nase. „Darf ich fragen, wer Sie sind?“, fragte Hensch Tante Clara.

„Clara Fall. Kommissarin im Ruhestand – ich bin sozusagen Ihre Vorgängerin, Kollege Hensch.“ Tante Clara zwinkerte dem Mann zu.

Aber der schien von ihren Annäherungsversuchen überhaupt nichts zu halten.

„So, so. Haben Sie etwas mit der Leitung der Firma *Futter-König* zu tun?“, fragte Hensch.

Tante Clara schüttelte den Kopf.

„Also, dann darf ich Sie bitten, den Raum jetzt zu verlassen.“ Herr Hensch strich seinen Anzug glatt. „Und nehmen Sie bitte die Kinder mit hinaus. Müssten die nicht ohnehin in der Schule sein?“

Tante Clara verdrehte die Augen und verließ mit Charly und Elsa das Büro.

„Sesselfurzer!“, knurrte sie.

Sesselfurzer hin oder her – es blieb ihnen nichts anderes übrig, als das Feld diesem Kommissar Hensch und Schulze zu überlassen.

Ausgerechnet Schulze, dachte Charly. Wenn der mit am Werk war, konnte man ziemlich sicher davon ausgehen, dass es jede Menge Pannen geben würde ...

Sie stiegen in den Fahrstuhl.

„Wenn ihr mich fragt“, sagte Tante Clara, „dann ist dieser Herr König nicht ganz ehrlich gewesen.“

„Wie meinst du das?“, fragte Charly. „Hast du Hinweise? Hat er gelogen?“

„Gute Fragen, sehr gute Fragen, Charly.“ Der Aufzug kam im Erdgeschoss an und die Türen öffneten sich. „Im Moment habe ich noch keine Beweise, aber ich habe ein ziemlich ungutes Gefühl bei diesem König. Es ist nur so ein Jucken in meiner Spürnase." Sie marschierten Richtung Ausgang. „Wie auch immer. Heute Nachmittag weiß ich bestimmt schon mehr. Und nun ab mit euch in die Schule."

Frau Fuchs war mal wieder richtig in Fahrt: Es hagelte Strafarbeiten, Klassenbucheinträge und Hausaufgaben, als hätte sie sich gegen die ganze Klasse verschworen. Aber Charly blieb diesmal zum Glück verschont. Sie hatte sogar fehlerfreie Hausaufgaben ... weil Johanna ein bisschen geholfen hatte.

In der Pause trafen sich Johanna, Charly und Elsa mit Tim, um die wichtigsten Neuigkeiten auszutauschen. Tim war entsetzt, als er hörte, dass die *Hamsti-Hamsti*-Drops vergiftet waren.

„Dann habe ich Tarzan am Sonntagabend selbst das Gift gegeben!" Er wurde bleich. „Und ich habe den Freund meiner Mutter verdächtigt! Dabei war *ich* der Täter."

„Red keinen Blödsinn!" Charly hockte sich neben ihn auf die Bank. „Du hast die Hamsterdrops doch nicht vergiftet! Der Kerl, der das Gift in die Drops gemixt hat, hat Tarzan auf dem Gewissen und niemand anderer."

„Wisst ihr denn schon, wer das Gift da reingemischt haben könnte?" Tim sah von Charly zu Elsa.

„Wir sind heute Morgen bei *Futter-König* gewesen, aber als die Polizei kam, sind wir rausgeflogen", antwortete Elsa.

Tim ließ den Kopf hängen. „Dann muss ich wohl einfach abwarten."

„Kopf hoch, Tim", sagte Johanna. „Wir können es natürlich nicht versprechen, aber ich bin mir ziemlich sicher, dass Tante Clara den Giftmischer finden wird, irgendwie."

Die Schulglocke läutete zur dritten Stunde. Tim erhob sich seufzend.

„Wenn wir heute Mittag nach Hause kommen, hat Tante Clara bestimmt schon wieder was herausgefunden", sagte Elsa, als die vier zur Schultür marschierten.

„Hoffentlich", murmelte Tim und stieg hinter Elsa die Treppe hinauf.

Tante Clara hatte tatsächlich schon ein paar Neuigkeiten parat, als die drei Schwestern zum Mittagessen in der Gartenstraße Nummer sieben erschienen. Allerdings waren es nicht gerade gute Neuigkeiten. Tante Clara hatte zwar mit Lumme telefoniert, aber der wusste über den Fall König nicht Bescheid. Denn der neue Kollege, Herr Hensch, ließ sich überhaupt nicht in die Karten gucken.

„Ich habe euch doch gleich gesagt, dass das ein Sesselfurzer ist!" Tante Clara saß mit dem Mädchen am Esstisch und schlürfte eine Tasse Kaffee.

Zum Glück hatte sie nicht selbst gekocht, sondern das aufgewärmt, was Tobias Fall in der Woche vor seiner Abreise eingefroren hatte. Sonst wären bestimmt wieder Spaghetti mit Ketchup oder angebrannter Reis auf den Tisch gekommen.

„Typen wie Hensch kenne ich", sagte Tante Clara. „Der nimmt seine dämlichen Akten sogar mit aufs Klo, jede Wette."

Schulze und Hensch hatten in der Futtermittelfabrik

von jedem Produkt Proben nehmen lassen, aber die Laborergebnisse erwartete Tante Clara erst am Abend – falls Lumme sie überhaupt zu Gesicht bekommen würde.

„Völlig bescheuert, dieser Hensch, wenn ihr mich fragt." Tante Clara schlurfte in die Küche und holte sich die nächste Tasse Kaffee. „Abwarten und Kaffee trinken ist im Moment alles, was wir tun können."

Charly verbrachte den Nachmittag mit Hausaufgaben: Mathe, Englisch, Deutsch, sogar in Erdkunde hatte sie einiges zu tun. Elsa und Johanna ging es anscheinend nicht besser. Jedenfalls ließ sich keine der Schwestern in Charlys Dachzimmer blicken. Tante Clara wollte endlich ihren Kabinenroller wieder flottkriegen. Sie war mit dem Volvo zu einem Schrottplatz gefahren, wo sie Ersatzteile abholen konnte.

Erst um fünf Uhr war Charly mit den Hausaufgaben fertig – dafür hatte sie aber auch alles erledigt, was es zu erledigen gab.

„Na also!", murmelte sie, packte die Schultasche für den Donnerstag und schwang sich in die Hängematte, die sie im Dachgiebel aufgehängt hatte.

Sie überlegte sich noch einmal, wer auf die Idee kommen konnte, Hamsterfutter zu vergiften. Aber außer dem Freund von Tims Mutter fiel ihr niemand ein. Und dass dieser Bernd so verrückt war, alle Hamster der Stadt umzubringen, nur damit Tim sich keinen Hamster mehr kaufen konnte, das glaubte sie einfach nicht. Andererseits mussten sie jeder Spur nachgehen.

Dicke Regenwolken zogen auf. Charly übertönte das Prasseln des Regens auf der Dachschräge mit ihrer Stereoanlage und angelte sich ihr Lieblingsbuch vom Regal: *1000 Tricks für Detektive.*

So ruhig wie der Nachmittag war das Abendessen nicht. Tante Clara war aufgekratzt, weil sie ihren Kabinenroller tatsächlich wieder hatte reparieren können. Elsa war ganz aus dem Häuschen, weil es Hannelore besser ging. Und Fanny hatte Johanna im Memory besiegt – das hatte sie noch nie geschafft.

„Wenn ich nicht Kriminalkommissarin geworden wäre, ich hätte auch das Zeug zur Kraftfahrzeugmechanikerin gehabt." Tante Clara wirkte sehr zufrieden.

Es klingelte.

„Das wird Lumme sein." Tante Clara stand auf, um die Haustür zu öffnen.

„Singt mir Bert noch ein Gutenachtlied?", fragte Fanny. „Schließlich habe ich gewonnen!"

„Wenn du nicht bald dein Brot aufisst, dann ist es für jedes Lied zu spät", sagte Johanna streng. „Egal ob du gewonnen hast oder nicht!"

Das wirkte: Fanny nahm einen großen Bissen Brot.

„Guten Abend, die Damen." Bert Lumme betrat das Esszimmer. Sein Trenchcoat war triefend nass. „Es gibt ein paar Neuigkeiten für euch." Er holte einen kleinen Notizblock aus seiner Manteltasche und setzte sich zu den Falls an den Tisch. „Die Futterproben, die die Kollegen bei König genommen haben, waren alle in Ordnung: kein Gift. Hensch und Schulze haben aber auch jede Menge Akten beschlagnahmt. Viel mehr weiß ich im Moment nicht." Lumme angelte sich eine Scheibe Käse von der Käseplatte herunter. „Doch, eins weiß ich noch: Herr König ist vor ein paar Jahren schon einmal aufgefallen: Damals hat er Ärger mit den Behörden gekriegt, wegen der hygienischen Zustände in seiner Fabrik. Es gab wohl ein erhebliches Ungezieferproblem bei *Futter-König*."

„Meinst du, er hat Rattengift herumliegen lassen, das in den Teig für die Hamsterkekse gekommen ist?“, fragte Tante Clara.

Lumme zuckte die Schultern und sah begehrlich auf den Schinken. „Könnte sein. Herr König hat vor den Behörden jedenfalls ziemlichen Respekt.“

„Vielleicht war König deshalb so nervös, als wir ihn besucht haben“, sagte Charly.

Elsa tippte übermütig auf dem Tisch herum. Charly lachte. Als Schauspielerin war ihre Schwester einsame Spitze: Genauso hatte es ausgesehen, als Herr König auf dem Computer herumgehackt hatte.

„Hm, könnte sein, aber ein Beweis ist das nicht“, murmelte Tante Clara. „Gibt es Hinweise auf einen Unfall mit Rattengift bei König?“

Lumme schüttelte den Kopf. „Vergiss es, Clara. Die Akten hat Hensch sich unters Kopfkissen gelegt. Selbst wenn König irgendwann sehr viel Rattengift gekauft haben sollte – bis Hensch das merkt, sind alle Hamster der Stadt längst im Himmel.“

„Mensch, Elsa, hör auf zu trommeln!“, fuhr Johanna ihre kleine Schwester an. „Das nervt!“

„Eben, eben“, sagte Elsa und machte weiter. „Du kannst dir gar nicht vorstellen, wie mich das heute Morgen genervt hat.“

Johanna seufzte. „Hat der König etwa die ganze Zeit so getrommelt?“

„Nein, das ist der Computer. Genauso hat er die ganze Zeit auf seinem Computer herumgetippt“, erklärte Charly.

„Okay, Elsa, ich hab’s kapiert!“, sagte Johanna. „Was auch immer Herr König an seinem Rechner gemacht hat, während ihr mit ihm gesprochen habt: Kannst du jetzt bitte damit ...“ Aber da brach Johanna plötzlich ab. „Moment mal!“ Sie deutete auf Elsas Finger und stotterte: „Der Co-Co-Computer!“

Charly verstand kein Wort, Elsa hörte verdutzt auf zu tippen, Fanny kicherte, und Tante Clara fragte: „Geht’s dir gut, Johanna?“

Johanna starrte noch immer auf Elsas Hände. Sie sprach sehr langsam, so als wäre sie sich nicht ganz sicher, ob sie die richtigen Worte finden könnte. „Was hat Herr König an seinem Computer getippt, als ihr bei ihm wart?“

Tante Clara, Charly und Elsa sahen sich an.

„Keine Ahnung, das konnten wir nicht sehen“, sagte Tante Clara.

„Ich hatte nicht das Gefühl, dass es wichtig war“, fügte Charly hinzu.

„Ich dachte, der hämmert nur auf der Tastatur herum, weil es so ein schönes Geräusch macht“, sagte Elsa.

„Nein, nein, der Bildschirm war eingeschaltet“, erinnerte sich Charly. „Der muss da irgendetwas gemacht haben.“

„Was wäre, wenn er zum Beispiel die ganze Zeit auf ‚löschen‘ gedrückt hat?“ Johanna sah hinüber zu Bert Lumme, der sich gerade von Fanny eine Schinkenscheibe reichen ließ. „Habt ihr den Computer beschlagnahmt und untersucht?“

Bert Lumme schüttelte den Kopf. „Schulze hatte falsch geplant: In den Streifenwagen haben gerade mal die Ordner gepasst. Den Rechner wollen sie morgen holen.“ Bert Lumme biss vom Schinken ab. „Aber das Büro von König ist versiegelt. Da kann nichts passieren.“

Johanna zwinkerte Tante Clara zu. „Ach, so ist das.“ Sie

räusperte sich. „Sag mal, Fanny, du hast ja dein Brot schon aufgegessen. Wolltest du nicht, dass dir Bert noch ein Lied singt?“

Fanny rutschte von der Bank, nahm den verdutzten Bert Lumme an der Hand und zog ihn aus dem Esszimmer.

„Aber Zähneputzen nicht vergessen!“, rief Tante Clara den beiden nach.

„Wird erledigt“, hörte Charly Lumme murmeln.

Johanna schloss die Esszimmertür. „Also, passt auf!“ Sie schob ihren Teller beiseite und stützte die Ellenbogen auf den Tisch. „Wenn die Polizei den Computer morgen beschlagnahmt, kriegen wir nie im Leben heraus, was König getippt hat, als er von dem Gift in seinen Keksen erfahren hat. Aber wenn wir den Computer schon vor der Polizei untersuchen, dann haben wir gute Karten, etwas zu finden. Die meisten Leute haben keine Ahnung, wie man Dateien richtig löscht.“ Johanna schmunzelte. „Papa hat uns mal einen Trick gezeigt, wie man so ziemlich alles wieder finden kann, als Charly aus Versehen ein Referat von mir gelöscht hatte.“

Charly erinnerte sich noch genau. Johanna hatte getobt wie eine Verrückte, als Charly versehentlich auf „löschen“ statt auf „kopieren“ gedrückt hatte. Tobias Fall hatte für solche Fälle extra ein kleines Programm geschrieben, das er auf einer weißen Diskette, die mit einem roten Kreuz markiert war, gespeichert hatte. Mit diesem Erste-Hilfe-Programm war es ziemlich einfach, gelöschte Dateien wiederzufinden.

„Langsam, langsam, Johanna.“ Tante Clara legte ihre Stirn in Sorgenfalten. „Wenn ich dich richtig verstehe, dann vermutest du, dass Herr König wichtige Informationen auf seinem Rechner gelöscht hat, als wir mit ihm sprachen." Johanna nickte. „Und wenn ich dich weiter richtig verstanden habe, dann wisst ihr einen Trick, wie man diese gelöschten Informationen wieder sichtbar machen kann."

„Exakt", sagte Johanna.

Tante Clara stützte das Kinn in die Hand. „Die Sache hat nur einen Schönheitsfehler, wie mir scheint: Für diese Aktion brauchen wir den Computer von Herrn König. Aber wie bekommen wir den, ohne dass jemand etwas davon mitkriegt? Wir müssten das Polizeisiegel aufbrechen ... Gut, so ein Siegel habe ich vielleicht noch irgendwo herumliegen. Aber wenn Hensch morgen früh den Rechner abholen will und er nur einen leeren Schreibtisch vorfindet, was dann?"

Johanna schmunzelte. „Wir müssen den Computer ja nicht gleich klauen – es reicht vermutlich, wenn Charly und ich eine halbe Stunde ungestört daran arbeiten können."

Charly traute ihren Ohren kaum. Schlug Johanna gerade vor, dass sie in die Futtermittelfabrik einbrechen sollten? Johanna, die sonst immer gegen alle Abenteuer war?

„So, so, und wie willst du das anstellen?", murmelte Tante Clara. Aber sie wartete die Antwort auf diese Frage gar nicht ab. „Nein, sag lieber nichts. Ich weiß schon, wie du dir das gedacht hast: Ich bringe euch in Königs Büro, stehe Schmiere und bringe euch wieder raus – richtig?"

Johanna grinste. „Klingt gut."

Tante Clara verdrehte die Augen. „Das klingt vielleicht gut, ist aber ein hartes Stück Arbeit! So eine Firma ist ja kein Schuhkarton. Die ist normalerweise bewacht, hat Alarmanlagen, komplizierte Sicherheitsschlösser – da kann man nicht einfach so hineinspazieren." Tante Clara stockte. „Und das Ganze müsste ja auch schon heute Nacht ablaufen, sonst ist der Rechner weg." Sie klatschte in die Hände. „Also gut, wir probieren es – schließlich geht es hier um Hannelore. Ihr macht jetzt die Küche und verschwindet dann im Bett. Ich muss ein bisschen telefonieren. Elsa bleibt heute Nacht hier, falls Fanny aufwacht. Charly und Johanna, euch wecke ich so gegen zwölf Uhr. Zieht euch warm an, vergesst eure Taschenlampen nicht. Und noch eins: Kein Wort von dieser Aktion zu niemandem. Und schon gar nicht zu Bert Lumme!"

Regen prasselte auf das Dachfenster. Aber obwohl Charly dieses Geräusch sonst sehr gemütlich fand, konnte sie an diesem Abend nicht einschlafen. Sie hatte die Schultasche für den nächsten Tag schon fünfmal kontrolliert – es war alles drin. Ihren dicken dunkelblauen Pullover hatte sie auf den Stuhl gelegt. Die Turnschuhe standen parat, die Taschenlampe hatte sie auch dreimal überprüft – die Batterien waren ganz neu – damit konnte sie die ganze Nacht herumleuchten, wenn es nötig wäre. Die „Erste-Hilfe-Diskette" hatte Johanna eingesteckt.

„Okay, okay", murmelte Charly vor sich hin. „Es ist jetzt zehn Uhr. In zwei Stunden muss ich topfit sein, bis dahin wird geschlafen." Sie drehte sich um und versuchte sich etwas Schönes vorzustellen.

Aber ihr fiel nichts ein. Sie musste an das große Gelände der Firma *Futter-König* denken. Das Büro lag im elften Stock und hatte diese Fensterfront. Wenn es da keine Vorhänge gab, konnte das halbe Industriegebiet die Schwestern Fall bei ihrem Einbruch beobachten. Charly hatte eiskalte Füße. Sie knipste noch einmal das Licht an. Es war zwei Minuten nach zehn. Sie knipste das Licht wieder aus und drehte sich um. Der Regen ließ nach.

Ich muss jetzt schlafen!, dachte Charly.

Sie dachte an Hannelore, wie sie auf dem Festtagstisch zusammengebrochen war. Wer auch immer das Hamsterfutter vergiftet hatte: Sie musste den Täter finden, der Hannelore um ein Haar auf dem Gewissen gehabt hätte. Tims traurige Augen fielen ihr wieder ein und wie er den Kopf hatte hängen lassen, als sie von der Zoohandlung *Hartmann* zurückgefahren waren. Sie wollte den Mörder von Tarzan finden – unbedingt. Charly stellte sich vor, wie sie Tim den Hamsterkiller ausliefern würde: in Handschellen. Tim würde bestimmt zufrieden mit ihr sein. Charly hörte den Regen nicht mehr. Sie dachte auch nicht mehr an das Büro im elften Stock. Sie träumte nur noch davon, wie Tim ihr dankbar auf die Schulter schlug und sagte: „Du bist die Beste, Charly."

„Charly, es geht los!" Tante Clara rüttelte sie an der Schulter.

Charly war mit einem Schlag hellwach. Sie streckte sich kurz und kletterte aus dem Hochbett.

„Johanna hat die Diskette mit dem Programm schon eingesteckt." Tante Clara musterte Charly. „Bist du fit?"

Charly nickte. Sie fühlte sich ziemlich gut. Endlich ging es los, und sie musste sich nicht mehr im Bett herumwälzen. Sie warf einen Blick auf die Uhr. Es war zehn vor zwölf.

„Gut. Taschenlampe nicht vergessen – und zieh den dicken Pulli an, es ist kühl draußen."

„Alles klar", flüsterte Charly.

„Habt ihr alles?" Tante Clara packe ihre Ledertasche mit den Detektivsachen in den Kabinenroller.

„Kann losgehen", flüsterte Johanna.

Die Nacht war kühl, und es regnete ein bisschen. Der erste Hauch von Herbst wehte Charly um die Nase. Sie schoben den Kabinenroller aus der Auffahrt ein Stückchen die Gartenstraße entlang, damit Fanny nicht aufwachte, wenn Tante Clara den Motor startete.

„Okay, das dürfte reichen", sagte Tante Clara.

Charly und Johanna kletterten auf die Rückbank. Tante Clara klemmte sich hinter das Steuer und startete den Motor. Die ganze Kiste wackelte, zitterte, und es gab ein paar Explosionen im Auspuff.

„Komm schon", murmelte Tante Clara.

Endlich sprang der Motor richtig an, und Tante Clara trat aufs Gas. Es knatterte ganz schön laut, als sie die Hengsterbergstraße hinunterfuhren.

„Ich habe übrigens einen alten Bekannten von mir ins Industriegebiet bestellt." Tante Clara schaltete den kleinen Scheibenwischer ein. „Er wird uns die Alarmanlage und Wachhunde vom Hals halten. Es ist besser, wenn nur ich mit ihm spreche." Sie sauste über die leer gefegte Hauptstraße.

„Ist das ein Verbrecher?", fragte Johanna.

Tante Clara lachte. „Tja, sozusagen schon. Wir nannten ihn *den Schatten*. Er hat früher jede Tür geöffnet. Der Typ ist sogar mal im Knast eingebrochen, um seinem Bruder eine Geburtstagstorte zu überreichen. Dann ist er auch wieder rausgekommen – aber seinen Bruder hat er drin sitzen lassen." Tante Clara musste an einer roten Ampel halten. „Ich habe ihn nur einmal zu fassen gekriegt. Musste ihn aber wieder laufen lassen." Sie sah durch den Rückspiegel zu Charly und Johanna. „Wie gesagt, der Typ ist ein bisschen schwierig." Aber dann starrte Tante Clara an ihnen vorbei und drehte sich herum. „Mist! Köpfe runter!“, rief sie.

Charly und Johanna duckten sich.

Die Ampel sprang auf Grün. Tante Clara gab Gas, knatterte ein paar Meter weiter, musste aber an der nächsten roten Ampel wieder stehen bleiben.

Charly sah einen Scheinwerfer aufblenden. Ein Auto fuhr neben den Kabinenroller.

„Schön unten bleiben, ihr beiden, das haben wir gleich“, flötete Tante Clara und öffnete das Seitenfenster.

„Bist du das, Clara?“, fragte eine Männerstimme, die Charly irgendwie bekannt vorkam.

„Wer sonst, Alex, wer sonst?“, antwortete Tante Clara.

Charly lugte am Sitz von Tante Clara vorbei nach draußen. Neben ihnen stand ein Streifenwagen. Und der Polizist, der mit Tante Clara sprach, war Alexander Prim, ein jüngerer Kollege, den Tante Clara früher ausgebildet hatte.

„Und seit wann musst du nachts Streife fahren, Alex?“, fragte Tante Clara.

„Ach, hör auf. Wir haben einen neuen Kollegen – Hensch. Der hält alle in Atem: Zwanzig Leute hat er angewiesen, Aktenordner zu sichten. Alles wegen dieser Hamstergeschichte. Und jetzt müssen wir anderen wieder auf Streife, weil wir unterbesetzt sind.“ Alexander Prims Stimme klang richtig wütend. „Übrigens kennt Hensch dich schon. Er hat gesagt, dass ihm Schulze diese irre Oma vom Leib halten soll. Damit hat er dich gemeint. Hast du mit ihm schon Streit gehabt?“

„Noch nicht“, antwortete Tante Clara. „Kann aber nicht mehr lange dauern.“

Endlich sprang die Ampel auf Grün.

„Na dann, gute Nacht!", rief Alexander Prim. Das Polizeiauto brauste davon.

„Gute Nacht, Alex", murmelte Tante Clara und schloss ihr Fenster wieder. „Ihr könnt rauskommen."

Johanna räkelte sich. „Wie wär's, wenn du dir ein unauffälligeres Auto besorgen würdest, Tante Clara?"

„Ja, eins mit abgedunkelten Scheiben hinten. Dann brauchen wir uns nicht mehr so zu verrenken", fügte Charly hinzu.

Aber darauf reagierte Tante Clara gar nicht. Sie düste die Weststraße entlang. An einer Tankstelle, kurz vor dem Industriegebiet, hielt sie an.

„Hier treffen wir *den Schatten.*" Sie beobachtete das Tankfeld.

Charly konnte niemanden sehen. Aber plötzlich leuchteten zwei Scheinwerfer auf, und ein Auto fuhr auf sie zu.

„Alles klar, das ist er." Tante Clara stieg aus, drehte sich aber noch einmal zu den beiden Mädchen um. „Ihr bleibt hier sitzen."

Sie lief dem Wagen entgegen. Ein Mann stieg aus. Er sah eher wie ein Lehrer als wie ein raffinierter Einbrecher aus. Seine Haare waren schon grau, er trug eine randlose Brille und einen dunklen Rollkragenpullover.

„Der soll so gefährlich sein, dass wir besser nicht mit ihm sprechen?", flüsterte Johanna. „Da lachen ja die Hühner!"

Aber dann hielt auch sie die Luft an. Denn Tante Clara überreichte dem Mann ein paar ziemlich große Geldscheine. Einen zweiten Teil der Geldscheine hielt sie ihm unter die Nase, steckte sie dann aber doch wieder ein.

„Was macht sie da?" Johanna stupste Charly mit dem Knie an. „Habe ich mich etwa verguckt?"

„Sie hat ihn bezahlt", antwortete Charly. Ihr lief eine Gänsehaut über den Rücken. Einen professionellen Einbrecher zu engagieren – das hätte Charly noch nicht einmal Tante Clara zugetraut.

Aber da kam Tante Clara auch schon zurück zu ihrem Wagen.

„Alles klar, es geht los." Sie startete den Motor. „Er fährt vor, knackt die Alarmanlage und betäubt den Wachhund. Den Rest kriegen wir allein hin."

Sie verließen die Tankstelle und folgten dem unauffälligen Wagen des Mannes, den Tante Clara bezahlt hatte.

Das Industriegebiet war bei Nacht stockdunkel. Nur ein paar schummrige Straßenlaternen waren eingeschaltet. Auf dem Weg zu *Futter-König* begegnete ihnen kein einziges Auto. Das ganze Viertel schien menschenleer zu sein.

Der Schatten parkte nicht vor dem Haupteingang von *Futter-König*. Er fuhr an der Fabrik vorbei und bog in eine Seitenstraße ab. Als Tante Clara ihm folgte, fehlte vom Wagen des Einbrechers plötzlich jede Spur.

„Wo ist er?", fragte Johanna mit heiserer Stimme.

Tante Clara sah sich um. „Keine Ahnung. Vom Verschwinden versteht der Kerl wirklich etwas."

Sie parkten den Kabinenroller am Straßenrand und schlichen zurück zur Hauptstraße. *Futter-König* sah verlassen aus. Nur auf dem Hof leuchtete eine Straßenlaterne. Sie gingen hinter ein paar Müllcontainern in Deckung. Ein Hund bellte. Aber bald war nur noch ein Winseln und schließlich gar nichts mehr zu hören.

„Hat *der Schatten* etwa den Wachhund vergiftet?" Charlys Herz raste. Selbst wenn sie einem gemeinen Hamster-

Mörder auf der Spur waren, war das noch lange kein Grund, einen Mann dafür zu bezahlen, dass er den Wachhund von *Futter-König* umbrachte.

Aber Tante Clara schüttelte den Kopf. „Der hat noch nie einem Tier was zuleide getan." Sie bückte sich zu Charly herunter und flüsterte: „Das wäre auch gar nicht klug: Ein toter Hund ist eine Spur für die Polizei. Ein schlafender Hund interessiert niemanden." Tante Clara zwinkerte ihr zu.

Sie lugten hinüber zum Haupteingang. Es war nichts zu sehen. Kein *Schatten*, kein Zeichen, nichts.

„Hat er gesagt, dass er uns ein Zeichen gibt, wenn wir reinkönnen?", fragte Johanna.

Tante Clara nickte.

„Und wenn er sich jetzt einfach mit deinem Geld aus dem Staub gemacht hat?", fragte Charly. Sie traute dem Einbrecher nicht – selbst wenn Tante Clara ihn schon tausendmal hatte laufen lassen.

„Keine Sorge, Charly. Er kriegt die zweite Hälfte des Geldes erst, wenn wir wieder draußen sind. Das lässt sich *der Schatten* nicht entgehen."

Charly sah hinüber zum Haupteingang, aber es blieb dabei: kein Zeichen, nichts. Stattdessen kam ein Auto langsam die Straße heraufgefahren.

„In Deckung!", murmelte Tante Clara.

Sie krochen weiter hinter die Müllcontainer. Das Auto fuhr an ihnen vorbei. Es war ein Streifenwagen der Polizei.

„Prim, mach keinen Quatsch, fahr weiter!", hörte Charly ihre Großtante flüstern.

Alexander Prim gehorchte dem leisen Wunsch seiner ehemaligen Ausbilderin. Der Streifenwagen fuhr die

Hauptstraße weiter hinauf und verschwand hinter dem Gebäude eines Radiosenders.

„Es geht los!", flüsterte Johanna.

Tatsächlich blinkte am Seiteneingang eine Taschenlampe dreimal zu ihnen herüber.

„Bleibt dicht hinter mir. Lampen ausgeschaltet lassen. Und jetzt schnell – bevor Prim zurückkommt." Tante Clara rannte voraus.

Charly und Johanna hatten Mühe, mit ihr Schritt zu halten. Sie ließen den Haupteingang rechts liegen und schlüpften durch das Werkstor, das einen Spaltbreit offen stand.

Sofort drückten sie sich an die Mauer des Hauptgebäudes. Nur so waren sie außerhalb des Lichtkegels der Straßenlaterne, die den Werkshof beleuchtete. Charly sah sich um. Der Nebeneingang lag keine zehn Meter vor ihnen. Aber die Tür war zu. Dahinter schien eine Treppe in den Keller des Gebäudes zu führen.

„Und jetzt?", flüsterte Charly.

„Ihr seid mir spaßig", sagte eine Männerstimme, die Charly nicht kannte. Sie drehte sich um und erschrak: Hinter ihr lehnte ein grauhaariger Mann an der Mauer. Er war fast zwei Meter groß, trug schwarze Kleidung und hatte eine randlose Brille auf der Nase: *der Schatten*!

„Was fällt dir ein, uns so zu erschrecken?", fuhr Tante Clara den Mann an.

„Was fällt euch ein, mich so lange warten zu lassen?", fragte *der Schatten* zurück. „Ihr müsst die Kellertür benutzen. Nehmt nicht die Aufzüge, die sind alarmgesichert. Aber es gibt zwei Treppenhäuser, die sind okay." Der Mann musterte Charly und Johanna von oben herab. „Hätte nie gedacht, dass ich Clara Fall dabei erwischen würde, wie sie Minderjährige zum Einbruch anstiftet."

„Wenn ich deine Meinung hören will, sage ich Bescheid", antwortete Tante Clara schroff und wandte sich der Kellertreppe zu.

„Ach so, eins noch", sagte *der Schatten*. „Der Hund ist in einer halben Stunde wieder wach."

Und ehe Tante Clara etwas dazu sagen konnte, war der Einbrecher in der Dunkelheit verschwunden.

„Sehr witzig", murmelte Tante Clara.

Aber dann sagte sie nichts mehr. Denn der Streifenwagen kam wieder die Hauptstraße herunter. Tante Clara, Charly und Johanna reagierten blitzschnell: Sie rannten hinüber zur Kellertreppe. Tante Clara stieß die Tür auf und schlüpfte als Erste in den pechschwarzen Keller der Firma *Futter-König*.

In der Firma *Futter-König* war es ziemlich ungemütlich: Es war stockdunkel, nur die Taschenlampen von Johanna, Charly und Tante Clara warfen runde Lichtkegel gegen die Wände. Charly hatte die ganze Zeit Angst, jemand könnte sie von hinten packen, verhaften und direkt ins Gefängnis werfen. Aber so oft sie sich auch umdrehte: Da war niemand. Charly wurde erst ein bisschen ruhiger, als sie endlich im elften Stock ankamen. Hier oben kannten sie sich wenigstens einigermaßen aus.

Königs Bürotür war versiegelt: Ein gelber Papierstreifen mit amtlichem Stempel, Unterschrift und Datum klebte zwischen Tür und Türrahmen. Tante Clara riss das Siegel weg. Dann holte sie einen Dietrich aus der Jackentasche und öffnete die Tür.

„Ihr habt höchstens zwanzig Minuten, dann müssen wir wieder runter", flüsterte sie. „Reicht euch das?"

Johanna und Charly sahen sich an.

„Probieren wir's", sagte Johanna.

Sie betraten das Büro. Charly schaltete sofort ihre Taschenlampe aus. Es war tatsächlich so, wie sie befürchtet hatte: Das Büro hatte keine Vorhänge, ihre Lichtkegel konnte man meilenweit sehen.

„Licht aus!“, flüsterte sie Johanna zu.

Sie schlichen sich hinüber zum Schreibtisch und starteten den Computer.

Zum Glück hat Schulze den Rechner nicht mehr in seinen Wagen packen können, dachte Charly.

Der Rechner machte „piep“ und verlangte ein Kennwort.

„Mist“, murmelte Johanna.

Sie probierten alles Mögliche: „König“, „Futter-König“, „Drecksack“, „Hamsti-Hamsti“ – der Rechner blieb hart.

Charly knipste ihre Taschenlampe an und untersuchte den Schreibtisch. Aber hier hatten Schulze und Hensch ganze Arbeit geleistet: Abgesehen von ein paar Staubflocken war der Schreibtisch leer.

„Mist, Mist, Mist!“ Johanna stieß ärgerlich gegen die Schreibtischkante. „Uns läuft die Zeit weg!“

Charly wollte schon aufgeben, als sie bemerkte, dass Johanna Königs Schreibunterlage verrutscht hatte. Als sie die Unterlage zurechtrücken wollte, entdeckte sie die Ecke eines gelben Zettels, der darunter lag. Charly hob die Unterlage hoch und holte den kleinen Zettel hervor. Auf dem Papier stand nur ein Wort: *Wellensittich.*

„Probier's mal damit“, schlug Charly vor.

Johanna tippte das Wort ein. Tatsächlich: Der Rechner piepte wieder und gab die Oberfläche frei.

„Super, Charly!“, flüsterte Johanna.

Charly schaltete ihre Taschenlampe lieber wieder aus, während Johanna das Verzeichnis der zuletzt gelöschten Dateien aufrief. Tobias Fall hatte seinen Töchtern immer wieder eingeschärft, wie sie Dateien löschen mussten, die niemand mehr finden sollte. Und er hatte ihnen auch gesagt, dass die meisten Menschen völlig sorglos mit ihren

Daten umgingen. Aber so leichtsinnig war Herr König anscheinend nicht: Das Verzeichnis war geleert worden.

„Letzter Zugriff auf das Verzeichnis war heute Morgen“, sagte Johanna. „Sieben Minuten nach neun Uhr muss er den ganzen Kram aus dem Verzeichnis gelöschter Dateien gelöscht haben.“

„Schau noch schnell bei den gelöschten E-Mails nach“, flüsterte Charly. „Vielleicht hat er die vergessen.“

Aber Herr König war gründlich vorgegangen: Auch der „Mülleimer“ im E-Mail-Programm war geleert.

„Okay, er glaubt, dass er alle Spuren verwischt hat“, murmelte Johanna. Sie schob genüsslich die Diskette ihres Vaters in das Laufwerk. „Aber nicht mit uns.“ Dann startete sie das Programm.

Als Charly einen flüchtigen Blick aus dem Fenster warf, hätte sie fast geschrien vor Schreck: Jemand lief über den Werkshof. Dieser Jemand hatte eine große Taschenlampe eingeschaltet und betrachtete den ganzen Hof aufmerksam – ein Nachtwächter.

Blitzschnell schaltete Charly den Bildschirm aus.

„He, was soll das?“, flüsterte Johanna.

Charly deutete mit dem Kinn aus dem Fenster. Johanna zog erschrocken die Augenbrauen hoch, als sie den Lichtkegel unten auf dem Hof entdeckte. Nur den Computer störte der Nachtwächter überhaupt nicht: Er suchte auch ohne Bildschirmbild weiter nach gelöschten Dateien.

Charly schlich sich zur Fensterfront und beobachtete den Hof aufmerksam. Außer diesem einen Nachtwächter schien alles ruhig zu sein.

Der Computer piepte.

„Kann ich den Bildschirm wieder einschalten?“, flüsterte Johanna.

Charly sah hinunter. Der Nachtwächter betrat gerade eine der großen Produktionshallen.

„Du kannst!“ Sie flitzte zurück zum Schreibtisch.

Auf dem Bildschirm waren alle gelöschten Dateien aufgelistet: Schön sortiert nach Datum und Uhrzeit, wann sie gelöscht worden waren. Johanna markierte alle Dateien, die am Morgen ausradiert worden waren, schob eine leere Diskette ins Laufwerk und kopierte die Dateien auf die leere Diskette.

Charly lief wieder zum Fenster. Der Nachtwächter kam gerade aus der Halle und ging hinüber zum Nebeneingang des Hauptgebäudes.

„Scheiße, der Kerl kommt hier rauf!“, flüsterte Charly. „Warum sagt uns Tante Clara denn nicht Bescheid?“

Johanna steckte noch einmal die Erste-Hilfe-Diskette von Tobias ins Diskettenlaufwerk.

„Wir sind gleich fertig, Charly. Nur noch Spuren verwischen.“

Sie drückte auf den Knopf mit dem Putzlappen, den ihr Vater extra ins Programm eingebaut hatte. Die Dateien wurden zurückgesetzt, und der Rechner wurde in den Zustand versetzt, der geherrscht hatte, bevor das Programm aufgerufen worden war.

„Mach schon!“, flüsterte Johanna dem Computer zu. Sie steckte die Diskette mit den kopierten Daten in ihre Jackentasche.

Endlich war das Programm ihres Vaters fertig. Sie holte die Diskette aus dem Laufwerk, fuhr den Rechner herunter und schaltete ihn aus.

„Jetzt aber los!“, flüsterte Charly.

Sie rückten den Schreibtischstuhl wieder in seine Position. Charly wischte mit einem Taschentuch die Tastatur und den Bildschirm ab. Schließlich konnte man nicht wissen, ob Kommissar Hensch nicht noch auf die idiotische Idee käme, den Computer aus irgendeinem Grund auf Fingerabdrücke zu untersuchen.

Sie schlichen sich aus dem Büro und trauten ihren Augen kaum: Vor der Bürotür saß Tante Clara auf dem Boden. Sie hatte den Kopf an den Türrahmen gelehnt und schnarchte leise vor sich hin.

„Tante Clara!" Charly rüttelte sie an der Schulter.

Sofort sprang ihre Tante auf. „Ich war nur ein bisschen eingenickt."

Charly und Johanna schüttelten die Köpfe. Das konnte doch wohl nicht wahr sein! Da brachen sie in eine Firma ein, knackten einen Computer, konnten jeden Moment vom Nachtwächter erwischt werden, und Tante Clara, die eigentlich Schmiere stehen sollte, hatte nichts Besseres zu tun, als ein Nickerchen zu halten!

„Seid ihr so weit?" Tante Clara rückte ihre Brille zurecht.

„Wir sind fast erledigt, Tante Clara!", flüsterte Johanna vorwurfsvoll.

Charly warf einen Blick zum Treppenhaus und hielt den Atem an: Ein Lichtkegel huschte die Treppe herauf.

„Schnell, das Siegel, Tante Clara!" Charly nahm ihrer Tante das Polizeisiegel, dass sie schon parat hielt, aus der Hand und klebte es auf die Bürotür.

„Abschließen!", murmelte Johanna.

Aber endlich schien auch Tante Clara wieder wach zu sein: Sie fummelte schon ihren Dietrich in das Schloss, sah sich um und deutete auf einen Wandschrank hinter sich.

Charly glaubte schon eine Gestalt zu erkennen, als Johanna den Wandschrank öffnete und sie zu sich hereinzog. Tante Clara drehte den Dietrich im Schloss herum und sprang zu ihnen herüber. Sie quetschte sich zu ihren beiden Nichten und schloss die Schranktür von innen.

Das war Rettung in letzter Sekunde: Sie sahen durch den Türspalt den Lichtkegel der Taschenlampe auf den Schrank fallen und hörten die schweren Schritte des Nachtwächters. Anscheinend kontrollierte der Kerl tatsächlich das gefälschte Siegel. Jedenfalls blieb er eine ganze Weile vor dem Wandschrank stehen und pfiff vor sich hin.

Charly kam es wie eine Ewigkeit vor, bis das Pfeifen und die Schritte leiser wurden und sich der Nachtwächter verdrückte.

„Jetzt aber nichts wie raus hier, bevor der Hund wieder aufwacht.“ Tante Clara öffnete die Schranktür.

Erst als sie Richtung Gartenstraße fuhren, merkte Charly plötzlich, wie müde sie war. Es hatte alles geklappt! Sie waren weder vom Nachtwächter noch vom Wachhund erwischt worden. Tante Clara hatte *dem Schatten* den zweiten Geldteil überreicht. Und vor allem: Sie hatten die gelöschten Dateien! Charly lächelte vor sich hin, als sie an die eingesteckte Diskette dachte.

Tante Claras Wagen knatterte durch die Nacht. Charly fielen die Augen zu. So müde war sie schon lange nicht mehr gewesen. Ihr Kopf sank auf Johannas Schulter. Die große Schwester besprach irgendetwas mit Tante Clara – aber Charly hörte nicht zu. Es war schön, die ruhigen Stimmen zu hören und das gleichmäßige Geknatter von Tante Claras Höllenmaschine.

Charly wachte erst zu Hause wieder auf, als Tante Clara sie in ihr Zimmer brachte.

„Die Diskette", murmelte sie auf der Treppe. „Wir müssen die Diskette untersuchen!"

„Du musst gar nichts mehr untersuchen, Charly. Johanna kümmert sich darum – ich sage dir morgen früh Bescheid." Tante Clara brachte sie hinauf in ihr Zimmer und zog ihr den dicken Pullover aus.

„Versprochen?“ Charly kletterte in ihr Hochbett.

Aber die Antwort ihrer Tante hörte sie schon nicht mehr: Sie fiel in einen tiefen, wohltuenden Schlaf.

„Charly, wach auf!“ Es dämmerte gerade, als Johanna vor Charlys Hochbett stand. „Herr König wird erpresst!“

Sie war auf einen Schlag hellwach. Was erzählte Johanna da? Der Futtermittelfabrikant wurde erpresst? Von wem? Mit welchem Druckmittel? Wie viel hatte der Erpresser schon erbeutet? Und woher wusste Johanna das?

„Komm runter, ich zeig’s dir!“ Johanna war ganz aus dem Häuschen.

Charly kletterte aus dem Bett und schlurfte hinter der Schwester ins Arbeitszimmer ihres Vaters. Der Computer lief. Johanna setzte sich in den großen Ledersessel, Charly zog sich einen Stuhl heran.

„Wo ist Tante Clara?“, fragte Charly.

„Schläft noch.“ Johanna rief eine Datei auf.

„Hast du die ganze Nacht hier herumgebastelt?“ Charly rieb sich die Augen.

Johanna hörte gar nicht hin. Sie deutete auf den Bildschirm.

„Es hat ziemlich lange gedauert, bis ich das geknackt hatte: König verschickt seine E-Mails verschlüsselt. Aber Papa hat zum Glück ein ganz gutes Buch über Entschlüsselung im Schrank stehen. Außerdem gibt es da ein paar Tricks.“ Johanna lächelte Charly müde an. „Und König hat das einfachste Verschlüsselungsprinzip benutzt. Nun lies schon!“

Charly starrte auf den Bildschirm. Was dort erschien, war eine E-Mail von König an einen gewissen Bernhard Bürger. Der Name kam Charly irgendwie bekannt vor, aber sie kam nicht drauf, wo sie ihn schon einmal gehört hatte. Herr König fragte diesen Bernhard, was er machen solle. Er werde von einem Unbekannten erpresst, könne aber nicht zur Polizei gehen, wie sich Bernhard ja denken könne.

„Warum kann König nicht zur Polizei gehen?", fragte Charly.

Johanna zuckte mit den Schultern. „Keine Ahnung. Irgendetwas stimmt mit diesem König nicht, wenn du mich fragst."

Johanna klickte die Antwort von Bernhard Bürger auf den Bildschirm. Bürger riet seinem Freund dazu, den Erpresser zu bezahlen. Die Polizei einzuschalten, sei zu riskant, schrieb er. Wörtlich stand da: *Das könnte leicht das Ende der Firma „Futter-König" bedeuten.*

„Wieso soll die Firma am Ende sein, wenn König seine Erpresser anzeigt?", fragte Charly.

„Keine Ahnung. Aber eins ist doch klar, Charly: Schau mal, von wann die E-Mail ist! – Letzte Woche Donnerstag! Und einen Tag später schreibt König seinem Freund auch, wie er sich entschieden hat: Er will abwarten."

Johanna rief noch eine dritte geknackte Mail auf den Schirm.

Charly verstand überhaupt nichts mehr. Was hatte die Erpressung mit den toten Hamstern zu tun?

„Mensch, Charly, wer von uns will denn Detektivin werden?" Johanna pustete sich eine Haarsträhne aus dem Gesicht. „Überleg doch mal! Am Freitag hat König beschlossen, nichts zu unternehmen: Das heißt, er hat nicht bezahlt, und er hat sich nicht an die Polizei gewandt. Und am Montag sind die Hamster tot! Das kann doch kein Zufall sein!"

„Du meinst ..."

„Na klar! Der Erpresser hat das Hamsterfutter vergiftet, weil König nicht bezahlt hat", rief Johanna.

„Was ist denn hier los?!"

Charly fiel vor Schreck fast vom Stuhl, als Tante Clara plötzlich im Türrahmen des Arbeitszimmers stand. Sie hatte ihr altrosafarbenes Nachthemd an, sah noch ziemlich zerzaust aus und stemmte die Hände in die Hüften. Charly warf einen unauffälligen Blick auf die Uhr. Es war zwanzig nach sechs. Sie hätten alle drei noch eine halbe Stunde schlafen können. Und Tante Clara sah nicht gerade so aus, als sei sie gern aufgestanden.

„Jo-Johanna hat, äh – was entdeckt ...", stammelte Charly. Aber weiter kam sie nicht.

Tante Clara hörte ihr gar nicht zu: Sie stürzte zum Schreibtisch und starrte auf den Bildschirm. „Soso, ein Erpresser!" Sie fuhr sich durch die zerzausten Haare. „Das hätte ich nicht erwartet." Anerkennend klopfte sie Charly und Johanna auf die Schultern. „Das habt ihr großartig gemacht."

Johanna lehnte sich im Sessel zurück und schloss die Augen. „Wir sind einfach ein gutes Team!"

So ein nettes Kompliment hatte Johanna Charly schon lange nicht mehr gemacht – auch wenn es nicht ganz stimmte; denn eigentlich hatte die große Schwester ja alles allein herausgefunden.

„Ich brauche jetzt einen Kaffee und zwar mindestens einen doppelten." Tante Clara klatschte in die Hände. „Dann geht's zu *Futter-König*. Wär doch gelacht, wenn wir mit dem nicht sprechen könnten, bevor dieser Sesselfurzer ihm auf die Schliche kommt. Ihr seid wirklich große Klasse. Allein hätte ich das niemals herausgefunden!"

Charly grinste. Das stimmte hundertprozentig. Denn von Computern hatte Tante Clara genauso wenig Ahnung wie vom Backen.

Während Johanna die wichtigsten Beweisstücke ausdruckte und den Computer herunterfuhr, folgte Charly Tante Clara in die Küche. Tante Clara warf die Kaffeemaschine an, Charly holte sich ein Glas Saft und stemmte sich auf die Arbeitsplatte.

„Kann ich mitkommen, wenn du König verhörst?", fragte sie.

Tante Clara nickte. „König ist ab halb acht im Büro, das habe ich im Kalender seiner Sekretärin gesehen. Um acht fängt die Schule bei dir an, das könnte knapp werden, aber ..." Tante Clara zwinkerte Charly zu. „Wir schaffen das schon."

Johanna kam in die Küche. „Ich leg mich noch ein halbes Stündchen hin", sagte sie. „Und das Verhör könnt ihr ja auch ohne mich durchziehen, oder?" Sie gähnte. „Ich schreibe in der ersten Stunde einen Vokabeltest in Französisch, falls ich nicht einschlafe."

„Was?" Tante Clara verschränkte die Arme vor der Brust. „Warum hast du das denn nicht gestern gesagt?"

Johanna schmunzelte. „Weil du mich dann nicht mitgenommen hättest."

Tante Clara holte tief Luft, aber bevor sie etwas sagen konnte, hatte Johanna die Küchentür geschlossen und sich in ihr Zimmer verdrückt.

Gleich nach dem Frühstück schwang sich Charly hinter Tante Clara in den gelben Kabinenroller. Die Sonne vertrieb gerade die letzten Nebelschleier, und die Luft war feucht und frisch, aber es würde ein warmer Tag werden.

„Hast du die ausgedruckten E-Mails?“ Tante Clara startete den Motor.

„E-Mails, Schulsachen, Traubenzucker zum Wachbleiben: Ich habe alles eingepackt.“ Charlys Schultasche lag neben ihr auf dem Rücksitz.

Tante Clara knatterte aus der Auffahrt.

„Es ist nicht ganz ohne Risiko, was wir jetzt machen, Charly.“ Sie fuhren die Gartenstraße entlang. „Die meisten Täter erscheinen früher oder später wieder am Tatort. Und viele benehmen sich dort auffällig: Sie sehen sich ständig um, reden zu laut oder extrem leise und so weiter. Sie fühlen sich beobachtet. Würde mich wundern, wenn es uns anders ginge. Schließlich sind wir ja mehr oder weniger eingebrochen.“

Tante Clara stoppte an der Ampel, an der sie gestern Nacht dem Streifenwagen begegnet waren.

„Hast du zum Beispiel eine Ahnung, was wir sagen sollen, wenn König uns fragt, woher wir die E-Mails haben?“ Tante Clara sah Charly durch den Rückspiegel fragend an.

Charly atmete auf. Das war nun wirklich kein Problem. „Die haben wir irgendwie aus dem Internet gefischt“, antwortete sie.

„Geht das?“ Die Ampel sprang auf Grün. Tante Clara trat aufs Gas, es gab ein paar Explosionen im Auspuff, aber dann zuckelte der Wagen vorwärts.

„Keine Ahnung. Aber Herr König hat auch nicht so richtig viel Ahnung davon, sonst hätte er einen anderen Verschlüsselungsmodus gewählt.“ Charly musste ziemlich laut sprechen, schließlich saß sie direkt vor dem dröhnenden Motorblock.

Tante Clara pfiff durch die Zähne. „Was du wieder alles weißt.“

Sie fuhren ins Industriegebiet. So ausgestorben die Straßen hier in der Nacht gewesen waren, so belebt wirkten sie jetzt: Sattelschlepper, Lieferwagen, Busse und jede Menge Pkws quälten sich durch die Straßen. Und obwohl Tante Clara Charly gewarnt hatte, spielte deren Fantasie plötzlich verrückt. Es kam ihr vor, als führe ein Polizeiauto hinter ihnen. Aber sooft sie sich auch umdrehte: Da war nichts. Als sie an einem parkenden Taxi vorbeikamen, war Charly sich sicher, dass jemand am Steuer saß und ihre Nummer notierte. Viele Passanten betrachteten Tante Claras Wagen aufmerksam. Standen sie etwa schon in der Zeitung?

Charly sah schon die Schlagzeile vor sich: *Wahnsinnige Tante bricht mit Nichten in Futtergeschäft ein!*

„Hör auf herumzuzappeln", sagte Tante Clara. „Wir fallen sonst auf."

„Wir fallen doch sowieso schon auf!", rief Charly. „Wie die alle glotzen!"

„Ganz ruhig, Charly." Tante Clara musste hinter einem LKW anhalten. „Wir fallen immer auf, wenn wir mit meinem Roller unterwegs sind. Hast du das vergessen?"

Charly wischte sich den kalten Schweiß von der Stirn. Tante Clara hatte recht. Das knallgelbe Dreirad, das so laut knatterte, erregte immer und überall Aufmerksamkeit.

„Stell dir einfach vor, du wärst unsichtbar, und konzentriere dich auf deinen Atem. Immer rein und raus und rein und raus." Tante Clara überholte den LKW und parkte sehr schwungvoll und schräg vor dem Haupteingang von *Futter-König*. Sie drehte sich zu Charly um und fügte hinzu: „Und nun heißt es cool bleiben, Charly Fall. Keine Miene verziehen, egal, was passiert. Und vor allem: Lass mich reden, halt die Klappe und sperr Augen und Ohren auf."

Sie kletterten aus dem Wagen.

Charly wünschte sich einen Schlapphut. Mit einer extra breiten Krempe, die einen extra großen Schatten auf ihr Gesicht werfen würde. Aber sie tat einfach, was Tante Clara gesagt hatte. Sie sperrte Augen und Ohren auf. Und es ging leichter, als sie gedacht hatte: Als sie den Haupteingang betraten, rechnete Charly noch ziemlich sicher damit, dass sie Kommissar Hensch und Schulze direkt in die Handschellen laufen würden. Aber von den Polizisten fehlte jede Spur. Stattdessen begrüßte sie ein ziemlich ausgeschlafener Pförtner.

„Guten Morgen, die Damen. Haben Sie mal wieder einen Termin beim Chef?"

Tante Clara setzte ihr allerliebstes Lächeln auf und antwortete: „Guten Morgen, guten Morgen – Sie sagen es."

„Sie müssen ins Konferenzzimmer im elften Stock, das Büro vom Chef ist gerade im Umbau." Der Pförtner ließ sie passieren.

Tante Clara nickte ihm zu und marschierte voraus zu den Aufzügen. Charly sah sich unauffällig um. Aber niemand schien besondere Notiz von ihnen zu nehmen.

Als der Aufzug seine Türen schloss, fragte sie: „Ist das nicht ein bisschen zu einfach gegangen, Tante Clara?"

„Charly, mach dir nicht ins Hemd! Wenn die Kollegen hinter uns herwären, hätte mich doch längst jemand angerufen."

Sie kamen in den elften Stock. Charly misstraute der ganzen Sache noch immer. Wenn Hensch noch nicht einmal langweilige Aktenordner aus den Augen ließ, dann würde er Lumme oder Prim oder anderen Freunden von

Tante Clara bestimmt nicht auf die Nase binden, dass er ihre Freundin verhaften wollte ...

Aber Tante Clara schien mal wieder recht zu behalten. Im elften Stock wurden sie nicht von der Polizei erwartet. Sie wurden von niemandem erwartet. Das Büro von König war noch immer mit dem falschen Siegel von Tante Clara versiegelt.

Sie liefen den Flur entlang zum Konferenzzimmer. Tante Clara klopfte kurz an und trat schwungvoll ein.

„Guten Morgen, Herr König, entschuldigen Sie die Störung!“

Herr König saß am Ende eines unglaublich langen, schwarzen Tisches. Vor ihm standen ein Laptop und ein Telefon. Neben ihm stand seine Sekretärin, die auf Tante Clara und Charly zugeschossen kam wie ein wild gewordener Terrier.

„Was machen Sie denn schon wieder hier? Hat Ihnen der Rauswurf durch die Polizei nicht gereicht? Machen Sie, dass Sie verschwinden!“

Charly verschanzte sich vorsichtshalber hinter Tante Clara.

Aber die Tante dachte gar nicht daran, das Feld zu räumen. „Herr König, ich habe wichtige Neuigkeiten für Sie“, sagte sie. „Ziemlich wichtige.“

Herr König klappte seinen Laptop zu. „Frau Matzelmann, es ist in Ordnung, lassen Sie uns bitte allein.“

Die Sekretärin zog sich beleidigt zurück.

„Nun?“, fragte Herr König. „Haben Sie herausgefunden, wie das Gift in die Hamsterdrops gekommen ist?“

Tante Clara marschierte den langen Tisch entlang und setzte sich neben König. Sie bot auch Charly einen Stuhl an.

„Herr König, meinen Sie nicht, dass es an der Zeit ist, dass Sie sich jemandem anvertrauen?“ Tante Clara sah König tief in die Augen.

Charly beobachtete Herrn König genau. Doch der blieb völlig ruhig. Es sah eher so aus, als würde er Tante Clara nicht für zehn Cent ernst nehmen.

„Sie brauchen gar nicht so cool zu tun, Herr König. Sie haben Schwierigkeiten, ernste Schwierigkeiten. Aber ich kann Ihnen vielleicht helfen.“ Tante Clara nahm ihre Brille ab und sprach etwas leiser. „Sie wissen ja: Ich bin eine Art Privatdetektivin – mit viel Polizeierfahrung.“

Herr König schüttelte den Kopf. „Ich habe keine Ahnung, worauf Sie hinauswollen, Frau – äh, wie war noch Ihr Name?“

„Fall, Clara Fall“, sagte Tante Clara. „Und ich glaube, dass Sie ganz genau wissen, worauf ich hinauswill.“ Sie stand auf und begann im Zimmer auf und ab zu marschieren. „Um es kurz zu machen, Herr König: Wir wissen Bescheid. Sie werden erpresst.“

Charly traute ihren Augen kaum: Auf einen Schlag war es mit Königs Ruhe vorbei. Sein überlegenes Lächeln brach in sich zusammen wie ein Kartenhaus.

„Woher ...“ Aber er sprach nicht weiter.

„Über das vergiftete Hamsterfutter müssen wir wohl nicht mehr länger reden, Herr König. Wir wissen auch, dass Sie sich nicht an die Polizei wenden wollen. Das ist natürlich Ihre Entscheidung. Ich erinnere Sie nun aber noch einmal daran: Ich bin nicht mehr bei der Polizei, und glauben Sie mir ...“ Tante Clara packte Herrn König an den Schultern und drehte ihn zu sich herum. „Ich habe schon mehr Erpresser hinter Gitter gebracht, als Sie sich träumen lassen.“

Das wirkte. Herr König stand auf. Er ließ sich von Tante Clara versprechen, dass sie weder der Presse noch der Polizei ein Wort von dem sagen würde, was er ihr nun berichten wollte. Tante Clara und Charly versprachen es hoch und heilig.

„Die Firma *Futter-König* wird wirklich erpresst. Der Erpresser richtet seine Schreiben immer an mich persönlich. Deshalb konnte ich bisher verhindern, dass jemand dahintergekommen ist. Ich hatte das am Anfang gar nicht ernst genommen. Diese Briefe, die waren wie im Krimi aus ausgeschnittenen Buchstaben zusammengeklebt. Ich dachte, der Spinner verliert die Lust, wenn ich einfach nicht zahle. Und dann diese Drohung, er wolle alle Hamster der Stadt umbringen – das ist doch lächerlich."

„Also hat der Erpresser genau mit dem gedroht, was nun eingetreten ist?" Tante Clara setzte sich wieder an den Tisch.

Auch Herr König ließ sich wieder auf seinen Stuhl fallen. „Es ist alles exakt so eingetroffen, wie er es angekündigt hatte. Aber es ist mir ein Rätsel, wie er das gemacht hat: Ich habe alle Hamsterfutterpackungen ständig überprüfen lassen! Und ich bin mir sicher, dass sie noch in Ordnung waren, als sie die Firma verlassen haben."

„Das ist wirklich merkwürdig." Tante Clara zog ihren Notizblock heraus. „Haben Sie einen Verdacht, wer hinter den Briefen stecken könnte?"

Herr König schüttelte den Kopf. „Ich habe keine Ahnung. Ich weiß nur, dass er es wirklich ernst meint. Heute Morgen ist ein neuer Brief gekommen. Wenn ich bis morgen Nachmittag nicht bezahle, dann sind Hunde und Katzen an der Reihe."

Charly rutschte aufgeregt auf ihrem Stuhl hin und her.

Tante Clara hatte ihr zwar strengstens verboten, etwas zu sagen, aber jetzt konnte sie nicht mehr anders: „Haben Sie den Brief noch?", fragte sie.

Tante Clara drehte sich zu ihr herum. „Gut aufgepasst, Charly, sehr gut."

Herr König holte einen Brief unter seinem Laptop hervor. „Ich wollte ihn nachher in den Reißwolf stecken."

Tante Clara reichte Charly eine Frischhaltetüte. Charly packte den Brief ein, ohne ihn mit den Fingern zu berühren. Schließlich konnten da verräterische Fingerabdrücke drauf sein.

„Der Kerl will bis Freitag fünf Millionen Euro von mir." König schüttelte den Kopf. „So viel habe ich nicht. Und wenn rauskommt, dass wir erpresst werden, kann ich meinen Laden dichtmachen. Der Ärger mit dem Hamsterfutter ist schon schlimm genug. Diese Hamsterdrops kauft doch jetzt kein Mensch mehr!"

Tante Clara warf einen Blick auf die Uhr.

„Wir müssen los, Herr König." Sie schrieb ihre Telefonnummer auf einen Zettel und reichte ihn dem Futtermittelfabrikanten. „Wenn Ihnen noch etwas einfällt oder die Erpresser sich melden: Rufen Sie mich an – Tag und Nacht."

Tante Clara wandte sich zum Gehen, aber Charly zupfte sie am Ärmel. Sie hatte noch eine wichtige Frage. Tante Clara nickte ihr aufmunternd zu.

„Warum wollen Sie nicht zur Polizei gehen, Herr König?"

Herr König zog die Augenbrauen hoch. „Du bist aber wirklich eine hartnäckige kleine Detektivin."

Charly merkte, dass sie ein bisschen rot wurde. Das ärgerte sie. Schließlich wollte sie doch cool bleiben.

„Ich hatte vor einem Jahr Ärger mit den Behörden. Die sind ziemlich pingelig mit der Sauberkeit.“ Herr König schüttelte den Kopf. „Völlig überflüssig meiner Meinung nach. Wir machen hier ja keine Leberwurst, sondern Tierfutter. Aber trotzdem: Die Aufsichtsbehörden haben mir gedroht. Wenn noch einmal die kleinste Schlamperei bei mir vorkäme, würden sie mir saftige Strafen verpassen.“

„Verstehe“, murmelte Tante Clara und wandte sich zum Gehen.

Herr König begleitete die beiden zur Tür. „Wie wollen Sie den Erpresser finden?“

Tante Clara schmunzelte. „Mit Geduld und Spucke.“ Sie zwinkerte Charly zu. „Und mit unseren Spürnasen.“

Das Verrückte an Mathe war, dass Charly zwar den Mathe-Wenzel nett fand, in seinem Unterricht aber trotzdem nichts verstand. Charly vermutete, dass bei ihr im Gehirn an der Stelle, wo andere einen Mathebereich hatten, nur ein Haufen rote Grütze eingebaut war. Am Mathe-Wenzel konnte es jedenfalls nicht liegen, denn ihr Mathe- und Klassenlehrer war der geduldigste Mensch der Welt. Charly kapierte trotzdem nichts. Und am Donnerstagvormittag war sowieso Hopfen und Malz verloren. Sie war zwar putzmunter in die Klasse gerannt und noch ganz knapp vor Wenzel durch die Tür geschlüpft, aber je länger die Mathestunde dauerte, desto müder wurde Charly.

Einmal stupste Uwe sie an und murmelte: „Hör auf zu schnarchen, Charly."

Zum Glück war der Mathe-Wenzel nicht nur geduldig, sondern auch friedlich. Er ließ Charly die ganze Doppelstunde über vor sich hin schlummern. Erst als es zur großen Pause läutete und sie an ihm vorbeiflitzen wollte, hielt er sie auf.

„Was ist los, Charly? Du hast die zwei Stunden gepennt. Habt ihr gestern Nacht eine Fete gefeiert, oder was?"

Charly sah verlegen zu Boden. Eine Fete war es zwar nicht gewesen, aber sie hatte sich ja tatsächlich die ganze Nacht mit wichtigen Ermittlungen um die Ohren geschlagen. Leider konnte sie das dem Mathe-Wenzel nicht sagen. Sie murmelte möglichst unverständlich eine Entschuldigung und wollte in die Pause verschwinden. Aber da hatte sie sich verrechnet.

„Charly Fall, ich warne dich! Mathe wird in diesem Schuljahr schwieriger. Und du hast schon den Stoff vom letzten Halbjahr nachzuholen." Die ganze Klasse war wie leer gefegt, aber der Mathe-Wenzel dachte gar nicht daran, sie in die Pause zu entlassen. „Und wie ich von Frau Fuchs gehört habe, hast du auch in Englisch ein ziemliches Problem."

Charly wurde langsam richtig wütend. Diese dämliche Frau Fuchs, jetzt hatte sie sie also bei ihrem Klassenlehrer angeschwärzt!

„Mein einziges Problem in Englisch ist Frau Fuchs", knurrte sie.

Der Mathe-Wenzel schüttelte den Kopf. „Auf Frau Fuchs zu schimpfen ist keine Lösung, Charly. Du musst dich hinsetzen und lernen, sonst wird das nichts. Im letzten Schuljahr bist du ja auch nur knapp an der Ehrenrunde vorbeigeschrammt."

„Okay, ich werde mir Mühe geben und nicht mehr rumpennen. Kann ich jetzt in die Pause?" Charly wurde allmählich ungeduldig.

„Na klar, Charly." Der Mathe-Wenzel packte sein Buch in die Tasche. „Nur noch ein heißer Tipp: Versuch ein bisschen besser aufzupassen, und stell mir alle deine Fragen. Und zu Frau Fuchs solltest du vielleicht ein bisschen netter sein."

Das war zu viel für Charly. Sie versuchte den Ärger über Frau Fuchs runterzuschlucken – aber das ging einfach nicht mehr.

„Die Fuchs hat sie doch nicht mehr alle!" Charly merkte, dass sie ziemlich laut sprach, aber sie konnte eben nicht leiser. „Die ist total ungerecht. Wenn David oder Stephanie oder irgendein anderer in der Klasse stört, dann heißt es bei der Fuchs immer erst mal ‚Katharina, sei ruhig!'. Wenn ich meine Hausaufgaben nicht mache, kriegt sie einen Wutanfall. Wenn ich meine Hausaufgaben mache, passt ihr meine Schrift nicht. Bei der Fuchs kann ich machen, was ich will: Die kann mich einfach nicht leiden."

Der Mathe-Wenzel schüttelte den Kopf. „Deshalb musst du noch lange nicht weglaufen, wenn sie mit dir reden will."

„Mensch, Herr Wenzel, auf welcher Seite stehen Sie denn?" Charly spürte eine Träne über ihre linke Wange kullern. Die Fuchs war so gemein – nur weil Charly am Montag in der Fünfminutenpause verduftet war. „Das war ein Notfall, der die Fuchs überhaupt nichts anging! Außerdem war Pause. Sie kann mir doch nicht die ganze Pause versauen, nur weil sie Lehrerin ist!"

Der Mathe-Wenzel hob beschwichtigend die Hände. „Vielleicht wäre es das Beste, wenn du mal mit Frau Fuchs sprichst. Du könntest dich ja bei ihr entschuldigen und ..."

„Entschuldigen? Ich bei ihr?"

Der Mathe-Wenzel tickte wohl nicht mehr richtig! Wenn sich überhaupt jemand entschuldigen musste, dann ja wohl die blöde Fuchs. Charly wollte sich lieber von der Schule schmeißen lassen, als bei Frau Fuchs angekrochen zu kommen. Das hatte die alte Ziege mal wieder sauber hingekriegt. Jetzt sah es für den Mathe-Wenzel auch noch so aus, als wäre wirklich Charly diejenige, die sich falsch verhalten hatte.

Das wollte Charly dem Mathe-Wenzel sagen, aber sie spürte, dass sie richtig losheulen würde, wenn sie den Schnabel noch einmal aufmachen würde. Also drehte sie sich schnell um und rannte aus der Klasse. So eine Ungerechtigkeit! Sie düste den Flur entlang und wünschte sich fast, dass ihr Uwe mit einer blöden Bemerkung über den Weg laufen würde. Dem hätte sie so richtig schön eine gescheuert. Aber Uwe witterte das Unheil anscheinend und ließ sich nicht blicken.

Stattdessen kriegte Charly einen Tennisball an den Kopf.

Die Fünftklässler, die geschossen hatten, lachten.

Na wartet, dachte Charly. Sie schnappte sich den Ball und schleuderte ihn mit Schwung auf die große Wiese.

„Ey, du blöde Zicke!", riefen die Fußballjungs und rannten hinter dem Ball her.

Charly hockte sich auf eine Mauer und ließ die Beine baumeln. Auf ihre Schwestern konnte sie im Moment verzichten. Johanna würde ihr sowieso nur sagen, dass sie sich bei Frau Fuchs mehr anstrengen solle, und Elsa kapierte das Problem wahrscheinlich auch nicht.

Aber die beiden waren sowieso viel zu beschäftigt, um Charly wahrzunehmen: Johanna schlenderte mit Kai Händchen haltend über den Schulhof. Und von Elsa fehlte jede Spur. Vermutlich hatte sie mal wieder eine Besprechung mit der Theatergruppe.

„Hi, Charly, es gibt was Neues." Tim schwang sich neben sie auf die Mauer. „Der Freund meiner Mutter hat seinen Urlaub verlängert. Ist das nicht noch verdächtiger?“ Tim sprach leise und geheimnisvoll.

Das kam Charly total affig vor. „Ach was, der Freund deiner Mutter hat mit dem ganzen Hamsterfall überhaupt nichts zu tun.“ Charly wollte eigentlich nicht so genervt auf Tim einschimpfen. Aber irgendwie konnte sie sich nicht bremsen. Und dass der Freund seiner Mutter alle Hamster der Stadt umbrachte, das schien bei Tim wirklich zu einer fixen Idee geworden zu sein. „Der *Futter-König* wird erpresst.“ Charly sah sich um. Sie sprach leiser. „Aber das darfst du niemandem weitersagen, klar?“

Tim nickte. „Wisst ihr denn schon, wer der Erpresser ist?“

Charly schüttelte den Kopf. „Aber es ist nicht der Bruno von deiner Mutter.“

„Bernd“, verbesserte Tim. „Der Freund meiner Mutter heißt Bernd Bürger, nicht Bruno.“

Es traf Charly wie ein Hammer. Bernd Bürger, der Apotheker – natürlich! Sie wäre fast von der Mauer gekippt.

„Bernd, ist das – äh, ich meine – Tim, also ...“, stammelte sie.

Tim lächelte sie an. „Du redest zwar ziemlich wirres Zeug, Charly, aber jetzt bist du wenigstens wieder freundlich.“

Charly holte tief Luft. „Heißt der Freund deiner Mutter wirklich Bernd oder ist Bernd nur die Kurzform von ...“

„Bernhard“, vollendete Tim ihren Satz. „Eigentlich heißt er Bernhard, aber so nennt ihn fast niemand.“

Charly schlug sich vor die Stirn. Wie konnte sie nur so dämlich sein? Bernhard Bürger war der Mann gewesen, den Herr König in den E-Mails um Rat gefragt hatte. Offenbar waren Bernhard Bürger und König befreundet. Hatte Tim etwa doch recht gehabt? Steckte dieser Bürger doch hinter dem Hamstersterben?

„Sag mal, was ist eigentlich los mit dir, Charly? Du sitzt hier mit verheultem Gesicht rum, schnauzt mich an, und jetzt redest du überhaupt nicht mehr?", fragte Tim.

Aber Charly ging gar nicht darauf ein. „Was hattest du vorhin gesagt, wann kommt Bernd zurück?"

„Vermutlich erst morgen Abend", antwortete Tim.

„Freitagabend", murmelte Charly. Am Freitagnachmittag sollte die Geldübergabe stattfinden. Konnte das ein Zufall sein? Wahrscheinlich war Bernd Bürger die ganze Zeit über gar nicht auf diesem Apotheker-Kongress. Vermutlich wartete er in seinem Versteck, bis zum Tag der Geldübergabe, und verwischte alle Spuren. Und hatte Bürger seinem Freund nicht geraten, dass er den Erpresser bezahlen sollte? Die Gedanken fuhren Achterbahn in Charlys Kopf. Es passte alles: Bürger war der perfekte Erpresser. Er wusste, dass König nicht zur Polizei gehen würde, weil er Angst vor den Behörden hatte. Vermutlich kannte er auch die Fabrik seines Freundes ziemlich gut, sodass er unauffällig das Gift einschmuggeln konnte. Und das Gift herzustellen, war für ihn als Apotheker ein Klacks, das hatte Bert Lumme ja schon am Dienstag herausgefunden.

„Hat Bernd bei deiner Mutter eine Adresse oder Telefonnummer hinterlassen?", fragte Charly.

Tim zuckte mit den Schultern. „Keine Ahnung."

„Krieg das mal raus", sagte Charly.

„Ist Bernd also doch verdächtig?", fragte Tim.

Aber Charly konnte ihm nicht antworten, denn vor den beiden tauchte Uwe an der Mauer auf.

Der Idiot stellte sich breitbeinig vor ihnen auf und rief: „Liebespaar, küsst euch mal!“

Das konnte Charly natürlich nicht auf sich sitzen lassen. Sie sprang von der Mauer und jagte Uwe quer über den Schulhof. Aber kurz bevor sie ihn erwischte, klingelte es.

Na warte, dachte Charly. Früher oder später würde Uwe ihr das noch büßen.

Charly kam als Letzte aus der Schule nach Hause. Sie hatte kaum die Haustür aufgeschlossen, als sie auch schon Tante Claras Ruf hörte: „Kriegsrat!"

Kriegsrat war eine von Tante Claras wichtigsten Erfindungen: Egal, was die Schwestern gerade machten – wenn jemand zum Kriegsrat rief, mussten sie sofort alles stehen und liegen lassen und sich im Wohnzimmer einfinden.

Als Charly im Wohnzimmer auftauchte, hockten ihre Schwestern und Tante Clara auf dem Boden um eine Karte. Bert Lumme saß in einem Sessel.

„Das sieht aus wie ein Schuh!", trompetete Fanny. „Hast du das Bild gemalt, Bert?"

„Sozusagen, Fanny", murmelte Bert.

„Charly, da bist du ja!" Tante Clara winkte sie heran. „Sieh dir das mal an. Bert hat herausgefunden, in welchen Läden vergiftetes Hamsterfutter aufgetaucht ist."

Charly hockte sich zwischen Johanna und Elsa auf den Teppich. Vor ihnen lag die große Fotokopie eines Stadtplans, in den an verschiedenen Stellen Kreuzchen eingetragen waren. An anderen Stellen waren Kringel aufgemalt.

„Die Kreuzchen zeigen die Läden, in denen vergiftete

Hamsti-Hamsti-Packungen aufgetaucht sind. Die Kringel zeigen die übrigen Zoohandlungen, natürlich nur die, die auch *Hamsti-Hamsti* verkaufen", erklärte Lumme.

„Fällt euch irgendetwas auf?" Tante Clara betrachtete einen Straßenzug mit der Lupe.

Johanna schüttelte den Kopf. Auch Charly wusste nicht, worauf Tante Clara hinauswollte.

„Tja, mir fällt auch nichts auf", sagte Tante Clara. „Außer, dass die vergifteten Packungen in einem geschlossenen Gebiet aufgetaucht sind." Tante Clara zog mit dem Finger die Linie nach, die Lumme schon eingetragen hatte. In diesem Gebiet gab es nur einen einzigen Laden, in dem keine giftigen *Hamsti-Hamsti*-Drops aufgetaucht waren.

„Das ist der Schuh, den Bert gemalt hat!", rief Fanny dazwischen.

Fanny hatte recht: Das Gebiet, das Lumme eingezeichnet hatte, hatte die Form eines Stiefels. Irgendwie kam Charly das bekannt vor. Aber sie kam nicht drauf, woher. Vielleicht erinnerte es sie auch nur an Italien.

„Ich will auch eine Landkarte anmalen!" Fanny krabbelte einmal quer über die große Karte.

„Mensch, Fanny!", riefen Johanna, Charly und Elsa wie aus einem Mund.

Bert Lumme schnappte sich die Jüngste der Fall-Schwestern, klemmte sie sich unter den Arm und sagte: „Komm, Fanny, wir schauen uns mal kurz deine Bauklötze an."

Aber Fanny ließ sich nicht so einfach abspeisen. „Nein, nein, wir haben Kriegsrat! Wenn Kriegsrat ist, dann sind alle wichtigen Frauen dabei. Und ich bin auch wichtig!"

„Es sieht aus wie ein Stiefel." Elsa kratzte sich am Hinterkopf. „Das haben wir schon einmal gesehen im – genau!"

„Und weil ich wichtig bin, verhafte ich auch alle Verbrecher!", verkündete Fanny.

„Fanny Fall, halt die Luft an!", rief Tante Clara ernst.

Fanny verstummte augenblicklich.

„Elsa, schieß los!" Tante Clara rückte ihre Brille zurecht.

„Erinnert ihr euch noch an Königs Büro?" Elsa sah von Charly zu Tante Clara. „Hinter dem riesigen Schreibtisch hingen zwei Karten. Auf der einen waren auch Gebiete der Stadt eingezeichnet. Die habe ich mir die ganze Zeit angeschaut, weil sie so lustig aussahen – wie ein Topf, ein Monstergesicht und ..." Elsa deutete auf die Karte. „Und wie ein Stiefel."

Charly nickte. Sie hatte zwar den Topf und das Monstergesicht nicht entdeckt, aber an die auffällige Stiefelform konnte sie sich noch erinnern.

Auch Tante Clara schien sich wieder darauf zu besinnen. „Richtig, so war es." Sie massierte nachdenklich ihre Nasenspitze. „Und diese Karte zeigte die Liefergebiete von *Futter-König*."

„Also hat der Giftmischer nur eine Ladung vergiftet", sagte Johanna. „Aber das würde ja bedeuten, dass der Lieferant vielleicht jemanden gesehen hat, der sich an seinem LKW zu schaffen gemacht hat."

Tante Clara nickte. „Wenn der Lieferant nicht selbst etwas damit zu tun hat."

Charly sprang auf. Für sie war alles klar. „Das ist eine Falle. Wir sollen glauben, dass es der Lieferant war, der das Stiefelgebiet bedient. So doof ist doch keiner, dass er sein eigenes Gift ausfährt."

„Moment, Moment", schaltete sich Lumme ein. „Viele Verbrecher sind ziemlich dämlich."

Aber Charly ließ sich nicht aus dem Konzept bringen. Sie tigerte im Wohnzimmer auf und ab: „Der Apotheker hat das Gift gemischt und heimlich in einen Teil des Hamster-Teigs geschmuggelt", sagte sie.

„Irrtum, Euer Ehren", widersprach Lumme wieder. „Das Labor hat inzwischen herausgefunden, dass das Gift nur von außen aufgetragen wurde. Vermutlich gepinselt oder gesprüht."

„Dann eben gesprüht. Genau, der Apotheker ist in den Lieferwagen eingebrochen, hat die Hamsterkekse besprüht und sich vom Acker gemacht. Und damit die Polizei sofort den Lieferanten verdächtigt, hat er nur einen der drei Lieferwagen vergiftet."

Johanna schüttelte den Kopf. Elsa runzelte die Stirn.

„Welcher Apotheker?" Tante Clara sah Charly zweifelnd an.

Charly lachte. „Habe ich dir doch schon vor drei Tagen erzählt: Tims Mutter hat einen neuen Freund, der ist Apotheker und hasst Hamster."

Johanna zeigte Charly einen Vogel. „Das heißt aber noch lange nicht, dass er mit unserem Fall etwas zu tun hat. Wir suchen einen Erpresser, keinen Hamsterhasser."

Charly hob beschwörend die Hände. „Hört mir doch endlich mal zu! Dieser Apotheker heißt Bernhard Bürger. Er ist der Freund, dem König die E-Mails geschrieben hat. Er selbst hat König dazu geraten, die Polizei aus dem Spiel zu lassen, denn er wusste, wie bedenklich das werden könnte. Und seit die Erpressung läuft, ist er angeblich auf einem Kongress. Zufällig hat er bis morgen Abend verlängert. Versteht ihr: Morgen Abend, nach der Geldübergabe, wird er wieder auftauchen. Falls er überhaupt noch einmal auftaucht. Wir haben ihn überführt: Unser Mann heißt Bernhard Bürger!"

„Moment mal, was erzählt ihr denn da? Wieso Erpressung?", schaltete sich Bert Lumme ein.

Charly biss sich auf die Lippe. Das hatte sie total vergessen. Bert Lumme war ja gar nicht eingeweiht – und er war zwar der netteste Polizist aller Zeiten, aber er war eben ein Polizist.

Johanna und Elsa guckten verlegen Löcher in die Luft. Charly spürte, dass sie knallrot wurde. Sie hatte ihr Ehrenwort gebrochen. Sie hatte König versprochen, der Polizei nichts von der Erpressung zu erzählen. Und nun hatte sie sich verplappert wie eine blutige Anfängerin. Sie sah unauffällig hinüber zu Tante Clara. Aber die nickte ihr beruhigend zu.

„He, was ist los mit euch?", fragte Lumme.

Tante Clara lächelte ihr allerliebstes, süßestes Clara-Lächeln. „Mein lieber Bert, reg dich nicht auf, wir mussten ein bisschen auf eigene Faust ermitteln. Und da haben wir leider vergessen dich einzuweihen."

Bert Lumme kniff die Augen zu Schlitzen zusammen. „Clara, du weißt, was dir blüht, wenn du deine Nichten zu illegalen Aktionen anstiftest!"

„Kommt ihr jetzt alle ins Gefängnis?", fragte Fanny ängstlich.

Tante Clara seufzte. „Fanny, der Kriegsrat ist zu Ende. Du gehst jetzt rüber in dein Zimmer und sortierst die Memory-Karten." Fanny stand auf. „Wir kommen nicht ins Gefängnis. Mach dir keine Sorgen."

Tante Clara setzte sich auf das Sofa. Sie schickte Elsa mit einem Blick an die Tür. Aber Fanny war wirklich brav in ihr Zimmer getrottet. Die Schwestern platzierten sich auf das Sofa und den freien Sessel. Bert Lumme trommelte ungeduldig auf der Armlehne des zweiten Sessels herum.

„Na los, Clara, ich warte auf eine ziemlich gute Erklärung."

Tante Clara nahm ihre Brille ab. „Wir konnten von Hensch keine weiteren Informationen erwarten. Deshalb mussten wir uns selbst ein bisschen drum kümmern. Ich erzähl dir aber lieber nicht, wie wir das gemacht haben."

Bert Lumme verdrehte die Augen und murmelte: „Clara, Clara!"

„Was du von der Erpressung gehört hast, darfst du nicht an die Kollegen weitergeben", sagte Tante Clara. „Wir haben es König versprochen. Dieser Hamsterkiller ist vermutlich ein Erpresser. Aber König hat Angst vor unseren Kollegen, weil er so viel Ärger mit der Gewerbeaufsicht hatte. Wenn du mich fragst, ist der ganze Betrieb einfach zu dreckig gewesen. Kurz gesagt: Ein Unschuldsengel ist dieser Herr König vermutlich nicht. Sein Futter wurde anscheinend von jemandem vergiftet, der Geld von ihm erpressen will. Wir sind ihm auf der Spur, und ich denke, dass wir ihn mit deiner Hilfe bald kriegen werden."

Lumme starrte vor sich auf den Tisch und schwieg.

„Falls du uns noch weiter helfen willst", sagte Tante Clara.

Lumme rührte sich nicht.

Charly drückte die Daumen. Auch Elsa und Johanna warfen Lumme bittende Blicke zu. Es dauerte eine Ewigkeit, bis der Polizist wieder den Kopf hob.

„Ihr wisst, dass das unfair ist", sagte er. „Ich dachte, dass ihr mir vertraut."

Tante Clara sprang wütend vom Sofa auf. „Mensch, Bert, jetzt halt aber die Luft an! Natürlich vertrauen wir dir. Das weißt du auch! Aber in diesem Fall wollten wir dich nicht in Schwierigkeiten bringen. Von mir aus kann ich dir ganz genau erzählen, was wir letzte Nacht getrieben haben. Wir sind gegen Mitternacht mit dem Kabinenroller ..."

Aber weiter kam Tante Clara nicht. Lumme hielt sich die Ohren zu und rief: „Ich darf nichts hören! Kein Wort darf ich hören! Sagt mir lieber, wie es weitergeht."

Tante Clara lächelte erleichtert. Auch Charly und ihre Schwestern atmeten auf. Anscheinend nahm Lumme ihnen ihre kleine Extratour nicht wirklich übel.

Tante Clara setzte ihre Brille wieder auf und wurde schlagartig sachlich.

„Also, passt auf. Wir haben mehrere Verdächtige: Was Charly ermittelt hat, ist eine Spur. Aber ich bin mir nicht sicher, ob die richtig heiß ist. Es könnte ja auch Zufall sein, dass dieser Apotheker mit unserem Herrn König befreundet ist. Wir sollten deshalb auf jeden Fall den Fahrer überprüfen, der das vergiftete Hamsterfutter ausgeliefert hat."

Johanna sprang auf. „Auf geht's."

„Moment, Moment", murmelte Tante Clara. „Nichts überstürzen. Stell dir mal vor, der hat wirklich etwas mit der Sache zu tun. Wenn wir nun bei dem aufkreuzen, aber keinen Beweis haben, dann ist der Kerl gewarnt."

Lumme räusperte sich. „Das ist er sowieso schon, Clara. Hensch und Schulze haben sich heute die Adressen von allen Fahrern geben lassen."

Tante Clara verdrehte die Augen. „Du lässt uns hier die ganze Zeit Rätsel raten und weißt schon, dass das Gebiet, in dem die vergifteten *Hamsti-Hamsti* Kekse aufgetaucht sind, mit dem Liefergebiet des Fahrers übereinstimmt?"

Lumme nickte lächelnd. „Ich hätte es euch schon noch verraten, wenn ihr nicht selbst draufgekommen wärt." Er zog einen Zettel aus der Tasche. „Euer Mann heißt Robert Rang. Er ist der zuständige Fahrer für dieses Gebiet. Hier ist die Adresse. Schulze ist allerdings schon zwei Stunden vor euch auf die Idee gekommen."

Elsa fuchtelte mit dem Zeigefinger in der Luft herum. „Bert Lumme, du bist ein Schlitzohr! Wenn Schulze uns die Tour vermasselt, werden wir dir ewig Vorwürfe machen, das ist dir hoffentlich klar?!"

Bert Lumme lächelte. „Ich habe nichts anderes von euch erwartet."

„Du kannst es allerdings noch durch etwas gutmachen." Charly lief ins Esszimmer und holte die Tüte mit dem neusten Erpresserschreiben. „Du könntest das für uns untersuchen. Da sind die Fingerabdrücke von König drauf. Aber vielleicht findet ihr auch noch andere. Außerdem wüsste ich gern, aus welchen Zeitungen die Schnipsel sind, und so weiter."

„Du redest ja schon genau wie Clara! Aber das geht in Ordnung." Lumme nahm die Tüte. „Reicht das bis morgen?"

Tante Clara schüttelte den Kopf. „Schneller Bert, wir brauchen es viel schneller."

„Können wir jetzt endlich diesen Herrn Rang verhören?" Johanna stand auf.

„Wir können", sagte Tante Clara.

Elsa, Johanna und Charly stürmten aus dem Wohnzimmer, um Schuhe und Jacken zu holen. Aber schon auf der Treppe fiel Charly ein: „Wer kümmert sich um Fanny?"

Johanna und Charly sahen Elsa an. Aber die schüttelte energisch den Kopf.

„Nein, nein, nein. Ich war schon gestern Nacht extra zu Hause! Jetzt seid ihr mal dran!"

Charly hob beschwichtigend die Hände. „Ich frag Tante Clara."

Während ihre streitenden Schwestern die Treppe weiter hinauf in ihre Zimmer stiegen, flitzte Charly zurück ins Wohnzimmer. Die Tür war angelehnt. Charly schob sie auf, aber sie traute sich nicht, ihre Frage zu stellen. Denn Tante Clara stand ganz dicht vor Bert Lumme und sah zu ihm hinauf.

„Du weißt, dass ich niemandem so vertraue wie dir. Das weißt du doch, oder Bert?"

Lumme nickte. „Ich weiß es, Clara. Ich hatte es nur einen Moment vergessen."

Charly schloss heimlich die Tür und huschte die Treppe hinauf. Die Fanny-Frage würden sie irgendwie schon allein klären, dachte sie.

Charly war sich nicht sicher, ob Johanna die Klügere war – jedenfalls gab sie nach und passte auf Fanny auf. Das lag vermutlich nur daran, dass Kai angerufen hatte und zu Besuch kommen wollte, aber Charly war es egal. Hauptsache, sie konnte mit Tante Clara auf Verbrecherjagd fahren.

Der Donnerstagnachmittag war so sonnig, wie es der Morgen versprochen hatte. Sie konnten sogar mit offenem Verdeck durch die Stadt brausen. Allerdings hatten sie einen blinden Passagier an Bord – einen halb blinden, um es genau zu nehmen.

„Hannelore, was machst du denn hier?" Tante Clara klang nicht gerade erfreut, als das Huhn mitten in der Stadt unter dem Fahrersitz hervorkroch und auf ihren Schoß flattern wollte.

„Das ist doch logisch, Tante Clara. Sie will den Blödmann finden, der sie fast umgebracht hätte." Elsa schnappte sich ihr Haustier und nahm es in den Arm.

Hannelore streckte den Kopf in den Fahrtwind und gackerte begeistert, als Tante Clara Gas gab.

Vor dem Haus, in dem Robert Rang wohnte, trafen sie auf einen alten Bekannten, der neben seinem Streifenwagen stand und gerade das Funkgerät zurück in die Halterung steckte.

„Frau Fall, was machen Sie denn hier?", fragte Herr Schulze, als Tante Clara aus der gelben Knatterkiste kletterte.

„Reiner Zufall, Schulze, reiner Zufall. Ist er da?"

Charly musste fast lachen. Tante Clara stürmte auf Schulze zu, schüttelte ihm herzlich die Hand und überhäufte ihn mit Fragen: „Hat er gestanden? Hat er Komplizen? Wie hat er es denn angestellt?"

Schulze war dermaßen überrumpelt, dass er brav antwortete: „Rang ist nicht zu Hause. Verstehe ich nicht, dabei habe ich vorhin noch mit ihm telefoniert. Da war er da und hatte versprochen auf der Wache vorbeizuschauen. Aber er hat anscheinend den Termin verpennt. Von Geständnis kann also keine Rede sein. Ist er denn verdächtig?" Schulze rückte seine Mütze zurecht.

„Woher soll ich das wissen?", fragte Tante Clara. „Ich bin ja nicht mehr bei der Polizei."

Als Schulze Hannelore entdeckte, die auf Elsas Arm saß, mussten Charly und Elsa kichern. Denn Schulze glotzte so doof, als hätte er noch nie ein Huhn gesehen. Und Hannelore glotzte so doof, als hätte sie noch nie einen Polizisten gesehen.

Schließlich gab sich Schulze einen Ruck. „Ich werde mich wieder bei ihm melden." Er warf seine Dienstmütze auf die Rückbank, stieg in den Streifenwagen und brauste davon.

Tante Clara schüttelte den Kopf. „Dieser Volltrottel!" Sie wandte sich an Charly und Elsa. „Warum musste er bei Rang anrufen? Sie hätten zuerst den Computer und alle Akten fertig studieren sollen, bevor sie irgendwen aufs

Revier vorladen. Aber eins nach dem anderen zu machen war noch nie Schulzes Stärke."

„Und jetzt?", fragte Charly.

„Jetzt?" Tante Clara sah sie überrascht an. „Jetzt geht's erst richtig los. Da Herr Rang sich anscheinend abgesetzt hat, ist er noch verdächtiger, als er bisher schon war."

Elsa streichelte Hannelore. „Aber wie sollen wir ihn finden?"

„Nichts leichter als das: Wir fragen die neugierige Nachbarin." Tante Clara deutete auf eines der Fenster im Erdgeschoss. Dahinter saß eine Frau, die sie anscheinend schon die ganze Zeit beobachtet hatte. Als Tante Clara auf sie zumarschierte, öffnete die Frau das Fenster.

„Suchen Sie jemanden?"

„Erraten. Haben Sie eine Ahnung, wo Herr Rang steckt?", fragte Tante Clara ganz sachlich.

„Robert Rang? Ja klar, der ist vorhin mit seinem Moped weggeknattert. Das ist keine zwei Stunden her." Die Frau sprach etwas leiser. „Ich weiß ja nicht, ob das wichtig für Sie ist, Frau Kommissarin, aber ich schätze mal, dass er zu seiner Hütte in den Hugwald gefahren ist."

Tante Clara pfiff anerkennend durch die Zähne. „Herr Rang hat eine Hütte? Wissen Sie, wo die genau liegt?"

Aber die Nachbarin hatte keine Ahnung. „Nein, nein, ich war ja noch nie dort. Aber er hat mal erzählt, dass er da ein Stückchen Wald und eine Hütte geerbt hat. Wo das genau sein soll, weiß ich allerdings nicht."

Tante Clara schüttelte der Dame die Hand. „Trotzdem vielen Dank, Sie haben uns sehr geholfen."

„Das alles wollte ich vorhin schon Ihrem Kollegen erzählen, Frau Kommissarin. Aber der hörte ja nicht zu.

Aber als ich Sie so kommen sah, da dachte ich: Na, Evilein, dachte ich bei mir, das ist die Kommissarin, und die sucht bestimmt jemanden. Und so überstürzt wie der Herr Rang vorhin weggefahren ist, das kam mir schon verdächtig vor. Hätte der Kollege mir gesagt, wen er sucht, wär das kein Problem gewesen. Ich rede ja mit jedem hier ..."

Den Eindruck hatte Charly allerdings auch. Die Fenster-Frau hörte gar nicht mehr auf zu reden. Tante Clara lächelte ihr zu und machte ein paar Schritte in Richtung ihres Kabinenrollers, aber das beeindruckte die Fenster-Frau überhaupt nicht: Sie redete weiter wie ein Wasserfall. Tante Clara gab Elsa und Charly einen Wink, dass sie einsteigen sollten, und verabschiedete sich. Aber die Frau hörte gar nicht zu. Sie redete nur schneller und lauter. Hannelore begann leise zu gackern. Sogar als Tante Clara sich hinter das Steuer ihres Wagens klemmte, legte die Frau keine Sprechpause ein.

Tante Clara murmelte: „Das gibt's doch gar nicht", und startete den Motor. Sie winkte der Frau kurz zu und knatterte die Straße hinunter. Dann warf sie einen Blick in den Rückspiegel. „Ich glaub, die erzählt uns immer noch etwas."

„Und jetzt?", fragte Elsa. „Wir wissen, dass Robert Rang vielleicht irgendwo im Hugwald versteckt ist. Aber der Hugwald ist groß."

Tante Clara nickte. „Wir müssen schnellstens zu Lumme auf die Wache." Sie trat kräftig aufs Gas.

Lummes Büro im Präsidium war klein und mit zwei Schreibtischen und großen Wandschränken vollgestellt. Bert tippte gerade etwas in seinen Computer, als Tante Clara, Charly, Elsa und Hannelore sein Büro stürmten.

„Ihr kommt wie gerufen!“ Lumme druckte etwas aus. „Dreimal dürft ihr raten, was hier gerade kommt.“

Aber Tante Clara hatte anscheinend keine Lust auf irgendwelche Ratespiele. „Bert, wir müssen uns beeilen. Es würde mich nicht wundern, wenn wir unseren Giftmischer dabei ertappen könnten, wie er Beweismittel vernichtet.“ Sie kam zu ihm herüber und deutete auf den Computer. „Könntest du deinen Wahnsinnscomputer mal fragen, ob auf einen gewissen Robert Rang im Hugwald ein Grundstück eingetragen ist?“

Lumme zog überrascht die Augenbrauen hoch. „Ist der auf der Flucht?“

Tante Clara nickte. „Und dreimal darfst du raten, wer ihn gewarnt hat ...“

Lumme lachte bitter. „So was hatte ich befürchtet.“ Er rief ein spezielles Programm auf, tippte den Namen und den Ort ein und schüttelte den Kopf. „Nichts drin, tut mir leid. Hier steht nur die Adresse, die ich euch gegeben hatte.“

„Mist!“ Tante Clara stampfte mit dem Fuß auf.

Hannelore flatterte aus Elsas Arm auf den Schreibtisch und pickte interessiert auf dem Telefon herum.

„Hannelore, komm her!“, zischte Elsa. Aber Hannelore dachte gar nicht daran.

„Vielleicht hilft euch das ja weiter.“ Bert Lumme hielt seinen Ausdruck hoch. „Das sind die Zeitungen, aus denen der Brief, den ihr gefunden habt, zusammengeklebt war: eine überregionale Illustrierte und eine Wochenzeitung, der *Hugstedter Bote*.“

„Das passt“, murmelte Tante Clara. „Hilft uns aber im Moment nicht weiter.“

„Hannelore, lass endlich das Telefon in Ruhe!“ Elsa versuchte, das freche Huhn vom großen Schreibtisch zu angeln, aber ihr Arm war zu kurz.

Als Charly Hannelore so auf den Tasten des Telefons herumpicken sah, kam ihr eine Idee.

„Es gibt doch in Hugstedt am Hugwald auch eine Polizeiwache", sagte sie. „Die müssten sich doch bestens auskennen. Und die wissen sicher auch, wo es im Wald Hütten gibt."

Tante Clara starrte Charly an.

„Wir könnten die Kollegen doch anrufen", schlug Charly vor.

Tante Clara schlug sich mit der flachen Hand vor die Stirn, dass es nur so klatschte. „O Mann, heute sitze ich aber wirklich auf der Leitung. Du hast natürlich recht, Charly!" Sie schnappte sich Hannelore, klemmte sie sich unter den linken Arm und wählte mit rechts die Nummer, die Lumme aus dem Telefonverzeichnis heraussuchte.

„Ja, liebe Kollegen, hier Clara Fall. – Ja, genau, *die* Clara Fall. – Sagt mal, kennt ihr einen Robert Rang? Der soll im Hugwald eine Hütte haben." Tante Clara klemmte den Hörer zwischen Schulter und Ohr fest und schrieb etwas auf einen Zettel. „Super, danke. Moment, eins noch: Habt ihr heute Nachmittag schon was vor?" Tante Clara blinzelte Charly zu. „Sagen wir in einer Viertelstunde bei euch auf der Wache. Ich hätte eine kleine Verbrecherjagd, bei der ich Unterstützung gebrauchen könnte."

Lumme räusperte sich. „Clara, das geht so nicht. Du musst erst zum Staatsanwalt, und außerdem bist du gar nicht mehr bei der Polizei!"

Tante Clara verdrehte die Augen. „Ich höre gerade, dass der Einsatz nicht von mir geleitet wird. Also schicke ich euch Bert Lumme vorbei." Sie verabschiedete sich, legte auf und sagte: „Also, was ist, Bert: Hast du Lust auf einen kleinen Sondereinsatz, bei dem du am Ende Lob vom Polizeidirektor für dein entschlossenes Handeln erntest?"

Lumme verdrehte die Augen. „Oder die vorzeitige Entlassung", murmelte er, stand auf, zog seine Jacke an und setzte die Dienstmütze auf. Er öffnete einen Schrank und drückte Tante Clara ein Funkgerät in die Hand. „Aber wir nehmen den Hinterausgang", sagte er. „Hensch und Schulze will ich mit euch zusammen lieber nicht über den Weg laufen."

Was glaubst du, Bert, war es Rang allein? Oder war der Apotheker doch dabei?" Charly saß auf dem Beifahrersitz von Lummes Kombi.

Elsa und Hannelore waren zusammen mit Tante Clara unterwegs. Bert wollte mit Charly schon vorausfahren, um die Kollegen von der Wache in Hugstedt abzuholen.

Lumme seufzte. „Ich weiß nicht, Charly. Vielleicht waren sie es zusammen. Jedenfalls ist es verdächtig von diesem Rang, dass er abhaut, sobald er aufs Präsidium geladen wird. Und dieser Drohbrief war ja auch aus dem *Hugstedter Boten* zusammengeklebt." Er bog auf die Autobahn ein und beschleunigte.

„Tante Clara glaubt, dass Rang gerade Beweise verschwinden lässt." Charly hielt sich fest. Lumme fuhr ziemlich schnell.

„Das befürchte ich auch. Wenn er etwas damit zu tun hat, muss er ja irgendwo das Gift haben. Oder Reste von den Zeitungen, aus denen er die Drohbriefe ausgeschnitten hat. Und er hat sich vermutlich bisher ziemlich sicher gefühlt. Aber als Schulze bei ihm angerufen hat, ist er vielleicht nervös geworden."

Bis zur Ausfahrt Hugstedt waren es nur ein paar Kilometer. Lumme drosselte schon nach wenigen Minuten auf der Autobahn sein Tempo und klemmte sich zwischen zwei Lkws. „Deshalb ist es auch das Beste, wenn ihr nachher im Auto bleibt, bis wir den Kerl haben."

Dazu sagte Charly lieber nichts. Natürlich wollte sie nicht im Auto herumsitzen, wenn es spannend wurde. Vom Rumsitzen konnte sie schließlich nicht lernen, was eine echte Detektivin lernen musste.

Sie verließen die Autobahn, fuhren ein paar Kilometer über die Landstraße und bogen schließlich ab nach Hugstedt.

„Ich meine es ernst, Charly: Es könnte gefährlich werden." Lumme parkte vor der winzigen Polizeiwache.

„Hier würde es Hannelore auch gefallen." Charly zeigte auf einen Bauernhof, vor dem ein paar Hühner frei herumliefen. Sie wusste, dass es gefährlich werden könnte. Aber wenn sie schon mal dabei war, wollte sie auch alles mitmachen.

Sie betraten die kleine Amtsstube.

„Lumme?", fragte ein älterer Polizist. Er hatte einen grauen Vollbart und stahlblaue Augen.

Bert nickte.

„Erinnerst du dich nicht mehr?" Der Polizist grinste. „Polizeischule Westheim? Na, ist ja auch eine Ewigkeit her."

Bert Lumme kratzte sich am Hinterkopf. „Ich vergesse kein Gesicht", murmelte er. „Peter, Peter ..."

Der bärtige Polizist grinste. „Ullmer."

„Peter Ullmer, richtig." Lumme schüttelte dem Kollegen herzlich die Hand.

„Ist das deine Tochter?"

Lumme schüttelte den Kopf. „Ist eine Nichte von Clara

Fall. Katharina – aber du sagst besser Charly zu ihr, wenn dir dein Leben lieb ist."

Ullmer schüttelte Charly die Hand. „Du kannst hier auf uns warten, wenn du willst."

„Kommt nicht in Frage!", rief Charly.

„Oh, ganz die Tante", sagte Peter Ullmer. „Apropos Clara: Wo habt ihr sie denn versteckt?"

„Sie kommt direkt zur Hütte. Mit ihrer Klapperkiste ist sie ein bisschen langsamer. Aber Ullmer, ich muss dich warnen: Clara ist schon im Ruhestand. Die ganze Aktion ist mit keinem Staatsanwalt oder Einsatzleiter abgeklärt – und ob wirklich Verdunklungsgefahr besteht, wissen wir natürlich auch erst hinterher."

Peter Ullmer lachte schallend. „Lumme, Lumme, was anderes habe ich von Clara Fall, ehrlich gesagt, nicht erwartet." Er nahm seine Mütze und die Pistole vom Haken und rief ins Nebenzimmer: „Müller, mitkommen! Jäger, du hältst hier die Stellung. Wir sind nicht zu erreichen, außer für Frau Clara Fall. Kapiert?"

„Okay, Chef!", rief eine Frau aus dem Nebenzimmer.

Ein junger Polizist betrat die Amtstube. „Ist die gesuchte Person bewaffnet?" Er kontrollierte seine Pistole.

„Möglich", sagte Lumme. „Aber, wie gesagt, es ist auch möglich, dass das ein ganz harmloser Spaziergänger in seiner Waldhütte ist."

„Wir werden's ja gleich sehen", murmelte Ullmer und trat hinaus auf den Parkplatz.

„Ihr tut überhaupt nichts, bis wir da sind!", hörte Charly Tante Clara aus Lummes Funkgerät schimpfen.

Die beiden Autos fuhren durch den Wald. Der Streifenwagen von Ullmer und seinem Kollegen Müller fuhr voraus. Vor einer scharfen Rechtskurve hielten sie an. Ullmer beschrieb Tante Clara die ganze Zeit über Sprechfunk, wie sie in den Wald zur Hütte von Rang kommen konnte.

Charly spürte, dass ein Schweißtropfen ihren Rücken hinunterlief. Hinter der Kurve lag die Hütte. Das hatte Ullmer gesagt. Müller wollte schon aussteigen und nachsehen, ob dort alles in Ordnung war. Aber das hatte Tante Clara strikt verboten. Es blieb ihnen im Moment nichts anderes übrig, als auf die gelbe Knatterkiste zu warten. Charly öffnete das Fenster ein Stückchen.

„Bist du ganz sicher, dass du unbedingt mitwillst?", fragte Lumme.

Charly nickte.

„Aber nur, wenn Clara es erlaubt", sagte Bert.

„Logisch", murmelte Charly. Aber dann spitzte sie die Ohren. Sie hörte Schritte und das Knacksen von Ästen und Zweigen. Charly öffnete das Fenster noch weiter. Tatsächlich: Da spazierte jemand ganz in der Nähe durchs dichte Unterholz.

„Hast du das gehört?", flüsterte Charly.

Bert Lumme riss die Augen auf. „Was?", zischte er.

Aber plötzlich war es wieder still. „Da war jemand." Charly war sich ganz sicher.

„Hundertprozentig?", fragte Lumme.

Charly nickte.

Bert griff sofort zum Funkgerät. „Achtung, Charly hat jemanden gehört. Es könnte sein, dass wir beobachtet werden. Also äußerste Vorsicht beim Aussteigen!"

„Verstanden", krächzte Ullmers Stimme aus dem Funkgerät zurück. „Clara, wo steckt ihr denn?", fragte der Polizist durch das Funkgerät.

„Ich versteh das nicht“, antwortete Tante Clara. „Hier steht was von Oberdorf, drei Kilometer. Wie heißt das hier? Elsa, sieh mal auf das Schild.“

Charly verdrehte die Augen. Das konnte doch nicht wahr sein, dass sich Tante Clara im Hugwald verfuhr, statt den Erpresser zu fangen!

„Sternplatz“, sagte Tante Clara durchs Funkgerät.

„Okay, Clara, ich mache dir einen Vorschlag“, hörte Charly Ullmer sagen. „Du fährst jetzt etwa fünfhundert Meter Richtung Oberdorf. Dann geht links ein schmaler Waldweg ab. Da parkst du deinen Schrotthaufen. Wenn ihr den Waldweg entlanglauft, kommt ihr an einer grünen Bank vorbei. An der Bank rechts abbiegen. Das ist nur ein Trampelpfad. Wenn ihr dem folgt, trefft ihr von hinten auf die Hütte. Da seid ihr, wenn du dich nicht noch einmal verirrst, in drei Minuten. Alles klar?“

„Verstanden“, krächzte Tante Clara.

„Okay, wir werden vielleicht beobachtet.“ Ullmer machte eine Pause. „Wir probieren ihn jetzt von vorn zu kriegen. Bis wir an der Hütte sind, seid ihr dann auch da. Einverstanden?“

„Seid vorsichtig“, lautete Claras Antwort. „Ich weiß nicht, was dem Kerl zuzutrauen ist. – Und noch eins: Charly, bitte kommen.“

Lumme drückte ihr das Mikrofon in die Hand und zeigte ihr, auf welchen Knopf sie drücken musste, wenn sie sprach.

„Hier Charly“, sagte sie.

„Pass auf! Du hast zwei Möglichkeiten. Entweder du bleibst im Auto und lässt dir von Lumme zeigen, wie du einen Notruf absetzt.“

Charly schüttelte den Kopf.

„Oder du bleibst die ganze Zeit hinter Bert in Deckung."

„Ich bleibe bei Bert", entschied Charly, obwohl sie nicht mehr ganz so sicher war, ob sie sich nicht doch übernahm. Am liebsten wäre sie in ihrer Hängematte zu Hause gewesen und hätte mit Tim Musik gehört.

„Dachte ich mir", sagte Tante Clara. „Alle herhören: Ullmer übernimmt das Kommando, ich komme von hinten. Und wenn wir in einer halben Stunde nicht wieder bei meinem Wagen sind, setzen Elsa und ihr Huhn einen Notruf an die Zentrale ab."

„Alles klar", hörte Charly Ullmer sagen.

„Du musst auch bestätigen", sagte Bert zu Charly.

„Bei uns auch alles klar", sagte Charly in das Mikrofon.

„Viel Glück", hörte sie Tante Clara krächzen.

„Okay, also steigen wir aus: Bert, von wo kam das Schrittgeräusch?", fragte Ullmer aus dem vorderen Auto durch das Funkgerät.

Charly deutete nach rechts in den Wald.

„Rechts vorn", sagte Lumme.

„Alles klar. Gib Müller Deckung – dann kommen wir raus."

Lumme murmelte: „Ich hasse Schießereien." Er öffnete das Handschuhfach und holte eine Pistole heraus. Dann kontrollierte er die Waffe und öffnete die Autotür.

Es wurde nicht geschossen, und Charly glaubte schon, dass sie sich verhört hatte. Der Wald war mucksmäuschenstill. Sie schlichen vorsichtig um die Kurve herum, und da lag sie vor ihnen: eine wunderschöne, friedliche Holzhütte – mitten im Wald. Davor lehnte ein Moped an einem Baum: Das war das sichere Zeichen dafür, dass Rang da sein musste.

Zum Glück war die Hütte von einem ziemlich dichten Wald umgeben. So konnten sie sich immer wieder hinter Bäumen verstecken. Müller lief weit nach links und näherte sich von hinten. Einen Moment glaubte Charly Tante Claras gelben Pullover durch die Bäume hinter der Hütte leuchten zu sehen – aber sie war sich nicht sicher. Immer näher arbeiteten sie sich an die Hütte heran, bis sie schließlich vor der Eingangstür standen.

Ullmer gab Lumme und Charly ein Zeichen, dass sie in Deckung gehen sollten. Lumme zog Charly hinter einen dicken Baum zurück. Müller stellte sich zu seinem Chef. Dann klopfte Ullmer an. Aber niemand öffnete. Der Polizist drückte die Klinke herunter – die Hütte war offen.

„Hallo, Herr Rang?“, rief Ullmer in die Hütte.

Niemand antwortete. Ullmer und Müller nickten sich

kurz zu. Sie zückten ihre Waffen und betraten die Hütte.

Charly lugte hinter dem Baum hervor, aber Lumme zog sie wieder zurück. „Mach keinen Scheiß, Charly!“

Aber Charly machte: „Psssst!“ Sie hatte wieder ein Geräusch gehört. Und wieder kam es aus dem dunklen Wäldchen, neben dem sie geparkt hatten.

„Da drüben ist doch was!“, flüsterte sie.

Diesmal hatte es auch Lumme gehört. Er nickte.

„Nicht erschrecken!“, flüsterte plötzlich eine Stimme, die Charly gut kannte: Tante Clara.

Charly erschreckte sich natürlich trotzdem fürchterlich, als ihre Tante von hinten angeschlichen kam.

Lumme deutete zum Wäldchen. Tante Clara nickte.

„Habe ich auch schon gehört: Da ist einer schwer zu Gange.“

Charly sah zur Hütte. Ullmer und Müller kamen gerade heraus. Sie schlossen die Hüttentür hinter sich und sahen fragend herüber zum Baum, hinter dem Tante Clara, Bert Lumme und Charly in Deckung gegangen waren. Die Hütte war offenbar leer.

Tante Clara deutete auf das dunkle Wäldchen. Müller und Ullmer nickten.

„Charly, du bleibst hier und rührst dich nicht vom Fleck“, befahl Tante Clara.

„Aber, Tante Clara ...“, wollte Charly protestieren.

Doch Tante Clara sah sie mit ihrem Diskutier-jetzt-lieber-nicht-mit-mir-Blick an. Das wirkte: Charly hockte sich hinter den Baum und wartete ab.

Sie musste nicht lange warten. Die drei Polizisten und Tante Clara drangen in den Wald ein, es gab ein wildes Rufen und Rennen, aber es fiel kein Schuss. Dann kamen sie wieder heraus.

Müller und Ullmer führten einen kleinen, rundlichen Mann in Handschellen ab. Hinter ihnen trug Lumme einen Spaten und einen Eimer aus dem Wäldchen. Ganz zum Schluss tauchte Tante Clara wieder auf.

„Charly, komm mal!“, rief sie.

Das ließ sich Charly nicht zweimal sagen. Sie rannte hinüber.

Tante Clara führte sie in den Wald. An einem Loch hielt sie an.

„Schau dir das an“, sagte sie. „Hier wollte der Kerl tatsächlich das Rattengift, das er noch übrig hatte, verbuddeln. Hast du gesehen, wie groß der Eimer war? Wenn das Gift ins Erdreich gekommen wäre, hätten wir direkt den nächsten Fall gehabt: einen Umweltkrimi.“ Sie drehte sich um. „Du hast gute Ohren, Charly, sehr gut. Aber das hier war eigentlich mehr als einen Tick zu gefährlich.“ Sie zwinkerte ihr zu. „Wir müssen es deinen Schwestern und Tobias ja nicht auf die Nase binden.“

Charly nickte. Aber sie interessierte sich sowieso für etwas ganz anderes: „Hat Rang schon gestanden?“

Tante Clara nickte. „Hat er. Und Müller hat in der Hütte noch ein paar Zeitungsschnipsel und ein Rezept für das Gift gefunden – die holen wir jetzt noch als letzten Beweis.“

Sie traten aus dem dunklen Wäldchen. „Glaubst du, dass er es ganz allein war?“, fragte Charly.

Tante Clara schnaufte schwer durch die Nase. „Mensch, Charly, denkst du etwa immer noch an diesen Apotheker-Freund von Tims Mutter?“ Sie blieb stehen, beugte sich zu ihr hinunter und sah ihr scharf in die Augen: „Eine wirklich gute Detektivin darf sich niemals in etwas verrennen – verstanden? Es spricht alles dafür, dass Rang allein gehandelt hat. Es war sein Lieferwagen, sein Liefergebiet, sein Gift, und er hat die Briefe geschrieben. Nichts, absolut nichts weist auf Bernhard Bürger hin. Dieser Apotheker-Freund von Tims Mutter kann vielleicht keine Hamster leiden – aber das allein ist kein Verbrechen."

Charly nickte. Tante Clara hatte recht. Die Beweise waren eindeutig. Sie hatte sich verrannt – der Apotheker war unschuldig.

Am Abend saßen die Falls mit Bert Lumme in ihrem Garten und feierten, dass Bert doch nicht entlassen, sondern vom Polizeipräsidenten gelobt worden war.

Charly hielt es nicht lange bei ihrer Familie. Sie wollte zu Tim, um ihm von den Neuigkeiten zu berichten.

„Hi, Charly, komm rein!", sagte Tim, als sie bei ihm klingelte.

„Hallo, Charly, isst du mit uns zu Abend?", rief Tims Mutter aus der Küche.

„Danke, ich bin schon satt", antwortete Charly.

Tim führte sie ins Wohnzimmer. Und da stand er und deckte den Tisch: der Apotheker. Er war ziemlich groß und breit und hatte ein sehr freundliches, weiches Gesicht. Charly hatte direkt ein schlechtes Gewissen, weil sie ihn verdächtigt hatte.

„Ihr habt den Hamsterkiller tatsächlich gefunden?", fragte Tim.

Charly nickte.

„Und warst du bei der Verhaftung dabei?", fragte Tim.

Charly schüttelte den Kopf. „Nur fast. Aber vorher und nachher."

Der Apotheker schüttelte Charly herzlich die Hand. „Großartig, Charly. Ich finde euch großartig! Mein Freund

König hat mir alles erzählt. Wie seid ihr Robert Rang auf die Schliche gekommen?“

Charly seufzte. „Das ist eine ziemlich lange Geschichte, die mit einem toten Tarzan beginnt“, sagte sie.

Sie beobachtete Tim aus dem Augenwinkel. Aber er schien über den Tod seines Hamsters irgendwie hinweg zu sein.

„Es ist gut, dass ihr den Mörder von Tarzan gekriegt habt“, sagte Tim. „Danke.“ Er nahm Charlys Hand. „Und nun muss ich dir dringend jemanden vorstellen.“

Sie rannten hinüber in Tims Zimmer. In der Ecke, wo noch vor ein paar Tagen der leere Hamsterkäfig gestanden hatte, stand nun ein größerer Stall. Und darin hockte – ein kleines, grau-weißes Kaninchen, das genüsslich an einer Möhre mümmelte und total süß aussah.

„Darf ich vorstellen?“, sagte Tim feierlich. „Das ist Albert. Albert ist ein Zwergkaninchen. Albert ist tagaktiv, und er ist ein Geschenk von Bernd.“

Charly schoss die Röte ins Gesicht. Auch Tim sah verlegen zu Boden.

„Also ist er doch nicht so schlimm?“, fragte Charly.

Tim schüttelte den Kopf. „Er findet nur Hamster und Wellensittiche doof – und Dackel. Aber er bringt sie nicht um.“ Tim grinste. „Sonst würde er es ja auch mit dir zu tun kriegen.“

„Da kannst du aber Gift drauf nehmen“, sagte Charly und lachte.

Lustige Erlebnisse mit *Hanni und Nanni*

von Enid Blyton

Band 1	Hanni und Nanni sind immer dagegen	ISBN 978-3-505-12177-7
Band 2	Hanni und Nanni schmieden neue Pläne	ISBN 978-3-505-12178-4
Band 3	Hanni und Nanni in neuen Abenteuern	ISBN 978-3-505-12179-1
Band 4	Kein Spaß ohne Hanni und Nanni	ISBN 978-3-505-12180-7
Band 5	Hanni und Nanni geben nicht auf	ISBN 978-3-505-12181-4
Band 6	Hanni und Nanni im Geisterschloss	ISBN 978-3-505-12182-1
Band 7	Hanni und Nanni suchen Gespenster	ISBN 978-3-505-12183-8
Band 8	Hanni und Nanni in tausend Nöten	ISBN 978-3-505-12184-5
Band 9	Hanni und Nanni groß in Form	ISBN 978-3-505-12185-2
Band 10	Hanni und Nanni geben ein Fest	ISBN 978-3-505-12186-9
Band 11	Lustige Streiche mit Hanni und Nanni	ISBN 978-3-505-12187-6
Band 12	Hanni und Nanni und ihre Gäste	ISBN 978-3-505-12188-3

Band 13	Fröhliche Tage für Hanni und Nanni	ISBN 978-3-505-12189-0
Band 14	Hanni und Nanni gründen einen Klub	ISBN 978-3-505-12190-6
Band 15	Hanni und Nanni im Landschulheim	ISBN 978-3-505-12191-3
Band 16	Hanni und Nanni bringen alle in Schwung	ISBN 978-3-505-12192-0
Band 17	Hanni und Nanni sind große Klasse	ISBN 978-3-505-12193-7
Band 18	Die besten Freundinnen	ISBN 978-3-505-12194-4
Band 19	Hanni und Nanni retten die Pferde	ISBN 978-3-505-12195-1
Band 20	Gute Zeiten mit Hanni und Nanni	ISBN 978-3-505-12196-8
Band 21	Hanni und Nanni kommen groß raus	ISBN 978-3-505-12197-5
Band 22	Gefährliches Spiel für Hanni und Nanni	ISBN 978-3-505-12198-2
Band 23	Lindenhof in Gefahr	ISBN 978-3-505-12297-2
Band 24	Das Rätsel um die Neue	ISBN 978-3-505-12298-9
Band 25	Die Ausreißerin	ISBN 978-3-505-12299-6

Hanni und Nanni Sammelband 1	ISBN 978-3-505-12045-9
Hanni und Nanni Sammelband 2	ISBN 978-3-505-12046-6
Hanni und Nanni Sammelband 3	ISBN 978-3-505-12047-3
Hanni und Nanni Sammelband 4	ISBN 978-3-505-12048-0
Hanni und Nanni Sammelband 5	ISBN 978-3-505-12049-7
Hanni und Nanni Sammelband 6	ISBN 978-3-505-12050-3
Hanni und Nanni Sammelband 7	ISBN 978-3-505-12051-0

www.schneiderbuch.de

EGMONT Verlagsgesellschaften

Schneider Buch

www.schneiderbuch.de
Die coolste Seite für junge Leseratten
MÄDCHEN
PFERDE
FILM-BÜCHER
DISNEY
ABENTEUER
KLASSIKER
JUGENDROMANE
Hanni und Nanni
HUI BUH
IN LONDON
THOMAS BREZINA
Amy Angel
Hier findet ihr:
- eure Lieblingsschmöker
- Leseproben
- Gewinnspiele
- und vieles mehr!
www.schneiderbuch.de
EGMONT
Verlagsgesellschaften
Schneider Buch
EGMONT